HEYNE <

ROBERT LUDLUM
JOSHUA HOOD

TREADSTONE

DER GEJAGTE

THRILLER

WILHELM HEYNE VERLAG
MÜNCHEN

Die Originalausgabe THE TREADSTONE RESURRECTION erschien
2020 bei G.P. Putnam's Sons.

FSC
www.fsc.org
MIX
Papier aus verantwortungsvollen Quellen
FSC® C014496

Penguin Random House Verlagsgruppe FSC® N001967

Deutsche Erstausgabe 06/2022

in der Penguin Random House Verlagsgruppe GmbH,
Neumarkter Str. 28, 81673 München
Redaktion: Dr. Rainer Schöttle
Printed in Germany
Umschlaggestaltung: Nele Schütz Design, München,
unter Verwendung von Motiven von © Trevillion Images
(Silas Manhood); Getty Images (Westend61)
Satz: Uhl + Massopust, Aalen
Druck und Bindung: GGP Media GmbH, Pößneck
ISBN: 978-3-453-44119-4

www.heyne.de

PROLOG

BUENA VISTA, VENEZUELA

Nick Ford saß auf der Rückbank des verdreckten Pick-ups, vom Fieber geschüttelt und mit einer schmerzhaften Schusswunde im Bein. Er war völlig erledigt, sein Körper lechzte nach Schlaf, doch immer wenn er die Augen schloss, fand er sich im Dschungel wieder.

In einer Todesfalle. Von allen Seiten knatterte Maschinengewehrfeuer, beißender Schießpulvergeruch hing wie Nebel in der Luft, die Schreie seiner sterbenden Kameraden hallten ihm in den Ohren.

Tot. Alle.

Ford konnte immer noch nicht begreifen, was geschehen war. Wie er in einem vermeintlich einfachen Aufklärungseinsatz ein ganzes Team hatte verlieren können. Es gab nur eine schlüssige Erklärung.

Jemand hat uns verraten.

Der Pick-up kam rumpelnd zum Stehen, und Ford rappelte sich auf und stieg auf die schlammige Straße hinaus. Er humpelte zum Fahrerfenster, zog ein Bündel schweißfeuchter Geldscheine aus der Hosentasche und reichte sie dem Mann am Lenkrad.

»Nein, nein, *Señor*«, protestierte der Fahrer. »Das kann ich nicht annehmen, nicht nach dem …«

Ford ließ ihn nicht ausreden. »José, nehmen Sie es.« Er drückte ihm die Scheine in die schwielige Hand. »Nehmen Sie's und sehen Sie zu, dass Sie mit Ihrer Familie hier rauskommen.«

»*Gracias*, Señor Ford. Ich wünsche Ihnen …«

»José, Sie müssen abhauen, bevor es zu spät ist.«

»*Vaya con dios.*« Er nickte, legte den Gang ein und jagte in einer Staubwolke davon.

Ford stand an der Straße und wog seine Möglichkeiten ab. Er wusste, dass der gefürchtete venezolanische Geheimdienst SEBIN hinter ihm her war. Ebenso klar war ihm, was ihm bevorstand, wenn sie ihn fanden. Es gab Momente, da wünschte sich Ford beinahe, dass sie sich beeilten und ihn schnell fanden. Dass sie ihm eine Kugel in den Kopf jagten und dem Ganzen ein Ende machten.

Das kommt so oder so, sagte er sich. *Aber vorher hast du noch etwas zu erledigen.*

Ford humpelte über die Straße. Die Schmerzen waren kaum noch zu ertragen, wurden mit jedem Schritt schlimmer, doch er biss die Zähne zusammen und zwang sich weiterzugehen. *Lauf oder stirb*, trieb er sich selbst an. *Einen Fuß vor den anderen.*

Als er die nach Urin und verrottetem Abfall stinkende Gasse erreichte, war sein Hemd schweißgetränkt. Er sank gegen die Steinmauer, kramte das Fläschchen Percocet aus der Hosentasche der Jeans, die José ihm besorgt hatte, und schnippte den Verschluss mit dem Daumennagel auf.

Am Montag war das Fläschchen voll gewesen – jetzt waren nur noch zwei Tabletten übrig. Genug, um durch die Nacht zu kommen. Mehr brauchte er nicht.

Ford hatte immer mit der Möglichkeit gerechnet, dass es eine Reise ohne Wiederkehr werden könnte.

Er warf sich die Tabletten in den Mund und schluckte sie trocken. Sie hinterließen einen bitteren Nachgeschmack. Er ging weiter, schleppte sich nordwärts die Gasse hinunter, auf das verblichene weiße Schild über dem Hotel Bolívar zu.

Das Bolívar war ein hässlicher Klotz mit blassen, weiß verputzten Wänden und löchrigem Stacheldraht. Kein Hotel, wie man es auf Tripadvisor fand, aber der Inhaber war ein Mann, dem Ford vertraute, was es für ihn zum sichersten Ort in der Stadt machte.

Als er die schmuddelige Lobby betrat, hatten die Tabletten bereits zu wirken begonnen und die Schmerzen im Bein zu einem dumpfen Pochen gedämpft.

»Señor Ford«, begrüßte ihn Miguel. Sein Lächeln zerbröselte, als er sah, in welchem Zustand Ford sich befand, und er kam hastig hinter dem Tresen hervor. »Sie sehen zum Fürchten aus. Soll ich den Arzt rufen?«

»Nein.« Ford zuckte zusammen. »Ich brauche nur ein Zimmer … und eine Flasche.« Er lehnte sich an den Tresen, kramte sein letztes Geld aus der Tasche und klatschte es auf die verkratzte Theke. Er keuchte vor Anstrengung.

»Selbstverständlich.« Miguel nickte.

Er nahm eine Flasche Santa-Teresa-Rum aus dem Regal und einen Schlüssel vom Brett und schob ihm beides über den Tresen.

»Danke, mein Freund«, sagte Ford.

Langsam stieg er die Treppe in den ersten Stock hinauf, schloss die Tür auf und trat ein.

Das Zimmer erinnerte ihn an den schäbigen Wohnwagen,

in dem er aufgewachsen war: genau so ein mit Zigarettenflecken übersäter Tisch, vergilbte Jalousien und der muffige Geruch eines Bierkühlers. Ford schloss die Tür und stellte seinen Sturmrucksack auf einen Stuhl.

Er griff zum Rum und nahm einen kräftigen Schluck aus der Flasche. Die scharfe Flüssigkeit brannte in der Kehle und wärmte den Magen. Gestärkt für die bevorstehende Aufgabe, zog er den Reißverschluss des Rucksacks auf und breitete den Inhalt auf dem Tisch aus: Laptop, zwei kleine Stiftkameras, eine dreckverkrustete Kamera und eine M18-Claymore-Mine.

Sein knurrender Magen erinnerte ihn daran, dass er seit neun Stunden nichts mehr gegessen hatte. Er holte eine Dose Ananas aus dem Rucksack und zog mit der Lasche den Deckel ab.

Seit er vor drei Jahren zum ersten Mal nach Venezuela gekommen war, hatte sich der Preis für eine solche Dose verdreifacht. Der Wert der Landeswährung befand sich im freien Fall, und die Inflation trieb die Preise in astronomische Höhen.

Geld. Darum geht es bei der ganzen Sache, dachte er, spießte mit seinem Messer eine Ananasscheibe auf und schob sie sich in den Mund. Dann nahm er die beiden Stiftkameras und ging damit auf den Gang hinaus. Er hatte sie noch aus seiner Zeit bei den Spezialeinsatzkräften. Die Kameras sahen aus wie Lippenpflegestifte, nur dass sie mit einer Linse am Ende versehen waren. Es war eigentlich eine veraltete Technologie, geradezu riesig im Vergleich zu den heute gebräuchlichen Mikrokameras. Doch Ford vertraute den Dingern, die sich so gut wie überall anbringen ließen.

Er steckte eine Kamera in einen Spalt am Ende des Ganges und richtete die Linse auf die Treppe, die von der Lobby nach oben führte. Die zweite befestigte er mit einem Klebstreifen am Coke-Automaten und richtete sie auf seine Tür hin aus.

Zurück im Zimmer, versuchte er, das Bett vor die Tür zu ziehen, doch es bewegte sich keinen Millimeter. Er nahm seine ganze Kraft zusammen – das Boxspringbett rührte sich jedoch nicht von der Stelle, und er sank resignierend auf die Knie.

Wann hat Miguel bloß die Betten am Boden befestigt?

Ford wusste, dass es im Grunde nicht wichtig war, und erhob sich vom Boden. Er zog einen Kunststoffkeil aus seinem Rucksack und rief sich in Erinnerung, was der Mann, der ihn ausgebildet hatte, ihm damals eingeschärft hatte: »Ford, vergiss nie – doppelt hält besser.«

Der alte Hayes ist immer noch da, um mir den Arsch zu retten, dachte er, schob den Keil mit dem Fuß in den Spalt zwischen Tür und Fußboden und ging zurück zum Rucksack, um eine Rolle Spezialklebeband und die Claymore zu holen.

Mit dem Klebeband fixierte er die Mine oben an der Stuhllehne. Er zog den Stuhl zur Seite und vergewisserte sich, dass er weit genug von der Tür entfernt war. Dann schraubte er die Sprengkapsel in die Mine, steckte das freie Ende des Zündkabels in den Zünder und ging damit ins Badezimmer.

Ford legte den Zünder auf dem Toilettendeckel ab, drehte den Wasserhahn auf, spritzte sich eine Handvoll Wasser ins Gesicht und ließ seine Gedanken zurück zu dem Café bei Bogotá schweifen, in dem er Hayes zum letzten Mal gesehen hatte.

»Nick, ich gehe.«

»Du gehst?« Ford lachte. »Wo zum Teufel gehst du hin?«

»Ich arbeite nicht mehr für Treadstone. Ich bin raus.«

»Raus?« Ford runzelte die Stirn. »Wie meinst du das – ›du bist raus‹?«

»So wie ich es sage. Ich mache Schluss.«

»Geht das so einfach? Ich meine, werden sie dich einfach so gehen lassen …?«

Das Gesicht des Mannes verfinsterte sich so plötzlich, dass Ford unwillkürlich zurückwich, obwohl er diese Stimmungswechsel schon oft miterlebt hatte. Es endete meist damit, dass jemand tödlich verletzt auf dem Boden lag.

Die beiden Männer waren sich bei den Special Forces begegnet und hatten in vielen gemeinsamen Einsätzen ein enges Vertrauensverhältnis zueinander aufgebaut. In Afghanistan hatten sie demselben Team angehört, bis die CIA sie von ihrem Artilleriestützpunkt abgezogen und für Treadstone rekrutiert hatte.

Dort hatten sie die wissenschaftlichen Mitarbeiter des Programms verblüfft, weil sich an ihrem engen Verhältnis nichts änderte, obwohl man sie einer Gehirnwäsche unterzog, die darauf abzielte, sie aus ihren Beziehungen herauszulösen. Man wollte den »perfekten« Agenten erschaffen, der in seinen Einsätzen durch keinerlei persönlichen »Ballast« behindert wurde.

»Ich hab nicht gefragt, ob sie mich lassen«, knurrte Hayes, als wäre er kurz vorm Explodieren.

»Immer mit der Ruhe, Bruder, ich hab's nicht böse gemeint.« Ford hob beschwichtigend die Hände.

Hayes' Gesicht entspannte sich, der Hauch eines Lächelns erschien in seinen Mundwinkeln.

»Ich bin nicht sauer auf dich, Kumpel. Es hat mehr mit mir selbst zu tun.«

Bei seinem letzten Einsatz war irgendetwas mit Hayes geschehen. Ford wusste zwar nichts Genaues – nur, dass es den Mann nachhaltig verändert hatte.

»Aber ich denke, du solltest es auch tun.«

»Mann, ich hätte überhaupt keine Ahnung, was ich anfangen soll«, erwiderte Ford.

»Falls du irgendwann mal was brauchst, musst du es nur sagen«, versicherte Hayes, dann war er fort.

Ford drehte das Wasser ab, langte nach dem Handtuch und sah sich im Spiegel. Der Anblick schockierte ihn.

Die drei Monate im Orinoco-Delta hatten Spuren hinterlassen. Der Mann, der ihm aus dem Spiegel entgegenblickte, war siebenunddreißig und sah aus, als ginge er auf die sechzig zu. Schlank und gestählt, harter Blick und eine halbmondförmige Narbe am Hals, die nur zum Teil vom Hemdkragen verdeckt war.

Ich hätte auf ihn hören sollen.

Er setzte sich wieder an den Tisch, schaltete den Monitor ein, der mit den Kameras verbunden war, und fuhr den Computer hoch. Er loggte sich ein und stellte die mobile WLAN-Verbindung her. Dann aktivierte er den IP-Anonymisierer und stellte ihn so ein, dass die IP-Adresse des Laptops alle neunzig Sekunden auf einem anderen Server aufschien.

Er zog die Kamera hervor, die er für seine Aufklärungsarbeit benutzt hatte, verband sie mit dem Computer und lud die Bilder hoch. Während die Übertragung lief, öffnete er das E-Mail-Programm, um eine Nachricht zu verfassen.

Er überlegte einen Moment, dann tippte er etwas in die Betreffzeile.

`Wenn du das liest, bin ich tot`

Als die Bilddaten auf der Festplatte gespeichert waren, erschien das erste Foto auf dem Bildschirm, und Ford konnte die Kamera vom Computer abstecken. Er beschloss, die Bilder für sich sprechen zu lassen, und zog eines nach dem anderen in die E-Mail – da bemerkte er etwas auf dem Monitor.

»Scheiße.«

Er schnappte sich den Laptop und die Glock und hastete ins Badezimmer. Schloss hektisch die Tür, stellte den Computer auf den Waschtisch und griff nach dem Zünder. Seine Augen fixierten die rotierende Ladeanzeige.

Komm schon, murmelte er, als könnte er das Laden der Dateien mit purer Willenskraft beschleunigen.

Zehn Meilen weiter nördlich bogen zwei riesige Sattelzüge von der Straße ab. Der erste Peterbilt-Truck wurde mit einem Zischen der Druckluftbremse langsamer, fuhr in weitem Bogen auf eine rissige Asphaltstraße und hielt an.

Felix Black stieg aus dem Fahrerhaus, ein geladenes HK416-Sturmgewehr vor der Brust hängend. Durch den Staub, der vom Kies am Rand des verlassenen Flugplatzes aufgewirbelt wurde, stapfte er zum Auflieger und öffnete die Tür.

Drinnen befanden sich blinkende Monitore, mehrere Rechnereinheiten und eine Satellitenanlage. Jedes einzelne

System kostete mehr als doppelt so viel wie die Zugmaschine samt Auflieger.

»Wer hat ihn auf dem Monitor?«, fragte Black und stieg in den Anhänger.

Ein pickelgesichtiger Junge mit strähnigen braunen Haaren und geblümtem Hemd hob die Hand.

»I-ich, Sir.«

Felix warf einen Blick auf den Monitor, strich sich über den Spitzbart, als das Satellitenhandy in der Cargo-Tasche an seinem Bein vibrierte.

Black wusste, dass die einzige Person, die seine Nummer hatte, sein Auftraggeber Jefferson Gray war. Bevor er sich meldete, wollte er sich jedoch vergewissern, dass sie das Ziel aufgespürt hatten.

»Bist du dir diesmal sicher?«

»J-ja, Sir.«

»Dann will ich hoffen, dass du dich nicht wieder irrst«, sagte Black und drehte sich zur Tür.

Draußen stand Murph, sein Teamführer, geduldig ans Fahrerhaus gelehnt.

»Wie geht es weiter?«, fragte er.

»Sag den Jungs, sie sollen sich fertig machen.« Black zog das Satellitentelefon aus der Tasche und meldete sich.

»Ja, Sir?«

»Sagen Sie mir, dass Sie ihn gefunden haben«, kam Gray sofort zur Sache.

»Wir haben ihn«, versicherte Black.

Das Scheppern, mit dem hinter ihm die Rampe heruntergelassen wurde, lenkte Blacks Aufmerksamkeit auf den ersten Sattelzug, wo die Fliegercrew einen Helikopter mit eiförmigem Rumpf vom Anhänger wegrollte. Er sah auf das beleuchtete Zifferblatt der Sangin Atlas an seinem Handgelenk und stellte eine rasche Kopfrechnung an.

»Wir können in zehn Minuten bei der Zielperson sein.«

»Töten Sie ihn«, befahl Gray.

»Roger.«

Black schob das Satellitenhandy in die Cargo-Tasche zurück und eilte zu den beiden Little Birds, wo die Angehörigen des Kill Teams sich bereits auf den außen an den Helikoptern montierten Bänken angeschnallt hatten und die Umgebung im grünen Licht ihrer Nachtsichtgeräte betrachteten.

Black duckte sich unter den Rotorblättern des ersten Helis hindurch und spürte die Hitze der Turbine am Hals. Er nahm den zerschrammten Helm von der Bank, setzte ihn auf und zog sich den schalldichten MSA-Sordin-Kopfhörer über die Ohren.

Nachdem er den Karabiner an der Sicherheitsleine eingehakt hatte, drückte er die Push-to-talk-Taste des Thales-MBITR-Funkgeräts an seiner Brust, um mit dem Piloten Kontakt aufzunehmen.

»Raven One-One, hier Alpha Six, Funkcheck.«

»Alpha Six, ich höre dich laut und deutlich.«

»Roger, wir können starten«, sagte Black.

Er zog sich die PVS-15-Nachtsichtbrille vor die Augen. Sie tauchte die Welt vor ihm in ein smaragdgrünes Licht.

Der Pilot drehte die Motorleistung hoch, und Black spürte die erhöhte Drehzahl als Vibrieren im Rücken.

Über ihm durchschnitten die Rotorblätter die Luft und luden sich elektrisch auf, sodass die Spitzen sich in seiner

Nachtsicht gelb färbten. Der Little Bird hockte noch einen Moment lang auf seinen Kufen, dann waren sie in der Luft.

Der Pilot lenkte den Helikopter Richtung Süden, zog über Baumwipfel hinweg und richtete die Nase zum Fluss hin.

»Über Wasser«, meldete der Pilot.

Auch mit der Nachtsichtbrille war es schwer, irgendwelche Details am anderen Ufer auszumachen. Black musste zum Navigieren den GPS-Monitor an seinem Handgelenk benutzen. Als sie fünf Meilen zurückgelegt hatten, gab er über Funk die »Eine-Minute-Warnung« durch, und seine linke Hand schloss sich um den Karabinerhaken, der ihn mit dem Helikopter verband.

»Über Land«, meldete der Pilot und lenkte den Little Bird auf die Stadt zu.

Black warf einen Blick auf die GPS-Anzeige und sah, dass sie sich dem Zielgebäude näherten. Er lehnte sich in den Wind, der ihm trotz der Nachtsichtbrille die Tränen in die Augen trieb. Als er das Hotel Bolívar fand, setzte er seinen Infrarotlaser ein, um das Ziel für den Piloten zu markieren.

Der Little Bird war flink und beweglich wie ein Kolibri. Als der Pilot geschickt eine Stromleitung überflog, hatte Black einen Moment lang das Gefühl, dass ihm der Magen in die Kehle hochstieg.

Verdammte Cowboys.

Der Pilot ging tiefer, bis die Kufen beinahe über die Dächer der parkenden Autos schrammten.

»Dreißig Sekunden«, verkündete Black.

Drei Meter vor dem Eingangstor fing der Pilot den Little Bird ab. Noch bevor die Kufen den Boden berührten, hatte Black bereits den Gurt gelöst und sprang ab.

»Mir nach.« Er sprintete über den Hof.

Der zweite Hubschrauber landete auf dem Dach, die Angreifer sprangen von der Bank und schickten sich an, das Haus von oben nach unten zu durchkämmen. Als Black die Tür zur Lobby erreichte, hatten die beiden Little Birds schon wieder abgehoben, und auf der Straße kehrte Stille ein.

»Breacher – los!«, flüsterte Black.

Er riss die Tür auf und stürmte in den Raum – im nächsten Augenblick ließ das Echo der Sprengladung, mit der das Team auf dem Dach sich Zugang verschaffte, die Wände erzittern. Black wandte sich zur Mitte des Raumes und wollte schon »Alles klar« rufen, als er aus dem Augenwinkel beobachtete, wie ein Mann sich hinter den Tresen duckte.

Die Erfahrung aus vielen Einsätzen in irgendwelchen Dreckslöchern dieser Welt ließ Black sofort erkennen, ob jemand nach einer Waffe griff oder einfach nur in Deckung ging. Sein Instinkt sagte ihm, dass der Mann vorhatte zu feuern, was das Zeug hielt.

Er hob das HK416 vor die Augen, stellte den Wahlhebel auf »Einzelfeuer« und aktivierte den Infrarotlaser. In dem Moment, als der unsichtbare Strahl auf den Kopf der Zielperson fiel, drückte Black ab.

Der Mann hinter dem Tresen wurde genau zwischen den Augen getroffen. Das Teilmantelgeschoss klatschte sein Gehirn an die Wand. Er war tot, noch bevor er auf dem Boden lag, die Schrotflinte glitt aus seiner Hand und landete klappernd auf dem Fliesenboden.

Blödmann.

Seine Männer stürmten bereits die Treppe hoch, Black wandte sich um und folgte ihnen.

»Das Ziel ist in Zimmer vier«, meldete der Techniker über die interne Funkverbindung.

»Roger«, bestätigte Murph, der Teamführer. »Bereit machen zum Eindringen.«

Black schloss zu seinen Leuten auf, die oben an der Treppe warteten, und wusste sofort, dass Murphs Gruppe bereits bei dem Zimmer war.

Nicht nötig, Verstärkung hinzuschicken.

Im nächsten Augenblick hörte er das Donnern der Ladung, mit der die Tür weggesprengt wurde.

Black beugte sich vor, um das Geschehen zu beobachten, und sah, wie die ersten beiden Männer ins Zimmer stürmten. Ein dritter wollte ihnen folgen – dann flog das Zimmer in die Luft.

»Wir haben Verletzte!«, brüllte Murph.

Black rannte los.

Er trat ins Zimmer, sah die beiden Männer auf dem Boden liegen, ihr Blut schwarz in der Nachtsichtoptik. *Die hat es schlimm erwischt.*

»Bringt sie rauf«, befahl er dem Evakuierungsteam.

Im selben Augenblick hörte er das *Pop-pop-pop* einer Handfeuerwaffe und sah den Putz von der Wand explodieren, als die Kugeln einschlugen.

»Badezimmer!«, rief er, als eine Kugel über ihn hinwegpfiff.

Ein Angreifer trat die Tür ein und feuerte.

»Tango am Boden«, meldete der Schütze über Funk.

Black senkte sein Gewehr und vergewisserte sich rasch, ob er selbst etwas abbekommen hatte.

»Control, hier Alpha Six, wir haben zwei Verletzte, brauchen sofortige MedEvac auf …«

»Halt!«, fiel ihm Gray ins Wort. »Alpha Six, hier Control, habt ihr die Mission erledigt?«

Dieser Scheißkerl, fluchte Black im Stillen, weil dem Mann die Zielperson wichtiger war als die eigenen Männer. »Einen Moment, Control.«

Black eilte ins Badezimmer, sah Nick Ford in der Wanne liegen. An den Fliesen klebten Blut und Hirnmasse. »Alles klar?«, fragte er.

Der Schütze spuckte einen Strahl Tabaksaft auf den Leichnam, ehe er antwortete: »Roger, Boss.«

Black klappte die Nachtsichtbrille hoch, bevor er die Sprechtaste an seiner Brust drückte.

»Control, hier Alpha Six. Mission erledigt.«

»Verstanden.«

»Was ist mit der MedEvac?«

Schweigen.

Verdammt. »Murph, bring deine Jungs runter, wir kümmern uns um die Scheiße hier …« Black senkte den Kopf und wandte sich zur Tür, als ihn eine Stimme stocken ließ.

»Boss, wir haben ein Problem«, meldete der Schütze und kam aus dem Badezimmer.

Black sah den Laptop in seiner Hand. »Was zum Henker ist das?«

»Den hatte er bei sich. Ich habe die E-Mails gecheckt. Der Mistkerl hat noch eine Nachricht abgeschickt, bevor ich ihn erledigt habe.«

Black wischte mit dem Handschuh etwas Blut und Gehirnmasse vom Bildschirm und las den Namen in der Adressleiste.

Adam Hayes.

1

LA CONNER, WASHINGTON

Adam Hayes lag auf dem Bett, als der Albtraum anfing. Das Zittern setzte in den Mundwinkeln ein und steigerte sich zu einem wilden Knurren. Er begann zu schwitzen, die Hände rissen an den Laken, die Augen flitzten hinter den geschlossenen Lidern hin und her, sein Bewusstsein gefangen in den Schrecken der Vergangenheit.

Er wartete mit geschlossenen Augen in einem dunklen Winkel und lauschte angestrengt nach dem kleinsten Geräusch, mit dem sich sein Opfer ankündigte. Alle töten – so lautete sein Befehl. Er war nur das Werkzeug, ein Mann, der darauf trainiert war, ohne Zögern zu töten. Seine Hand schob sich zum Griff des Messers, das er am Rücken trug. Der Metallgriff fühlte sich selbst durch die Latexhandschuhe hindurch kalt an. Mit dem Zischen von Metall auf Leder glitt die Klinge aus der Scheide, und Hayes öffnete die Augen. Das Gesicht des Wachmanns erschien grün in der Nachtsichtoptik.

Jetzt, *sagte ihm die innere Stimme, und er schlug zu.*

Hayes' Hand schob sich unter das Kissen, und seine Finger schlossen sich um den soliden Stahl der Springfield-9-mm-Pistole. Er rollte sich aus dem Bett und ging in die Hocke.

Der Hartholzboden fühlte sich kalt wie eine Leiche unter seinen nackten Knien an. Er bewegte sich nach einem Muster, das sich schon vor langer Zeit in seine Muskeln eingeprägt hatte. Seine Hände wussten von allein, was sie zu tun hatten. Ohne einen bewussten Gedanken richteten sie die Pistole auf das Ziel, während der Daumen den Entsicherungshebel drückte.

Erst als sein Zeigefinger sich um den Abzug krümmte und die Feder durchdrückte, bis nur noch der Hauch eines Drucks nötig war, um die Waffe abzufeuern, wurde Hayes sich bewusst, was er tat.

Der Albtraum verflüchtigte sich.

Blinzelnd kehrte Hayes in die reale Welt zurück, sein Blick fiel auf die ausgestreckte Pistole, die auf das Hemd zielte, das an der Tür hing. *Mein Gott*.

Er nahm den Finger vom Abzug und sicherte die Waffe. Der Gedanke, dass er um ein Haar eine Neun-Millimeter-Hohlspitzkugel durch die Tür gejagt hätte, verursachte ihm eine bleierne Übelkeit.

Es war 5.05 Uhr morgens, und die Albträume wurden immer schlimmer.

Als Hayes sich einigermaßen sicher war, dass seine Beine ihn tragen würden, erhob er sich ächzend, legte die Pistole auf den Nachttisch und tappte über den Hartholzboden zum Badezimmer. Er drückte auf den Lichtschalter, die Deckenlampe flammte auf und brachte die unzähligen Narben zum Vorschein, die kreuz und quer über seinen nackten Oberkörper verliefen wie die Linien auf einer Landkarte.

Am Waschbecken blieb er stehen, nahm das orange Fläschchen aus dem Medizinschrank, öffnete den Verschluss und ließ eine ovale Pille in seine schwielige Hand gleiten. Sie erinnerte ihn an seinen letzten Besuch bei der Seelenklempnerin in Tacoma.

»Wie geht es Ihnen mit den Albträumen?«, hatte sie gefragt, während ihr Stift übers Papier kratzte.

»Ich hatte seit Monaten keinen mehr.«

»Adam, Sie machen enorme Fortschritte.« Sie riss das Blatt von ihrem Rezeptblock. *»Aber.«*

Es gibt *immer* ein Aber.

»Aber es wird Rückschläge geben.«

Rückschläge.

Er spürte, wie sich Zorn in ihm regte, wie ein Wolf, der in seiner Höhle erwachte. Drei Albträume in einer Woche, das war kein Rückschlag. Das war ein verdammtes Desaster. Er war stocksauer. Vor allem auf sich selbst, weil er auf sie gehört hatte. Sich von ihr hatte einreden lassen, dass er große Fortschritte machte.

Dass er ein ganz normales Leben führen könnte.

»Nein«, sagte er laut. »Das bin ich nicht mehr.«

Hayes atmete tief durch, nahm die Pille in den Mund und schloss leise die Tür. Dann trank er einen Schluck Wasser. Als er aufsah, fiel sein Blick auf das Bastelpapier, das er auf das Glas geklebt hatte. Auf die Strichmännchen unter der zitronengelben Sonne, die einander an den Händen hielten wie eine richtige Familie.

Mit dem Finger strich er über die mit Buntstift geschriebenen Worte: »Ich habe meinen Daddy lieb.« Ein trauriges Lächeln breitete sich auf seinem Gesicht aus.

In der Dusche drehte er das kalte Wasser bis zum Anschlag auf und stieg unter den Strahl. Wie ein Peitschenhieb traf das eiskalte Wasser auf seine Haut. Seine Muskeln spannten sich wie Schiffstaue und drückten ihm die Luft aus der Lunge, doch Hayes ertrug den Schock und wartete auf die Frage, die sich ihm seit anderthalb Jahren jeden Morgen aufs Neue stellte.

Wie ist es so weit gekommen?

Zum ersten Mal hatte Hayes von Treadstone gehört, als er in Afghanistan gedient hatte. Nach gerade mal der Hälfte seines sechsmonatigen Einsatzes hatte er bereits zwei Männer verloren. Die Dinge liefen nicht mehr nach Plan, immer mehr ging schief. Was ihm eben noch schwarz oder weiß erschienen war, verschwamm zusehends in undefinierbarem Grau. Hayes konnte nicht mehr schlafen, doch er hatte die Dinge unter Kontrolle – zumindest redete er sich das ein.

Eines Tages wurde er zu Colonel Pattens Unterstand zitiert. Als Hayes eintrat, saß sein Vorgesetzter an seinem Sperrholztisch, die Haut aschfahl, die Augen gerötet vom Sand Afghanistans, der in jede noch so kleine Ritze kroch.

»Setzen Sie sich, Captain Hayes.«

Hayes ließ sich auf dem Stuhl nieder und lauschte dem Knattern der Helikopter, die übers Tal heranflogen. Es war bereits sein dritter Einsatz in der Gegend, und Hayes konnte die Hubschrauber längst am Rotorgeräusch unterscheiden. In diesem Fall handelte es sich um einen Chinook-Transporthubschrauber, wie ihm das dumpfe *Wump-wump-wump* verriet.

Es kann kein Versorgungsflug sein – wir haben gerade erst Nachschub bekommen. Und ohne zwingenden Grund einen Helikopter ins Tal zu schicken, wäre verdammt leichtsinnig.

»Ich werde Sie nach Bagram schicken«, teilte Patten ihm mit, seine Gedanken erahnend.

»Aus welchem Grund, Sir?«

Der Colonel spuckte etwas Kautabak in einen Plastikbecher und lehnte sich auf seinem Stuhl zurück. »Es gibt Gerede unter den Männern.«

»Das ist normal. Wir sind Soldaten. Da wird halt geredet.«

»Der Boss macht sich Sorgen, Adam. Wir alle. Jedenfalls kommt jemand aus den Staaten rüber, irgendein Arzt, der Sie durchcheckt.«

»Ein Psychocheck, im Ernst?«

»Hören Sie, mir gefällt das genauso wenig wie Ihnen, aber es wurde von ganz oben angeordnet. Steigen Sie in den Vogel und beantworten Sie die Fragen, die der Mann Ihnen stellt. Sehen Sie's als kleinen Urlaub. Der Typ gibt Ihnen ein paar gute Worte mit auf den Weg, und morgen sind Sie wieder auf Ihrem Posten.«

Es war eine Lüge, wie sich später herausstellte.

Nach der Dusche trocknete Hayes sich ab, zog eine abgetragene Arbeitshose, ein schwarzes T-Shirt und ein Flanellhemd an. Zuletzt schlüpfte er in seine ausgetretenen Stiefel, steckte die Springfield ein und ging in die Küche.

Sein Frühstück bestand aus zwei Spiegeleiern, zwei Scheiben Toast und dem Rest eines Steaks, das er gestern zum Abendessen gegrillt hatte. Nach dem Frühstück ging er mit seinem Kaffee hinaus auf die Terrasse. Die meisten Fischerboote waren schon draußen; der östliche Horizont erstrahlte in den Farben der Morgenröte.

Treadstone war ein zweischneidiges Schwert – eine Waffe, mit der er anfangs gedacht hatte, einiges bewirken zu können.

Die unangenehmen Begleiterscheinungen und schmerzhaften Nebenwirkungen, die mit der Verhaltensmodifizierung und der genetischen Umprogrammierung verbunden waren, hatten ihm nichts ausgemacht. Damit kam Hayes zurecht. Er ertrug alles, was sie ihm zumuteten.

Womit er nicht klarkam, war das, was später passierte. Aus diesem Grund lebte er hier im Bundesstaat Washington, Tausende Kilometer von seiner Frau Annabelle und ihrem zweijährigen Sohn Jack getrennt.

Adam… versprich mir, dass du nicht versuchen wirst, uns zu finden.

Das Klingeln des Telefons riss ihn aus seinen Gedanken. Hayes schüttete den Kaffeesatz weg und folgte dem Klingeln zum roten Schuppen hinter dem Haus.

Wer zum Henker ruft so früh an?, fragte er sich und tippte seinen Code ins Schloss ein. Als er die Tür geöffnet und das Licht angeknipst hatte, lief bereits der Anrufbeantworter.

»Guten Tag, Sie haben die Nummer von Sterling Construction gewählt. Bitte hinterlassen Sie eine Nachricht nach dem Signalton.«

»Adam, hier ist Sally Colvin. Rufen Sie mich bitte zurück. Es ist drin…«

Hayes nahm den Hörer ab und beendete damit die Aufnahme.

»Ja, Sally?«, meldete er sich.

»Adam, hallo, ich…«

Sally Colvin war die Maklerin, der er den Verkauf des Smith-Hauses übertragen hatte – das Projekt, das ihn während seines anderthalbjährigen, selbst auferlegten Exils aufrecht gehalten hatte.

Es war wohl seine letzte Chance, Annabelle zu beweisen, dass er nicht nur zerstören konnte, sondern auch fähig war, etwas aufzubauen. Das Geld, das ihm der Verkauf des Hauses einbringen würde, sollte ihm neue Möglichkeiten eröffnen. Er würde nicht mehr darauf angewiesen sein, die Häuser anderer Leute zu reparieren. Stattdessen konnte er endlich darangehen, seine kaputte Ehe zu reparieren.

Irgendetwas in ihrer Stimme ließ eine Alarmglocke in ihm schrillen. *Was ist los?*, ging es ihm durch den Kopf, ehe er laut fragte: »Sally, ist alles in Ordnung?«

»Ja, äh … ich … ich habe jemanden, der sich für das Haus interessiert.«

Wieder dieses Zögern in ihrer Stimme.

»Das ist ja toll, oder?«

»Ja, also, ich habe ihm gesagt, dass das Haus bezugsfertig ist.«

»Da sehe ich kein Problem«, versicherte Hayes. Er konnte ihre Besorgnis nicht verstehen. »Wir müssen nur noch den Fußboden in der Küche verlegen.«

»Er hat mich gerade aus dem Flugzeug angerufen. Er kommt schon heute Mittag an.«

Na toll, dachte er, und sein Blick fiel auf den gepackten Koffer. Aus einem Seitenfach guckte das Flugticket nach Florida hervor.

Annabelle hatte ihm zugestanden, dieses Wochenende seinen Sohn zu sehen. Ihr Vertrauen ging natürlich nicht so weit, ihn mit Jack allein zu lassen, aber Hayes war froh über jedes Entgegenkommen ihrerseits.

»Sally, ich kann heute nicht. Ich fliege nach …«

»Adam, Sie haben so hart dafür gearbeitet.« Der plötzliche Nachdruck in ihrer Stimme überraschte ihn. »Ich habe schon mit den Bodenverlegern gesprochen. Die könnten um Viertel nach zehn da sein. Sie müssten nur den Unterboden fertig machen.«

Hayes warf einen sehnsüchtigen Blick zum Koffer, dann zur Wanduhr. Wenn er sofort losfuhr und schnell arbeitete, konnte er den Flug noch erwischen.

»Okay, das schaffe ich.«

Hayes lud sein Werkzeug in den 66er Chevy Suburban, drückte auf den Knopf zum Öffnen des Garagentors und fuhr auf die kiesbedeckte Auffahrt hinaus.

Er bog in die Küstenstraße ein, fuhr den Hügel hinunter und überquerte die Hängebrücke, die das Festland mit Cliffside Island verband. Am Ende der Straße lag zwischen zwei mächtigen Kiefern Cliffside Manor.

Das Projekt ging auf eine Initiative von Amy Harris zurück, einer reichen Erbin, die aus der einsamen Insel einen Rückzugsort für Neureiche gemacht hatte. Hayes hatte nur deshalb Zutritt zu der Anlage, weil er das Smith-Haus erworben hatte.

Vor dem Zufahrtstor hielt er an. Das Quietschen der Bremsen des klapprigen Suburban und das amüsierte Lächeln des Wachmanns, der aus seinem Häuschen kam, riefen ihm in Erinnerung, dass er nicht hierhergehörte.

»Wollten Sie nicht heute wegfahren?«, fragte der Mann und warf einen Blick auf sein Klemmbrett.

»Sally hat angerufen. Ein Interessent kommt heute noch vorbei, um sich das Haus anzusehen.«

»Mir hat keiner was gesagt.«

»Was soll ich machen?«

»Fahren Sie rein«, forderte der Wachmann ihn auf, »ich regle das schon.«

Hayes nickte, fuhr durch das Tor und bog in den Eyrie Drive ein. Die stattlichen Häuser mit den smaragdgrünen Rasen und strahlend weißen Lattenzäunen erinnerten ihn an eine Szene aus einem Film von John Hughes. Dazu passten auch die beiden Zeugen Jehovas, die vor dem Tennisplatz zwei Zuhörer gefunden hatten.

Als Hayes das zweistöckige Haus im Cape-Cod-Stil zum ersten Mal gesehen hatte, war es dem Abriss geweiht gewesen. Das Dach war undicht, das Holz durchweg morsch. Als er sich mit der Maklerin traf, die die Aufgabe hatte, das Haus zu verkaufen, hatte sie ihn angesehen, als wäre er verrückt. »Ich will ganz ehrlich sein. Es gibt kein anderes Büro, das diese Immobilie übernehmen wollte. Sind Sie sicher, dass Sie es haben wollen?«

Er hatte noch nie ein Haus komplett renoviert und wusste, dass es eine Herausforderung darstellte. Doch das Häuschen hatte etwas an sich, das ihn reizte.

»Absolut«, hatte er geantwortet.

Hayes fuhr rückwärts die Auffahrt hinauf und parkte neben einem Stapel Sperrholz und ein paar Rollen Kunststoffplane. Er lud sein Werkzeug aus, drückte das Gartentor mit der Hüfte auf und stapfte über den Steinplattenweg zur Glasschiebetür an der Rückseite des Hauses.

Die Tür öffnete sich mit einem Quietschen, und Hayes trat ein. *Ich muss das Ding noch schmieren*, dachte er und stellte das Werkzeug auf dem Betonboden ab. Dann machte er kehrt, um die Kunststoffplane und die Teerpappe zu holen.

Hayes legte die Pistole neben die Spüle, steckte das Radio ein und verhängte die Türen mit der Plane, damit die angrenzenden Räume sauber blieben. Dann legte er Plastikplane und Teerpappe auf dem Boden aus und schaltete den Druckluftkompressor ein, ehe er hinausging, um das Sperrholz zu holen.

Er ging mit der ersten Sperrholzplatte in die Ecke, legte sie auf dem Boden an die Wand an und befestigte sie mit Betonnägeln. Mit den Händen zu arbeiten hatte für ihn etwas Therapeutisches. Die schwere Arbeit und die Konzentration auf kleinste Details ließen ihn alles andere vergessen. Vor allem seine Probleme.

Hayes hatte etwa die Hälfte des Unterbodens fertig, als es an der Haustür klopfte. Er legte den Druckluftnagler beiseite und hoffte, dass es schon die Bodenverleger sein würden, auch wenn sie erst für etwas später angekündigt waren.

»Einen Moment«, rief er und stand auf.

Er wischte sich die Hände an der Hose ab und blickte zur Haustür, die sich in direkter Sichtlinie der Küche befand. Doch statt der Handwerker sah Hayes einen der Zeugen Jehovas an der Haustür stehen. Der Mann lächelte und winkte ihm zu.

»Ich schalte nur schnell das Radio ab«, rief er und eilte zurück in die Küche, ohne den zweiten Jehova-Jünger zu sehen, der am Küchenfenster vorbeischlich, eine schallgedämpfte HK-Maschinenpistole im Anschlag.

»Verdammt, Mann, ist Geduld nicht eine eurer wichtigsten Tugenden?«, murmelte Hayes.

Er hatte gerade die Küche verlassen, als das Quietschen der Hintertür seine Instinkte aktivierte.

Runter, befahl die Stimme in seinem Kopf.

Hayes warf sich auf den Boden, einen Herzschlag, bevor hinter ihm das Stottern einer schallgedämpften Maschinenpistole losging.

2

LA CONNER, WASHINGTON

Die Kugeln zerrissen die Plane, schlugen in die Wand ein und ließen Brocken von Gipskarton und Putz in einer Staubwolke herabregnen. Hier war Hayes ohne jede Deckung, deshalb kroch er rasch zum Wohnzimmer, als der zweite Jehova-Jünger die Haustür eintrat.

Tief geduckt sprang Hayes ins Wohnzimmer und griff nach der Pistole an der Hüfte. Doch statt des kühlen Stahls der Neunmillimeter-Springfield war da nur Luft.

Die liegt in der Küche.

»Granate!«, rief der Mann auf Spanisch.

Während Hayes in die Mitte des Zimmers robbte, nahm ihm der zylinderförmige Gegenstand, der gegen die Esszimmerwand prallte, jede Möglichkeit, zu seiner Waffe zu gelangen. Er warf sich flach auf den Boden. Einen Sekundenbruchteil später landete die Blendgranate direkt vor ihm. Hayes konnte gerade noch die Augen schließen, bevor das Ding in einem grellen Magnesiumblitz explodierte. Zugleich hatte er den Mund geöffnet, damit der Überdruck ihm nicht die Trommelfelle zerriss.

Die Erschütterung traf ihn mit der Wucht eines Güterzugs, seine Haut brannte wie Feuer, und der Gestank von verbrannten Haaren stieg ihm in die Nase. Er versuchte, sich aufzurappeln, doch die Explosion hatte seinen Gleichgewichtssinn gestört, sodass er wankte wie ein Matrose auf Landurlaub.

Er streckte die Arme nach vorne, spürte die Wand und schaffte es, aus dem Zimmer zu taumeln. Wie zornige Hornissen zischten die Kugeln über ihn hinweg. Er stolperte ins Arbeitszimmer, knallte mit dem Schienbein gegen den Couchtisch, den der Innenausstatter mitten im Zimmer platziert hatte.

Sein Sehsinn kehrte als Erstes zurück, wenig später konnte er auch wieder hören. Das dumpfe Dröhnen in seinen Ohren wurde von einem hohen Summen abgelöst. Rauchgeruch stieg ihm in die Nase, er schaute an sich herab und sah, dass sein Hemd brannte. Sofort warf er sich auf den Boden und wälzte sich hin und her, bis die Flammen erstickt waren. Im nächsten Augenblick zertrümmerte eine Kugel den Spiegel über seinem Kopf.

Such dir eine Waffe. Irgendwas.

»Sie enttäuschen mich, Adam Hayes«, rief ihm der Schütze provokant aus der Küche zu. »Mir hat man erzählt, Sie wären ein brandgefährlicher Killer.«

Woher kennt der mich?

Der grüne Ziellaser, den der Rauch sichtbar machte, sagte ihm, dass jetzt nicht der Moment war, um sich mit solchen Fragen zu beschäftigen.

Der Laser traf auf die Wand, und der Angreifer ließ ihn kurz kreisen. Hayes wusste, dass der Mann damit seinem Partner ein Signal gab. Er teilte ihm mit, dass der Gejagte auf der rechten Seite des Zimmers festsaß.

Normalerweise machte man das mit Infrarot. Dass der Kerl

den grünen Laser benutzte, sagte einiges. *Der Typ ist sich seiner Sache hundertprozentig sicher. Für ihn bin ich so gut wie tot.*

»Der ist auch nur ein *pendejo* wie dieser Ford«, meinte der zweite Angreifer.

Ford?

Dass der Kerl den Namen seines Freundes erwähnte, traf Hayes wie ein Schlag ins Gesicht. Bevor er darüber nachdenken konnte, was das zu bedeuten hatte, rief der zweite Angreifer: »Ich lade nach.«

Hayes wusste, dass er hellwach sein musste, wenn er den Tag nicht mit deutlich mehr Einschusslöchern beenden wollte, als er ihn begonnen hatte. *Greif ins Spiel ein.*

Die Tatsache, dass die beiden Angreifer gleichzeitig eingedrungen waren und ihn in nicht einmal sechzig Sekunden ins Arbeitszimmer getrieben hatten, sagte ihm alles, was er wissen musste. Das waren Profis.

Möglicherweise ehemalige Spezialeinsatzkräfte. Hayes wusste, dass solche Männer ihren Preis hatten.

Wer immer seinen Tod wollte, musste über die entsprechenden Mittel und Verbindungen verfügen, um die Sache reibungslos zu erledigen.

Doch anstatt es so schnell wie möglich zu Ende zu bringen, hatten sie offenbar beschlossen, ihn ein bisschen zappeln zu lassen. Hayes war fest entschlossen, ihnen den Spaß gründlich zu verderben.

Er hob eine große Spiegelscherbe vom Boden auf und schnappte sich eine Metallschüssel vom Couchtisch. Dann drückte er sich an die Wand und drehte den Spiegel so, dass der Laser darauf traf und der Strahl zur gegenüberliegenden Wand gelenkt wurde.

Der zweite Angreifer antwortete, indem er seinen eigenen Laser zweimal kurz aufflammen ließ. »Er bewegt sich«, sagte er auf Spanisch.

Hayes richtete den Spiegel und den Laser zum Boden hin, obwohl ihm augenblicklich klar war, wie aussichtslos sein Versuch war. Er war halb taub von der Explosion und setzte sich mit einer billigen Schüssel gegen zwei Profikiller zur Wehr.

Eine absurde Idee.

Hayes schickte ein Stoßgebet zum heiligen Judas Thaddäus, dem Schutzpatron für aussichtslose Fälle, und wartete ab. Zugleich führte er sich die tausend Dinge vor Augen, die schiefgehen konnten.

Der Angreifer betrat das Zimmer mit einer Sicherheit, die er sich in vielen harten Einsätzen erworben hatte. Im blinden Vertrauen darauf, dass sein Partner die rechte Seite abdeckte, wandte er sich nach links, doch von dem Mann, den er jagte, war nichts zu sehen.

Im nächsten Augenblick war Hayes bei ihm.

Er hämmerte ihm die Schüssel auf den Hinterkopf. Der Schlag hätte ihn außer Gefecht gesetzt, wäre die Schüssel ein bisschen massiver gewesen. Der Mann taumelte benommen ein paar Schritte nach vorne, doch er ging nicht zu Boden.

Er wollte sich umdrehen, doch Hayes packte ihn an den Haaren und knallte ihn mit dem Kopf durch die Rigipswand.

»Emilio, alles in Ordnung bei dir?«, kam die Stimme aus dem Nebenzimmer.

Hayes trat dem Mann gegen das Knie, hörte Knochen brechen und drückte ihm gleichzeitig die Hand auf den Mund, um den Schrei zu ersticken.

Er griff nach der MP seines Gegners, als plötzlich der zweite Angreifer in der Tür stand.

Der Schütze zögerte keine Sekunde. Hayes hatte gerade noch Zeit, den Mann vor ihm herumzureißen und als menschlichen Schild zu benutzen, bevor der Angreifer das Feuer eröffnete.

»Neiiin!«, schrie der Mann, den Hayes im Griff hatte, bevor ihn eine Garbe in die Brust traf.

Die Maschinenpistole des Getroffenen fiel klappernd zu Boden. Hayes wusste, dass er die Waffe nicht rechtzeitig aufheben konnte. Seine einzige Hoffnung war der Nahkampf. Er musste an den zweiten Angreifer herankommen.

Hayes stürmte auf den Schützen zu und schob das leblose Gewicht des anderen vor sich her. Als er nur noch einen Meter von seinem Ziel entfernt war, stolperte er über die Beine des Toten und verlor das Gleichgewicht. Hayes stieß die Leiche von sich weg, doch der Schütze wich seinem toten Gefährten aus und ging seinerseits zum Angriff über.

Hayes war zu nahe an ihn herangekommen, als dass der Mann mit der MP auf ihn feuern konnte, also benutzte er sie als Knüppel und drosch sie seinem Gegner gegen den Kopf. Hayes sackte auf die Knie, und der Mann holte zu einem wuchtigen Fußtritt aus.

Hayes sah den Angriff kommen, konnte jedoch nur noch den Kopf aus der Schusslinie nehmen. Die Wucht des Tritts schleuderte ihn nach hinten gegen die Kochinsel.

Aus der Defensive wehrte er sich mit einem Tritt zwischen die Beine des Angreifers. Dieser zuckte nicht einmal mit der Wimper und antwortete mit einem mächtigen Schwinger, dem Hayes gerade noch ausweichen konnte.

Hayes ging seinerseits zum Angriff über, und es entbrannte ein beinharter Nahkampf mit Ellbogen und Knien. Hayes wusste, dass er seinen Gegner irgendwie entwaffnen musste, und packte die MP am Schalldämpfer. Das heiße Metall versengte ihm die Finger und erfüllte den Raum mit dem Geruch von verbranntem Fleisch.

Steck den Schmerz weg.

Hayes drückte die MP nach unten und versetzte seinem Gegner einen Kopfstoß gegen die Nase. Blut spritzte ihm ins Gesicht, doch sein Gegner ließ nicht locker. Ein zorniges Grunzen war das einzige Anzeichen dafür, dass er getroffen worden war.

Wenn du es nicht schnell zu Ende bringst, macht er dich fertig.

Als hätte der Mann seine Gedanken gelesen, senkte er die Schulter, benutzte die MP als Rammbock und katapultierte Hayes über die Kochinsel.

Hayes landete auf allen vieren, sah den Feuerlöscher vor sich und riss ihn aus der Halterung. Er zog den Sicherungsstift, rappelte sich auf die Beine und richtete die Löschdüse auf den Angreifer. Als er den Hebel durchdrückte, entlud sich der weiße Schaum ins Gesicht des Mannes.

Der Angreifer taumelte nach hinten, und Hayes setzte über die Kochinsel hinweg, rammte seinem Gegner den Feuerlöscher in die Magengrube, und der Mann klappte zusammen.

Der Rauchmelder begann zu schrillen, und der Schütze riss die MP hoch und drückte ab, bevor Hayes sie ihm aus den Händen schlagen konnte. Das Brennen der Kugel ließ ihn zusammenzucken, dann landete die MP klappernd auf dem Boden.

Hayes ließ den Feuerlöscher fallen und bückte sich nach der Maschinenpistole. Doch bevor seine Finger sich um den Griff schlossen, zog sein Gegner ein Messer aus dem Gürtel und griff an. Hayes sah die Klinge aufblitzen und zuckte zurück, bevor der kalte Stahl seine Brust ritzte.

Hayes reagierte mit einem Ellbogenschlag ins Gesicht des Gegners und hörte Zähne brechen. Er packte den Mann am Handgelenk und versuchte, ihm das Messer zu entreißen – dieser konterte mit einem mächtigen Tritt gegen das Bein.

Wie von einem Axthieb getroffen, gab Hayes' Bein unter ihm nach. Der Mann setzte mit einem wuchtigen Schlag mit dem Handrücken nach, der Hayes' Kopf zur Seite riss. Blut spritzte auf die frisch gestrichene Wand.

Der Angreifer rang Hayes zu Boden und versuchte erneut, das Messer einzusetzen, bis die Klinge nur noch wenige Zentimeter über seinem Hals war. Hayes wehrte sich verzweifelt, doch die Klinge schob sich immer näher zur Halsschlagader.

Über ihm traten die Adern im Hals des Angreifers unter der Maske aus weißem Schaum hervor.

In diesem Moment wurde Hayes bewusst, dass alle Versprechen, die er gegeben, alle Pläne, die er geschmiedet hatte, hinfällig sein würden, wenn er tot war.

Es gab nur einen Weg, wie er seine Familie wiedersehen konnte.

Du musst ihn töten.

Er drehte den Kopf zur Seite und sah den Druckluftnagler auf dem Boden liegen. Mit letzter Kraft stieß er mit der Hüfte nach oben und schaffte es, das Knie zwischen sich und den Angreifer zu zwängen. Genug Spielraum, um eine weitere Sekunde zu überleben.

Der Mann grinste auf ihn hinunter.

»Stirb, du Drecksack.«

Hayes schnappte sich die Nagelpistole und drückte sie dem Angreifer an die Schläfe.

»Du zuerst.«

3

LAS MANGAS, VENEZUELA

Jefferson Gray stand vor dem staubigen Chevy Suburban und arbeitete sich mit dem Zahnstocher in den Winkel seiner dünnen Lippen vor. Es war heiß auf dem niedrigen Hügel. Sein Hemdrücken war genauso durchgeschwitzt wie das Schweißband seines Strohhuts.

Er wischte sich mit dem Hemdsärmel übers Gesicht, hob das Fernglas an die Augen und blickte auf die Landschaft hinaus. Im Osten wehte der Wind über die *llanos;* die grasbewachsenen Ebenen im Südwesten Venezuelas erinnerten ihn an seine Heimat in Westtexas und daran, wie weit er gekommen war, seit er vor zehn Jahren bei der CIA begonnen hatte.

Davor hatte er über die Agency nur das wenige gewusst, das er im Fernsehen gesehen oder in irgendwelchen Agentengeschichten gelesen hatte. Erst als man ihm als Agenten die ersten kniffligeren Fälle übertrug, sah er die Dinge klarer: Die CIA war in Wahrheit eine risikoscheue Bürokratie. Umso erstaunlicher war, dass er es in so kurzer Zeit vom frischgebackenen Rekruten an die Spitze des Critical-Actions-Programms geschafft hatte.

Doch das war im Moment nebensächlich. Seine Gedanken kehrten zu dem blutverschmierten Computer zurück, den Black zusammen mit den Leichen seiner Männer aus dem Einsatz zurückgebracht hatte.

»Da.« Black knallte den Laptop auf Grays Schreibtisch, seine Gesichtsmuskeln zum Zerreißen gespannt.

Gray öffnete den Computer und blickte stirnrunzelnd auf den Bildschirm mit all dem eingetrockneten Blut. »Hätten Sie das nicht abwischen können?« Er zog ein Kleenex aus der Box auf seinem Schreibtisch.

»Ich hatte alle Hände voll damit zu tun, Marty und K.P. in Leichensäcke zu stecken und zurückzubringen.«

»Hmm«, machte Gray und wischte mit dem Papiertuch über den Bildschirm. »Irgendeine Idee, was den Inhalt der Nachricht betrifft?«

»Haben Sie mir zugehört?«, fauchte Black.

»Ja, habe ich.« Gray blickte zu dem zornigen Mann auf, den er für diese heikle Operation engagiert hatte. »Die zwei sind tot – darum frage ich Sie und nicht Ihre Männer.«

Gray beobachtete, wie Blacks wütende Augen Funken sprühten und seine Hand sich zur Faust ballte.

»Er hat alle Dateien gelöscht«, stieß der Mann zwischen zusammengebissenen Zähnen hervor.

Gray hatte oft genug mit solchen Einsätzen zu tun gehabt, um zu wissen, dass die Daten sich immer noch auf dem Computer befanden, solange die Festplatte nicht zerstört war. Man musste sie nur finden.

Es dauerte eine Stunde, bis es ihm gelang, die Bilder aufzuspüren, die Ford versandt hatte. Es waren vier Dateien.

Die ersten drei Fotos waren körnig und harmlos. Das erste war eine Weitwinkelaufnahme eines abgelegenen Flugplatzes mit einem heruntergekommenen Hangar und einer alten DC-3. Auf dem zweiten Bild waren mehrere Männer zu sehen, die Paletten aus dem Flugzeug auf die Ladefläche eines Lasters luden. Das dritte Foto war so unscharf, dass Gray erst nach Sekunden erkannte, dass er denselben Truck vor sich sah, in diesem Fall mit Männern, die Paletten abluden.

Das alles war nicht weiter beunruhigend. Die Aufnahmen konnten überall gemacht worden sein. Es gab absolut nichts darin, was sich zu Gray zurückverfolgen ließ.

Als jedoch das letzte Foto auf dem Bildschirm erschien, war ihm augenblicklich klar, dass er ein Problem hatte. Scheiße.

Ford hatte sich mit der letzten Aufnahme viel Zeit gelassen. Belichtung und Schärfe waren perfekt, sodass die beiden Männer in der Bildmitte eindeutig zu erkennen waren.

Das Foto zeigte Gray und Oberst Vega, den Direktor des venezolanischen Geheimdienstes – jenen Mann, mit dem er sich auf ausdrückliche Anweisung seines Chefs niemals hätte einlassen dürfen.

»*Verdammt!*«, blaffte er und hämmerte mit der Faust auf das Dach des Chevy. *Drei Jahre Arbeit, durch eine einzige beschissene E-Mail vom Scheitern bedroht.*

Das Rauschen aus dem Funkgerät in der Mittelkonsole lenkte Grays Aufmerksamkeit auf das aktuelle Problem. »Ich habe Sicht auf das Ziel«, meldete Murph von den fernen Gesteinsblöcken, zwischen denen der Scharfschütze verborgen war. »Heli kommt von Westen.«

»Wurde aber auch Zeit«, murmelte einer der Männer und strich über das Sturmgewehr, das er zwischen den Beinen balancierte.

Gray hob das Fernglas an die Augen und schwenkte es nach links in das Rot der untergehenden Sonne. Er fokussierte die Optik auf den winzigen grünen Punkt am Horizont. Wenige Sekunden später wurde aus dem Punkt ein Huey mit venezolanischem Kennzeichen.

»Sie haben einen Bordschützen in der Tür auf der rechten Seite«, berichtete Murph.

»Falls die Sache aus dem Ruder läuft«, befahl Black, »nimmst du dein Gewehr und machst Vega kalt.«

Gray ließ das Fernglas sinken und blickte in den SUV. Black schaute hinter seiner dunklen Sonnenbrille zu ihm heraus. Der herausfordernde Ton, mit dem er die letzte Anweisung gegeben hatte, war nicht zu überhören gewesen. Er wollte Gray zwingen, sich zu ihm und seinen Männern zu bekennen. Wollte wissen, auf wessen Seite Gray stand, wenn es hart auf hart ging – auf der des Teams oder auf Vegas Seite.

Gray hatte schon so manchen kniffligen Einsatz geleitet und war nicht bereit, sich auf solche Spielchen einzulassen. Statt die Konfrontation anzunehmen, wich er der Frage geschickt aus.

»Es wird alles glattgehen«, sagte er, während der Pilot den Helikopter direkt über den Suburban manövrierte und dann in einem engen Bogen kreisen ließ.

»Das wird sich zeigen.« Black wandte seine Aufmerksamkeit den Männern hinter ihm im Wagen zu. »Ihr drei wartet erst mal ab, bis wir die Situation einschätzen können«, wies Black die drei finster dreinblickenden bärtigen Männer an, die in den Taschen ihrer staubigen Plate-Carrier-Einsatzwesten die in ihrem Geschäft unentbehrlichen Utensilien trugen: Extramagazine für die HK416-Sturmgewehre, Druckverbände und M67-Splittergranaten.

»Verstanden.«

Nach einem zweiten Überflug zog der Pilot den Helikopter wieder höher und ließ ihn gemächlich über dem Gelände kreisen.

»Konvoi kommt«, verkündete Murph.

Gray ging von der Autotür weg und blickte zu der Staubwolke, die Vegas Kommen ankündigte. Der erste Wagen, ein grüner Ford F-150 Pick-up, kam in Sicht, die Ladefläche voll mit bewaffneten Männern.

»Wollen Sie Ihre Schutzweste?«, fragte Black.

»Nicht mein Stil.« Gray nahm den Cowboyhut ab und fuhr sich mit den Fingern durch die blonden Haare.

Die Schutzweste ließ ihn an seinen alten Kumpel Mike Vickers denken. Sie hatten zusammen die Ausbildung auf der Farm absolviert. Mike war hinter einer hochrangigen Zielperson her gewesen, als sein Konvoi in eine Sprengfalle geriet. Gray hatte seinen Freund im Walter-Reed-Hospital besucht. Es war hart gewesen, ihn so hilflos zu sehen, an hundert Maschinen angeschlossen. Mikes Tochter hatte die ganze Zeit am Krankenbett geweint, auf dem das lag, was von ihrem Vater noch übrig war.

Was für eine Scheiße. Wenn seine Zeit kam, wollte Gray einen sauberen Tod.

Der F-150 brauste in einer braunen Staubwolke den flachen Hügel herauf. Die Gesichter der Soldaten auf der Ladefläche waren mit schwarzen Sturmhauben verhüllt. Auf der Hügelkuppe drehte der Pick-up eine schnelle Runde und wirbelte noch mehr Staub auf, ehe er abrupt zum Stehen kam.

Als sich der Staub legte, waren die Bewaffneten bereits von der Ladefläche gesprungen und beäugten argwöhnisch Grays Trupp.

Was hab ich gesagt? Es wird alles glattgehen? Gray richtete seine Aufmerksamkeit auf den schwarzen Mercedes SUV, der am Fuß des Hügels wartete.

Einer von Vegas Männern hob sein Funkgerät an den Mund – allem Anschein nach, um grünes Licht zu geben, denn im nächsten Augenblick setzte sich der SUV in Bewegung und rollte den Hügel herauf. Der Fahrer brachte den Wagen direkt vor Gray zum Stehen, und ein schlanker Mann mit dünnem Schnauzer und makelloser Uniform stieg aus.

»*Buenas noches*«, sagte Oberst Vega und warf Gray eine Tasche vor die Füße.

Beim Aufprall öffnete sich die Tasche, sodass Gray die Geldbündel sehen konnte.

»Für den Einsatz im Hotel«, sagte Vega.

Gray bedeutete Black mit einem Kopfnicken, die Tasche mit dem Geld aufzuheben, dann gingen die beiden Männer an den Rand der Hügelkuppe, wo niemand mithören konnte.

»Man hat mir gesagt, wir haben ein Problem«, begann Vega, und sein Lächeln schwand so schnell, wie es erschienen war. »Angeblich geht es um eine E-Mail und irgendwelche Fotos.«

Scheiße, woher weiß er davon?

Vega schien seine Gedanken zu lesen. »Finden Sie nicht auch, Mr. Gray, dass ich in dieser Position fehl am Platz wäre, wenn ich nicht über alles Bescheid wüsste, was in meinem Land vor sich geht?«

»Darum kümmern wir uns schon.«

»Sind Sie sicher, dass Sie das Problem schnell genug lösen können? In drei Tagen sind wir mit der Lieferung so weit«, hakte Vega nach, seine Augen so kalt wie die einer Klapperschlange, bevor sie zuschlug.

»Wenn ich Ihnen sage …«, setzte Gray an, und sein gewohnt cooles Auftreten ließ ihn für einen Moment im Stich.

»Mein Freund« – Vega hob beschwichtigend die Hände, und seine Augen nahmen sofort wieder einen wärmeren Ausdruck an – »es gibt keinen Grund, zornig zu werden. In drei Tagen werden Sie ein sehr reicher Mann sein. Sie werden genug Geld haben, um dieses Leben für immer hinter sich zu lassen«, fügte er mit einer ausladenden Geste hinzu, die den gesamten Hügel umfasste. »*Falls* aber Ihre CIA erfährt …«

»Vorsicht, Oberst«, zischte Gray. »Ich mag es nicht, wenn man mir droht.«

»Gut, dann kümmern Sie sich um diesen Adam Hayes. Und zwar schnell.«

4

LA CONNER, WASHINGTON

Der fünf Zentimeter lange Betonnagel bohrte sich in den Schädel, der Mann sackte zusammen und rührte sich nicht mehr.

Der Tod trat augenblicklich ein.

Hayes schob den Toten von seiner Brust. Der Kampf hatte keine fünf Minuten gedauert, doch Hayes war völlig erledigt. Sein Atem kam in kurzen Stößen, sein Herz hämmerte wie eine Kalaschnikow im Dauerfeuer-Modus.

Am liebsten wäre er auf dem Boden liegen geblieben, um durchzuatmen und darüber nachzudenken, was sich soeben ereignet hatte, doch das konnte er sich nicht leisten, da der Rauchmelder immer noch heulte. Hayes rappelte sich auf, riss den Rauchmelder aus der Halterung und schleuderte ihn quer durchs Zimmer.

Die plötzliche Stille war ohrenbetäubend.

Steh auf, befahl seine innere Stimme.

Ein Zuschauer im eigenen Körper zu sein, war einer der Aspekte des Treadstone-Programms, an die Hayes sich nie hatte gewöhnen können. Die genetischen Eingriffe, mit denen die Ärzte seine Muskeln stärker und schneller gemacht hatten, waren etwas, mit dem er leben konnte – eine Funktion, die er einschalten konnte, wenn sie benötigt wurde.

Die Verhaltensmodifikation war jedoch ein ganz anderes Kaliber. Laut dem Treadstone-Arzt, der es ihm erklärt hatte, war alles ganz einfach.

»Ihr Körper hat natürliche Antworten auf bestimmte Situationen. Wenn Ihr Körper Brennstoff benötigt, sagt er Ihnen, dass Sie Hunger haben. Wenn Sie müde werden, kommt das Verlangen nach Schlaf. Die Hardware ist vorhanden – wir müssen sie nur ein bisschen anders verkabeln.«

»Anders verkabeln?«, hatte Hayes gefragt.

»Betrachten Sie es einfach so: Ein Auto hat ein Gas- und ein Bremspedal, richtig?«

Hayes nickte.

»Sie haben jetzt zwei Gaspedale.«

Bestimmt hat jemand die Schüsse gehört. Die Cops werden bald hier sein. Mach schnell. Check die Toten.

Er beobachtete sich selbst dabei, wie er sich aufrappelte, sich zu dem Toten kniete und seine Taschen durchsuchte. Eine Stimme in seinem Kopf registrierte alles, was er fand.

Mobiltelefon – natürlich ein Wegwerfhandy. Er knipste ein Foto vom Gesicht des Mannes und drehte ihn um. Er suchte nach einer Brieftasche, konnte jedoch keine finden und sah rasch auf die Uhr.

Zeitcheck. Dreißig Sekunden. Mach schnell.

Hayes stand auf und wollte sich dem zweiten Angreifer zuwenden, als etwas am Hemd des Toten seine Aufmerksamkeit auf sich zog.

Was ist das? Denk nach, verdammt.

Diese verdammten Pillen …

Die Therapeutin hatte ihm nahegelegt, die Pillen zu nehmen. Er hatte sich lange dagegen gesträubt, aber schließlich nachgegeben.

»Dieses Mittel ist bei uns noch ziemlich neu, aber Ärzte in Europa behandeln damit bereits sehr erfolgreich die Symptome der posttraumatischen Belastungsstörung.«

»Ich halte nicht viel von starken Medikamenten«, hielt Hayes dagegen.

Sie riss das oberste Blatt von ihrem Rezeptblock ab und hielt es zwischen den Fingern. »Und Ihre Albträume – halten Sie von denen mehr?«

Okay, das hat was für sich, *dachte er und nahm das Rezept.*

»Adam, dieses Medikament ist ein vorübergehendes Hilfsmittel. Es erleichtert die Symptome, aber es kann Sie nicht heilen.«

Die Kopfschmerzen fingen im Hinterkopf an, als hätte ein Blitz eingeschlagen, der seinen Blutdruck in die Höhe trieb.

Seine Hände zitterten, das erste Anzeichen einer Panikattacke, die sich im Bauch zusammenbraute. Hayes versuchte, ihr zuvorzukommen, doch es war zu spät. Das Blut pochte so hart gegen den Sehnerv, dass er einen Moment lang alles verschwommen sah.

Hayes barg seinen Kopf in den Händen und rief sich die Übungen in Erinnerung, die die Therapeutin ihm für diesen Fall gezeigt hatte und die ihm helfen sollten, zur Ruhe zu kommen. *Stellen Sie sich vor, Sie sind an einem sicheren Ort. Einem Ort, wo Sie ganz Sie selbst sein können.* Er schloss die Augen und versuchte, an einen sicheren Ort zu denken, doch die beiden Leichen auf dem Fußboden machten das unmöglich.

Anderthalb Jahre Arbeit – in fünf Minuten zunichtegemacht.

Der Schmerz setzte wieder ein, und seine Sicht begann zu verschwimmen. Er verzog das Gesicht zu einer gequälten Grimasse. »Nicht *jetzt*!«, schrie er und drückte die Hände gegen die Schläfen.

Er sank auf die Knie, spürte den Betonboden kalt durch die Hose hindurch. *Ich hab alles unter Kontrolle.*

Natürlich belog er sich damit nur selbst. Das bezeugten die beiden Toten auf dem Fußboden ebenso wie der Schießpulvergestank in der Luft. Und dann dieser Durst. Das fürchterliche Brennen, das Hayes schmerzlich vor Augen führte, dass er überhaupt nichts unter Kontrolle hatte.

Die Verantwortlichen von Treadstone hatten kein Wort über irgendwelche Nebenwirkungen verloren, als er mit dem Programm begann. Sie hatten ihm versichert, es sei nur ein etwas anderer Weg, seinem Land zu dienen. Erst nach seinem ersten Einsatz, während der Nachbesprechung in dem Raum mit den beigefarbenen Fliesen und den grauen Wänden, die an eine psychiatrische Anstalt erinnerten, begann ihm zu dämmern, worauf er sich eingelassen hatte.

Die Erinnerungen brachen wie eine Sturzflut über ihn herein. So real und intensiv, dass Hayes fast das kalte Metall des Stuhls auf seiner nackten Haut spüren und die Wasserflasche sehen konnte, die vor ihm auf dem Tisch stand. Kondenswasser lief in dicken Tränen an dem Kunststoff herab. Noch nie in seinem Leben war er so durstig gewesen. Jede Faser seines Körpers schrie danach, die Flasche zu nehmen, den Verschluss zu öffnen und sie in einem langen Zug zu leeren.

Doch er konzentrierte sich auf den Einwegspiegel an der gegenüberliegenden Wand. Das Gesicht, das ihm entgegenblickte, war wie eine Karikatur seiner selbst. Die Wangenknochen so scharf konturiert, dass sie fast die gebräunte Haut durchschnitten. Kurze braune Haare mit grauen Stellen, die er vorher nicht gehabt hatte. Es waren jedoch die Augen, die seine Aufmerksamkeit auf sich zogen. Blau und kalt wie Gletschereis.

Was zum Teufel haben die mit mir gemacht?

Mit einem Klicken ging die Tür auf, und ein Mann im Labormantel trat zusammen mit einer Schwester ein. Er ging um den Tisch herum und begann, Hayes' Vitalfunktionen in eine kornblumenblaue Mappe einzutragen.

»Puls?«

»Neunundachtzig Schläge pro Minute.«

»Blutdruck?«

»Hundertzwanzig zu achtzig.«

Wie ein Raubtier eine potenzielle Beute beäugte Hayes den Arzt. Der Mann war Ende vierzig, hatte klare blaue Augen, buschige Brauen und rabenschwarze Haare, die unvorschriftsmäßig lang waren. Selbst für einen Offizier.

»Fast fertig, Doktor«, sagte die Schwester, zog die Nadel heraus und drückte einen Wattebausch auf die Einstichstelle. »Fest draufdrücken, bis die Blutung aufhört«, sagte sie, setzte die Kappe auf die Nadel, nahm die drei Röhrchen mit dem Blut und ging hinaus.

»Zigarette?«, fragte der Mann und hielt ihm das Päckchen Winston hin, das er aus der Tasche seines Labormantels gefischt hatte.

»Nichtraucher«, sagte Hayes und beobachtete den Blutfleck auf dem Wattebausch.

Der Arzt zog ein Streichholz über die Reibefläche der Schachtel, und der Schwefelgeruch ließ Hayes an den Einsatz denken. Der Geruch der Pistole nach dem abgefeuerten Schuss.

»Mr. Hayes, das ist eine routinemäßige Nachbesprechung«, begann der Mann. »Ich werde Ihnen ein paar Fragen stellen und erwarte, dass Sie wahrheitsgemäß antworten. Alles klar?«

»Ja.«

»Die Maschine registriert jede Abweichung von der Wahrheit.« Er deutete mit der Zigarette auf den Monitor in der Ecke. »Haben Sie verstanden?«

»Ja.«

»Gut. Aufnahme«, sagte der Mann, legte die Zigarette in den Aschenbecher und blickte auf seine Unterlagen.

Hayes schaute zum Spiegel auf der Wand gegenüber und sah ein rotes Licht aufleuchten. Er wusste, dass diese Gespräche aufgenommen wurden, und hatte sich immer schon gefragt, wer hinter der Glasscheibe sitzen und ihn beobachten mochte.

»Wir fangen mit ein paar grundlegenden Fakten an. Welchen Tag haben wir heute?«

»Montag.«

Der Mann schaute auf den Monitor, sah keinen Ausschlag und wandte sich wieder seinen Unterlagen zu.

»In welchem Land leben Sie?«

»In den Vereinigten Staaten.«

»Welche Stadt?«

»Alexandria.«

Ein Test. So was machten sie besonders gern hier.

Anhand dieser simplen Fragen wurde beobachtet, wie Hayes

reagierte, wenn er die Wahrheit sagte. Nachdem das geklärt war, begann die eigentliche Befragung.

»Wo waren Sie letzten Dienstag?«, fragte der Mann.

»In Seattle«, log Hayes.

Der Mann blickte zum Monitor, und sein Mundwinkel zuckte kaum merklich.

»Ist Adam Hayes Ihr richtiger Name?«

»Ja.«

Wieder eine Lüge, die nicht registriert wurde. Das Stirnrunzeln des Arztes vertiefte sich.

»Was ist Treadstone?«

»Keine Ahnung.«

Die Tür wurde geöffnet, und ein Techniker kam herein. Er ging zur Maschine, begutachtete sie einen Moment lang und wandte sich dann an den Mann im weißen Mantel.

»Die Einstellungen sind auf höchster Stufe«, erklärte er achselzuckend.

»Irgendein Problem?«, fragte Hayes unschuldig.

»Nein. Erzählen Sie mir von Anfang an, wie der Einsatz abgelaufen ist.«

»Der Eliminierungsbefehl kam auf die übliche Art. Name und Adresse. Der Name der Zielperson war John Li. Angeblich als Schutzgeldeintreiber für das Glücksspiel im Golden Buddha zuständig. Aber das war natürlich Blödsinn.«

»Wie bitte?«, fragte der Arzt.

»Die Informationen, die man mir gegeben hat«, sagte Hayes und schaute auf den Spiegel, »das war Blödsinn. Li war in Wahrheit vom chinesischen Geheimdienst. Die Wachmänner an der Hintertür waren mit Norinco-Pistolen bewaffnet, als ich sie tötete.«

»Ich werde es vermerken«, sagte der Arzt.

»Li hat keinen großen Widerstand geleistet.«

»Hat er irgendwas gesagt?«

»Er hat um sein Leben gefleht. Hat mir Geld geboten, das Übliche halt.« Hayes zuckte mit den Schultern.

»Was haben Sie getan?«

»Ich habe ihm eine Zweiundzwanziger-Kugel ins Auge gejagt.«

»Was haben Sie dabei empfunden?«

»Empfunden?« Hayes verstand die Frage nicht.

»Haben Sie etwas dabei gespürt?«

»Den Rückstoß«, antwortete Hayes ehrlich.

»Rückstoß?« Der Mann lächelte.

»Ja, Sie wissen schon.« Hayes formte seine Hand zur Pistole, deutete das Drücken des Abzugs und das Hochschnellen der Mündung beim Schuss an.

»Irgendwelche Nebenwirkungen? Kopfschmerzen, Schlafstörungen …?«

»Durst.«

»Das ist ganz normal.« Der Mann vermerkte die Antwort in seinen Unterlagen, dann warf er ihm die Wasserflasche zu.

Nachdem er in die Küche gegangen war, verschwanden die Kopfschmerzen so schnell, wie sie eingesetzt hatten. Sein Mund war staubtrocken, seine Beine zitterten, als er zum Waschbecken ging. Er drehte den Wasserhahn auf, beugte sich vor und trank, bis er keine Luft mehr bekam.

Hayes atmete durch und wollte noch mehr trinken, als er die Sirenen hörte.

Es war höchste Zeit zu verschwinden.

5

LA CONNER, WASHINGTON

Hayes steckte die Neunmillimeter in den Hosenbund, eilte zur Haustür und riss sie auf. Er warf einen letzten Blick über die Schulter zurück. Als er sich umdrehte, um hinauszugehen, blickte er in den Lauf einer Glock 17.

»Auf den Boden! Wird's bald?«, blaffte der Deputy, der die Pistole auf ihn richtete.

Nach den Maschinenpistolen, denen er sich noch vor wenigen Minuten gegenübergesehen hatte, konnte ihn die Glock nicht mehr wirklich einschüchtern.

Das Problem war eher der zitternde Finger des Deputys am Abzug.

Der Mann war vielleicht Anfang dreißig, doch der Schweiß auf seinem kahl rasierten Kopf erschwerte eine genaue Schätzung. Eines stand fest – der Mann stand unter Strom. Die Kiefermuskeln angespannt, die Pupillen geweitet, als hätte er eine Ladung Koks intus.

Töte ihn, drängte die innere Stimme.

»Ich töte keine unschuldigen Leute.«

»W-was?«, stammelte der Deputy. Die Pistole in seiner Hand zitterte.

Verdammt.

»Deputy Powell«, begann Hayes, nachdem er einen Blick

auf das Namensschild auf dem Hemd des Polizisten geworfen hatte.

»Auf den Boden, sofort!«, befahl Powell und machte einen Schritt auf ihn zu. »Sonst puste ich Ihnen den Kopf weg.«

Hayes fokussierte sich ganz auf die Glock, die auf sein Gesicht gerichtet war. Dass der Schlitten noch vom Verpackungsfett glänzte, sagte einiges aus. Die Pistole war genauso neu wie der Deputy.

»Ich hab gesagt, auf den Boden, Arschloch.«

»Okay, okay.« Hayes ließ sich langsam auf die Knie nieder.

Ein zweiter Deputy fuhr mit Blaulicht vor. Er sprang aus dem Wagen und zog ebenfalls die Pistole.

»Baker 210 am Tatort«, gab er per Funk durch.

»Gesicht nach unten«, befahl Powell und drückte den Lauf gegen Hayes' Kopf.

Als er die Pistolenmündung an seinem Schädel spürte, schoss ein Funke durch Hayes' Körper. Seine Muskeln waren angespannt, die Stimme in seinem Kopf schrie: *Bring den Mann um!* Doch er hatte eine eiserne Regel, die er befolgte, solange er zurückdenken konnte: Er tötete keine Cops.

Ich töte keine Cops.

»Ich checke das Haus«, sagte der zweite Deputy und trat mit der Pistole im Anschlag durch die Haustür. Augenblicke später hörte man von drinnen einen gepressten Fluch, dann ein Würgen.

Ich schätze, er hat die Leichen gefunden.

»Sie bleiben, wo Sie sind«, warnte Powell, trat ein paar Schritte nach links und warf einen Blick durch die Haustür. »Ronny … alles in Ordnung bei dir?«

Hayes drehte den Kopf zur Seite. Er musste die Situation

schnell unter Kontrolle bekommen. Er wusste nur nicht, wie – zumal in diesem Moment ein dritter Streifenwagen auf der Bildfläche erschien. Der Ford Crown Victoria kam ohne Blaulicht, woraus Hayes schloss, dass es sich um den Vorgesetzten der beiden handelte.

Der Mann stieg aus, rückte seinen Stetson auf dem dichten blonden Haarschopf zurecht und stapfte die Auffahrt herauf. Hayes stieß einen erleichterten Seufzer aus.

Lieutenant Sidney Blair war ein Ordnungshüter, wie er im Buche stand: groß und schlank, mit Augen, die immer in Bewegung waren und denen nichts zu entgehen schien. Er war einer der Ersten, die Hayes kennengelernt hatte, als er ins Skagit County gekommen war. Dass der Mann in diesem heiklen Moment aufkreuzte, war ihm so willkommen wie ein kühles Lüftchen an einem heißen Tag.

»Powell, wie oft habe ich Ihnen schon gesagt, dass Sie mit der Waffe ein bisschen vorsichtiger umgehen sollen«, mahnte Blair mit seinem gedehnten Akzent, der verriet, dass er aus Texas stammte.

»S-sorry, Sir«, sagte der Deputy.

Hinter sich hörte Hayes den anderen Deputy aus dem Haus stolpern. Augenblicke später hörte er Büsche rascheln, dann stieg ihm der Gestank von Erbrochenem in die Nase.

»Herrgott, Jesus, Maria – Ronny, das ist ein Tatort…«

»Sorry, Lieutenant, aber…«

»Machen Sie sich frisch.« Er wandte sich wieder an Powell. »Und Sie holen das Absperrband und spannen es hier auf. Zeigen Sie, dass wenigstens einer von Ihnen einen Funken Verstand besitzt.« Als seine Deputys außer Hörweite waren, wandte sich Blair mit einem breiten Grinsen an Hayes. »Schwingen Sie Ihren Arsch hoch.« Er hielt ihm die Hand hin, um ihm aufzuhelfen.

Sein Lächeln schwand; Hayes wusste, warum, als er sein Spiegelbild in Blairs Sonnenbrille sah. Sein Gesicht war rot geschwollen von dem Kampf im Haus, doch Hayes wusste, dass es vor allem das gefährliche Funkeln in seinen Augen war, das Blair stutzig machte.

»Ganz ruhig, Mann.« Blair legte ihm die Hand auf die Schulter und führte ihn ins Haus. »Powell hat's nicht so gemeint. Das wissen Sie doch, oder?«

»Das ist der einzige Grund, warum er noch lebt«, gab Hayes zurück.

Blair ließ sich nicht anmerken, ob ihn die Bemerkung irritierte. Einen Moment lang schwiegen beide.

Als Hayes dem Mann zum ersten Mal begegnet war, hatte er sofort gespürt, dass sie einiges gemeinsam hatten. Sie teilten dieselben Werte und konnten beide gut mit Stille umgehen. Sie verspürten keine Notwendigkeit, eine natürliche Gesprächspause mit belanglosem Small Talk zu füllen.

Beide hielten sich an den alten Grundsatz des Westens, dass die Vergangenheit eines Mannes niemanden etwas anging – es sei denn, es gab gewichtige Gründe, sich damit zu beschäftigen. Hayes hatte Blair nie gefragt, wie es kam, dass ein Junge aus Texas hier oben an der Westküste gestrandet war, und der Lieutenant hatte es ihm gegenüber ebenso gehalten.

Doch Hayes wusste, dass sich das ändern würde.

Blair wandte sich einem der Toten auf dem Boden zu, stieß einen langen Pfiff aus und schob seinen Hut nach hinten. »Die haben Sie fertiggemacht, so viel steht fest.«

Hayes beobachtete, wie der Mann einen Kuli aus der Tasche zog und zu dem Toten trat. Mit dem Kugelschreiber drehte Blair den Kopf des Mannes zur Seite, sah die Wunde am Kopf und blickte zu dem Druckluftnagler.

»Es gibt wohl für alles ein erstes Mal«, meinte Blair und ging zum zweiten Toten hinüber.

»Die haben mir keine Wahl gelassen«, rechtfertigte sich Hayes.

»Was für eine Sauerei«, meinte Blair.

»Und was ist jetzt mit mir?«

»Notwehr. Trotzdem müssen Sie Powell aufs Revier begleiten und Ihre Aussage machen.«

»Sie meinen den Kerl, der mir beinahe das Gesicht weggeschossen hätte?«

»Hey, wir sind eine kleine Dienststelle«, erwiderte Blair achselzuckend.

Doch die Größe der Dienststelle interessierte Hayes im Moment überhaupt nicht. Ihn beschäftigte vor allem die Frage, wer diese Männer geschickt hatte, um ihn zu töten.

Und, noch interessanter: Warum?

6

WASHINGTON, D.C.

Levi Shaw hatte ein unscheinbares Auftreten, das er sich im Lauf von drei Jahrzehnten im Geheimdienstgeschäft angeeignet hatte. Dank dieser Fähigkeit war er unbemerkt in einige der dunkelsten Winkel dieser Erde vorgedrungen, hatte die Aufträge ausgeführt, die seine Behörde ihm übertragen hatte, und war verschwunden, ohne die kleinste Spur zu hinterlassen.

An der Pentagon Station stieg Shaw aus der Metro aus und schlängelte sich zwischen ein paar Offizieren in Ausgehuniform hindurch.

Mit der Rolltreppe fuhr er nach oben, nahm den Dienstausweis ab, den er um den Hals trug, und nickte dem Mann beim Sicherheits-Checkpoint zu.

»Morgen, Johnny«, sagte er, zog den Dienstausweis über den Scanner, legte seinen Aktenkoffer auf das Förderband und den Inhalt seiner Taschen in einen weißen Korb zwischen den Metalldetektoren.

»Guten Morgen, Mr. Shaw«, sagte der Mann lächelnd.

»Ihre Nats haben gestern ein ordentliches Spiel abgeliefert«, bemerkte Levi und trat durch den Metalldetektor.

»Das kann man von Ihren Mets leider nicht behaupten.« Der Sicherheitsmann grinste schelmisch.

»Hören Sie bloß auf«, sagte Levi kopfschüttelnd.

Er steckte seine Sachen wieder ein, nahm den Aktenkoffer und durchquerte den Flur zur Linken.

Shaw hatte Mitte der Neunzigerjahre als GS-13 im Pentagon begonnen, im Rang eines Majors. Die erste Lektion, die er damals gelernt hatte, war, dass im Pentagon, so wie beim Militär, der Rang stets das Ausschlaggebende war. Deshalb war er nicht sonderlich überrascht, dass man ihm ein fensterloses Büro im Keller des innersten Rings zuwies.

»Sehen Sie's einfach so«, hatte der Hausmeister gemeint, der ihm den Schlüssel übergab, »von hier aus kann's für Sie nur aufwärtsgehen.«

»Wie meinen Sie das?«, hatte Shaw gefragt.

»Sie sind hier im untersten Geschoss. Unter Ihnen ist nur das Fundament.« Er lächelte.

Es hatte fast dreißig Jahre gedauert, bis Shaw dahinterkam, dass diese offizielle Version nicht den Tatsachen entsprach.

Es gab sehr wohl noch etwas unter dem Keller. Dass dieser Bereich in keinem offiziellen Bauplan aufschien, lag daran, dass es sich um eine *Black Site* handelte – einen inoffiziellen Bereich, der aus dem »schwarzen Budget« des National Intelligence Program finanziert wurde und der intern »Boneyard« genannt wurde.

In diesen »Friedhof« in den tiefsten Tiefen des Pentagons wurden die weniger wichtigen »schwarzen Projekte« verschoben, bis sie irgendwann ganz aufgegeben wurden.

Am unteren Ende der Treppe zog Shaw seine Karte über den Scanner und wartete darauf, dass das Magnetschloss sich entriegelte, ehe er die Tür aufzog.

Während der Rest des Pentagons im Jahr 2011 modernisiert worden war, sah es im Boneyard noch genauso aus wie 1943, dem Jahr, in dem das Gebäude fertiggestellt worden war. Shaw folgte den frei liegenden Rohren und Kabelsträngen an der Decke. Seine Schritte hallten von den grauen Wänden wider, die noch den Originalanstrich trugen.

Er bog um die Ecke und näherte sich seinem Büro, als links von ihm eine Tür aufging und das Dröhnen der Pumpe herausdrang, die installiert worden war, um dem Einsickern von Grundwasser entgegenzuwirken.

Ein Arbeiter trat aus dem Raum. Der Dienstausweis an seinem blauen Overall war mit den roten Abzeichen versehen, die ihm den Zutritt zu den bestgesicherten Büros im Pentagon ermöglichten. Der Mann schloss die Tür, und es war wieder still im Flur.

Shaw beobachtete, wie der Mann den Gehörschutz vom Kopf nahm und kurz zusammenzuckte, als er Shaws Schritte kommen hörte.

»He, Kumpel, wie kommen Sie hier runter?«, wollte der Mann wissen.

Shaw hielt seine Schlüssel hoch und ließ sie klimpern.

»Okay, Sie haben einen Schlüssel. Das freut mich für Sie, ist aber keine Antwort auf meine Frage.«

»Das ist geheim.« Shaw lächelte und blieb vor der Tür stehen, auf deren Namensschild »SBI-T-71« stand.

Er schloss die Tür auf und knipste das Licht an. Die Leuchtstofflampen erwachten summend und flackernd zum Leben und erhellten ein Büro, das den Charme einer Besenkammer ausstrahlte. Eingerichtet war es mit drei Schreibtischen, einer Reihe abgenutzter Aktenschränke und einem Wasserspender, der vor sich hin gluckerte, als Shaw eintrat.

Er wollte gerade die Tür schließen, als er die Stimme des Mannes durch den Türspalt hörte. »Ach du Scheiße, Sie *arbeiten* im Ernst hier unten? Sie müssen irgendwen da oben mächtig angepisst haben.«

Wie viel Zeit bleibt mir noch?, ging es ihm durch den Kopf, als er leise die Tür schloss.

Shaw hängte Hut und Mantel an den Kleiderständer bei der Tür, den Blick auf den Kalender an der Wand gerichtet. *Noch drei Tage, dann wird Treadstone endgültig begraben*, fügte er in Gedanken hinzu.

Shaw war kein sentimentaler Mensch. Drei Jahrzehnte im Geheimdienstgeschäft hatten ihn von solchen Anwandlungen kuriert. Als er sich nun jedoch in seinem Büro umblickte, konnte er immer noch nicht glauben, wie tief Treadstone im Laufe des vergangenen Jahres gefallen war.

Der offizielle Grund, warum man Treadstone 71 in den Boneyard verbannt hatte, war denkbar einfach: Das Programm war nicht mehr zeitgemäß.

Die Betreiber von Treadstone mochten auf die herausragenden Fähigkeiten ihrer Agenten verweisen – doch im digitalen Zeitalter waren es Drohnen, Satelliten und Computer, die das Geschehen beherrschten. *Die Entscheidungsträger suchen immer nach einer Hightech-Lösung, auch wenn sie es mit einem Lowtech-Problem zu tun haben. Die lernen es nie*, dachte Shaw und ging mit seinem Aktenkoffer an den bescheidenen Arbeitsplatz, den er sich in dem kleinen Raum eingerichtet hatte.

Er ließ sich schwer auf den Stuhl an seinem Schreibtisch

sinken und tippte sein Passwort in den Computer ein. Als die Eingabeaufforderung erschien, gab er die entsprechenden Befehle ein.

```
>>>> CIA Remote Portal
Login: Shaw, L.
_Zugang gewährt
>>>> Verbindung hergestellt_

Status: Online
```

Im nächsten Augenblick erschien eine Satellitenkarte auf dem Bildschirm, die ihn in Gedanken in den April 2002 zurückkehren ließ, in seine erste Woche als Treadstone-Direktor.

Er erhielt eine Führung durch das Tactical Operations Center, das sich in einem eigenen Gebäude befand, und versuchte, sich einen Überblick über die Aufgabe zu verschaffen, die er übernommen hatte. Das TOC war kleiner als die entsprechenden Zentralen im National Counterterrorism Center, aber genauso modern eingerichtet, mit einem wandhohen LCD-Bildschirm und einer ganzen Riege von Geheimdienst-Spezialisten an ihren Workstations, die Gesichter vom blauen Lichtschein der Bildschirme erhellt.

»Hier verfolgen wir die einzelnen Missionen«, hatte ihm der diensthabende Offizier erklärt. »Vielleicht nicht so beeindruckend wie das Labor, aber alles auf dem neuesten Stand der Technik.«

»Wie viele Agenten haben wir zurzeit draußen im Einsatz?«, wollte Shaw wissen.

Der Mann blickte mit zusammengekniffenen Augen auf die Anzeige. »Drei in Afghanistan und einen im Irak.«

»Was ist mit den anderen?«

»Tja, Sir, wir haben fünfzehn Gen-3-Leute – das sind die Agenten, die wir nach dem Anschlag vom elften September eingestellt haben – und sieben Gen…«

»Ich weiß, wie viele wir haben. Ich will wissen, wo sie eingesetzt sind.«

»Tut mir leid, Sir, ich verstehe nicht ganz…«

»Was genau machen Sie hier?«, unterbrach ihn Shaw.

»Meine Aufgabe ist es, die Agenten im Blick zu behalten, die sich im Einsatz befinden oder sich auf eine neue Mission vorbereiten.«

»Wie genau behalten Sie die Leute im Blick, wenn Sie gar nicht wissen, wo sie sind?«

»Sie geben ihre Standorte per Funk durch…«

»Alles klar, danke«, sagte Shaw.

Noch am selben Nachmittag rief er alle Abteilungschefs in sein Büro.

»Ich halte nicht viel von Mikromanagement«, stellte er klar. »Wenn ich ein Projekt übernehme, lehne ich mich normalerweise erst mal zurück und lasse die Dinge ein paar Monate laufen, bevor ich irgendwelche Änderungen vornehme.« Er schaute in die Runde der Männer und Frauen, die sich um den Konferenztisch versammelt hatten. »Nun sieht es aber ganz so aus, als hätten wir ein ernstes Sicherheitsproblem.«

»Ein Sicherheitsproblem, Sir?«, fragte Don Jacobs, der glatzköpfige Leiter der Operationsabteilung. »Ich verstehe nicht, was Sie meinen.«

»Okay, dann will ich Ihnen mal eine grundsätzliche Frage

stellen«, erwiderte Shaw. »Wie finden wir mögliche Kandidaten für Treadstone?«

Eine dunkelhaarige Frau mit Hornbrille übernahm es, ihm zu antworten. »Da die meisten unserer Agenten eine militärische Vergangenheit haben, suchen wir in den psychologischen Bewertungen des Verteidigungsministeriums nach Eigenschaften, die unseren Kriterien entsprechen.«

»Und was sind unsere Kriterien?«

»Bestimmte Charakterzüge, zum Beispiel Stressresistenz, Durchsetzungsfähigkeit, Selbstständigkeit, geringe Neigung zu Empathie oder Schuldgefühlen …«

»Und diese Leute schicken wir zu unseren Ärzten, die sie dann einer Verhaltensmodifikation und einer genetischen Umprogrammierung unterziehen, ihnen ihr grundlegendes moralisches Rüstzeug nehmen und sie zu Killermaschinen machen. Sehe ich das richtig?«

»Klinisch gesprochen, machen wir …«, begann einer der Ärzte.

»Alles schön und gut, aber die Wahrheit ist doch: Wir machen diese Männer und Frauen zu hochgefährlichen Raubtieren und überlassen sie dann sich selbst, bis wir sie brauchen. Ist hier außer mir noch jemand der Meinung, dass wir wissen sollten, wo diese Leute sich aufhalten, wenn sie nicht im Einsatz sind?«

Unmittelbar nach dieser Besprechung wurde nach und nach allen Agenten ohne deren Wissen ein Ortungs-Chip implantiert.

Zurück in seinem Büro, tippte Shaw »Standortanzeige« in das Eingabefeld ein. Auf der Karte erschien eine Handvoll blauer Punkte, die ihm die Standorte der Gen-3-Agenten verrieten.

Shaw blickte auf die Karte und führte im Kopf einen Anwesenheitsappell durch, als der Bildschirm plötzlich schwarz wurde und eine Meldung aufpoppte: VERBINDUNG GETRENNT – BITTE KONTAKTIEREN SIE IHREN PROVIDER.

»Ihr wollt mich verscheißern, oder?«

7

LA CONNER, WASHINGTON

Deputy Powell war ein Muster an Professionalität, als Blair ihm mitteilte, dass er Hayes aufs Revier zu bringen hatte.

»Was ist mit meinem Wagen?«, fragte Hayes, an Blair gewandt.

»Den lasse ich zum Revier bringen.«

Das alles gefiel Hayes zwar nicht sonderlich, aber es ließ sich nun mal nicht ändern.

»Gut.« Er warf dem Lieutenant die Schlüssel zu.

»Okay, ihr beiden – seid nett zueinander.«

»Klar, Chef«, versicherte Powell, öffnete die Heckklappe und tippte seinen Code in den Tresor im Wagen. Als sich das Schloss entriegelte, blickte der Deputy zu Hayes.

»Was ist?«, fragte Hayes.

»Ihre Waffe.« Powell streckte auffordernd die Hand aus.

Hayes wandte sich an Blair. »Im Ernst?«

»Wir haben nun mal unsere Regeln«, erklärte der Lieutenant.

So ein Blödsinn.

Hayes zog die Springfield aus dem Holster, nahm das Magazin heraus und entfernte auch die Kugel aus der Kammer, bevor er dem Deputy die Waffe aushändigte.

»Die kriegen Sie zurück.« Powell verschloss den Tresor.

»Nichts für ungut, okay?«, fügte er hinzu, als sie beide vorne im Explorer saßen.

Hayes biss die Zähne so fest zusammen, dass er Angst hatte, sie könnten brechen, doch er brachte ein kurzes Nicken zustande.

»Kein Problem.«

Powell ließ den Motor an, wendete den Wagen und fuhr in die Richtung, aus der Hayes zum Haus gekommen war. Nachdem sie die Brücke überquert hatten, bog der Deputy rechts ab und fuhr zum Highway 20.

»Zur Army?«, hatte Annabelle gefragt.

Sie hatten sich in ihrem ersten Jahr auf dem College kennengelernt. Beide hatten es von Anfang an als etwas Besonderes empfunden. Als das Semester zu Ende war, teilten sie sich bereits ein Zimmer im Studentenwohnheim. Vom Heiraten sprachen sie nie; es war gar nicht nötig. Für beide stand irgendwie fest, dass sie ihr Leben gemeinsam verbringen würden.

Sie beendeten ihr Studium, doch statt den Job in der Finanzbranche anzunehmen, der ihm angeboten wurde, beschloss Hayes, zum Militär zu gehen.

»Warum?«, wollte Annabelle wissen.

Hayes versuchte, es ihr zu erklären, doch es fiel ihm unerwartet schwer, die richtigen Worte zu finden.

»Es ist Krieg.«

»Und?«

Ein paar Monate zuvor hätte er genauso reagiert, aber das war, bevor er seine Eltern in Tennessee besucht hatte, von denen er erfuhr, dass zwei Jungs aus der Nachbarschaft im Irak gefallen waren, zwei weitere in Afghanistan.

Hayes war an jenem 11. September neunzehn Jahre alt gewesen – zu jung und zu weit entfernt, um jemanden persönlich zu kennen, der bei dem Anschlag ums Leben gekommen war. Er sah die Namen der Toten im Fernsehen, las über einige von ihnen in den Zeitungen, aber für ihn blieben sie Namen ohne Bezug zu ihm. Erst als er eines Tages den Soldatenfriedhof besuchte und die Namen seiner alten Freunde im weißen Stein eingraviert sah, fiel es ihm wie Schuppen von den Augen.

»Geht uns das nicht irgendwie alle an?«, hatte er gefragt.

»Tust du es für deine Freunde?«

Hayes hatte darauf keine Antwort – er wusste nur instinktiv, dass er es ewig bereuen würde, wenn er nicht auch tat, was er für seine Pflicht hielt. Und so kam es, dass er bereits im folgenden Sommer den Infantry Basic Officer Leader Course in Fort Benning, Georgia, absolvierte.

Sie fuhren eine ganze Weile schweigend. Powell saß am Lenkrad und grinste wie eine Katze, die eine Maus gefangen hatte, und Hayes ließ die Spiegel nicht aus den Augen. Zwei Dinge beschäftigten ihn: die Tatsache, dass soeben jemand versucht hatte, ihn zu töten, und die bittere Erkenntnis, dass die Immobilie, die sein finanzielles Polster bilden sollte, plötzlich zu einem Tatort geworden war.

»Volle Informationspflicht«, sagte er laut vor sich hin.

»Wie bitte?«, fragte Powell.

»Es gibt ein Gesetz, das einem vorschreibt, einem potenziellen Käufer alle relevanten Informationen über das Haus zu geben, bevor man sich auf einen Kaufpreis einigt.«

»Wissen Sie, ich habe letztes Jahr selbst ernsthaft überlegt, ein Haus zu kaufen«, erzählte Powell. »Ich dachte mir, ich habe lange genug bei meinen Eltern gewohnt.«

»Sie leben bei Ihren Eltern?«, fragte Hayes.

»Seit ich auf der Welt bin«, lächelte Powell.

»Und wie alt sind Sie?«

»Zweiunddreißig. Aber Sie würden es nicht glauben, wenn Sie sehen könnten, wie meine Mom reagiert, wenn ich ein Mädchen nach Hause bringe.« Powells Gesicht wurde sehr ernst. »Wissen Sie, dass kein Mädchen länger als halb zwölf bei mir bleiben darf?«

»Nein, Powell, das habe ich *nicht* gewusst.«

»Tatsache. Also habe ich mir gedacht, es ist Zeit, mir was Eigenes zu suchen. Ich kann mir zwar kein Haus in Cliffside leisten, aber ich habe was ganz Nettes drüben auf Whidbey gefunden. Fast hätte ich ein Kaufangebot gemacht.«

Hayes war unwillkürlich interessiert. »Warum haben Sie es nicht getan?«, fragte er.

»Es hat an dem gelegen, was Sie gerade erwähnt haben. Die Informationspflicht.«

»Ist in dem Haus jemand umgebracht worden?«

»Schlimmer.«

»Was kann schlimmer sein als ein Mord?«

Powell zögerte und blickte zu Hayes, wie um dessen Vertrauenswürdigkeit einzuschätzen. Schließlich sagte er leise, fast flüsternd: »Die Maklerin hat mir verraten, dass der Vorbesitzer im Keller Tieropfer durchgeführt hat.«

»Sie wollen mich verarschen, oder?«

»Nee, kein Scheiß«, versicherte Powell. »Ich habe der Lady klipp und klar gesagt, dass ich kein Hexenhaus haben will.«

Hayes wandte sich wieder dem Spiegel zu. Er hatte Mühe, sich das Lachen zu verbeißen. »Das hätte Ihrer Mama bestimmt nicht gefallen.«

»Was? Verdammt, nein, sicher nicht. Sie ist Methodistin, verstehen Sie?«

Hayes wollte etwas erwidern, da bemerkte er im Innenspiegel einen schwarzen Chevrolet Suburban, der überholte und sich hinter einen Minivan setzte, der zwei Autos hinter dem Explorer fuhr. Er war immer noch in die Beobachtung des SUV vertieft, als Powell den Blinker setzte und die Spur wechselte, um vom Highway abzufahren.

»Wo fahren Sie hin?«, wollte Hayes wissen.

»Zur Fähre. Ist der schnellste Weg zum Revier.«

Hayes wollte schon protestieren, doch als er sah, dass der Suburban nicht hinter ihnen vom Highway abfuhr, entspannte er sich wieder und beschloss, die Fahrt zu genießen.

Als sie fünf Minuten später bei der Fährstation ankamen, hatte sich das Wetter verändert. Der Himmel, eine Stunde zuvor noch strahlend blau, war nun von bleigrauen Wolken verhangen. Wellen mit weißen Schaumkronen schlugen gegen die Fähre. Der Mann von den hiesigen Verkehrsbetrieben, der in einer gelben Regenjacke an Deck stand, wurde nach und nach von der Gischt durchnässt.

Powell hielt hinter einem Truck am Fahrkartenschalter und checkte sein Aussehen im Innenspiegel. Zufrieden ließ er die Scheibe herunter und löste die Bremse.

Am Schalter saß eine blonde Frau etwa Ende dreißig; Hayes beobachtete, wie sie rasch den obersten Knopf ihrer Bluse öffnete, als sie Powell sah.

»Hallo, Rhonda«, lächelte Powell.

»Deputy Powell«, sagte sie mit einem verschwörerischen Lächeln. »Wie geht es Ihnen?«

»Tja, wie es halt so geht, wenn man für Ruhe und Ordnung zu sorgen hat«, stöhnte Powell. »Ein langweiliger Job, aber notwendig.«

»Haben Sie den Mann festgenommen?«, fragte sie neugierig.

»Nee. Ist nur ein Zeuge.«

»Seien Sie bloß vorsichtig.« Rhonda ließ die Schranke hochgehen. »Vielleicht sehen wir uns heute Abend.«

Powell manövrierte den Explorer vorsichtig über den Steg und die Metallrampe hinunter. Unten folgte er dem durchnässten Mann in der gelben Regenjacke, der ihn in die mittlere Spur einwies.

Die M/V *Suquamish* war eine hundertzehn Meter lange Fähre, die hundertvierundvierzig Fahrzeuge transportieren konnte. Sie konnte noch nicht allzu lange im Einsatz sein; die weiß gestrichenen Wände und gelben Trennlinien des Parkdecks sahen noch frisch aus.

»Weiß Ihre Mama von Rhonda?«, fragte Hayes, während die Wellen gegen das Seitendeck klatschten.

Powells Gesicht verfärbte sich dunkelrot, während er den Motor abstellte.

Draußen vor der Fähre rief ein Angestellter ein Kommando, worauf ein lauter Signalton verkündete, dass keine Fahrzeuge mehr an Bord gelassen wurden. Als Hayes sich umdrehte, sah er, wie sich die Rampe langsam hob. Einige Augenblicke schaute er sich nach etwaigen Nachzüglern um, konnte jedoch niemanden erkennen und drehte sich wieder um. »Sie ist ein nettes Mädchen«, hörte er Powell murmeln.

»Ich hab Sie nur ein bisschen aufgezogen, Powell.« Hayes schaute zum Deputy und sah den Suburban nicht, der unbeleuchtet auf das Parkdeck rollte.

8

LA CONNER, WASHINGTON

Felix Black saß auf dem Rücksitz des Suburban, strich über seinen Spitzbart und beobachtete, wie der Explorer des Sheriff's Department zum Stehen kam. Er hatte schon öfter Aufträge übernommen, die in aller Eile erledigt werden mussten, doch dieser Job, Adam Hayes zu eliminieren, war ihm von Anfang an seltsam vorgekommen.

»Wer zum Henker ist der Typ?«, fragte Murph vom Vordersitz.

Diese Frage beschäftigte auch Black, seit Adam Hayes zwei seiner Männer erledigt hatte.

Sie hatten ihn auf dem Präsentierteller. Wie zum Teufel konnte das passieren?

Einmal mehr betrachtete Black das Foto, das er zuvor von Hayes geschossen hatte. Der Mann mochte seine wahre Identität gut verbergen und sich wie ein Durchschnittsmensch geben, doch eines konnte er nicht verstecken: seine Augen. Hellblau und eiskalt.

Die Augen eines Killers.

Der Techniker hatte Hayes durch die Datenbanken des Verteidigungs- und Justizministeriums laufen lassen. Die Suche umfasste die letzten zwanzig Jahre, doch die einzigen Ergebnisse waren ein 2016 vom Bundesstaat Washington ausgestellter Führerschein und ein ebenfalls für Washington gültiger Gewerbeschein.

»Nichts«, meldete der Techniker schließlich. »Absolut nichts außer dem, was wir schon wissen.«

»Das heißt, für die Regierung der Vereinigten Staaten hat Adam Hayes vor 2016 nicht existiert. Ist es das, was du mir sagen willst?«

Der Techniker zuckte mit den Schultern.

Bockmist.

Das Satellitentelefon in seiner Hand klingelte.

»Wie ist die Lage?«, erkundigte sich Gray.

»Wer zum Henker ist dieser Kerl?«

»Er ist eine Zielperson. Nicht mehr und nicht weniger«, stellte Gray klar.

»Blödsinn.« Black schaute nach vorn zu dem Explorer. »Dieser Typ ist ein Agent.«

»Das wissen wir nicht.«

»Gray, er hat zwei meiner Männer erledigt.«

»Irgendwelche Spuren, die zu uns führen könnten?«

»Das nicht, aber die Sache sieht nicht gut aus. Bei seinem Haus wimmelt es von Cops. Hayes ist in Polizeigewahrsam.«

»Und die Leichen?«, hakte Gray nach.

»Ich kümmere mich um Hayes und …«, begann Black.

»Nein, Black, das werden Sie *nicht*«, stellte Gray klar.

Blacks Finger krampften sich um das Telefon, der Zorn stieg ihm ins Gesicht. Seine Gedanken schweiften zum Hotel Bolívar zurück, zu den zwei Männern, die er dort verloren hatte. *Er wird mich von der Operation abziehen.*

»Ich weiß, Sie sind der Mann vor Ort, der die Dinge normalerweise am besten beurteilen kann. Aber die Operation ist geplatzt, das lässt sich nun mal nicht …«

»Ich kann die Sache geradebiegen«, erwiderte Black fast flehend.

»Nein, es steht zu viel auf dem Spiel. Im Moment können wir uns keine weiteren Fehler leisten. Sie müssen es abblasen und sich zurückziehen.«

Black schaute zu dem Explorer, der höchstens sechs Meter vor ihnen stand, und sah Hayes' Gestalt auf dem Beifahrersitz. *Er ist hier, direkt vor mir.*

»Haben Sie gehört, was ich gesagt habe?«, hakte Gray nach.

Schweigen.

»Black, ich höre Sie atmen. Haben Sie mich verstanden?«

»Ja …«, antwortete Black. »Hab ich.«

»Gut. Wir sehen uns in Venezuela.«

Black beendete das Gespräch und legte das Telefon auf den Sitz neben sich. Aufgewühlt rieb er sich den Bart.

»Was hat der Scheißkerl gesagt?«, wollte Murph wissen.

Black ignorierte ihn. Hätte Gray ihm erlaubt, die Eliminierung so durchzuführen, wie er es für richtig hielt, wäre es nie so weit gekommen. Gray war schuld, dass sie vier Männer in vierundzwanzig Stunden verloren hatten.

Scheiß auf Gray. Wir bringen die Sache zu Ende. Hier und jetzt.

»Boss?«, hakte Murph nach.

»Er hat gesagt, wir sollen es erledigen.« Black schnappte sich sein Gewehr und öffnete die Autotür.

9

FAHRZEUGDECK, M/V SUQUAMISH

Hayes beobachtete, wie Powell mit dem Funkgerät hantierte, und lauschte dem Rauschen des Meeres, das ihn an den Strand in Florida erinnerte.

Er hatte in Florida Urlaub gemacht, als er den Eliminierungsbefehl erhielt.

»Adam, du bist im Urlaub, also leg doch bitte das Telefon weg und beschäftige dich mit deinem Sohn«, erinnerte ihn Annabelle.

»Sorry.« Er steckte das Handy weg und hockte sich neben seinen Jungen.

»An was arbeitest du da, Kumpel?«

»Ich zeichne was«, erklärte Jack und fügte seinem Ozean eine letzte blaue Wellenlinie hinzu, ehe er das Bild hochhielt, damit Hayes es betrachten konnte.

»Ist das der Strand?«

»Ja. Ich hab auch Krebse und Bäume gezeichnet. Und Mommy…« Jack deutete auf die Frauengestalt mit dem zitronengelben Haar.

Hayes' Aufmerksamkeit fiel auf die Gestalt mit dem finsteren Gesicht am Bildrand.

»Warum lächeln alle, nur ich nicht?«

»Weil du nie lächelst, Daddy«, erklärte Jack grinsend.

»Und warum ist das so witzig?«, murrte er. Der Ärger war so plötzlich in ihm hochgekommen, dass er ihn nicht hatte beherrschen können. Seine Frau blickte von der anderen Seite des Zimmers herüber. Ihr Lächeln schwand, und sie stand schluchzend auf.

»Belle, es tut mir leid«, sagte er, doch sie hatte ihm bereits den Rücken zugekehrt und ging hinaus.

»Immer bringst du Mommy zum Weinen«, sagte Jack vorwurfsvoll, warf den Buntstift beiseite und folgte seiner Mutter ins Nebenzimmer.

Die Erinnerung verflog so schnell, wie sie gekommen war, doch sie ließ Hayes an den geplanten Flug nach Florida denken.

»Verdammte Scheiße«, spie er so zornig hervor, dass Powell zusammenzuckte.

»Mann, haben Sie mich erschreckt. Was zum Teufel ist bloß los mit Ihnen?«

»Nichts … mir ist nur etwas Wichtiges eingefallen, das ich machen müsste.«

Dafür wird sie sicher kein Verständnis haben. Sie wird's mir nicht mal glauben, dachte er und blickte aus dem Fenster auf die wolkenverhangene Bucht hinaus.

Sein Blick ging zum Außenspiegel. Als er den Suburban sah, spürte er ein jähes Kribbeln im Rücken, und das Adrenalin begann in seinen Adern zu pulsieren. Hayes war augenblicklich hellwach.

»Schalten Sie den Funk aus«, befahl er.

»*Was*?«, fuhr Powell auf.

Hayes griff mit der linken Hand hinüber und schaltete das Gerät aus, während er mit der rechten das Fenster einen Spalt öffnete.

Ein salziger Luftschwall wehte in den Wagen, doch abgesehen vom Dröhnen der Maschinen und dem fernen Krächzen der Möwen war es still auf dem Parkdeck.

»Was ist los?«, wollte Powell wissen.

Hayes war sich erst bewusst, dass seine Hand zur Mittelkonsole gegangen war, als er den Schalter unter seinen Fingern spürte. Ohne richtig zu wissen, warum, drückte er ihn und hörte das Klicken der Halterung, die die Remington-870-Schrotflinte unter dem Autodach fixierte.

»He, das können Sie nicht machen«, protestierte Powell. Hayes ignorierte ihn, zog die Flinte aus der Halterung und lud eine Patrone in die Kammer. »Ziehen Sie Ihre Pistole«, wies er den Deputy an, während er bereits das rechte Bein aus dem Wagen schwang.

»Ich werde …«

»Hören Sie, der Wagen dahinten folgt uns seit Cliffside.« Hayes stieg aus dem SUV und eilte auf die Fahrerseite. Er riss die Tür auf und packte Powell an der Schulter, ohne den Suburban aus den Augen zu lassen.

»Diesen Männern ist es scheißegal, dass Sie eine Dienstmarke tragen«, warnte er den Deputy und zog ihn aus seinem Sitz.

»Nehmen Sie Ihre verdammten Hände weg«, fauchte Powell und entwand sich seinem Griff. »Sie haben gar nichts zu bestimmen. Ich sage hier, was geschieht und was nicht, kapiert?« Seine Hand ging zur Glock im Holster.

»Dann müssen Sie allein klarkommen«, erwiderte Hayes,

doch bevor er sich umgedreht hatte, schwangen bereits die Türen des Suburban auf, und vier Männer in dunklen Jacken und Schutzwesten sprangen aus dem Wagen.

»Wer sind diese …«, begann Powell und fummelte nervös seine Dienstwaffe aus dem Holster.

Doch bevor er den Satz zu Ende bringen konnte, hob ein Mann auf der Beifahrerseite das Gewehr und eröffnete das Feuer.

Hayes legte die Schrotflinte an und zielte auf die Brust des Schützen, ehe ihm einfiel, dass die Angreifer Schutzwesten trugen. Er hob den Lauf etwas an und nahm die Kehle ins Visier, obwohl ihm klar war, dass die kurze Zeitverzögerung den Deputy vielleicht das Leben kosten würde.

Hayes' Finger krümmte sich um den Abzug, doch der Angreifer war einen Sekundenbruchteil schneller.

In der Enge des Parkdecks donnerte das Sturmgewehr wie ein Schmiedehammer auf den Amboss. Der erste Schuss traf Powell in die Brust und schleuderte ihn nach hinten gegen einen Van, sein Mund zu einem stummen »O« geformt.

Im nächsten Augenblick spürte Hayes den Rückstoß der Flinte in der Schulter, deren Schrotladung den feindlichen Schützen knapp oberhalb der Schutzweste traf. Hals und Unterkiefer des Mannes explodierten in einem blutroten Sprühregen.

»Murph!«, rief ein Mann mit Spitzbart.

Im nächsten Augenblick brach das Chaos aus. Überall sprangen Leute aus ihren Autos, um sich im Inneren der Fähre in Sicherheit zu bringen.

Hayes warf sich auf den Boden, während die Angreifer ihre Magazine in den Explorer entluden. Der Wagen schaukelte wild auf und ab, die Scheiben explodierten in einem Splitterhagel. Auf dem Boden liegend, schützte Hayes seinen Kopf mit beiden Armen vor umherfliegenden Glas- und Metallsplittern.

Er blickte kurz auf und beobachtete, wie Powells Knie nachgaben und der Cop langsam zu Boden sank.

Wer zum Teufel sind diese Leute? Warum sind die hinter mir her?, schoss es ihm durch den Kopf.

Ist das jetzt wichtig?, meldete sich seine innere Stimme.

Hayes hatte sich in seiner Zeit bei Treadstone mehr Feinde gemacht, als er zählen konnte. Und es waren keine Kleinkriminellen, auf die Treadstone seine Killer ansetzte. Nein, die Zielpersonen, die Hayes gejagt hatte, waren Leute am oberen Ende der Hierarchie. Kartellbosse, Spione, Killer. Männer und Frauen, die über den Einfluss und die Mittel verfügten, sich an ihm zu rächen.

Jedes Mal, wenn Hayes irgendeinen Drecksack ausgeschaltet hatte, war damit zu rechnen, dass er sich neue Feinde gemacht hatte. Angehörige und Freunde, Brüder und Schwestern, die auf Rache sannen.

Hast du gedacht, die wären besänftigt, nur weil du nicht mehr im Geschäft bist? Hast du im Ernst geglaubt, die würden einfach vergessen, was geschehen ist?, höhnte die innere Stimme.

Hayes musste Powell aus der Schusslinie schaffen, doch im Moment konnte er sich nicht von der Stelle rühren, ohne sich einem tödlichen Kugelhagel auszusetzen.

»Powell, zu mir rüber!«, rief er.

Lass ihn liegen, riet die innere Stimme. *Sonst geht es dir wie ihm.*

Der Beschuss hatte etwas nachgelassen; Hayes brauchte nicht aufzublicken, um zu wissen, was die Angreifer vorhatten. Bei einem Feuergefecht kam es nicht zuletzt auf die Position an. Schießen und bewegen. Ein Schütze hielt das Feuer aufrecht, um Hayes festzunageln, während seine Teamgefährten sich von den Flanken näherten.

»Bin gleich wieder da!«, rief er Powell zu und kroch zu einem Chevy Pick-up, um sich aus der Schusslinie zu bringen.

Er lud das Gewehr durch und riskierte einen Blick über die Ladefläche des Pick-ups hinweg.

»Da!«, rief einer der Angreifer.

Hayes feuerte, ohne zu zielen, und ging sofort wieder in Deckung. Er robbte weiter nach rechts, um seine Verfolger von der Flanke her zu attackieren. Doch die Angreifer waren wachsam und sicherten nach allen Seiten. Hayes lud eine frische Patrone in die Kammer und überlegte sich eine Strategie – da bemerkte er den Spiegel, der an der Decke angebracht war. Im Spiegelbild sah er, dass Powell verzweifelt nach seiner Pistole griff, als plötzlich ein Mann mit kahl rasiertem Kopf in Sicht kam und sein Gewehr hob.

Powell ließ die Pistole los, und Hayes beobachtete, wie sich sein Mund bewegte. Er musste nicht Lippen lesen können, um zu wissen, dass der Deputy um sein Leben flehte.

Der Mann mit dem Ziegenbart blieb direkt vor Powell stehen, schüttelte den Kopf und legte sein Gewehr an.

»Neeiiin!«, brüllte Hayes.

Zu spät.

10

FAHRZEUGDECK, M/V SUQUAMISH

Der Ziegenbärtige jagte dem Deputy eine Kugel mitten in die Stirn.

Hayes kämpfte gegen die Wut an, die in ihm hochkam. Er durfte jetzt nicht die Beherrschung verlieren, wenn er lebend hier herauskommen wollte.

Denk nach, verdammt.

Er suchte in den verlassenen Autos nach irgendetwas, das er für seine Zwecke benutzen konnte. Als er es schon aufgeben wollte, sah er eine Aluminiumstange aus einem Dodge Ram ragen, der nur zwei Autolängen entfernt stand.

Mit einem Satz war Hayes zwischen der vorderen Stoßstange eines VW Käfers und dem Kofferraum eines roten Mazda Miata.

Ein Angreifer sah ihn aus der Deckung kommen und rief: »Flanke links!«

Doch Hayes hatte bereits die nächste Reihe erreicht und zwängte sich zwischen einen schwarzen Kastenwagen und die Heckklappe des Dodge Ram. Erleichtert stellte er fest, dass die Ladefläche des Pick-ups mit allen möglichen Hilfsmitteln zur Reinigung von Swimmingpools gefüllt war. Der Kastenwagen schützte ihn zwar vor seinen Verfolgern, doch ihm war klar, dass ihm nicht viel Zeit blieb. Er legte die

Schrotflinte beiseite und wühlte hastig unter den Eimern, Schläuchen, Filtern und Poolkeschern, die auf der Ladefläche verstreut waren.

Der dritte Eimer enthielt das, worauf er gehofft hatte: Chlortabletten. Hayes schnappte sich zwei Tabs, steckte sie in einen schwarzen Müllsack und sprang von der Ladefläche.

»Wo ist er?«, rief ein Angreifer.

Beeil dich, trieb ihn die innere Stimme an.

Tief geduckt eilte Hayes zum Benzintank und ließ sich auf ein Knie nieder. Er zerstampfte die Chlortabletten im Sack zu Pulver, das er in eine Ecke schüttelte, ehe er den Müllsack verknotete und das Plastik nahe dem Knoten aufriss.

Mit der linken Hand schraubte er den Tankdeckel ab, dann machte er einen Schritt vom Wagen weg, um sich seinen Verfolgern einen Moment lang zu zeigen.

»Ich hab ihn!«

Hayes duckte sich rasch in Deckung. Es dauerte keine Sekunde, bis die Schüsse krachten und die Kugeln in den Pick-up einschlugen.

Hayes zog sich auf die Fahrerseite zurück, stopfte den Sack mit dem Chlorpulver in den Tank und schraubte den Deckel zu. Er war sich nicht sicher, wie lange es dauern würde, bis das Benzin sich durch das Plastik gefressen hatte. Eines wusste er jedoch genau: Er wollte nicht in der Nähe sein, wenn es passierte.

Er sprintete los und duckte sich hinter einen Honda Accord, als die beiden Angreifer zum Dodge gelangten und der Pick-up explodierte. Stechender Rauch breitete sich auf dem Parkdeck aus, und die Schreie der brennenden Männer hallten von den Wänden wider.

Die Feuerlöschanlage sprang an und flutete den Raum mit Halon, um dem Feuer den Sauerstoff zu entziehen. Hayes wusste, dass es Zeit war zu verschwinden. Er hielt den Atem an, sprintete von einer Deckung zur nächsten und hielt auf die gegenüberliegende Reling zu.

Er warf einen kurzen Blick nach rechts und sah einen der Angreifer als lebende Fackel, während der zweite reglos auf dem Boden lag.

Das macht drei. Wo ist der Mann mit dem Ziegenbart?

Hayes zog sich an der Reling hoch. Das Wasser war etwa fünf Meter unter ihm, doch es war nicht die Sprunghöhe, die ihm Sorgen bereitete. Hayes wusste, dass er nicht ins Kielwasser springen durfte, um nicht unter die Fähre gesaugt zu werden.

Er spannte die Muskeln an und wollte schon springen, als etwas mit der Wucht eines Vorschlaghammers gegen seine Schulter donnerte und ein Gewehrschuss krachte. Die Kugel wirbelte ihn herum, und statt kontrolliert ins Wasser zu springen, stürzte er in die Tiefe.

Er landete hart auf dem Wasser. Der Aufprall presste ihm die Luft aus der Lunge.

Hayes war immer ein guter Schwimmer gewesen, vor allem dank der breiten Schultern und seiner kräftigen Statur, die er von seinem Vater geerbt hatte. Doch der momentane Kälteschock ließ seine Muskeln erstarren, sodass er sich nicht mehr bewegen konnte.

Eine unsichtbare Hand zog ihn unter die Fähre. Der vom kalten Wasser verursachte Schock legte sich schnell, Hayes konnte seine Muskeln wieder bewegen, doch auch als noch so guter Schwimmer würde er sich nicht rechtzeitig von der

Fähre mit ihren beiden sechstausend PS starken Dieselmaschinen entfernen können.

Es gab nur eine mögliche Rettung.

Hayes tauchte zum Kiel. Als er mit der Schulter gegen das Metall prallte, drehte er sich so, dass er die Füße gegen den Boden der Fähre drücken konnte.

Während er sich in die richtige Position manövrierte, glitt die Fähre über ihm weiter. Hayes ließ die beiden Schiffsschrauben nicht aus den Augen, die unaufhaltsam durchs Wasser pflügten.

Jetzt kommt es auf das richtige Timing an.

Er wartete bis zum letzten Moment, dann stieß er sich ab und tauchte mit aller Kraft nach unten, bis seine Muskeln vor Anstrengung brannten.

Die mächtigen Dieselmaschinen waren genau über ihm, die Schrauben donnerten wie ein Güterzug über ihn hinweg, als wollten sie ihn warnen: *Tauch tiefer oder stirb.*

Schließlich begann sich das Dröhnen zu entfernen, und Hayes stoppte im Wasser, befreite sich von seinen Stiefeln und tauchte nach oben.

Er hatte nur noch einen Gedanken: *Luft.*

Als er sich vom Kiel abgestoßen hatte, war seine Lunge schon fast leer gepumpt gewesen; nun nahm der Sauerstoffmangel kritische Ausmaße an.

Die Ränder seines Sichtfelds begannen, sich zu verdunkeln, und einen Moment lang flackerten Erinnerungen an Geschichten von Ertrinkenden in ihm auf. Von dem Moment, in dem der Urtrieb zu atmen so überwältigend wurde, dass man unwillkürlich den Mund öffnete und Salzwasser in die Lunge eindrang.

Als Hayes davon gehört hatte, war es ihm schwer vorstellbar erschienen, doch je näher er der Oberfläche kam, desto flehender drängte ihn die Stimme in seinem Kopf, den Mund zu öffnen und zu atmen.

In dem Moment, als sein Gesicht an die Oberfläche kam, riss er den Mund auf, um einen tiefen Atemzug zu nehmen, doch er hatte nicht mehr die Kraft, sich über den Wellen zu halten.

Zu groß war die Erschöpfung, als dass er seine bleiernen Muskeln noch bewegen konnte.

Panik wallte in ihm auf, das erschreckende Gefühl der Hilflosigkeit. Er würde sterben und konnte absolut nichts tun, um es zu verhindern.

Obwohl er den größten Teil seines Erwachsenenlebens damit zugebracht hatte, seine Feinde ins Jenseits zu befördern, hatte sich Hayes nie Gedanken über seine eigene Sterblichkeit gemacht. Er war im Süden aufgewachsen und hatte oft genug die Kirche besucht. Doch nun war da nur ein Gedanke: *War's das? Kein helles Licht, kein Tunnel? Einfach nur aus und vorbei? Bockmist.*

In diesem Moment erinnerte er sich an einen Kurs, den er in der Army absolviert hatte, in dem es um das Überleben im Wasser gegangen war. Hayes nahm einen Atemzug und ließ sich wieder hinabsinken. Unter Wasser löste er seinen Gürtel und zog die Hose aus. Er verknotete die Hosenbeine und tauchte mit purer Willenskraft ein zweites Mal auf.

Hayes hob die Hose über den Kopf, sodass sich die Beine mit Luft füllten, zog sich mit letzter Kraft den Knoten über den Kopf und ließ sich ermattet auf seinen behelfsmäßigen Schwimmreifen sinken.

Keuchend lag er da, seine Muskeln schmerzten vom eiskalten Wasser. Die Schusswunde brannte, als würde ihm jemand Nägel in die Schulter hämmern.

Es war eine Situation, wie Hayes sie schon öfter erlebt hatte: verwundet, allein, auf der Flucht. Mit dem überwältigenden Wunsch, das alles hinter sich zu lassen – doch die Gehirnwäsche, die Treadstone ihm verpasst hatte, ließ das nicht zu. Das Einzige, was zählte, war Überleben.

Und Rache, rief ihm die innere Stimme in Erinnerung.

11

IM PENTAGON

Tief unten im geheimen Kellergeschoss des Pentagons saß Levi Shaw an seinem Schreibtisch, das Ohr heiß vom Telefonieren. Er versuchte schon seit geraumer Zeit, die sichere Internetverbindung wiederherzustellen, und war von einer Abteilung zur nächsten verwiesen worden, ohne der Lösung des Problems auch nur einen Schritt näherzukommen.

Er wollte schon auflegen, als sich am anderen Ende wieder eine neue Stimme meldete.

»Sir, sind Sie noch dran?«, fragte der IT-Techniker.

»Ja, ich bin da.« Shaw wechselte den Hörer ans andere Ohr.

»Die gute Nachricht ist: Wir haben das Problem gefunden.«

»Toll.« Shaw sah zum ersten Mal einen Hoffnungsschimmer. »Können Sie es beheben?«

»Tja, das ist die schlechte Nachricht. Es gab eine Anweisung, Ihre Verbindung zu trennen und die kam von außerhalb unseres Systems.«

»Von wem?«

»Einen Moment«, sagte der Techniker.

Shaw schloss die Augen und hörte am anderen Ende der Leitung die Tastatur klappern. Ein Pochen hinter der Stirn kündigte Kopfschmerzen an, und er rieb sich den Nasenrücken. Dieses endlose Telefonieren war einfach nur frustrierend.

»Wie es aussieht, kam die Anweisung von A. Wallace.«

Als Shaw den Name hörte, war ihm sofort klar, dass jedes weitere Nachfragen zwecklos wäre. Er dankte dem Mann für seine Hilfe und knallte den Hörer auf den Apparat. »Dieser verdammte Wallace.« Er öffnete die mittlere Schublade seines Schreibtischs und nahm eine halb leere Flasche Aspirin heraus.

Shaw warf zwei Tabletten ein und wollte zum Wasserspender gehen, als das Telefon klingelte. »Ja?«, meldete er sich und fragte sich, wer in aller Welt überhaupt seine Nummer besaß.

»Mr. Shaw?«, fragte eine weit entfernt klingende Stimme.

»Ja.« Ein lautes Dröhnen im Hintergrund machte es ihm schwer, etwas zu verstehen. »Wer ist da? Ich verstehe Sie sehr schlecht.«

»Sir, hier spricht Captain Jeffries. Deputy Director Carpenter hat mich geschickt, um Sie abzuholen.«

»Aus welchem Grund?«

»Das kann ich Ihnen auch nicht sagen, aber er erwartet Sie in zwanzig Minuten. Wenn Sie bitte zum nördlichen Parkplatz kommen? Ich erwarte Sie da.«

»Bin schon unterwegs.« Shaw legte den Hörer auf. *Zwanzig Minuten. Was hat das jetzt wieder zu bedeuten*?

Er schnappte sich Mantel und Hut und sprang die Treppe hinauf. Drei Minuten später ging er durch die Tür hinaus und sah sich nach dem Fahrer um – da donnerte ein UH-60 Black Hawk über den Bäumen heran und setzte auf dem Parkplatz auf.

Wenn er in seinen zwanzig Jahren im Geheimdienstgeschäft eines gelernt hatte, dann, dass es nichts Gutes zu bedeuten hatte, wenn einen der Chef der Operationsabteilung mit dem Helikopter abholen ließ.

»Mr. Shaw?«, fragte der Crew Chief, der sich unter den Rotorblättern duckte.

Shaw nickte, stieg in die Kabine ein, setzte sich auf die Bank und stülpte sich die dicken Kopfhörer über die Ohren.

Sein erster Gedanke war, dass sie ihn nach Langley bringen würden, zum Büro des Direktors im siebten Stock. Als der Pilot abhob und den Hubschrauber nach Osten lenkte, dämmerte Shaw, wohin die Reise wirklich ging.

Dieser Tag wird ja immer besser.

Die Naval Support Facility Indian Head lag tief in der Landschaft von Charles County, Maryland, verborgen und war entsprechend schwer zu finden – selbst wenn man wusste, wo man zu suchen hatte. Die Anlage bestand aus einer Landebahn, einer Reihe von Aluminium-Hangars und ein paar Ziegelgebäuden für die Instandhaltung.

Der Rest des vierzehn Quadratkilometer großen Areals war von zahlreichen Erdhügeln überzogen, die eher an eine große Kolonie von Präriehunden erinnerten als an einen militärischen Stützpunkt. Seit der Gründung im Jahr 1890 hatte die Basis immer nur einem Zweck gedient: der Herstellung und Lagerung sowie dem Testen von Explosivstoffen und Munition, die von der United States Navy verwendet wurden.

Es war die perfekte Tarnung für eines der bestgehüteten Geheimnisse der CIA – ein Nebengebäude, das intern den schlichten Namen *Site D* trug.

Der Helikopter setzte beim Hangar auf, Shaw nahm seinen ledernen Aktenkoffer und stand auf. Als der Crew Chief die Tür öffnete, stieg Shaw aus, duckte sich unter den Rotorblättern hindurch und ging auf den Mann im dunklen Anzug zu, der bei einem blauen Chevy Tahoe wartete.

»Mr. Shaw«, sagte der Mann und öffnete ihm die hintere Tür.

Der Fahrer passierte das bewachte Tor und fuhr ostwärts die Bronson Road entlang. Nach zwei Meilen bog er in einen Kiesweg ein, an dem ein Schild verkündete: Vorsicht, ab hier Schusswaffengebrauch!

Der Weg führte durch einen dichten Kiefernwald. Die Bäume bildeten ein undurchdringliches Dach, durch das kein Licht gelangte. Ganz unvermittelt wurde Shaw von einem Gefühl der Klaustrophobie befallen, und er griff instinktiv nach dem Fensteröffner. *Ich brauche frische Luft*.

Er kämpfte immer noch dagegen an, als die Straße eine Biegung nach Norden machte und die Bäume sich plötzlich lichteten. Der freie Raum ließ die anschwellende Panik in Shaws Brust schwinden. Er atmete tief durch, sein Puls beruhigte sich, während der Fahrer zu dem silbergrauen Wachhäuschen fuhr, das von einem drei Meter hohen, von Stacheldraht gekrönten Zaun umgeben war.

Ein Mann in olivgrüner Uniform trat heraus, die rechte Hand an seinem geschulterten HK416-Sturmgewehr. Mit der linken Hand forderte er den Fahrer des Tahoe zum Anhalten auf.

Shaw reichte dem Fahrer seine Ausweiskarte, um sie scannen zu lassen, während ein zweiter Wachmann mit einem Teleskopspiegel den Unterboden des Wagens checkte. Der erste Wachsoldat gab ihnen die Ausweise zurück und sagte, nachdem sein Kollege die Überprüfung beendet hatte: »Sie können passieren.«

Der Fahrer reichte Shaw die Ausweiskarte nach hinten, machte jedoch keine Anstalten loszufahren. Levis Blick fiel auf das rote Licht am Tor, und seine Gedanken schweiften zu dem Tag zurück, als er zum ersten Mal zu Site D zitiert wurde.

Es war Mitte November, Höhepunkt der Jagdsaison in Maryland, als Shaw mit Verspätung zu der kurzfristig angesetzten Besprechung hetzte. Pünktlichkeit war ihm wichtig, deshalb hatte er es sich zur Gewohnheit gemacht, zu jedem Treffen und jeder Sitzung zehn Minuten früher zu erscheinen. Er erinnerte sich noch gut daran, wie er hinten im Wagen gesessen und mit dem Fuß auf den Boden getappt hatte, ein äußeres Zeichen der Nervosität, die ihn gepackt hatte.

Warum fahren wir nicht weiter?

Er wollte den Fahrer schon fragen, als ihm der Mann einen Blick im Innenspiegel zuwarf. Anscheinend hatte er gespürt, was seinem Passagier durch den Kopf ging, deshalb deutete er auf das rote Licht.

»Warum …«

Bevor er den Satz vollenden konnte, kam direkt vor dem Auto ein kapitaler Achtender aus dem Wald gestürmt. Kaum hatten seine Hufe den Boden berührt, schoss eine gelbe Flamme zwischen den Bäumen gegenüber hervor, und der Hirsch explodierte in einem roten Sprühnebel.

»Ach du Scheiße«, murmelte Shaw. »Was war das?«

»Vulcan-Miniguns.« Der Fahrer lächelte. »Das war schon

der vierte Hirsch in dieser Woche. Solange das Licht an ist, bleibe ich hier stehen.«

Shaw hatte schon einmal eine solche GAU-17-Minigun im Einsatz gesehen und wusste, dass dieses sechsläufige Maschinengewehr 6000 Schuss in der Minute abfeuern konnte.

Ich glaube, diesmal kann ich gut damit leben, zu spät zu kommen.

Seine Gedanken kehrten ins Hier und Jetzt zurück, als das Licht auf Grün sprang und der Fahrer auf dem Kiesweg weiterfuhr. Nach etwa zweihundert Metern war der Weg zu Ende.

Aus der Luft unterschied sich Site D nicht von den vielen Lagerräumen der Anlage, eine Nadel in einem Nadelhaufen. Erst aus der Nähe gewann man einen anderen Eindruck. Der Fahrer lenkte den Tahoe in die rechteckige weiße Markierung auf dem Boden und hielt kurz vor den drei Metallpylonen, die die Zufahrt zu dem massiven Sprengschutztor versperrten.

Links davon saßen Sicherheitsleute in einem bleigepanzerten Häuschen und warteten darauf, dass der unter dem weißen Rechteck installierte Röntgenapparat das Fahrzeug und seine Insassen durchleuchtete. Ein plärrender Signalton verkündete, dass die Überprüfung beendet und alles in Ordnung war. Im nächsten Augenblick begann unter dem Wagen ein Motor zu brummen, die Pylonen wurden im Boden versenkt und gaben den Weg zu dem tonnenschweren Tor frei, das sich bereits öffnete.

Der Fahrer lenkte den Wagen in die gut beleuchtete Garage und hielt bei einem Aufzug aus rostfreiem Stahl.

Als Shaw aussteigen wollte, sah er die Aufzugtür aufgehen und einen Mann im teuren Anzug mit blank polierten Lederschuhen herauskommen.

»Wallace. Wenn ich den Kerl nur sehe…«, brummte Shaw. »Können Sie mich nicht zum Heli zurückbringen?«

»Wenn's nach mir ginge, gerne«, lächelte der Fahrer achselzuckend.

Na, großartig.

Shaw stieg aus dem Wagen, zog seine Anzugjacke gerade und ging langsam zum Aufzug hinüber. Mit einer gewissen Genugtuung verfolgte er, wie Wallaces Gesicht einen genervten Ausdruck annahm.

»Levi«, sagte der Mann und streckte ihm die Hand hin.

»Hab mir gerade die Hände gewaschen«, erwiderte Shaw und ging an ihm vorbei zum Aufzug.

»Wie Sie wollen.« Wallaces Gesicht verfinsterte sich.

Wie in jeder ausgewachsenen Bürokratie hatten auch in der CIA nicht die Agenten das Sagen, die ihr Leben aufs Spiel setzten, auch nicht die Techniker, die in den dunklen Winkeln nach neuen Bedrohungen Ausschau hielten, sondern die Manager und Bürokraten, die den Informationsfluss kontrollierten.

Männer wie Archie Wallace.

Wallace hatte in der Analyseabteilung begonnen, wo er ein Team leitete, das Daten sammelte, auf deren Basis Modelle zur Vorhersage künftiger Bedrohungen erstellt wurden. So wurde Mike Carpenter, der Direktor der Operationsabteilung, auf ihn aufmerksam und ernannte ihn zu seinem Stabschef.

Wallace war maßgeblich daran beteiligt, dass die CIA zunehmend von der *Human Intelligence*, der Informationsbeschaffung durch menschliche Quellen, zur *Signal Intelligence*, der technischen Aufklärung, überging. Er vertrat die Ansicht, dass Programme wie Treadstone nicht mehr zeitgemäß waren. »Warum einen Menschen hinschicken, wenn es eine Drohne genauso gut oder besser erledigt?«, lautete sein Credo.

»Was gibt es Neues im Kellerbüro?«, fragte Wallace, und Shaw sah sein höhnisches Grinsen in der Aufzugtür gespiegelt.

»Es erspart mir den Kontakt mit Arschlöchern«, konterte Shaw lächelnd. Er spürte Druck auf den Ohren, als der Aufzug in die Eingeweide der Erde hinabfuhr.

Der Aufzug hielt mit einem Ruck an, und Shaw trat in einen Flur, von dem man die »Grube« überblickte, wie der inoffizielle Name der Operationsabteilung lautete.

»Ihr Kalten Krieger seid alle gleich«, meinte Wallace. »Ein Haufen Dinosaurier, die nicht einsehen wollen, dass die Zeiten vorbei sind, in denen man einen Mann mit einer Kanone losgeschickt hat, um ein Ziel auszuschalten. Treadstone war gestern. Ein Werkzeug, das ausgedient hat. Das hier«, fügte er mit ausgebreiteten Armen hinzu, »das ist die Zukunft.«

»Wenn Sie es sagen.«

»Dieser Summit-Supercomputer« – Wallace deutete auf das schwarze Ungetüm von der Größe eines Sattelschleppers – »hat eine Rechenleistung von zweihundert Petaflops. Mit dem ESnet verbunden, kann ich Daten mit einer Geschwindigkeit von hundert Gigabyte pro Sekunde übermitteln.«

»Warum bin ich dann hier?«, wollte Shaw wissen.

»Sie werden es nie kapieren, Levi.« Wallace wandte sich nach rechts und folgte dem Gang zu einem Büro am anderen Ende.

Deputy Director Mike Carpenters Büro war von seiner Größe und Ausstattung her passend für Amerikas obersten Spion. Es war mit einem schiefergrauen Teppich und zwei schwarzen Kunstlederstühlen eingerichtet. Am anderen Ende des Raums saß Carpenter an seinem Schreibtisch. Die Wand hinter ihm war mit Auszeichnungen und Bildern geschmückt, die den Direktor händeschüttelnd mit verschiedenen Würdenträgern zeigten, auf einem Foto sogar mit dem Präsidenten der Vereinigten Staaten.

»Diese Scheiße läuft aus dem Ruder.« Carpenter deutete mit dem Kopf auf den Fernseher an der gegenüberliegenden Wand.

Shaw wandte seine Aufmerksamkeit dem Bildschirm zu; eine schwarzhaarige Reporterin stand auf einem Balkon und sprach in die Kamera.

»Die Spannungen hier in Caracas nehmen zu. Immer mehr Menschen strömen auf die Straßen und fordern den Rücktritt von Präsident Díaz als Staatsoberhaupt von Venezuela«, begann sie ihren Bericht.

Shaw fand, dass die Frau müde und abgespannt aussah, was sich auch durch noch so viel Schminke nicht verbergen ließ. Als die Kamera über ihre Schulter hinweg zur Calle Cotiza schwenkte, wusste er, warum.

Drei Stockwerke tiefer standen aufgebrachte Demonstranten einer Gruppe von Soldaten gegenüber, die mit zwei Mannschaftstransportwagen die Straße blockierten. Die

Leute bewarfen die Soldaten mit Steinen und skandierten wütende Parolen, die von den Hausmauern widerhallten.

Was rufen die Leute?

Muerte a Díaz. Nieder mit Díaz.

»Die Gewalt in der Hauptstadt erinnert an die Terroranschläge, die 2009 Caracas erschütterten und die zum Militärputsch und der Machtergreifung des damaligen Generals Díaz geführt haben.«

»Ich habe hier die forensischen Ergebnisse von einem Tatort in Venezuela«, begann Carpenter. »Was wissen Sie darüber?« Mit einem Blatt Papier in der Hand ging er um den Schreibtisch herum.

Shaw überflog die Überschrift und die ersten Zeilen. Als er etwa die Hälfte des Berichts gelesen hatte, schlug ihm das Herz bis zum Hals.

TOPSECRET/EYES ONLY

Gegenstand: DNA-Übereinstimmung
Ergebnis der Untersuchung von Gewebeproben
eines Leichnams, der in Apure, Venezuela,
gefunden wurde:
Positive Übereinstimmung: Datenbank <Site
R:> //SAP/Directory/Operations: Treadstone
Name: Ford, Nicholas

Ford? Was zum Henker hast du da unten gemacht?

»Ist er einer Ihrer Leute?«, fragte Carpenter.

»Ja, aber …«, begann Shaw.

»Das ist genau die Scheiße, vor der ich immer gewarnt habe!«, polterte Wallace. »Levi Shaw führt schwarze Operationen in Südamerika durch, als hätten wir 1985. Und er hält es nicht für notwendig, irgendwen zu informieren.«

»Ist das wahr?«, fragte Carpenter.

»Natürlich nicht.« Shaw funkelte Wallace wütend an. »Treadstone hat vier Jahre keinen aktiven Einsatz mehr durchgeführt. Ihr Schoßhund hat dafür gesorgt, dass mein Budget dermaßen gekürzt wurde, dass ich für jede Rolle Klopapier einen Antrag beim Kongress stellen muss.«

»Blödsinn, Levi«, fauchte Wallace.

»Halten Sie doch einfach die Klappe, Archie!«

»Es reicht!«, ging Carpenter dazwischen und schaute Levi drohend an. »Wenn sich herausstellt, dass Sie lügen …«

»Tu ich aber nicht. Fragen Sie Senator Mendez. Als Leiter des zuständigen Senatsausschusses muss er jede Operation genehmigen.«

»Was glauben Sie, woher ich diesen Bericht habe?«, zischte Wallace.

Shaw hatte in diesem Geschäft nur deshalb so lange überlebt, weil er eine einfache Regel beherzigte, wenn er in eine Situation mit ungewissem Ausgang geriet: Lügen, leugnen, Gegenbeschuldigung erheben. Das Problem war nur, dass er diesmal die reine Wahrheit sagte.

Er hatte absolut keine Ahnung, was da vor sich ging.

»Das ist irgendein abgekartetes Spiel. Da will mir jemand was anhängen.«

»Okay, Sie haben drei Tage, um herauszufinden, was da läuft. Ich habe nämlich gerade ein neues Memo aus dem Büro des Senators bekommen. Mendez wird in drei

Tagen eine Krisensitzung abhalten. Er will einen Kopf rollen sehen. Und ich verspreche Ihnen, es wird nicht meiner sein.«

12

SKAGIT BAY, WASHINGTON

Die Strömung trug Hayes durch die Bucht zur baumbestandenen Küste von Whidbey Island. Er war erschöpft, das kalte Wasser hatte jede Wärme aus seinem Körper gesaugt und seine Arme und Beine betäubt.

Denk an was anderes, befahl die Stimme in seinem Kopf. Hayes befolgte den Rat und wandte seine Gedanken dem Anruf zu, mit dem der Tag angefangen hatte.

Angst. Das war es, was er in Sally Colvins Stimme gehört hatte. Sie hatte am Telefon so merkwürdig geklungen.

»Adam, hier ist Sally Colvin… Rufen Sie mich bitte zurück…«

Er konnte sich gut vorstellen, wie der Anruf zustande gekommen war. Die Angreifer waren in ihr Haus eingedrungen, hatten Sally aus dem Bett gezerrt, ihr die Pistole an die Schläfe gesetzt oder ein Messer an die Kehle, um ihr klarzumachen, was sie erwartete, wenn sie sich weigerte, ihn, Hayes, anzurufen und dazu zu bewegen, zum Haus zu fahren.

Wie haben die mich gefunden?

Er hatte alles Menschenmögliche getan, um sich von seiner Vergangenheit zu lösen. Er war so weit gegangen, sich im fernen Bundesstaat Washington an der Westküste niederzulassen, in der Hoffnung, dass der Ortswechsel ihm den Neustart erleichtern würde. Bevor er untertauchte, verwendete er sechs Monate darauf, alle Spuren zu vernichten, aus denen sich eine Verbindung zwischen Adam Hayes und seinem früheren Leben als Killer einer Regierungsbehörde herstellen ließ. Was er hier in Washington besaß – ob Haus, Auto oder Telefon –, hatte er nicht direkt, sondern über drei Ecken erworben.

Bei all seinen akribischen Bemühungen war ihm jedoch klar, dass es eine Spur gab, die er nicht tilgen konnte: seine Akte in den Treadstone-Archiven.

Das ist der einzige Weg, wie sie mich gefunden haben können. Aber wer kommt an dieses Material heran?

Er wusste, es gab nur eine Möglichkeit, es herauszufinden. Aber dafür brauchte er als Erstes ein Fahrzeug.

Als er endlich das Ufer erreichte und den zementgrauen Strand hochkroch, zitterte er vor Kälte, und seine Arme und Beine waren taub und gefühllos. Er knüpfte die durchtränkten Hosenbeine auf, schlüpfte hinein und stapfte quer über den Strand zur öffentlichen Toilette.

Hayes ging auf die Damentoilette, vergewisserte sich, dass er allein war, und schloss die Tür ab. Am Waschbecken drehte er das heiße Wasser auf und zog die Jacke aus. Rund um die Schusswunde klebte das Hemd auf der Haut. Er wartete, bis das Wasser heiß genug war, zog sein Messer und öffnete den Behälter mit den Monatsbinden, der an der Wand hing.

Vom Waschbecken stieg heißer Dampf auf, und er spritzte heißes Wasser auf sein Hemd, bis sich der Stoff von der Wunde lösen ließ.

Die Kugel hatte ihn ganz oben in der Schulter erwischt.

Die Wunde sah nicht gut aus, blass und vom Wasser verschrumpelt. Hayes wusste, dass er Glück gehabt hatte. Zwei Zentimeter tiefer – und es wäre schlimmer ausgegangen.

Mit Handwaschseife und Papiertüchern säuberte er die Wunde, so gut es ging. Als sie trocken war, klebte er eine Monatsbinde als Wundverband darauf.

Es war keine dauerhafte Lösung, aber der behelfsmäßige Verband würde seinen Zweck erfüllen, bis er Gelegenheit hatte, die Wunde nähen zu lassen.

Hayes spülte das Blut aus dem Waschbecken und verbarg die blutverschmierten Papiertücher unter dem restlichen Müll. Dann streifte er vorsichtig die nasse Jacke über und machte sich auf den Weg zur Straße. Er brauchte dringend ein Fahrzeug. Das Problem war nur, dass nach dem Vorfall auf der Fähre sein Gesicht wahrscheinlich bereits in den Nachrichten gezeigt wurde. Das bedeutete, es kam nicht infrage, einen Wagen zu mieten.

Ich werde anderweitig einen ausleihen müssen. Er eilte über die Straße und verschwand in dem Wald, der die Siedlung von der Straße trennte.

Dank der Erweiterung des Luftwaffenstützpunkts erlebte die Insel einen Aufschwung, der sich in reger Bautätigkeit niederschlug.

Es war Jahre her, seit Hayes zum letzten Mal ein Auto geklaut hatte. Er musste ein Fahrzeug mit minimalen Sicherheitsvorkehrungen finden. In einem Artikel hatte er einmal gelesen, dass der Honda Accord und der Toyota Camry die in den USA am häufigsten gestohlenen Autos waren. Der Autor hatte gemeint, dass in diesen Fällen eine Schere ausreichte, um die Autotür zu knacken.

Er entschied sich für einen neueren Toyota Pick-up mit einem silbergrauen Werkzeugkasten auf der Ladefläche. Der Wagen stand vor einem Haus am Ende des Blocks.

Zwischen den Bäumen verborgen, näherte sich Hayes seinem Ziel bis auf wenige Meter. Die Straße war menschenleer, das Haus dunkel. Mit dem schmatzenden Geräusch seiner nassen Socken eilte er über den Beton.

Der Werkzeugkasten war unverschlossen. Hayes öffnete den Deckel und zuckte zusammen, als die Scharniere quietschten – unnatürlich laut in der stillen Morgenluft. Rasch durchwühlte er den Kasten und rechnete jeden Moment damit, dass ein neugieriger Nachbar aus seinem Haus kam und drohte, die Polizei zu rufen, doch das Glück war auf seiner Seite. Niemand sah ihn, und er fand schnell einen passenden Schraubenzieher.

Damit ging er zur Autotür, zog die Kordel aus der Kapuze seiner Jacke und band ein Ende zu einem Schiebeknoten. Dann rammte er den Schraubenzieher in die Regenleiste oben an der Tür und bearbeitete sie, bis er einen brauchbaren Spalt zustande gebracht hatte.

Vorsichtig schob er das kleine Lasso durch die Öffnung, bis er mit der Schlinge den Stift des Öffnungsmechanismus erreichte. Ein kurzes Ziehen genügte, um die Schlinge zuzuziehen. Als er sich sicher war, dass der Knoten halten würde, riss er an der Schnur, und das Schloss öffnete sich.

Jetzt kommt der lustige Teil, dachte er und setzte sich ans Lenkrad.

Hayes steckte den Schraubenzieher ins Zündschloss und drehte ihn nach rechts wie einen Autoschlüssel. Der letzte Schritt war, die Motorhaube zu öffnen und den Anlassermagneten zu finden. Erneut setzte er seine Allzweckwaffe, den Schraubenzieher, ein, um die Verbindung zwischen Batterie und Anlasser zu überbrücken.

Brummend erwachte der Motor zum Leben, und dreißig Sekunden später ließ er die Wohnsiedlung hinter sich, die Heizung bis zum Anschlag aufgedreht.

13

SAN CRISTÓBAL, VENEZUELA

Jefferson Gray stand am Fenster der Wohnung, die er in San Cristóbal gemietet hatte, und beobachtete, wie der Nebel sich über den zerklüfteten Bergspitzen der Cordillera de Mérida lichtete. Es war eine wunderschöne Aussicht, die normalerweise eine beruhigende Wirkung auf ihn hatte, doch heute konnte Gray nur an eines denken: dass Black sich nicht mehr meldete.

Er ging zurück ins Zimmer und rief sich einen alten Grundsatz in Erinnerung, den die Analytiker in Langley gern und oft wiederholten: Keine Nachrichten sind gute Nachrichten. Doch dann fiel sein Blick auf das Satellitentelefon, das still auf dem Tisch lag.

Ich habe ihm gesagt, er soll die Operation abbrechen. Was soll schon sein?

Eigentlich ein beruhigender Gedanke, doch dann fiel ihm wieder das Treffen mit Vega ein. Und die herausfordernde Art, mit der Black ihm vor seinen Männern gegenübergetreten war.

Nein. Die Funkstille dauert schon zu lange. Irgendwas muss schiefgegangen sein.

Gray schaltete den Fernseher ein und wechselte zu CNN, dann holte er seinen Laptop und loggte sich in die Datenbank der Homeland Security ein. Er startete eine Suche für den Bundesstaat Washington und bezog Informationen von Polizei, Feuerwehr und Nachrichtendiensten mit ein. Als er die Enter-Taste drücken wollte, erschien am unteren Bildschirmrand eine Eilmeldung. Die Kamera zoomte auf den schwarzhaarigen Moderator.

»Soeben kommt eine Eilmeldung aus dem Bundesstaat Washington herein. Auf der Fähre M/V *Suquamish* soll es zu einem Terroranschlag gekommen sein.« Während der Mann sprach, erschien ein zweites Fenster auf dem Bildschirm, das Livebilder einer rauchenden Fähre zeigte, die von Rettungsbooten umgeben war.

»Aussagen der örtlichen Polizei zufolge betätigten Passagiere den Notruf, als sie auf dem Parkdeck der *Suquamish* Gewehrfeuer hörten, kurz darauf eine gewaltige Explosion, deren Folgen Sie hier sehen …«

»Black, du verdammter Mistkerl«, polterte Gray und sprang auf. Doch sein Zorn wich schnell der Angst. *Kann mir das gefährlich werden? Können die das zu mir zurückverfolgen?*

Rastlos ging er im Zimmer auf und ab und dachte an den Mann, der ihn nach Venezuela geschickt hatte: Senator Patrick Mendez.

Nachdem er die Ausbildung in der »Farm« als Jahrgangsbester absolviert hatte, rechnete Gray fest mit einem Job in der Operationsabteilung, dem Directorate of Operations oder DO, wie es innerhalb der CIA genannt wurde. Er wollte sich mitten ins Getümmel stürzen, wollte etwas bewegen. In welchem Krisengebiet, war ihm egal. Die CIA konnte ihn nach Afghanistan, in den Irak oder den Jemen schicken – Gray war alles recht, solange es ein Krisenherd war, in dem man sich beweisen konnte.

Als man ihm schließlich sein Aufgabengebiet zuwies, konnte Gray es nicht fassen.

»Die National Resources – sind Sie sicher, dass das kein Irrtum ist?«, fragte er den Personalchef. Die National Resources Division, kurz NR, war die Inlandsabteilung der CIA. Dorthin versetzte die Agency für gewöhnlich Mitarbeiter, die ausgebrannt waren oder Mist gebaut hatten.

»In der CIA gibt es keine Irrtümer.«

Gray mietete sich eine kleine Wohnung in Falls Church und kam morgens kaum aus dem Bett. Seine Arbeitstage verbrachte er damit, Mitarbeiter von Regierungsbehörden über die Gefahren auf Auslandsreisen zu informieren. Seine zweite Aufgabe war, die Universitäten in der Umgebung abzuklappern und geeignete amerikanische Staatsbürger als Agenten zu rekrutieren.

Gray war nicht der Typ für einen Bürojob. Er war nahe daran, die CIA zu verlassen, als er eines Tages eine Einladung zu einem diplomatischen Empfang in Georgetown erhielt.

Die Einladung sollte sein Leben grundlegend verändern.

Solche diplomatischen Veranstaltungen waren ideale Gelegenheiten, um Informationen zu sammeln, deshalb erwarteten Grays Vorgesetzte von ihm, dass er die Einladung annahm und hinging. Zugleich ermahnten sie ihn, eine gewisse Distanz zu anwesenden Politikern zu wahren.

»Es werden ein paar ziemlich mächtige Leute dort sein. Also seien Sie vorsichtig und halten Sie die Augen offen«, hatte sein Chef ihm eingeschärft.

Gray hielt sich daran. Er nippte an seinem Drink und schaute sich diskret um, als plötzlich ein dunkelhaariger Mann im makellosen Hugo-Boss-Anzug in die Bar kam. Er bedachte einige Anwesende, die ihn respektvoll grüßten, mit einem strahlenden Lächeln, ehe sein Blick auf Gray fiel.

Der Mann trat zu Gray an die Bar und bestellte einen Scotch. »Patrick Mendez«, stellte er sich vor und hielt ihm die Hand hin.

Gray hatte den Mann sofort erkannt, als er den Raum betreten hatte. Jeder in der CIA kannte Senator Patrick Mendez, den Vorsitzenden des Aktionsausschusses.

»Freut mich, Sie kennenzulernen, Sir.« Gray schüttelte ihm die Hand. »Ich bin …«

»Jefferson Gray, der neue Mann in der National Resources Division.«

»Ja, Sir. Woher wissen Sie …?«

Der Barkeeper kam mit dem Drink des Senators, legte eine Serviette auf die Theke und stellte das Glas darauf.

»Woher ich Ihren Namen kenne?« Lächelnd hob er sein Glas und nippte an seinem Scotch. »In meiner Position hält man immer Ausschau nach neuen Freunden.«

Gray fühlte sich geschmeichelt. Wie kam es, dass ein so einflussreicher Senator sich für ihn interessierte?

»Sie haben Ihr Studium in Yale summa cum laude *abgeschlossen und Ihre Ausbildung in Langley als Jahrgangsbester absolviert. Wie landet man mit solchen Voraussetzungen in der NR-Abteilung?«*

»Das frage ich mich selbst jeden Tag. Ganz ehrlich, ich weiß es nicht.«

»Der Job hat bestimmt auch seine Vorteile.« Mendez hob grüßend das Glas, als zwei toll aussehende Damen der Gesellschaft die Bar betraten.

Was will der Mann von mir?

»Andererseits ist es sicher nicht lustig, zusehen zu müssen, wie die Jungs, die mit Ihnen die Ausbildung absolviert haben, spannende Aufgaben kriegen.«

Da kam ihm ein Gedanke. Der Senator testete ihn – vielleicht, weil er jemanden für irgendeine Aufgabe benötigte.

Die CIA ging genauso vor, wenn sie Leute rekrutierte. Gray wusste nicht, was der Mann vorhatte, doch er wusste, wann es besser war, erst einmal zuzuhören.

»Ich mache Ihnen einen Vorschlag.« Mendez zog eine Karte hervor und gab sie ihm. »Wenn Ihnen Ihr Job zu langweilig wird, rufen Sie mich doch einfach an.«

Gray betrachtete die Karte, während der Senator ein Geldbündel aus der Tasche fischte und einen Hundert-Dollar-Schein neben sein halb geleertes Whiskeyglas auf den Tresen legte.

»Vielleicht können wir uns gegenseitig helfen.«

Er drehte sich um und ging.

Gray wartete eine Woche, bis er die Nummer anrief. Der Senator schlug ein Treffen in derselben Bar vor.

»Was wissen Sie über Venezuela?«, fragte er geradeheraus, nachdem sie sich gesetzt hatten.

Gray wusste einiges über das Land, nur leider nichts Gutes.

»Ich weiß, dass es für unsereinen ein ziemlich undankbarer Job ist. Abgelegen, aber verdammt schwierig«, sagte er ehrlich.

»Meine Kollegen und ich arbeiten seit drei Jahren intensiv mit Präsident Diego Mateo zusammen. Wir haben getan, was wir konnten, um seine Regierung zu unterstützen – und was macht er?«

»Ich weiß, dass er sein eigenes Drogenkartell betreibt und

mit amerikanischem Geld hochrangige Militärs rekrutiert, um seinen Drogenhandel zu schützen. Für den Transport arbeitet er sogar mit der Hisbollah zusammen, der vom Iran unterstützten Terrorgruppe. Vor Kurzem hat er sich an Russland gewandt, um …«

»Das war eine rhetorische Frage«, brummte Mendez. »Worauf ich hinauswill – der Mann streicht mit unserer Hilfe Millionengewinne ein, und jetzt kennt er uns plötzlich nicht mehr.«

»Was kann ich dabei tun?«

»Sie sollen hingehen und mein Geld zurückholen«, sagte Mendez ohne Umschweife.

»Und wie soll ich das machen?«

»Wie Sie es machen, ist mir egal – Hauptsache, Sie kriegen es geregelt.«

Sechs Monate lang hatte Gray alles versucht, um Präsident Mateo zu überzeugen. Er hatte ihn höflich gebeten, ihm geschmeichelt und gedroht – doch der Mann ließ nicht mit sich reden. Seine letzte Hoffnung war ein Staatsbankett, auf dem Gray Gelegenheit bekam, sich fünf Minuten mit Mateo zu unterhalten.

»Sir, Senator Mendez ist gar nicht zufrieden mit der aktuellen Situation.«

»Sie meinen, er ist unzufrieden, weil ich ihn nicht mehr an jedem Ölgeschäft mitverdienen lasse, das ich abschließe?«, erwiderte Mateo.

»Er betrachtet es als Bruch Ihrer Vereinbarung.«

»Können Sie Senator Mendez etwas von mir bestellen?«, fragte Mateo.

»Ja, Sir.«

»Sagen Sie ihm, Venezuela ist ihm dankbar für seine Unterstützung. Aber eher wird die Hölle einfrieren, als dass er noch einen Cent von mir kriegt.« Mit einem zornigen Funkeln drehte er sich um und ging.

Noch am selben Abend erhielt Gray einen Anruf vom Senator, der einen Lagebericht verlangte. »Wie ist es gelaufen?«

»Präsident Mateo scheint nicht die Absicht zu haben, Ihre Vereinbarung einzuhalten.«

»Soso, er will also nicht Vernunft annehmen?« Mendez' Zorn war unter seinem gedehnten Südstaatenakzent deutlich herauszuhören. »Was genau hat er gesagt?«

»Er ist Ihnen dankbar für Ihre Unterstützung – aber…« Gray zögerte einen Moment und suchte nach passenden Worten, die die Bemerkung des Präsidenten etwas abgeschwächt wiedergaben.

»Spucken Sie's aus, Jefferson.«

»Er hat gesagt, eher wird die Hölle einfrieren, als dass Sie noch einen Cent von ihm kriegen.«

Am anderen Ende herrschte Schweigen. Gray wusste, dass der Senator über seine Optionen nachdachte. Mendez und seine Freunde im US-Senat hatten sich ein überaus einträgliches Geschäft in Venezuela aufgebaut. Mit Präsident Mateos Hilfe hatten sie so viel verdient, dass noch ihre Enkelkinder ausgesorgt hatten. Gray war jedoch schlau genug, um zu wissen, dass Mendez nicht bloß am Geld interessiert war.

Hier ging es nicht zuletzt um Macht und Einfluss. Wahrscheinlich würde Mendez sich eher eine Kugel in den Kopf ballern, als seinen Freunden einzugestehen, dass ihm ein Dritte-Welt-Präsident gesagt hatte, er solle sich verpissen.

»Okay, dann müssen wir es anders anpacken, Jefferson«, sagte der Senator schließlich.

»Was soll ich tun, Sir?«

»Wenn Präsident Mateo sich nicht an unsere Vereinbarung halten will, dann müssen Sie jemanden finden, der dazu bereit ist.«

»Sie sprechen von einem Regierungswechsel?«, fragte Gray.

»Nennen Sie es, wie Sie wollen – Hauptsache, das Ergebnis stimmt«, stellte Mendez klar und legte auf.

Gray hatte alle schmutzigen Tricks eingesetzt, die es in diesem Geschäft gab – gefälschte Dokumente, falsche Agenten, gezielte Fehlinformationen –, um es so aussehen zu lassen, als würde Mateo mit den Russen zusammenarbeiten. Sobald er das Material beisammenhatte, gab er es an Mendez weiter.

Er wusste nicht genau, an wen der Senator sich mit den getürkten Informationen wandte, doch das Ergebnis war klar. Deshalb war Gray als Einziger in Venezuela nicht überrascht, als die Nachricht kam, dass Präsident Diego Mateo einem Mordanschlag zum Opfer gefallen war.

Gray hatte eine Regierung gestürzt und General Díaz zur Macht verholfen; sein Lohn war ein lächerlicher Titel und eine zehnprozentige Gehaltserhöhung.

Das alles wirst du jetzt vielleicht verlieren.

Gray überlegte immer noch, was er tun sollte, als das Satellitentelefon klingelte.

Er nahm den Anruf entgegen und rief ins Telefon: »Black, wo zum Teufel stecken Sie?«

14

WHIDBEY ISLAND, WASHINGTON

So wie jeder bei Treadstone hatte auch Hayes von dem Agenten gehört, der nach einem Kopfschuss das Gedächtnis verloren hatte. Hayes' Problem war genau umgekehrt: Nach seinem Ausstieg waren seine Erinnerungen immer stärker geworden. Er fragte sich, ob er es nicht leichter hätte, wenn sein früheres Leben aus seinem Gedächtnis gelöscht wäre. Ob es nicht das schwerere Los war, einfach nicht vergessen zu können.

All die Kämpfe und Lügen. Die zahllosen Entschuldigungen, die ungesagten Worte, die zwischen ihm und Annabelle standen, weil er über seine Arbeit nicht sprechen konnte.

Wie oft hatte Hayes sein Zuhause vermisst, wenn er fort war – nur um dann nach der Rückkehr feststellen zu müssen, dass er ein Fremder im eigenen Haus war.

Das war es, was Treadstone aus ihm gemacht hatte. Er war von einem Einsatz zum nächsten gehetzt, mit der ständigen Bedrohung im Nacken, dass der Feind ihm vielleicht schon auf die Schliche gekommen war. Der Mann an der nächsten Ecke – telefonierte er bloß mit seiner Frau, oder war er ein feindlicher Agent, der ihn beschattete?

Bald sah Hayes überall nur noch Feinde, sogar zu Hause. Wenn er einkaufen ging, überlegte er, welchen Weg er nehmen sollte, um mögliche Beschatter aufzuspüren.

Hayes tat, was er konnte, damit Annabelle nichts davon mitbekam, doch es war alles andere als leicht, nach feindlichen Spionen Ausschau zu halten und gleichzeitig seiner Frau zuzuhören, wenn sie ihm erklärte, warum sie bei Bloomingdale's die roten Ballerinas gekauft hatte und nicht die blauen.

Halte dir immer einen Fluchtweg offen – das war die erste Lektion, die sie ihm bei Treadstone beigebracht hatten. Die Worte hallten in seinem Kopf wider, während Hayes nordwärts in Richtung Oak Harbor fuhr.

In jeden Einsatz war er mit der Annahme gegangen, dass er wahrscheinlich schon aufgeflogen war. Dass der Feind bereits alles über ihn wusste. Die Sicherheitsvorkehrungen, die er in seinen Einsätzen traf, übernahm er in sein Privatleben, bis Annabelle irgendwann scherzte, dass sie den vorsichtigsten Mann der Welt geheiratet habe. Die Vorsicht wuchs sich zur Paranoia aus, als sein Sohn Jack zur Welt kam.

Nichts befeuerte seinen Beschützerinstinkt so sehr wie der Anblick seines kleines Sohnes, der noch so hilflos und schutzbedürftig war. *Jack. Der Flug nach Florida. Scheiße.*

Er parkte den Truck bei einem verlassenen Lagerplatz und ging am Maschendrahtzaun entlang, bis er ein Loch hinter einem Gebüsch fand. Hayes schlüpfte hindurch, folgte dem Abflussgraben, der unter der Überführung verlief. Das Zischen der Autos über ihm war wie der Wind, der durch einen Canyon wehte.

Die Leute gingen ihren Alltagsgeschäften nach, ohne zu ahnen, was sich draußen in der Welt abspielte. *So ist das nun mal in Amerika*, hatte ein Sergeant gemeint, nachdem sie aus Afghanistan zurückgekehrt waren. »Der Zweite Weltkrieg hat noch alle betroffen, aber dieser Scheißkrieg dauert jetzt schon so lange, dass keiner mehr davon Notiz nimmt.«

Der verrostete orange Frachtcontainer hinter den Stützpfeilern lenkte seine Aufmerksamkeit wieder auf sein aktuelles Problem. Er hatte den Container gefunden, als die Stadt den Abflussgraben angelegt hatte – bevor der Zaun errichtet worden war. Es war das ideale Versteck – von der Straße aus nicht zu sehen, aber nahe genug bei dem Anschlusskasten, den Hayes ans Stromnetz angehängt hatte.

Er bückte sich, um nach dem Stück Pappe zu sehen, das er in den Türspalt gesteckt hatte. Dann checkte er das Schloss und den Wachspfropfen am Schlüsselloch. Es waren einfache, aber wirkungsvolle Sicherheitsvorkehrungen. Dass alles noch genauso war, wie er es zurückgelassen hatte, sagte ihm, dass niemand den Container aufgebrochen hatte.

Er schob den Schlüssel durch das Wachs, trat ein und zog an der Kette, die mit der nackten Glühbirne an der Decke verbunden war. Gelbes Licht erhellte das Innere des Containers und wurde von der Frontscheibe eines relativ neuen Volvo-Kombis reflektiert.

Als Erstes brauchte er trockene Sachen. Er schlüpfte aus der nassen Kleidung und steckte sie zusammen mit seiner Brieftasche und dem Führerschein in einen schwarzen Sack. Dann untersuchte er die Wunde an der Schulter. Die Blutung hatte aufgehört, doch die Haut fühlte sich heiß an, was eine Infektion befürchten ließ.

Er wusste, dass er die Schusswunde von einem Arzt untersuchen lassen musste, doch bevor er sich in die Öffentlichkeit wagen konnte, musste er sein Aussehen verändern.

Hayes ging zum Tresor, gab die Kombination ein und öffnete die Tür. Hier fand er alles, was er brauchte, um in sein altes Leben zurückzukehren. Die linke Hälfte war für Waffen und Munition reserviert – Gewehre und Pistolen, dazu Schalldämpfer und jede Menge Extramagazine.

Hayes ignorierte die Waffen und zog ein paar Reisepässe aus einem Fach auf der rechten Seite. Er entschied sich für einen kanadischen Pass, steckte den Führerschein und die Kreditkarte ein, die auf denselben Namen lauteten, und klappte den Pass auf.

»Peter Kane«, las er und betrachtete das Foto, das eine schwarzhaarige Version seiner Person zeigte. Aus dem untersten Fach zog er einen Arc'teryx-Rucksack und ging damit zum Arbeitstisch. Es war sein bevorzugtes Reisegepäck für Notfälle. Neben seinen Papieren enthielt der Rucksack alles, was er benötigte, um drei Tage zu überleben. Rasch zog er frische Boxershorts, Wollsocken, Jeans und seine Asolo-Wanderschuhe an. Statt eines Hemds nahm Hayes zuerst eine Kulturtasche zur Hand, öffnete sie und legte den Inhalt auf den Tisch.

Die Identität zu wechseln, gehörte zum kleinen Einmaleins seines Geschäfts. Aus diesem Grund lernte jeder Treadstone-Agent schon in der Grundausbildung, wie man sein Aussehen mit einfachen, aber wirkungsvollen Mitteln veränderte.

Während eines Einsatzes musste man mit dem wenigen auskommen, das man zur Verfügung hatte. Die Kunst bestand darin, mit einfachen Mitteln viel zu bewirken. Das Erste, was Hayes verändern musste, waren seine Haare. Er steckte das Kabel der Haarschneidemaschine an und beugte den Kopf über den Müllsack.

Der Teufel steckte, wie immer, im Detail. Seine Haare mussten kurz genug sein, um mit dem Foto im Pass übereinzustimmen, aber nicht so kurz, dass seine weiße Kopfhaut durchschimmerte. Er nahm sich Zeit, und als er mit dem Ergebnis zufrieden war, rasierte er seinen Bart ab.

Mit einem Concealer überdeckte er die blauen Flecken im Gesicht, dann trug er eine Selbstbräunungscreme auf, um sich eine dunklere Haut zu verpassen. Schließlich streifte er Latexhandschuhe über, öffnete ein Fläschchen mit Haarfarbe und massierte sie mit beiden Händen ein.

Laut Gebrauchsanweisung brauchte die Farbe zehn Minuten, um zu trocknen. *Okay, dann bringen wir's hinter uns*, dachte er und nahm einen Laptop aus dem Tresor.

Der Computer war noch nie mit dem Internet in Berührung gekommen, sodass es unmöglich war, Hayes auf diesem Weg aufzuspüren. Er steckte das Gerät ein; während das System hochfuhr, fragte sich Hayes, was er Annabelle sagen sollte.

Eine Möglichkeit kam jedenfalls nicht infrage: »Alles war bestens, bis jemand versucht hat, mich umzubringen.«

Mit einem Doppelklick öffnete er den Internet Explorer und loggte sich in seinem Gmail-Account ein. Er suchte immer noch nach den richtigen Worten, als er die ungelesene Nachricht im Posteingang bemerkte.

Sein erster Gedanke war, dass Annabelle ihm zuvorgekommen war. *Das wird sicher eine nette kleine Nachricht von ihr sein*, dachte er und versuchte, die Angst, die in ihm hochkroch, mit einem bitteren Lachen zu verdrängen.

Doch dann las er den Namen des Absenders.

Nick Ford?

Er musste an etwas denken, was einer der Angreifer in seinem Haus gesagt hatte. *Der ist auch nur ein* pendejo *wie dieser Ford*.

Als sein Blick auf die Betreffzeile fiel, blieb ihm das Herz stehen.

Er öffnete die E-Mail, doch sie enthielt nur einen Hyperlink zu einem verschlüsselten E-Mail-Server. Das bedeutete, Hayes konnte die Nachricht nicht ohne den Verschlüsselungscode lesen. In einem Einsatz hätten er und Ford einen gemeinsamen Code benutzt, um einander verschlüsselte E-Mails senden zu können. In diesem Fall hatte sich Ford offensichtlich in einer Notsituation befunden und keine Zeit oder Gelegenheit gehabt, Hayes den Code zukommen zu lassen. Hayes starrte auf den Link, der ihn herauszufordern schien. Er musste einen Weg finden, an die Nachricht heranzukommen, denn ihm war klar, dass es dabei um Leben und Tod ging.

Hayes atmete tief durch und las erneut den Satz in der Betreffzeile.

`Wenn du das liest, bin ich tot`

15

PUGET SOUND, WASHINGTON

»Was soll das heißen – weg?«, fragte Black den Techniker, der an seinem robusten Toughbook saß. »Das halbe County ist draußen auf dem Wasser.« Er deutete auf die Bucht, in der ein Schlepper die ramponierte Fähre in den Hafen zog.

»Ich habe jede Straßen- und Sicherheitskamera und jedes Handy von hier bis Seattle gehackt«, erklärte der Techniker und deutete auf den Bildschirm. »Ich weiß nicht, was ich noch tun soll.«

»Du sollst den Mistkerl finden«, blaffte Black und schlug mit der Faust auf den Tisch.

»Tja, wenn das so ist, brauchen wir eine bessere Ausrüstung als das hier«, erwiderte der Techniker.

Black musste zugeben, dass der umgebaute Fischkutter nicht gerade eine ideale Operationsbasis war, aber nach den Ereignissen auf der Fähre musste er mit dem Rest seines Teams mobil bleiben.

»Ruf doch den Boss an und sag ihm, was wir brauchen«, schlug der Techniker vor.

»Kümmere du dich darum, Hayes zu finden. Den Rest überlässt du mir, klar?«, fauchte Black. »Ich geh an die frische Luft. Wenn ich zurückkomme, hast du hoffentlich mehr zu bieten.«

Er ging hinaus an Deck, seine Stimmung so düster wie die Gewitterwolken, die von Norden heranrollten. Black sah aufs Meer hinaus, und seine Gedanken schweiften zum Feuergefecht auf der Fähre zurück.

Aus seiner Zeit bei den Navy SEALs wusste er, wie wichtig eine eingehende Analyse eines jeden Einsatzes war. Die Fähigkeit zu erkennen, was gelungen und was verbesserungswürdig war, gehörte zu den Faktoren, die für die Erfolge der Spezialeinsatzkräfte im Irak, in Afghanistan und anderen gottverdammten Gegenden ausschlaggebend waren, über die CNN sich nicht einmal die Mühe machte zu berichten.

In einer Nachbesprechung war der militärische Rang ausnahmsweise unwichtig. Egal, ob es um eine Übung oder um einen Gefechtseinsatz ging – wer Mist gebaut hatte, bekam das von den anderen zu hören. Black führte die Analyse so durch, als wären die Männer, die er bei dem Einsatz verloren hatte, noch am Leben. Er drückte sich nicht vor seinem eigenen Anteil an dem Desaster.

Murph war zu aufgedreht und ist voreilig aus dem Wagen gesprungen. Er hat Hayes angegriffen, bevor die anderen ihm Deckung geben konnten …

Blacks Gedanken schweiften ab und wandten sich Hayes zu.

Noch nie hatte er einen Mann so auf einen Angriff reagieren gesehen. *Selbst wenn Murph nicht so vorschnell gewesen wäre … Es war fast so, als hätte Hayes gewusst, dass wir da waren. Wie ist so was möglich?*

Black hatte schon öfter Leute verloren – das war es nicht, was ihm so zusetzte. Viel beunruhigender war die Tatsache, dass er nicht wusste, mit wem er es zu tun hatte. Er besaß überhaupt keine Informationen über diesen Hayes. Black warf einen Blick auf das Satellitentelefon und sah, dass er fünf Anrufe verpasst hatte.

Ich kann ihm nicht ewig ausweichen, dachte er und hob das Handy ans Ohr.

»Black, wo zum Teufel stecken Sie?«, polterte Gray.

»Sie haben ja sicher die Nachrichten gehört«, brummte Black, ohne seinen Ärger zu verbergen.

Er hatte schon öfter für Leute wie Gray gearbeitet – Männer, die keinen blassen Schimmer hatten, wie man Soldaten in eine Schlacht führte. Sie waren Schleimer. Eitle Kerle, die wie aus dem Ei gepellt herumliefen und nichts Besseres zu tun hatten, als den eigentlichen Kämpfern das Leben schwer zu machen.

»Habe ich mich irgendwie unklar ausgedrückt, als ich gesagt habe, Sie sollen nichts unternehmen?«

»*Es reicht!*«, blaffte Black, der nun endgültig die Beherrschung verlor. »Hören Sie auf, mich wie einen Ihrer Mitarbeiter in der Agency zu behandeln, Gray. Seit diese Scheiße in Venezuela angefangen hat, habe ich Ihre Drecksarbeit erledigt und mich nicht beschwert – aber jetzt habe ich die Nase voll von Ihren Spielchen. Wollen Sie diesen Kerl erwischen oder nicht?«

Einen langen Moment herrschte Stille. Als Gray schließlich antwortete, klang seine Stimme eiskalt.

»Ja, Black, ich will ihn. Aber die eigentliche Frage ist doch – sind Sie imstande, ihn zu eliminieren?«

Black ging zur Reling und schaute aufs Meer hinaus. Das endlose, weiß gekrönte Blau des Wassers besänftigte seinen

Zorn, und er fühlte sich nur noch müde und alt. Wie zum Teufel hatte das passieren können?

Black erinnerte sich an das Treffen in einer Bar außerhalb von Caracas, als Gray ihm zum ersten Mal von seinem Plan erzählt hatte.

»Was halten Sie davon, wenn ich Ihnen sage, dass ich Sie in zwei Jahren zu einem reichen Mann machen kann?«

Im ersten Moment dachte Black, dass Gray ein bisschen zu viel von dem einheimischen Polar-Bier erwischt hatte. Er schaute auf die leeren Flaschen auf dem Tisch.

»Nur zu – ich hab da nichts dagegen.« Black verdrehte skeptisch die Augen.

»Ich mein's ernst.« Gray beugte sich über den Tisch.

»Dann verrate ich Ihnen jetzt mal was.« Black nahm einen Schluck aus seiner Bierflasche. »Das ist mein zehnter Einsatz. Ich war überall auf der Welt. Wissen Sie, was einem fast überall begegnet?«

»Sie meinen, außer schlechtem Essen und irgendwelchen Drecksäcken, die man erledigen muss?«, fragte Gray.

»Ja.«

»Keine Ahnung.« Gray lehnte sich auf seinem Stuhl zurück. »Aber ich glaube, Sie wollten es mir verraten.«

»Du begegnest immer irgendeinem Arsch, der dir einen Haufen Geld verspricht. Bloß wird nie was draus.« Black hob seine leere Bierflasche und schüttelte sie, um zu signalisieren, dass er Nachschub brauchte, doch der Kellner ignorierte ihn.

Und da wundern sich diese Idioten, dass sie so verdammt arm sind.

»Okay, dann mache ich Ihnen einen Vorschlag.« Gray zog

ein rechteckiges, in ein weißes Tuch gehülltes Bündel aus seinem Rucksack. »Wie wär's, wenn ich uns noch zwei Flaschen hole, und Sie sehen sich inzwischen das hier an.« Er stand auf und legte das Bündel auf den Tisch.

»Ihr Taschengeld«, fügte er hinzu.

Hätte irgendjemand anderes ihn auf diese Art zu ködern versucht, hätte Black das Bündel nicht mal angerührt. Er hätte das Gratisbier getrunken und wäre seiner Wege gegangen.

Aber es war eben nicht jemand anderes.

Black hatte sich über Gray informiert und kannte seinen Ruf innerhalb der CIA. Er wusste, dass der Aufstieg des Mannes in der Agency nicht von ungefähr kam. Es hatte seinen Grund, dass Gray nur neun Jahre, nachdem er die Ausbildung auf der Farm abgeschlossen hatte, sein eigenes Special-Access-Programm leitete, während seine Jahrgangskameraden immer noch irgendwelche Kameltreiber mit Hellfire-Raketen bombardierten: Der Mann lieferte Resultate.

Und deshalb nahm Black das Bündel, legte es in den Schoß und zog das Tuch zurück.

»Meine Fresse!«

»Glauben Sie immer noch, dass ich Sie verscheißern will?«, fragte Gray, als er mit den Bierflaschen zurückkam.

»Meinen Sie es ernst?«, fragte Black.

»Todernst.« Grays Gesicht nahm einen grimmigen Ausdruck an. »Also, ja oder nein? Sind Sie dabei oder nicht?«

»Black, sind Sie noch da?«, rief Gray ins Telefon.

»Ja.« Sein Zorn hatte sich bereits gelegt. »Ich bin noch da.«

»Können Sie ihn erwischen oder nicht?«

»Wenn Sie mir die Informationen liefern, die ich dafür brauche.« Black fühlte sich nur noch ausgelaugt.

»Welche Informationen?« Gray klang verständnislos. »Sie haben die gleiche Sicherheitsfreigabe wie ich. Sie kommen in jede Datenbank der Welt.«

»Sind Sie sich da so sicher?« Black wusste selbst nicht genau, wie er auf diesen Einwand kam. Doch in dem Moment, als er es aussprach, war ihm klar, dass etwas dran war.

»Wir arbeiten mit dem, was wir …«

»Nein, hören Sie mir zu«, fiel ihm Black ins Wort und versuchte, seinen Gedanken auszuführen. »Als ich bei den SEALs anfing, brauchten wir alle eine Freigabe für geheime Daten, allein wegen der Verschlüsselung unserer Funkgeräte. Aber erst als ich zum Team 6 kam und Zugang zu streng geheimem Material erhielt, habe ich einen ersten Eindruck davon bekommen, was hinter dem Vorhang abläuft.«

»Worauf wollen Sie hinaus?«, fragte Gray ungeduldig.

»Was ich damit sagen will: Ich hatte in meiner ganzen Zeit in der Navy keinen blassen Schimmer, dass es so was wie Special-Access-Programme gibt – und ich war immerhin in dem Team, das Bin Laden eliminiert hat.«

»Tja, das liegt an dem sinnvollen Prinzip, dass jeder nur so viel weiß, wie er für seine Aufgabe benötigt«, hielt Gray dagegen.

»Klar – und im Moment wissen wir nur das, was Ihr Kumpel Senator Mendez uns verrät.«

Einen Moment lang herrschte Schweigen am anderen Ende der Leitung. Black wusste, dass er mit seinem Anliegen durchgedrungen war.

»Vergessen Sie mal für einen Moment alles, was Sie über

Hayes zu wissen glauben«, fuhr er fort. »Dieser Kerl verfügt über Fähigkeiten, wie ich sie in der Form noch nie gesehen habe. Und ich bin schon eine ganze Weile im Geschäft.«

»Okay, er ist gut – na und?«

»Nein, *ich* bin gut«, konterte Black. »Hayes … ist …«

»Er ist *was*?«

»Hören Sie, ich weiß auch nicht, was er ist, aber eins garantiere ich Ihnen: Solche Leute eignen sich ihre Fähigkeiten nicht einfach an wie jeder andere. Leute dieser Kategorie werden zu dem *gemacht*, was sie sind. Das bedeutet, Hayes muss in irgendeiner Datenbank zu finden sein. Einer Datenbank, zu der wir keinen Zugang haben.«

»Wenn es so wäre – was kann ich Ihrer Meinung nach tun?«

»Tja, das liegt ganz bei Ihnen. Aber ich an Ihrer Stelle würde Mendez in seinem Büro besuchen, ihm eine Pistole an den Kopf halten und ihm sagen, dass ich den Zugang haben will, den ich brauche, oder ich puste ihm das Gehirn auf seinen Fünftausend-Dollar-Schreibtisch.«

Gray überlegte einen Moment lang, dann sagte er: »Bis heute Abend kriegen Sie, was Sie brauchen.«

16

WHIDBEY ISLAND, WASHINGTON

Hayes zog eine Jacke an, steckte seine neuen Papiere ein und verstaute das »Notfallgepäck« im Wagen. Dann nahm er sich einen Achtunddreißiger Smith & Wesson und schob ihn in ein Fußholster, das er oberhalb des Wanderschuhs befestigte. Nachdem er sich vergewissert hatte, dass der Revolver nicht herausrutschen konnte, nahm er sich aus einem Fach eine Glock 19, lud eine Kugel in die Kammer und öffnete dann die Türen des Containers, so weit es ging.

Fünf Minuten später war er bereits auf dem State Highway 525 unterwegs. Etwa eine Stunde lang fuhr er in nördlicher Richtung, dann bog er ostwärts in die Quarry Road ein, bis er zu einer Schotterstraße kam, die zwischen Kiefern hindurchführte. Hayes stellte den Motor ab, stieg aus und schloss leise die Autotür. Er ging zu einem verrosteten Maschendrahtzaun mit einem Schild; die Aufschrift lautete:

WARNUNG VOR DEM HUNDEHALTER!
(Der Hund ist harmlos)

Der gute alte Deano, dachte er.

Das Schild war ein Scherzartikel, den Hayes ihm geschenkt hatte, als Deano erkennen musste, dass der Dobermann, den er für fünftausend Dollar angeschafft hatte, vor dem eigenen Schatten erschrak.

Hayes schwang sich über den Zaun und landete sanft auf der anderen Seite. Mit einem leisen Pfiff rief er den schüchternen Wachhund.

»Scout, komm zu mir, Mädchen.«

Nichts. *Wahrscheinlich im Haus.*

Er huschte zwischen den Bäumen hindurch und gelangte auf eine freie Fläche mit einem Holzhaus, das von einer niedrigen Steinmauer umgeben war. Kurz bevor er die Veranda erreichte, hörte er hinter sich das Tappen von Pfoten auf Kiefernnadeln.

»Da bist du ja.«

Hayes drehte sich lächelnd um, doch statt des ängstlichen Dobermanns wurde er vom Knurren eines Malinois empfangen, eines Belgischen Schäferhunds.

»Du bist nicht Scout.« Er machte einen Schritt zurück und fragte sich, ob er es bis zur Veranda schaffen konnte. Der Malinois zuckte kurz, als Hayes sich bewegte, und sein Knurren wurde drohender.

In der Ausbildung hatte Hayes gelernt, dass man einem gefährlich aussehenden Hund am besten begegnete, indem man sich so groß wie möglich machte und selbst eine drohende Haltung einnahm. Hayes hob die Arme über den Kopf, stellte sich auf die Zehenspitzen und stieß seinerseits ein tiefes Knurren aus.

Die Augen des Hundes blitzten fast amüsiert, dann zeigte er die Zähne und spannte die Muskeln an.

Erschieß den Köter.

»Deano!«, rief Hayes über die Schulter zum Haus.

»Deano, komm raus und pfeif den verdammten Hund zurück!«

Keine Reaktion.

Hayes kannte diese Hunderasse von seinen Einsätzen im Irak und Afghanistan und wusste, dass er ihm nie im Leben entwischen konnte. »*Deano*!«, rief er erneut. Der verzweifelte Unterton in seiner Stimme hallte von den Bäumen wider.

Er wollte den Hund nicht erschießen, hatte aber auch keine Lust, sich in einem Krankenhaus wegen eines Hundebisses behandeln zu lassen. Also schob Hayes seine Hand langsam zur Pistole. Im nächsten Augenblick hörte er Türscharniere quietschen, gefolgt von dem unverkennbaren Geräusch einer Schrotflinte, die durchgeladen wurde.

»Mister, Sie haben sich in der Haustür geirrt.«

»Deano, Gott sei Dank. Jetzt pfeif endlich deinen Hund zurück.«

»Hayes … bist du das?«

»Ja, ich bin's. Und jetzt ruf bitte diese Mordwaffe auf vier Pfoten zurück, bevor mir das Biest die Kehle durchbeißt.«

»Ajax, *plaats*«, befahl Deano auf Niederländisch.

Der Hund bedachte Hayes mit einem letzten Knurren, dann schoss er an ihm vorbei zur Veranda.

»Mann, was ist mit dir passiert?«, fragte Deano.

»Jemand hat versucht, mich umzubringen.«

Deano nickte, als wäre es die normalste Erklärung der Welt, und kam einen Schritt näher. »Okay, dann wollen wir dich mal zusammenflicken.« Er öffnete die Tür. »Martha, hol das Verbandszeug.«

Eine Frau in mittleren Jahren mit freundlichen Augen und

langen grauen Haaren erschien aus der Küche und wischte sich die Hände an der geblümten Schürze ab.

»Adam, bist du gegen unsere Haustür gerannt?«, fragte sie.

»Nein, Ma'am. Die Haustür war's nicht.«

»Okay, komm schon rein«, forderte sie ihn auf.

Hayes schaffte es gerade noch über die Türschwelle, dann verließen ihn die Kräfte, und er musste sich auf Deano stützen, der ihn zum Badezimmer führte.

»Okay, zieh schon mal das Hemd aus, dann sehen wir uns an, was du angestellt hast«, befahl Martha und streifte Latexhandschuhe über.

Hayes zog mühsam Jacke und Hemd aus, während Deano sich zur Tür schlich.

»Wo gehst du hin?«, wollte Hayes wissen.

»Mann, wenn sie zur Sanitäterin wird, dann ist es besser, wenn ich …«

»Niemand hält dich auf«, bemerkte Martha knapp.

»Wenn ich's recht bedenke, ist die Wunde vielleicht doch nicht so dramatisch, wie ich dachte«, meinte Hayes und versuchte aufzustehen.

»O nein, du bleibst schön sitzen«, stellte Martha klar und öffnete ein Pillenfläschchen.

»Was ist das?«,

»Percocet, gegen die Schmerzen.«

»Nein.«

»Adam, Schätzchen, es wird ein bisschen wehtun. Und das ist vielleicht ein bisschen untertrieben.«

»Das ist mir egal. Ich nehme keine starken Mittel.«

»Sturer Esel«, murmelte sie. »Na gut, wie du willst. Ich habe noch ein bisschen Lidocain übrig.«

Sie nahm eine Spritze aus einer Arzttasche, öffnete eine Ampulle Lidocain, zog die Spritze auf und drückte die Luft heraus.

Hayes hörte, wie Deano im Nebenzimmer mit Ajax herumtobte.

»Dieser Mann«, murmelte sie kopfschüttelnd. »Wie geht es Annabelle und dem kleinen Jack?«

»Sie hat mich verlassen.« Adam versuchte vergeblich, ihrem Blick standzuhalten.

»Das Mädchen hat mehr Verstand, als ich ihr zugetraut hätte.« Sie injizierte ihm das Betäubungsmittel im Bereich der Wunde.

»Martha, lass das«, sagte Deano von nebenan.

»Nein, sie hat ja recht«, sagte Hayes, während er zusah, wie Martha die Wunde mit Kochsalzlösung und Jod behandelte.

»Sieht aus, als wäre die Kugel glatt durchgegangen«, murmelte sie zu sich selbst.

»Welches Kaliber – fünf-sechsundfünfzig?«, fragte Deano von der Tür.

»Ein HK416«, erklärte Hayes. »Mit allen Schikanen. Und der Mann am Abzug war kein Anfänger. »Als ich getürmt bin, hat er mich von seinen Leuten verfolgen lassen und sich erst mal angesehen, wie die Sache sich entwickelt.«

»Ist dir irgendwas an ihm aufgefallen?«, hakte Deano nach.

»Er war älter als die anderen.« Hayes erinnerte sich an den grauen Spitzbart. »Ich würde sagen, Mitte vierzig, eindeutig Ex-Militär, mit Augen so schwarz wie zwei Kohlestücke im Schnee.«

»Adam, bitte«, sagte Martha und begann, in der Wunde zu stochern.

Das Lidocain hatte die Nervenenden betäubt, doch das Schaben der Metallpinzette am Knochen ließ ihn zusammenzucken.

»Kannst du vielleicht mal still sitzen?«, mahnte Martha.

»Hast du nicht gesagt, es ist ein glatter Durchschuss?«, jammerte er.

»Ist es auch.« Sie kniff konzentriert die Augen zusammen. »Aber mir scheint, da sitzt noch ein Kugelsplitter am Knochen. Wenn ich den nicht raushole, könnte es sich entzünden.«

Hayes schloss die Augen und zog sich in sich selbst zurück, wie er es in der Ausbildung gelernt hatte. *Es gibt keinen Schmerz*, sagte er sich und konzentrierte sich auf die Atmung, in der Hoffnung, dass es genauso gut funktionierte wie in seiner Treadstone-Zeit.

»Hab ihn fast … ja!«, sagte Martha schließlich triumphierend.

»Verdammt«, protestierte Hayes. »Habt ihr Krankenschwestern nicht einen Eid geschworen, niemandem wehzutun?«, beschwerte er sich, als die Pinzette mit etwas blutigem Gewebe zum Vorschein kam.

»Ihr Männer seid so was von wehleidig.« Martha hielt die Pinzette hoch.

Hayes vergaß die Schmerzen, als er sah, was sie mit der Pinzette zutage gefördert hatte.

»Was zum Teufel ist das?«

17

DECEPTION PASS, WASHINGTON

Hayes hob die Hand und nickte Martha zu, damit sie ihm das reiskorngroße Ding in die Hand gab.

»Deswegen habt ihr so ein Aufhebens gemacht?«, meinte Deano verständnislos. »Wegen so 'nem winzigen Splitter?«

Als Hayes bei Treadstone begonnen hatte, musste man sich wegen kleiner Kupfer- oder Bleisplitter in einer Wunde nur Sorgen machen, wenn man von einer Pistolenkugel getroffen worden war. Das änderte sich jedoch mit der Bin-Laden-Operation.

Gemäß der Friedenskonferenz von Den Haag im Jahr 1899, die immer noch die Grundlage des amerikanischen Kriegsrechts bildete, war es verboten, Geschosse einzusetzen, die sich im Körper abplatteten oder ausdehnten. Aus diesem Grund verwendeten die Soldaten im Irak und in Afghanistan immer noch Vollmunition – Patronen mit einem Bleikern in einem härteren Mantel. Aufgrund seiner aerodynamischen Form konnte ein solches Geschoss eine hohe Geschwindigkeit über eine längere Strecke halten, was für Schüsse auf große Entfernung von Vorteil war.

Wie viele Soldaten wusste auch Hayes, dass Hochgeschwindigkeitskugeln im Falle einer Fleischwunde praktisch wirkungslos blieben. Aus diesem Grund hatte man die

SEALs, die hinter Bin Laden her waren, mit Black-Hills-77-Hohlspitzgeschossen ausgerüstet. Sobald bekannt wurde, dass das SEAL Team 6 Hohlspitzkugeln eingesetzt hatte, um den meistgesuchten Mann der Welt zu töten, begannen die Munitionshersteller überall im Land sofort, an »taktischer Gewehrmunition« zu arbeiten – Kugeln, die einen verheerenden Wundkanal erzeugten.

Seit zunehmend Munition eingesetzt wurde, die sich beim Einschlag entweder ausdehnte oder splitterte, fand man in Schusswunden oft Kupfer- oder Bleisplitter.

»Das ist nicht von einer Kugel, jedenfalls von keiner, die ich je gesehen habe«, meinte Hayes und drehte den Splitter in der Hand hin und her.

»Wie willst du das erkennen bei dem vielen Blut drauf?«, erwiderte Deano und nahm seiner Frau die Pinzette aus der Hand. »Ich mach das Ding sauber, damit du es dir genauer ansehen kannst.«

Bevor Hayes protestieren konnte, hatte Deano ihm den Splitter schon von der Hand gepflückt und ging damit zum Waschbecken.

»Setz lieber vorher deine Lesebrille auf«, rief ihm seine Frau nach.

»Also wirklich, Martha«, murrte er und drehte das Wasser auf.

Hayes beobachtete im Spiegel, wie Deano die Pinzette unter den Wasserstrahl hielt, bis der Splitter sauber war. Dann hielt er ihn ins Licht.

»Sieht aus wie irgendein Polymer«, befand er. »Weißt du, ich habe mal gehört, dass die Agency an Polymermunition arbeitet …«

Plötzlich verzog Deano das Gesicht und schaute suchend ins Waschbecken. Hayes wusste sofort, was passiert war, als er das leise *Tick* hörte, mit dem der Splitter ins Waschbecken fiel.

»Scheiße«, fluchte Deano, und seine linke Hand schoss blitzartig zum Abfluss.

»Du hast es fallen lassen, oder?«, fragte Martha. »Hab ich dir nicht gesagt, du sollst die verdammte Brille aufsetzen?«

»Was immer es war – hoffen wir, dass es nicht wichtig ist«, stöhnte Hayes.

»Jetzt macht mal halblang – es ist ja noch im Siphon«, erwiderte Deano. Er ließ sich auf ein Knie nieder und öffnete den Schrank unter dem Waschbecken.

»Warum machst du dich nicht nützlich und schwingst deinen Hintern in die Küche?«, sagte Martha stirnrunzelnd. »Schieb schon mal den Hackbraten in den Ofen – unser Gast hat sicher Hunger.«

»Aber …«

»Oder willst du Adams Wunde nähen?«

»Nein danke. Ich habe gesehen, wie er so was macht«, wandte Hayes ein.

»Dieser Mann, ich kann dir sagen«, murmelte Martha, als Deano draußen war. »Er meint es ja gut, aber manchmal …«

Fünf Minuten später band Martha den Faden ab und verband die Wunde. »So, jetzt bist du wieder wie neu.« Sie zog die Latexhandschuhe aus. »Also, wie wär's mit einem schönen Essen?«

Nach dem Essen ging Deano mit Hayes hinaus zu einem kleinen Nebengebäude mit hellbrauner Vinylverkleidung. »Das ist mein Refugium. Es war schon da, als ich das Haus gekauft habe, aber ich hab ein paar Änderungen vorgenommen.« Deano drückte den Stahlgriff nach unten und zog die schwere Tür auf.

Hayes zögerte einen Moment und ließ Ajax den Vortritt, dann begutachtete er die zehn Zentimeter dicke Tür. »Du hast eine Sprengschutztür eingebaut?«

»Ich sag ja, ich habe ein paar Änderungen vorgenommen«, erklärte Deano achselzuckend.

Die meisten Türrahmen waren zehn Zentimeter breit, doch aufgrund des Gewichts der Schutztür war der Rahmen in diesem Fall doppelt so dick. Hayes trat ein und erwartete, dass der Türrahmen aufgrund seiner Breite etwas vorstehen würde, doch er schloss exakt mit der Innenwand ab.

»Ich habe auch die Wand mit Betonziegeln verstärkt«, führte Deano aus und zog die Tür zu. »Man kann nie vorsichtig genug sein.«

»Das ist kein Refugium, Deano, das ist ein Bunker.«

Das Innere war sauber und ordentlich gestaltet. Der Kiefernholzboden und der sandfarbene Anstrich der Wände verliehen dem Raum eine warme, offene Atmosphäre.

»Ein Bunker hat kein Wohnzimmer.« Deano deutete mit dem Kopf auf die Couch und den kleinen Tisch, den er aus einer alten Palette gezimmert hatte. »Auch kein Büro.«

»Ich habe gar nicht gewusst, dass du lesen kannst.« Hayes betrachtete die deckenhohen Bücherregale zu beiden Seiten des Schreibtischs, der aus einer Holzplatte auf zwei Sägeböcken bestand.

»War alles schon da, als ich es gekauft habe, du Klugscheißer.« Deano trat auf den kurzen Flur hinaus. »Da drin ist die Latrine.« Er nickte zu der Tür auf der rechten Seite.

»Und was ist hinter Tür Nummer drei?«, fragte Hayes, während Deano bereits einen Code in ein Tastenfeld eintippte, das in der Mitte der Metalltür angebracht war.

»Meine Bastelstube«, sagte Deano augenzwinkernd.

Das Schloss öffnete sich mit einem dumpfen Geräusch, und die Tür schwang an gut geölten Scharnieren auf.

In seiner Zeit bei den Special Forces und bei Treadstone hatte Hayes so manche gut bestückte Waffenkammer gesehen. Doch was ihn hinter dieser Tür erwartete, war einmalig. Es war wie der wahr gewordene Traum jedes Waffennarren. Ihm fiel für einen Moment die Kinnlade herunter.

»Ich muss sagen, ich bin beeindruckt.« Hayes ging zu der bestens ausgerüsteten Werkbank in der Ecke.

»Das Beste hast du noch gar nicht gesehen«, erwiderte Deano.

Er knipste einen Schalter an, und die Deckenlampe beleuchtete eine Reihe von klimatisierten Glaskästen an der Wand gegenüber.

»Beeindruckt und vielleicht eine Spur neidisch.« Hayes nahm ein Springfield SOCOM 16 mit Wärmebild-Zielfernrohr aus dem Gewehrständer.

Das SOCOM war eine moderne Version des klassischen M14 – des letzten großen amerikanischen Kampfgewehrs. Das M14 war als Nachfolger des legendären M1 Garand konzipiert worden, und wie sein berühmter Vorgänger wurde es bekannt für seine Durchschlagskraft, seine Präzision und sein relativ hohes Gewicht.

Springfield löste das Gewichtsproblem mit dem SOCOM 16, bei dem der Holzschaft durch einen leichteren Polymerschaft ersetzt und der Lauf verkürzt wurde. Hayes hatte es nicht für möglich gehalten, dass sich eine ohnehin schon perfekte Waffe noch verbessern ließ, doch als er dieses Gewehr in den Händen hielt, musste er erkennen, dass er sich geirrt hatte.

»Also, das ist eine Waffe, wie sie sein sollte.« Hayes nahm das Magazin heraus und begutachtete die Hohlspitzgeschosse.

»Du hattest immer schon eine Vorliebe für die Klassiker«, meinte Deano, nahm eine Flasche Whiskey vom Couchtisch, zog den Stöpsel und füllte zwei kleine Einmachgläser.

»Du kannst mich verrückt nennen, aber wenn ich schon auf jemanden schieße, dann ist es mir lieber, er bleibt liegen.« Hayes schob das Magazin ein und stellte das Gewehr an seinen Platz zurück.

»Gegen die Schmerzen.« Deano reichte ihm seinen Drink.

»Danke, Bruder.« Hayes nahm einen langsamen Schluck. »Apropos Schmerzen – hattest du in deiner aktiven Zeit eigentlich irgendwelche Nebenwirkungen oder Beschwerden?«

»Na ja, dieser verdammte Durst. Das ›Biest‹ haben wir ihn genannt. Es gab Zeiten, da hat mich der Durst fast verrückt gemacht.«

»Das Gefühl kenne ich«, pflichtete Hayes ihm bei. »Was ist mit Albträumen? Träumst du manchmal davon?«

»Eigentlich nicht.«

»Keine Albträume?« Hayes streckte die Hand aus und kraulte den Hund am Ohr.

»Es war anders, als ich dabei war. Ich war ja noch Gen-2.«

»Gen-2?«

»Ja, Gen-2. Hat auf den Fläschchen gestanden.«

»Ich verstehe nicht ganz, was du meinst.«

»Du weißt doch, wie und wann Treadstone entstanden ist, oder?«

»Ja, in der Zeit des Vietnamkriegs.«

»Genau. Was sie dir aber nicht sagen, ist, dass es kein allgemeingültiges Handbuch dafür gibt, wie man das Gehirn eines Menschen so manipuliert, dass er zum Killer wird. Mit der Zeit haben sie den Dreh rausgekriegt, könnte man sagen. Als ich anfing, wussten die Ärzte noch nicht mal die Hälfte von dem, was sie dann bei euch angewandt haben.«

»Wie haben sie es damals gemacht?«

»Hauptsächlich mit Drogen. Subkutane Injektion von Gott weiß was allem. Das Zeug hat dich zum Berserker gemacht. Sie haben dir gesagt, wen du ausknipsen sollst – und du hast es getan. Wenn wir zurückkamen, haben sie uns die nächste Spritze verpasst – und alles war vergessen. Das waren noch die leichteren Zeiten. Im Kalten Krieg hat sich einiges geändert – da haben sie uns dann als Rattenfänger eingesetzt.«

»Davon habe ich noch nie gehört«, musste Hayes zugeben.

»So hat der britische Geheimdienst seine Spionjäger genannt. Weißt du zufällig, welche Lebenserwartung ein amerikanischer Agent hatte, der in den Achtzigerjahren in der Sowjetunion im Einsatz war?«

Hayes schüttelte den Kopf.

»Keine hohe. Daran haben auch die Pillen nichts geändert.«

»Welche Pillen?«

»ZNS-Stimulanzien der alten Schule. Wir haben diese kleinen Pillendosen am Hals getragen. Die grüne Pille für ›go‹, die blaue für ›stop‹. Das blaue Zeug sollte uns helfen, mit dem Stress klarzukommen, aber… Scheiße, ich habe eine Ewigkeit nicht mehr darüber geredet.«

»Haben sie geholfen?«

»Nee. Selbst mit dem blauen Zeug wurde die Belastung manchmal unerträglich. Einige Jungs haben keinen anderen Ausweg mehr gesehen, als sich die Knarre in den Mund zu stecken. Ich sag's ganz ehrlich, ich habe es irgendwann nicht mehr ausgehalten. Diese Albträume. Du nimmst eine Pille, um in Gang zu kommen, danach eine andere, um runterzukommen. Irgendwann hab ich gesagt: Scheiß drauf.«

»In meiner ganzen aktiven Zeit habe ich nie jemanden von der Lebenserwartung eines Agenten reden hören«, gab Hayes zu.

»Du warst ein schlaues Kerlchen und bist rechtzeitig ausgestiegen. Auf lange Sicht kannst du in dem Job nur untergehen.«

Für Hayes fühlte es sich nicht nach einem rechtzeitigen Ausstieg an. Treadstone hatte ihm alles genommen.

»Im Veteranenministerium haben sie sich mit Versuchen beschäftigt, wie man seine Erinnerungen loswird.«

»Klingt ziemlich brachial.« Deano verstummte für einen Moment, bevor er auf die Gegenwart zu sprechen kam. »Also, was ist heute vorgefallen?«

»Ich habe eine E-Mail von Ford bekommen«, begann

Hayes. »Sie ist verschlüsselt – ich konnte nur die Betreffzeile lesen.«

»Was steht drin?«

»Ein Satz: ›Wenn du das liest, bin ich tot‹.«

18

DECEPTION PASS, WASHINGTON

Felix Black parkte den Dodge Challenger rückwärts in eine Lücke vor Denny's Diner ein und stellte den Motor ab. Er griff in seine Tasche und zog eine kleine silberne Dose hervor. Mit der linken Hand hielt er sie fest, während er mit der rechten den oberen Teil im Uhrzeigersinn drehte. Er ignorierte das rote Sicherheitssiegel, das davor warnte, die vorgeschriebene Dosis zu überschreiten.

Er war erschöpft. Die vergangenen zweiunddreißig Stunden hatten seine Kräfte über Gebühr beansprucht. Black wusste, dass er mit dreiundvierzig Jahren solche Belastungen nicht mehr ohne kleine Hilfe durchstehen konnte.

Der Amphetamin-Inhalator war eines der neuesten Hilfsmittel, die die DARPA, die Forschungsagentur des US-Verteidigungsministeriums, für Soldaten im Kampfeinsatz entwickelt hatte. Der Inhalator sollte die grüne Pille ersetzen, die ihm, Black, und vielen seiner Kameraden geholfen hatte, die Einsätze im Irak und in Afghanistan durchzustehen.

Das Aufputschmittel war vor sechs Monaten an das Special Operations Command geliefert worden, und die Rückmeldungen waren äußerst zufriedenstellend. Zum einen ging das Mittel schneller ins Blut über, zum anderen hielt die Wirkung auch länger an.

Leider war der Einsatz des Wundermittels schon wieder gestoppt worden. Da die meisten Angehörigen der Sondereinsatzkräfte, so wie Black, ein Leben nach der Devise »volle Pulle« führten, hatte es bereits drei Herzinfarkte in Afrika gegeben.

Das hielt Black jedoch nicht davon ab, das Zeug weiter zu verwenden. Er führte den Inhalator an die Lippen und saugte die Substanz in sich auf.

Die Wirkung ließ nicht lange auf sich warten. Black spürte das beängstigende Herzflattern, gefolgt von einem kalten Schweißausbruch – zwei übliche Nebenwirkungen der Überdosierung.

Er wusste, dass es nicht gesund war, was er seinem Körper zumutete, aber im Moment konnte er sich keine Pause gönnen. Falls er erneut scheiterte, konnte er in Frieden ruhen – und das in alle Ewigkeit.

Und wenn schon – willst du ewig leben?, sagte er sich und sah sich auf dem Parkplatz vor dem Diner um.

Es war erst drei Uhr nachmittags, doch das Lokal füllte sich bereits mit Senioren, die gern früh zu Abend aßen, damit sie wieder zu Hause vor dem Fernseher saßen, wenn *Judge Judy* anfing. Black beobachtete, wie ein Cadillac DeVille in den Parkplatz einbog. Die blauhaarige Frau am Steuer paffte eine Virginia Slim, während sie einen freien Platz suchte.

Von seiner Position aus sah Black jede Menge freie Parkplätze, doch die Frau hatte offenbar keine Lust, auch nur einen Schritt zu viel zu gehen, und ließ es sich nicht nehmen, ihren Caddy in die schmale Lücke zwischen einem Dodge Caravan und einem Buick LeSabre zu zwängen. Vielleicht hätte sie es sogar geschafft, doch der Buick stand ein wenig schief, sodass der Hinterreifen über die weiße Linie hinausragte.

Das kann nicht gut gehen, dachte Black.

Die Frau sah es anders, lenkte forsch ein und manövrierte ihr Gefährt in die Lücke, bis Black es kreischen hörte. »Hab's dir ja gesagt«, entfuhr es ihm. Er erwartete, dass die Frau ihren Versuch aufgeben und sich eine andere Lücke suchen würde.

Das tat sie nicht. Vielmehr trat sie aufs Gaspedal und setzte ihren Cadillac als Bulldozer ein, um den Buick aus dem Weg zu schieben. Dann parkte sie ihren Wagen, als wäre nichts geschehen.

Da kann man was lernen, dachte Black und warf den Inhalator auf den Autoboden. *Geh deinen Weg und scheiß drauf, was die anderen denken.*

Als er aufblickte, sah er einen schwarzen Audi in den Parkplatz einbiegen. Ein Mann im blauen Hemd mit Brille stieg aus und betrat das Lokal. Black wartete, bis der Mann sich an einen Tisch gesetzt hatte, dann stieg er ebenfalls aus und betrat den Diner.

Drinnen sah es aus wie in allen anderen Denny's, in denen Black schon gegessen hatte – der gleiche kotzgrüne Teppich, die gleichen fettfleckigen Tapeten und verschmierten Fenster. Es roch nach zu hoch erhitzter Butter, ranzigem Fett und verbranntem Kaffee.

Ein übermäßig geschminktes Mädchen mit blondierten Haaren hockte zusammengesunken an der Empfangstheke, die rot geränderten Augen auf ihr Handy gerichtet.

»Kann ich Ihnen helfen?«, fragte sie, ohne aufzublicken.

»Die Toilette?«, fragte Black.

»Da hinten. Ist aber nur für zahlende Gäste.«

»Gut zu wissen.« Er ging in die Richtung, die sie ihm gewiesen hatte.

Er hatte es sich schon früh zur Gewohnheit gemacht, nie ein Haus oder Lokal zu betreten, ohne sich zu vergewissern, wie er im Notfall verschwinden konnte. Das hatte ihm mehr als einmal das Leben gerettet. Black kam am Notausgang vorbei und registrierte, dass er mit einem Alarm gesichert war, ehe er die Toilette betrat.

Der Fußboden war so schmierig von Fett oder Öl, dass er beinahe ausrutschte. Er suchte nach einem Fenster; nachdem er festgestellt hatte, dass es keines gab, ging er zurück ins Lokal, vorbei an der jungen Frau an der Theke, die immer noch nicht von ihrem Handy aufblickte.

Ganz hinten saß David Rogers mit dem Rücken zur Wand und tat so, als würde er die Zeitung lesen. Mit seinem blauen Button-down-Hemd und der goldgeränderten Brille sah er aus wie ein Buchhalter, doch Black wusste es besser. David Rogers war in der NSA zur Legende geworden. Er hatte maßgeblich an der Entwicklung der meisten Methoden zur Kommunikationsüberwachung mitgearbeitet, die die NSA heute im Kampf gegen den Terrorismus einsetzte. Bis er irgendwann keine Lust mehr hatte, für ein lausiges Gehalt zu arbeiten, und in die Privatwirtschaft wechselte.

»Felix«, sagte er mit einem kurzen Nicken. »Du siehst scheiße aus.«

»War auch ein Scheißtag«, brummte Black und setzte sich ihm gegenüber.

»Was kann ich Ihnen bringen?«, fragte die Kellnerin.

»Nur einen Kaffee.«

Die beiden Männer sprachen kein Wort, bis die Frau mit dem Kaffee zurückkam.

»Ich will nicht unhöflich sein, aber ich hab's ziemlich eilig«, begann Black, griff in seine Jackentasche und zog einen dicken gelben Umschlag heraus. Er legte ihn mitten auf Rogers' aufgeschlagene Zeitung.

Rogers blätterte geschickt die Zeitung um, sodass der Umschlag verschwand, ehe er ihn herauszog und in seinen Schoß legte. »Zwischen den Zuckertüten«, sagte er mit einem kurzen Nicken.

Black nahm den Kunststoffbehälter und suchte zwischen den blauen Equal- und den gelben Splenda-Tüten, bis er den mit Papier umwickelten USB-Stick fand.

Black nahm den Speicherstick und steckte ihn in die Hemdtasche.

»Felix, wenn ich's mit jemand anderem zu tun hätte, würde ich kein Wort mehr sagen. Aber wir zwei kennen uns schon … wie lange? Zehn Jahre?«

»Zwölf«, korrigierte Black. »Worauf willst du hinaus?«

»Zwölf Jahre, und ich habe dir noch nie einen ungebetenen Rat gegeben.«

»David, bitte red nicht um den heißen Brei herum. Sag einfach, was du sagen willst.«

»Du solltest dein Testament auf den neuesten Stand bringen, wenn du dich mit dem Kerl einlässt.«

»Gut zu wissen.« Black stand auf und ging.

Als er im Wagen saß, nahm er den Laptop vom Beifahrersitz, steckte den Speicherstick in den USB-Port und tippte den Code ein, der auf dem Papier stand.

```
>>>> CIA Remote Portal
_Login ID
>>>> Verbindung hergestellt_
Suchanfrage: Hayes, Adam

1 Übereinstimmung-
Programme_TREADSTONE/BlackBriar
```

Okay, das erklärt einiges.

Black schaute auf die Notiz hinunter und tippte die Worte ein, die da mit schwarzer Tinte geschrieben standen: *Aktueller Standort*. Nach wenigen Augenblicken erschien ein Satellitenbild mit einem blauen Punkt nahe Deception Pass.

»Hab ich dich endlich.«

19

DECEPTION PASS, WASHINGTON

»Scheiße, Adam, in was ist Nicky da reingeschlittert?«, fragte Deano.

»Ich habe keine Ahnung. Darum habe ich gehofft, dass du die Verschlüsselung knacken kannst.«

»Shit«, murmelte Deano mit einem kurzen Blick in Richtung des Hauses. »Wenn Martha das mitkriegt… Du weißt ja, was sie von der ganzen Treadstone-Scheiße hält.«

»Deano, ich würde dich nicht damit behelligen, wenn es nicht wichtig wäre. Für mich steht nämlich eins fest: Was Ford mir geschickt hat, muss der Grund sein, warum diese Leute hinter mir her sind.«

»Verdammt.« Deano stand von seinem Stuhl auf. »Okay, dann logg dich mal ein. Ich werde sehen, was ich tun kann.«

»Sicher?«, fragte Hayes nach.

»Ja, sicher. Ich muss mir nur schnell die blöde Lesebrille holen. Und setz schon mal eine Kanne Kaffee auf. Ich bin nämlich nicht mehr so schnell, wie ich mal war.«

Hayes loggte sich in seinen E-Mail-Account ein, dann stand er auf und holte die Kaffeekanne.

»Den Kaffee findest du im Schrank. Im Kühlschrank hab ich ein paar Flaschen Wasser«, fügte Deano hinzu und blickte mit zusammengekniffenen Augen auf den Bildschirm.

Hayes setzte den Kaffee auf und hockte sich auf die Couch. Ihm war nicht bewusst gewesen, wie müde er war, bis er auf der Couch zurücksank.

Ich mach mal für eine Minute die Augen zu, dachte er.

Hayes kroch aus dem Mangrovensumpf und durch das hohe Schilf. Seine Uniform war zerrissen und verdreckt vom Schlamm des Orinoco. Insekten summten um seinen Kopf herum, vom Schweiß angezogen, der weiße Rinnen in die Tarnbemalung auf seinem Gesicht schnitt.

Die Durchquerung des Sumpfes hatte Spuren hinterlassen; Hayes war völlig ausgepumpt. Gestern Abend waren seine Nahrungsvorräte zur Neige gegangen, und seine Augen brannten vom Schlafmangel. Trotz allem zwang er sich weiterzumachen. Oben auf dem Hügel hielt Hayes inne und blickte über die Schulter zurück. Selbst im smaragdgrünen Lichtschein seines Nachtsichtgeräts war zu erkennen, dass er sich in extrem schwierigem Gelände befand. So ziemlich der letzte Ort, den ein Mensch bei klarem Verstand aufsuchen würde.

Dennoch kam es für ihn nicht infrage, die Mission abzubrechen. So etwas wie freier Wille war bei Treadstone-Agenten nicht vorgesehen. Ihr Motto lautete: Erfülle deine Mission oder stirb beim Versuch.

Die Mission war von Anfang an zum Scheitern verurteilt gewesen. Es war, als würde der Feind wissen, auf welchem Weg er kommen würde. Selbst das sichere Haus hatte sich als nicht mehr sicher erwiesen. Irgendwie waren Informationen durchgesickert – die Frage war nur, auf welchem Weg und vor allem: warum?

Hayes hatte die letzten drei Tage damit zugebracht, den Kon-

voi mit seiner Zielperson aufzuspüren. An Schlaf war nicht zu denken. Selbst hier in den Sümpfen gab es Patrouillen – Männer auf der Suche nach dem Amerikaner, der gesandt worden war, um den Oberst zu töten.

Er war erschöpft, sein ganzer Körper malträtiert. Hals und Arme waren von Moskitostichen übersät, und die halbmondförmigen Male verrieten, wo er sich Blutegel aus der Haut geschnitten hatte.

Doch er war immer noch am Leben und hatte seine Mission zu erfüllen.

Hayes streifte den Rucksack ab und nahm die Trinkflasche heraus. Er hob den Deckel vom Mundstück und nahm einen langen Schluck. Das Wasser schmeckte bitter von der Jodtablette, mit der er es gereinigt hatte.

Doch es bewahrte seinen Körper vor der Austrocknung, alles andere interessierte ihn nicht.

Als er seinen Durst gestillt hatte, nahm er das Nachtsichtfernglas aus dem Rucksack und richtete es auf die Straße. Die fernen gelben Scheinwerfer verrieten ihm, dass die Zielperson im Anmarsch war. Hayes beobachtete die Reihe der dunkelgrünen Trucks, die über die schlammige Straße holperten. Das Führungsfahrzeug hielt beim Tor, ein Soldat stieg aus, seine Kalaschnikow vor der Brust.

Der Mann schloss das Tor auf und winkte den Konvoi weiter. Hayes richtete seine Aufmerksamkeit auf den Truck in der Mitte und beobachtete, wie das Fahrzeug bei dem Haus mit den weißen Säulen zum Stehen kam. Die Tür schwang auf, und er hielt den Atem an, als die Zielperson aus dem Wagen stieg.

»Hab ich dich endlich«, murmelte er zu sich selbst.

»He, Adam …«

Hayes spürte, wie ihn jemand an der Schulter fasste. *Eine Hand*, sagte ihm sein Verstand. Er packte sie, verdrehte sie und ignorierte den Schmerz, der ihm durch den Kopf schoss, während seine linke Hand nach der Pistole griff.

»Ganz ruhig, kleiner Bruder«, sagte Deano. »Du hast nur schlecht geträumt.«

Hayes sah auf seine Uhr. Es war Mitternacht. Er hatte vier Stunden geschlafen, was das trockene Brennen in der Kehle erklärte.

»So lang wollte ich eigentlich nicht schlafen.« Er hustete.

»Wie fühlst du dich?«, fragte Deano, humpelte um den Schreibtisch herum und beugte sich zu dem kleinen Kühlschrank hinunter.

»Besser als erwartet. Martha versteht ihr Handwerk.« Er streckte den Arm aus und testete seine Beweglichkeit.

»Klar.« Deano nahm eine Wasserflasche aus dem Kühlschrank und warf sie ihm zu. »Sie hat immerhin sieben Jahre in der Notaufnahme des Ryder Trauma Center gearbeitet.«

»In Miami?« Hayes schraubte den Verschluss ab und leerte die halbe Flasche in einem Zug.

Noch nie hat mir was so gut geschmeckt.

»Jawohl, Sir – das Krankenhaus, in dem die Sanitäter der Special Forces ihre Ausbildung machen.« Deano ging zu dem Drucker, der beim Computer stand.

»Martha hat echt ein Wunder vollbracht.«

»Ja, aber da ist sie nicht die Einzige hier.« Strahlend nahm Deano drei Seiten aus dem Drucker und hielt sie ihm hin.

»Moment … heißt das, du hast die Verschlüsselung geknackt?« Hayes sprang auf, die Augen auf die Fotografien in Deanos Hand geheftet.

»Ja, und ich kann dir sagen …«

Bevor Deano den Satz beenden konnte, sprang Ajax mit einem drohenden Knurren zur Tür.

20

DECEPTION PASS, WASHINGTON

Felix Black fuhr vom State Highway 525 ab und weiter nach Osten. Er drosselte das Tempo, um den Kastenwagen mit dem Einsatzteam aufschließen zu lassen. Nach einer halben Meile schaltete er die Lichter aus und bog in eine Schotterstraße ein, die er auf der Satellitenkarte gefunden hatte.

Er nahm sein HK416-Sturmgewehr vom Sitz, sprang aus dem Wagen und bedeutete dem Fahrer des Kastenwagens, tiefer zwischen den Bäumen zu parken. Als der Wagen anhielt, öffnete Black die Tür und stieg ein.

Keiner sprach ein Wort. Die einzigen Geräusche waren das metallische Klackern von Magazinen, die in Gewehre geschoben wurden, und das Klicken, mit dem sich eine Patrone in die Kammer lud. Felix Black hatte das Team bereits in einer Einsatzbesprechung auf die Aufgabe vorbereitet und den Männern klargemacht, mit wem sie es zu tun hatten, doch er wollte sichergehen, dass es keine Missverständnisse gab.

»Okay, Leute, alle mal herhören«, begann er eindringlich.

Die Männer hielten inne und richteten ihre Aufmerksamkeit auf ihn.

»Ihr seid die Besten in diesem Geschäft – darum seid ihr hier. Trotzdem müsst ihr jetzt für einen Moment alles vergessen, was ihr zu wissen glaubt. In den letzten zweiunddreißig Stunden hat unsere Zielperson fünf meiner Männer getötet. Leute von eurem Kaliber, mit vielen Jahren Erfahrung.«

Er ließ seine Worte einen Moment lang wirken, bevor er fortfuhr.

»In dieser Mission geht es nur um eines: das Ziel zu eliminieren. Sobald wir aus diesem Wagen aussteigen, kann jeder seine Waffe nach eigenem Ermessen einsetzen. Alles klar?«

Die Männer nickten.

»Einen Rat möchte ich euch mitgeben. Sobald ihr innerhalb dieses Zauns etwas seht, das keinen Infrarotsender trägt – schießt es nieder. Wer zögert, kann sich drauf einstellen, von Adam Hayes umgenietet zu werden.«

Black zog das Nachtsichtgerät über die Augen, nahm sein Sturmgewehr und öffnete die hintere Tür. Er wartete, bis das Team sich um ihn formiert hatte, dann pirschten sie ostwärts zum Zaun und warteten einen Moment, bis einer der Männer ein Loch in den Maschendrahtzaun geschnitten hatte.

»Die Maschinengewehre an die Flanken«, befahl Black.

Die beiden Schützen mit den M240-Bravo-MGs eilten los, um ihre Positionen an den Seiten einzunehmen. Black hockte sich hinter einen Busch und zog ein abgenutztes Android-Tablet aus einer Tasche seiner Einsatzweste.

»Wir sind in Position«, meldeten die MG-Schützen über Funk.

»Roger, wartet auf das Kommando«, gab Black zurück.

Er drückte eine Taste in der Ecke, und der Bildschirm erwachte zum Leben. Unter dem Namen »kilswitch v-2« erschien eine Satellitenkarte des Zielgebiets.

Als Black 1994 zu den SEALs gekommen war, hatten die

GPS-Geräte fast fünfzehn Kilo gewogen, was sie für den Kampfeinsatz ziemlich ungeeignet machte. Deshalb hatte Black noch gelernt, einen Lufteinsatz mit Karte und Kompass zu dirigieren. Das änderte sich schon bald nach der Jahrtausendwende, als Zivilisten Zugang zu Militärsatelliten bekamen.

Als Black 2001 für zweihundert Dollar seinen ersten Garmin eTrex erstand, hatte das Navigationsgerät nur noch die Größe einer Fernbedienung und ließ sich mit AA-Batterien betreiben, sodass es leicht genug war, um es in der Tasche zu tragen. In Afghanistan hatte es sich erstmals als entscheidender Vorteil im Einsatz erwiesen. Der Garmin war in der Lage, einen Standort auf einen Meter genau anzugeben.

Dank dieser Präzision war es Black und den Seinen letztlich gelungen, die Taliban mit gezielten Bombenangriffen entscheidend zu schwächen.

Damals hatte Black diese Technologie für die größte Innovation in der modernen Kriegsführung gehalten, doch wie sich zeigte, ging die »Kilswitch«-App noch einen großen Schritt weiter. Er zog den Eingabestift aus der Halterung und tippte auf den blauen Punkt, der Hayes' Standort im Haus anzeigte.

`Dieses Ziel verfolgen?`

Black öffnete das Fenster für die Luftunterstützung unter der Bezeichnung »Persistent Close Air Support«. Das GPS-System stellte automatisch eine Verbindung her – im nächsten Augenblick zeigte das Fenster für »Available Air Assets« zwei Säulen an: *Bewaffnet* und *Unbewaffnet*.

Jetzt zeigt sich, ob Gray sein Versprechen gehalten hat, dachte Black, tippte auf das Feld »*Bewaffnet*« und starrte auf die sich drehende Sanduhr.

```
1 Asset: General Atomics MQ-9 Reaper
Armed x2 Hellfire
Execute: Y/N
```

»Geht schon mal in Deckung, Jungs«, wies Black seine Leute über Funk an, dann tippte er mit dem Stift auf das Y.

In Sekundenbruchteilen gelangte das Signal zu der von der CIA eingesetzten MQ-9-Reaper-Drohne, die in dreitausend Meter Höhe positioniert war. Die Drohne empfing die Zielangaben, doch bevor der Luftschlag in die Wege geleitet wurde, schickte das Bordsicherheitssystem eine verschlüsselte Anfrage nach Langley, um grünes Licht zu erbitten.

In weniger als fünf Sekunden erhielt die Drohne die nötige Freigabe: *Luftschlag genehmigt*.

Die Reaper drehte nach links ab, und das Bordnavigationssystem führte sie auf Kurs zu den empfangenen Koordinaten. Zwölf Meilen vom Ziel entfernt aktivierte das Zielsystem den Laser, der die Hellfire-Luft-Boden-Rakete zum Ziel führen würde.

Auf dem Boden verfolgte Black das Geschehen auf seinem Bildschirm.

Laser aktiviert … Master Arm scharf … Target Lock … READY TO ENGAGE

Er tippte auf die Abschusstaste, und das Wort »RIFLE« blitzte auf dem Bildschirm auf – das Signal, dass die Drohne die knapp fünfzig Kilo schwere Hellfire-Rakete abgefeuert hatte.

`Einschlag in 10… 9… 8… 7`

Das Geschoss war unterwegs, und Black wandte seine Aufmerksamkeit dem Zielgebäude zu. *Wir sehen uns in der Hölle, du Bastard.*

21

DECEPTION PASS, WASHINGTON

Ajax stand knurrend an der Tür von Deanos Nebengebäude, die Nackenhaare aufgestellt.

»*Ajax, foei*« – pfui.

Doch der Hund wollte sich nicht beruhigen.

»Okay, Kumpel, du glaubst also, da draußen ist jemand«, sagte Deano. »Na schön, dann sehen wir mal nach.« Er ließ seine Finger über die Tastatur fliegen. »Dieses Sicherheitssystem ist ein Geburtstagsgeschenk von Martha. Das Feinste vom Feinsten. Es umfasst das Haus und die Hütte.«

Doch Hayes hörte nicht mehr zu. Ein fernes, vertrautes Geräusch hatte ihn in seinen Bann gezogen. »Hörst du das?« Er machte einen Schritt zur Tür und betete, dass es der Wind war oder er es sich nur einbildete. Die andere Erklärung war einfach zu absurd, um wahr zu sein.

»Oh, Scheiße!«, rief Deano aus. »Wir werden angegriffen.« Er rannte zur Waffenkammer und kam mit dem SOCOM-16-Gewehr zurück. »Diese Saukerle haben sich das falsche Haus ausgesucht.« Er stürmte zur Sicherheitstür.

»Deano, warte!« Hayes wollte ihn aufhalten, doch Deano ließ nicht mit sich diskutieren. Mit tödlicher Entschlossenheit schob er Hayes aus dem Weg, zog den Riegel zurück und trat ins Freie.

Hayes wollte ihm folgen und hörte das durchdringende Kreischen der überschallschnellen Rakete. Ein Geräusch, das nur eines versprach: einen schnellen Tod.

Er riss den Mund auf, um den Freund zu warnen, doch seine Worte gingen in dem ohrenbetäubenden Krachen der Hellfire unter, die ins Dach des Hauses einschlug und detonierte.

Wie in Zeitlupe beobachtete Hayes die Explosion des 9-kg-Gefechtskopfs. Die plötzliche Druckveränderung erzeugte ein Vakuum in dem engen Raum und saugte die Wände regelrecht ein, bis der Druck anschwoll und in einem mächtigen Donnerschlag kulminierte.

Die zweite Detonation jagte eine Welle von hocherhitztem Gas und Feuer durch das Haus, ließ die Innenwände verdampfen, schnitt wie ein Skalpell durch Rohre und Balken und riss auch die Außenwände nieder.

»*Martha!*«, schrie Deano, dann schleuderte ihn die Druckwelle über den Hof und gegen die Wand des Nebengebäudes.

Hayes wurde ebenfalls von den Beinen gerissen und krachte gegen die Wand. Der Aufprall nahm ihm den Atem. Keuchend lag er auf dem Boden, während ihm ätzender schwarzer Rauch in die Lunge drang und in den Augen brannte.

Es bestand kein Zweifel darüber, was sich soeben ereignet hatte. Der Beweis wurde ihm mit jedem Atemzug vor Augen geführt. Der Gestank von verbranntem Treibstoff und Sprengstoff sagte ihm, dass jemand einen Luftangriff auf das Haus durchgeführt hatte.

Schlagartig wurde ihm klar, was der Splitter zu bedeuten

hatte, den Martha ihm aus der Wunde gezogen hatte. *Die Scheißkerle haben mir einen Tracker verpasst.* Doch jetzt war nicht der Moment, um sich darüber Gedanken zu machen. Das Feuer hatte sich bereits bis zum Nebengebäude ausgebreitet. Das Knistern der Dachbalken über ihm war wie eine Warnung, dass es nicht mehr lange dauern würde, bis die Flammen die Träger erreichten und das Dach einstürzte. Dann wäre er in einem Inferno gefangen.

Raus hier.

Hayes robbte zur Tür und versuchte, unterhalb der dicken Rauchschwaden zu bleiben, die sich im Raum ausbreiteten. Er senkte den Kopf und kämpfte sich weiter, ignorierte die brennenden Trümmer, die ihm die Haut versengten, und folgte dem kühlen Lufthauch, der durch die offene Tür hereinwehte.

Ich werde nicht hier drin sterben.

Hayes schaffte es ins Freie und versuchte zu atmen, doch seine Lunge protestierte gegen die sengend heiße Luft. Er wurde von einem Hustenanfall geschüttelt, der ihm metallischen Blutgeschmack in die Kehle trieb. Hayes kroch zu dem Brunnen, der sich zwischen dem brennenden Haus und dem Nebengebäude befand.

Er griff nach dem Pumpenschwengel, drückte ihn nach unten und hielt sein Gesicht unters Wasser, um seine Augen von heißen Spänen und Staub zu reinigen und das Brennen auf der Haut zu lindern.

Gott, ist das gut.

Endlich konnte er wieder sehen, was um ihn herum vorging. Es war ein Anblick, den er nie vergessen würde.

Im Umkreis von zehn Metern von der Einschlagstelle entging nichts den Flammen. Die Kiefern brannten wie Kerzen in der Nacht; durch die Hitze dehnten sie sich aus, bis sie mit dem Krachen eines Gewehrschusses barsten.

Wenige Meter entfernt lag Deano reglos bei einem Baum, der Hals in einem unnatürlichen Winkel verrenkt. Blut sickerte ihm aus der Nase, der Gewehrriemen war noch um seinen Unterarm geschlungen.

Hayes eilte zu ihm, ignorierte die warnende Stimme in seinem Kopf, die ihm sagte, dass der Kampf noch nicht vorbei war.

Geh in Deckung, befahl sie ihm.

Doch die Warnung stieß auf taube Ohren.

Hayes kniete sich zu seinem Freund und wusste augenblicklich, dass Deano und Martha tot waren. Und dass er schuld an ihrem Tod war.

»Ich hätte nicht herkommen dürfen«, flüsterte er. »Es tut mir so leid.«

Er wollte noch mehr sagen, doch der Moment des Trauerns wurde von einem fernen Ruf unterbrochen, gefolgt vom unverkennbaren Rattern eines Maschinengewehrs.

Hayes warf sich gerade noch rechtzeitig auf den Boden, bevor der Geschosshagel zwischen den brennenden Bäumen hervorbrach. Das letzte Mal war Hayes in Afghanistan einem MG-Beschuss ausgesetzt gewesen, im Tal des Helmand-Flusses, auf dem Territorium der Taliban.

Sein Team unterstützte die afghanische Armee in ihrem Bemühen, die Taliban von ihrer opiumreichen Hochburg abzuschneiden.

Angeführt vom Team-Sergeant, durchquerten sie ein Mohn-

feld und hielten nach einem Hinterhalt der Taliban Ausschau. Hayes sicherte nach hinten ab und behielt ihre vermeintlichen Verbündeten im Auge, für den Fall, dass einer von ihnen sich hervortun wollte, indem er einen Amerikaner tötete.

Er hatte sich wieder einmal nach hinten umgedreht, als plötzlich ein Taliban-Kämpfer mit einem russischen PKM-Maschinengewehr das Feuer eröffnete. Hayes erinnerte sich noch gut an die Angst, so schutzlos dem feindlichen Beschuss ausgesetzt zu sein. Sie hatten sich auf den Boden geworfen und einfach nur dagelegen, während die Kugeln in den Boden einschlugen und ihm der Dreck in die Augen spritzte.

Es verlangte einiges, still dazuliegen, während jemand auf einen feuerte. Die Stimme im Hinterkopf zu ignorieren, die einen anbrüllte zu rennen, was das Zeug hielt. Damals hatte er gedacht, dass der Drang zur Selbsterhaltung die stärkste menschliche Antriebskraft sei. Der Wille zu überleben, und sei es nur für eine Minute.

Wie er nun im Dreck lag – achtzehn Monate, nachdem er alles verloren hatte, was ihm wichtig war –, erkannte Hayes, dass er sich damals in Afghanistan geirrt hatte. *Es gibt etwas, das noch stärker ist als der Selbsterhaltungstrieb.*

Der Drang nach Rache.

22

DECEPTION PASS, WASHINGTON

Hundert Meter nördlich des Zielgebäudes hockte Felix Black in sicherer Entfernung zur Explosionszone hinter einem Baum und starrte gebannt auf das Haus, als die Hellfire wie ein Blitz vom Himmel schoss. Er sah sie nur für einen Sekundenbruchteil, ein gelbes Flackern in der Nachtsichtoptik.

Dann schlug die Panzerabwehrrakete in ihr Ziel ein und explodierte mit einem grellen Lichtblitz, der ihn für einen Moment blendete. Er schob das Nachtsichtgerät hoch und blinzelte, als orange-schwarzer Rauch vom Haus herüberwehte. Trotz der Entfernung spürte er die Erschütterung in der Brust, gefolgt von einer mächtigen Druckwelle.

»Köpfe runter«, rief er den Männern zu und hörte im nächsten Moment messerscharfe Splitter durch die Bäume fegen.

Niemand kann so was überleben, dachte er und beobachtete das Inferno mit bloßem Auge.

Kaum hatte das zufriedene Lächeln seine Mundwinkel gekrümmt, als Black plötzlich das Stakkato des Maschinengewehrs zur Linken losbrechen hörte.

Das kann nicht sein.

»Da rennt einer!«, meldete der MG-Schütze.

Black folgte dem Flug der orangen Leuchtspurgeschosse, konnte jedoch nur flüchtige Schatten zwischen den Flammen erkennen. Er wollte schon den Befehl geben, das Feuer einzustellen, als auch der zweite MG-Schütze eine Salve losließ, die in der Dunkelheit hallte wie Hammerschläge.

Er wusste, dass die beiden Männer zu gut ausgebildet waren, um planlos draufloszufeuern. Wenn sie abdrückten, dann nur, weil sie ein Ziel im Visier hatten.

Blacks Hand schloss sich um das Mikrofon an seiner Brust. »Air One, hier Alpha Six, wir haben einen Überlebenden auf der Südseite des Hauses.«

»Roger, Alpha Six, bin schon unterwegs«, gab der Pilot zurück. Seine Stimme klang ruhig und weit entfernt aus dem Funkgerät.

»Treibt ihn in Deckung!«, rief Black, dann sprang er auf und befahl den Männern, sich zu formieren. Er schulterte sein Sturmgewehr und wartete, bis die Männer eine Gefechtslinie gebildet hatten. Dann schob er das Nachtsichtgerät vor die Augen und sprintete los.

Er duckte sich hinter einen Baum und hielt Ausschau nach einem Ziel. »Bin in Position!«, meldete er; es war das Signal für den Nächsten im Team, dass die Luft rein war und er sich ein Stück weiter vorne positionieren konnte.

Der nächste Schütze kam von links und duckte sich hinter einen Steinhaufen, den Gewehrlauf auf das Ziel gerichtet. Black sah, wie der Mann den Mund öffnete, um zu melden, dass er auf seinem Posten war; hören konnte er ihn nicht – denn in diesem Moment donnerte der Eurocopter AS350 über das Gelände hinweg.

Der Pilot schaltete den Scheinwerfer am Heck ein. Der

SX-16 Nightsun trug seinen Namen zu Recht. Mit seiner Lichtleistung von 30 000 Lumen durchdrang der Suchscheinwerfer ohne Probleme den Rauch und machte die Nacht zum hellen Tag.

Falls Hayes irgendwo da unten war, würde der Helikopter ihn finden.

Der Pilot zog den Heli in einem engen Bogen über das Gelände, während der Co-Pilot den Scheinwerferstrahl über das Nebengebäude schweifen ließ. Aus dem Augenwinkel sah Black den dritten Mann seines Teams vorrücken. Er war nur noch einen Meter von seiner angestrebten Position hinter einem Baumstumpf entfernt – da wurde plötzlich sein Kopf zurückgerissen, er fiel und blieb reglos liegen.

»Mann am Boden!«, rief einer.

»Alpha Six, ich sehe den Schützen.«

»Nimm ihn aufs Korn!«, befahl Black.

Statt das Gelände zu umkreisen, beschloss der Pilot, seinem Schützen eine stabilere Plattform zu geben, und ging etwas tiefer in den Schwebeflug. Black hatte seine Leute davor gewarnt, Hayes zu unterschätzen, und war entsprechend entsetzt, als der Scharfschütze sich aus dem Heli beugte und in aller Ruhe sein Ziel anvisierte. »Bin in Position für den Bordschützen …«, meldete der Pilot.

Black aktivierte sein Mikro, um den Piloten aufzufordern, sich in Bewegung zu setzen, doch aus seinem Funkgerät kam ein durchdringender Ton; offensichtlich hatte im Helikopter jemand den Daumen auf dem Sendeknopf.

Die Folge war, dass Black keine Anweisungen durchgeben konnte. Dafür konnten er und die anderen alles mithören, was im Cockpit gesprochen wurde.

»Komm schon, drück endlich ab«, forderte der Pilot den Bordschützen auf. »Es ist nicht so angenehm, über dem Feuer rumzuhängen.«

»Halt ihn ruhig«, erwiderte eine andere Stimme.

In der Geschichte der Spezialeinsätze hatte es eine Zeit gegeben, in der die Männer sich in den Hubschraubern sicher gefühlt hatten, die sie zum Schlachtfeld gebracht hatten. Das änderte sich mit dem 3. Oktober 1993 in den Straßen von Mogadischu in Somalia.

Black war ein Jahr nach Operation Gothic Serpent zu den Navy SEALs gekommen, als die Narben der Schlacht noch frisch waren, die als »Black Hawk Down« in die Geschichte einging. Die wichtigste Lektion aus dem vierundzwanzigstündigen Gefecht – in dem Rettungsteams versuchten, die Insassen der beiden abgeschossenen Black Hawks zu bergen – war, dass ein Helikopter im Schwebeflug ein einladendes Ziel darstellte.

Da jedoch der Funk im Eurocopter immer noch im »Hot-Mike«-Modus war, konnte Black nur hilflos schreien: »Haut ab, verdammt!« Ebenso hilflos musste er zusehen, wie zwei Mündungsblitze aus dem Dunkeln aufflammten.

Die erste Kugel traf den Bordschützen – er taumelte aus dem Hubschrauber, wurde aber von seinem Gurt vor dem Absturz bewahrt. Im Cockpit reagierte der Pilot, indem er den Heli aus der Schusslinie nahm und vom offenen Gelände zu den Bäumen manövrierte. Der an seinem Gurt hängende Bordschütze wurde durch die brennenden Baumkronen gezogen.

»Air One ist getroffen, Air One ist getroffen!«, rief der Co-Pilot, und Black hörte das Schrillen des Alarms im Cockpit.

Der Helikopter neigte sich nach links, sodass der Scheinwerfer die Männer des Einsatzteams blendete. Zum zweiten Mal in fünf Minuten wurde Blacks Nachtsichtgerät unbrauchbar gemacht, und er schob es rasch nach oben. Mit der Hand schirmte er seine Augen gegen den grellen Lichtstrahl ab. Als er wieder sehen konnte, leckten die Flammen über die Cockpitscheibe des Hubschraubers und ließen ein Loch in der Mitte erkennen.

Vom Adrenalin befeuert, riss der Co-Pilot in einer Überreaktion den Steuerknüppel nach hinten, und Black beobachtete, wie der Heckrotor gegen einen Baumstamm krachte. Der Helikopter erbebte und scherte nach rechts aus. In der Stimme aus dem Funkgerät schwang nackte Angst mit.

»Ich bringe ihn runter.«

»*Negativ!*«, brüllte Black in sein Mikrofon. »Zieh den Vogel hoch und bring die Sache zu Ende!«

Der Mann hörte nicht auf ihn.

Scheiß drauf, dachte Black und verließ seine Position.

»Alles auf!«, rief er, eilte zum nächststehenden Schützen und zog ihn auf die Beine hoch. »Bildet einen Kordon um den Vogel«, befahl er und schob den Mann zu dem landenden Helikopter hin. »Los, los!«

»Verstanden«, rief ein anderer und lief von seiner Position an der linken Flanke auf den Eurocopter zu.

Black zwang seine müden Beine in einen Sprint und zog den Kopf ein, als eine Kugel an ihm vorbeipfiff. *Dieser verdammte Hayes*.

23

DECEPTION PASS, WASHINGTON

Die Stimme in seinem Kopf brüllte ihm zu, er solle in Deckung gehen, doch Hayes hatte keine Kontrolle mehr über seinen Körper. Etwas in ihm hatte sich gelöst, und die ganze Wut, die sich in den letzten anderthalb Monaten aufgestaut hatte, brach mit einem Schlag hervor.

Aus den Tiefen seiner Seele stieg sie hoch und pulsierte durch seine Adern. Ein heißer Lavastrom, der sein Herz antrieb und in eine Kriegstrommel verwandelte, die einen unerbittlichen Rhythmus vorgab – jeder Schlag wie ein Widerhall des einen Wortes.

Kill… kill… kill.

Die Wut drohte ihn zu verzehren. Er wollte Feuer speien und die Männer verbrennen, die seinen Freund und dessen Frau ermordet hatten, die sein Leben zerstören wollten. Hayes hob das SOCOM 16 an die Schulter und drückte das Auge an das Trijicon MK II.

Das Wärmebild-Zielfernrohr zeigte ihm die Welt in verschiedenen Schattierungen zwischen Schwarz und Weiß. Objekte in Umgebungstemperatur, wie Steine oder Bäume, erschienen in gedämpftem Grau, während der Mann in Gefechtsausrüstung, der zur nächsten Deckung lief, in hellem Weiß erstrahlte.

Hayes drehte den Knopf auf Maximalleistung, sodass er das Gesicht des Mannes erkennen konnte. Für Hayes war er in diesem Moment kein menschliches Wesen mehr – nur noch ein Ziel, das es möglichst schnell und effizient zu eliminieren galt.

Ziel: einhundert Meter. Wind auf diese Entfernung vernachlässigbar. Klare Sichtlinie, Sicherung aus. Atmen… ein Moment noch…

Jetzt.

Der Kolben schlug gegen seine Schulter; der Rückstoß des Hornady-Hohlspitzgeschosses, das die Mündung mit einer Geschwindigkeit von 2900 km/h verließ, riss den Lauf nach oben. Hayes drückte die Schulter gegen den Kolben und legte das Gewehr vorsichtshalber noch einmal an.

Er sparte sich die Kugel.

Das Ziel rührte sich nicht mehr.

Hayes rollte sich auf den Rücken und richtete die Waffe auf den Eurocopter, der in der Luft verharrte. Er wollte eine Kugel in den Scheinwerfer feuern, als er plötzlich den Schatten einer Bewegung in der offenen Seitentür bemerkte. *Scharfschütze.* Hayes richtete das Gewehr auf die neue Bedrohung. *Ziel: fünfundzwanzig Meter. Keine Zeit, nur abdrücken.*

Hayes zielte auf die Stirn des Mannes und erwartete fast, das Brennen einer Kugel zu spüren. Er sah den Lauf des Scharfschützengewehrs auf sich gerichtet – doch er hatte keine Zeit, um Angst zu haben. Er war ganz im Augenblick – und den galt es zu nutzen. Den flüchtigen Moment, der den Unterschied zwischen Leben und Tod ausmachte.

Krack.

Die Kugel fällte den Scharfschützen, er ließ das Gewehr fallen und taumelte kopfüber aus der Seitentür. Sein Gurt spannte sich, und der Mann baumelte an dem Hubschrauber wie ein Stein an einer Schnur.

Zeit zu verschwinden, drängte die Stimme in seinem Kopf in dem Bestreben, die Kontrolle zu übernehmen.

Doch Hayes war noch nicht fertig. Er richtete das Fadenkreuz auf das Cockpit und konzentrierte sich ganz auf den heiklen Schuss.

Hätte er es mit einem Flugzeug zu tun gehabt, einem Festflügler, wie es in der Militärsprache hieß, so hätte Hayes den Mann auf dem linken Sitz aufs Korn genommen. Doch er war selbst Pilot und wusste deshalb, dass in einem Helikopter der Pilot rechts saß.

Der Grund dafür war, dass das Steuern eines Helikopters einem Balanceakt glich, der umso schwieriger war, wenn die Maschine in einem Einsatz immer wieder im Schwebeflug verharrte. »Es ist wie Jonglieren, während man auf einem Einhorn übers Eis reitet«, hatte es sein Flugausbilder bei Treadstone umschrieben. Es verlangte ständige Korrekturen mit dem Steuerknüppel, um die Bewegung des Hubschraubers um die Längs- und Querachse einzuleiten und seine Höhe und Flugrichtung zu beeinflussen.

Da der Hubschrauber kein stabiles Flugverhalten zeigte, lernte ein guter Pilot, die rechte Hand immer am Steuerknüppel zu halten, sobald der Vogel in der Luft war.

Hayes schwenkte den Lauf eine Spur nach rechts. Das dicke Glas der Cockpitscheibe verzerrte die Wärmesignatur seines Ziels. Die verschwommenen Umrisse erinnerten ihn an einen Geist in einem Comicstrip. *Verzichte auf die Vergrö-*

ßerung. Mit der linken Hand drehte er am Zielfernrohr die Vergrößerung zurück.

Das Bild wurde scharf, und Hayes legte das Fadenkreuz auf das Brustbein des Ziels. *Etwas tiefer, für den Fall, dass das Glas die Kugel ablenkt*. Das alles spielte sich in Sekundenbruchteilen ab. Noch eine minimale Korrektur, dann drückte er ab.

Die Kugel durchschlug die Cockpitscheibe, und das Glas löste den Kupfermantel vom Bleikern. Durch das Zielfernrohr sah Hayes einen weißen Sprühregen, als die Bleikugel in die Brust einschlug. Er wusste, dass das Geschoss sich beim Einschlag ausdehnte und in einem Wimpernschlag von 2700 Stundenkilometern auf null gebremst wurde.

Von einem Moment auf den anderen verwandelte sich die gesamte Bewegungsenergie des Geschosses in eine Druckwelle, die die inneren Organe des Piloten zerriss, als wäre eine Handgranate in einem Swimmingpool explodiert.

Das Töten war der leichtere Teil.

Das M240-Maschinengewehr an der rechten Flanke der Angreifer verstummte. Hayes hörte den Schützen fluchen und wusste instinktiv, was geschehen war. Er wandte sich dem Geräusch zu und sah den Mann im Zielfernrohr seiner Waffe. Der Schütze kniete auf dem Boden und versuchte, die Ladehemmung zu beheben.

Hayes zielte auf eine Stelle oberhalb der Schutzweste – der Blutschwall aus der Halsschlagader sagte ihm, dass der Mann nur noch Sekunden zu leben hatte. Als keine Ziele mehr zu sehen waren, ließ Hayes die Waffe sinken und blickte nach links, zu der Stelle am Zaun, wo er den Volvo abgestellt hatte.

Der MG-Schütze an der linken Flanke feuerte immer noch in kurzen, regelmäßigen Stößen. Er zielte zu hoch, sodass die Kugeln wirkungslos über Hayes hinwegpfiffen – doch das konnte sich schnell ändern.

Hayes musste versuchen, der Falle zu entkommen – doch er wusste, sobald er zum Zaun auszubrechen versuchte, würde der Schütze ihn niedermähen.

Scheiße, was soll ich tun?

Das Aufheulen der Hubschrauberturbine lenkte seinen Blick nach oben. Er sah gerade noch, wie der Eurocopter mit dem Heckrotor einen Ast kappte und nach rechts ausscherte. Blitzschnell erfasste er die Situation. Er wusste, dass der Co-Pilot versuchte, die Herrschaft über den Helikopter zurückzugewinnen, nachdem der Pilot außer Gefecht gesetzt worden war.

Hayes wusste auch, dass der Mann zwei Optionen hatte. Er konnte versuchen, das Hindernis zu überfliegen, oder die Nase senken und landen.

Aber er kann nicht wissen, ob der Heckrotor beschädigt ist oder nicht.

Es gab für den Co-Piloten nur eine Möglichkeit, es festzustellen.

Er wird landen.

Es war nur eine Ahnung, eine winzige Chance. Die musste er nutzen.

24

DECEPTION PASS, WASHINGTON

Hayes sprang aus der Deckung und sprintete auf den Helikopter zu, der nur wenige Meter entfernt zur Landung ansetzte. Er wusste, der Vogel würde nicht lange auf dem Boden bleiben. Der Co-Pilot würde nach einem kurzen Check feststellen, was Hayes bereits wusste: dass der Hubschrauber unbeschädigt war.

Kurz bevor Hayes den Helikopter erreichte, landete der Scharfschütze an seinem Gurt auf dem Boden. Der Mann rappelte sich auf die Knie auf, riss sich die Schutzweste, die ihm das Leben gerettet hatte, herunter und rieb sich mit beiden Händen die Brust.

Hayes wusste, dass der Mann ohne Nachtsichtgerät nur aufgrund des Geruchs von Blut an seinen Händen feststellen konnte, ob er getroffen war.

Der falsche Moment für einen Gesundheitscheck, dachte Hayes, jagte dem Mann eine Kugel in die Schläfe und duckte sich unter den Rotoren hindurch.

Er wollte schon in die Kabine springen, als drei schattenhafte Gestalten aus der Dunkelheit kamen und auf die offene Tür auf der anderen Seite des Hubschraubers zurannten. Aus seiner Position konnte Hayes nur den Mann ganz links aufs Korn nehmen.

Da der Mann in vollem Lauf war, kam ein Kopfschuss nicht infrage, und am Beispiel des Scharfschützen im Hubschrauber hatte er gesehen, dass die Gewehrkugeln die Schutzweste nicht durchdringen konnten. Seine einzige Möglichkeit war, das Ziel unterhalb der Weste zu treffen.

Hayes feuerte, bis das Magazin leer war. Er ließ das Gewehr fallen und sprang in den Hubschrauber. Ohne Zielfernrohr hätte er blind feuern müssen, also ließ er es und sprang ins Cockpit.

Trotz des Schusswechsels saß der Co-Pilot unbeirrt auf seinem Platz, den Blick auf die Instrumententafel geheftet, die rechte Seite seines Gesichts vom Blut des Piloten verschmiert.

Als er Hayes bemerkte, war es bereits zu spät. Er griff nach seiner Pistole im Schulterholster, doch Hayes packte ihn am Helm und knallte seinen Kopf gegen den Metallpfosten, sodass der Mann bewusstlos zusammensackte. Er wollte den Co-Piloten aus seinem Sitz ziehen, als ihn zwei grobe Hände am Hemd packten.

Hayes hatte keine Zeit zum Nachdenken. Er konnte sich gerade noch die Pistole des Copiloten schnappen, ehe er von den Beinen gerissen wurde und rücklings auf dem Boden landete.

»Hab ich dich endlich«, rief der Angreifer, holte mit dem Stiefel aus und zielte auf Hayes' Gesicht.

»Glaubst du?« Hayes riss die Pistole hoch und feuerte ihm eine Kugel in die Stiefelsohle.

Der Mann schrie auf vor Schmerz, sein Mund formte ein O, doch Hayes hörte nicht hin; er drehte sich zur Seite, drückte die Pistole ans linke Knie des Angreifers und feuerte.

Die Kugel pulverisierte die Kniescheibe, und die Austrittswunde spie einen Sprühregen aus Sehnen- und Knochenstücken hervor.

Der Mann sackte zu Boden, und Hayes rappelte sich auf ein Knie auf und gab ihm mit einem Schuss in die Stirn den Rest.

Einer noch.

Hayes wirbelte nach links und blickte mit zusammengekniffenen Augen in die Dunkelheit. Auf der Suche nach dem Mann, der hier irgendwo sein musste.

»Haaaayes!«, brüllte der Angreifer.

Der Klang der Stimme versetzte Hayes für einen kurzen Moment zurück auf die Fähre, und er sah die Szene vor sich, als Deputy Powell um sein Leben gefleht und der Kerl mit dem Spitzbart ihm trotzdem eine Kugel in den Kopf gejagt hatte.

Hayes drückte ab, wusste aber sofort, dass er sein Ziel verfehlt hatte. Im nächsten Augenblick stand der Kerl vor ihm.

»Hast du mich vermisst, du Drecksack?«, knurrte er und knallte Hayes den Helm gegen die Nase.

Hayes taumelte benommen, Blut strömte ihm in die Augen und ins Gesicht. »Du …«, brachte er hervor, dann packte der Mann ihn am Hemd und rammte ihm das Knie in die Magengrube.

»Felix Black ist mein Name.« Er zog Hayes hoch und versetzte ihm einen Hammerschlag ins Gesicht.

Hayes wurde ins Cockpit geschleudert, prallte gegen die Instrumententafel und fiel auf den toten Piloten. Dabei verhakte sich sein linker Arm am Steuerknüppel und zog ihn zurück, während er mit der Hüfte gegen den Drehgriff am Blattverstellhebel krachte und die Motorleistung aufdrehte.

Der Helikopter sprang in die Luft, und da niemand mit den Pedalen die seitliche Drehbewegung der Maschine steuerte, begann der Heli zu kreiseln.

Gar nicht gut.

In der Kabine verlor Black das Gleichgewicht, knallte mit dem Kopf gegen den Türrahmen und stürzte zu Boden.

Stöhnend rappelte Hayes sich auf und wischte sich mit dem Ärmel das Blut aus den Augen. Der Suchscheinwerfer beleuchtete eine kreisende Masse aus grünen Blättern und braunen Stämmen. Mit der linken Hand hielt Hayes den Steuerknüppel fest, während er mit der anderen den toten Piloten aus seinen Gurten zog.

Sorry, aber es tut mir nicht leid, dachte er, ließ den Piloten aus dem Sitz plumpsen und übernahm seinen Platz.

Die Instrumententafel war ein einziges Meer aus roten und gelben Warnlichtern; eine elektronische Stimme plärrte: »Achtung Flughöhe – Maschine hochziehen! Achtung Flughöhe – Maschine hochziehen!«

Hayes drückte das linke Pedal nach vorne und kämpfte gegen die Schwerkraft und das schwindelerregende Kreiseln des Helikopters. Die Sekunden dehnten sich zu Stunden aus, während Hayes um die Herrschaft über die Maschine kämpfte. Ein Blick auf die Höhenanzeige verriet ihm, dass er sich fünfzehn Meter über dem Boden befand – nicht gerade hoch, wenn man bedachte, dass das Gelände von Hügeln umgeben war.

Der Luftschwall, der ihm durch die Einschusslöcher im Glas entgegenschlug, erschwerte seine Aufgabe. Immer wieder wischte er sich über die tränenden Augen, während er den Bäumen auszuweichen versuchte. Schweiß lief ihm übers Gesicht und brannte in der blutenden Wunde am Nasenrücken.

Er trat abwechselnd die Pedale und schlängelte den Eurocopter zwischen den Bäumen hindurch, ohne den Warnton zu beachten, der ihm in den Ohren dröhnte.

Jetzt erblickte Hayes etwas freies Gelände zu seiner Linken. Er zog den Helikopter nach links, und die Rotorblätter schrammten haarscharf an einer stattlichen Kiefer vorbei. Hayes hielt auf die Lichtung zu, wischte sich den Schweiß aus den Augen, als der Co-Pilot zu sich kam und laut aufschrie.

»*Jesus Maria*, wir stürzen ab!« Der Mann beugte sich herüber und griff nach dem Stick, um gegenzusteuern.

»Achtung, Stromkabel!«, warnte Hayes, als er im Licht des Scheinwerfers eine Hochspannungsleitung aufblitzen sah.

»Wir stürzen ab!«, schrie der Co-Pilot erneut, ließ den Steuerknüppel los und schlug die Hände vors Gesicht.

»Du vielleicht – ich will nicht ... verdammte Scheiße!«, fluchte Hayes, senkte die Nase des Vogels und trat das linke Pedal durch. »Aber es wird verdammt *eeeeng*«, stieß er hervor und schaffte es gerade noch, die Rotorblätter unter den Kabeln hindurchzuziehen.

Und dann – genauso schnell, wie das Chaos ausgebrochen war – beruhigte sich die Lage, und sie donnerten ostwärts übers Wasser hinaus.

Hayes' Hemd war schweißgetränkt, und seine Muskeln brannten vor Übersäuerung, als er sich im Pilotensitz zurücklehnte. Er blickte zum Co-Piloten, der jetzt erst die Hände vom Gesicht nahm.

»Danke für die Hilfe, Blödma…«, polterte Hayes, doch bevor er seine Wut an dem Mann auslassen konnte, war Black im Cockpit.

»Wir sind noch nicht fertig.« Black versetzte ihm eine krachende rechte Gerade gegen den Kiefer.

Trotz seiner momentanen Benommenheit sah Hayes den Würgegriff kommen und versuchte, das Kinn zu senken, doch Black war schneller, schlang den Arm um Hayes' Hals und zog ihn aus dem Sitz.

»Halt den Vogel stabil«, rief Black dem Co-Piloten zu und verstärkte den Würgegriff. »Ich muss nur schnell den Müll rauswerfen.«

Der Druck von Blacks Arm gegen die Halsschlager unterband den Blutfluss zum Gehirn, und Hayes' Sichtfeld begann, sich zu verengen. Er wusste, er hatte maximal fünf Sekunden, bevor er das Bewusstsein verlieren würde.

Er schwang die Beine hoch, stemmte die Füße gegen die Bordwand und stieß sich mit aller Kraft ab. Sein Manöver brachte Black aus dem Gleichgewicht – er stolperte zwei Schritte zurück, ohne jedoch seinen Griff zu lockern.

Hayes wehrte sich aus Leibeskräften, trat Black auf die Füße, versuchte, ihm einen Kopfstoß zu verpassen, doch es gelang ihm nicht, sich aus der Umklammerung zu befreien.

»Bist du bereit für eine Flugstunde?«, höhnte Black und drehte ihn zur offenen Seitentür.

25

WASHINGTON, D.C.

Es war zwei Uhr nachts, als die Lincoln-Limousine das Tor des Washington Executive Airpark passierte, eines öffentlichen Flughafens in Clinton, Maryland. Auf der Rückbank saß Jefferson Gray, der sich das Lächeln verbiss, als er die Gulfstream GV im Hangar sah.

Als der Fahrer den Wagen zum Stehen brachte, stieg er aus, einen silbernen Aktenkoffer mit einer Kette am Handgelenk befestigt. Zwei Stufen auf einmal nehmend, sprang Gray die Treppe hoch. Er wusste, dass er erst in Sicherheit war, wenn er die Vereinigten Staaten verlassen hatte. Im Flugzeug ging er ganz nach hinten, legte den Koffer auf einen der riesigen Sitze und lockerte die Krawatte, die er seit acht Uhr morgens trug, als er hier gelandet war.

»Möchten Sie etwas trinken?«, fragte der Steward.

»Blanton's Bourbon«, sagte Gray. »Einen doppelten.«

Während er auf seinen Drink wartete, schweiften seine Gedanken zu seinem Besuch in Mendez' Büro zurück.

Der Empfangsbereich war förmlich, aber einladend gestaltet, mit einem tiefblauen Teppich und dazu passenden Lederstühlen. An einer Wand hing eine Flagge des Bundesstaates Texas über dem Mahagonischreibtisch der Sekretärin.

»Morgen, Sarah«, sagte Gray und trat ein, als wäre er hier zu Hause.

»Mr. Gray, äh… guten Morgen.« Ihr breiter Südstaatenakzent konnte ihre Verwirrung nicht überspielen. Ihr Blick ging zum Kalender auf dem Schreibtisch; Gray wusste, dass sie nachsah, ob er einen Termin hatte.

»Der Senator erwartet mich«, log Gray und ging schnurstracks zur Tür am anderen Ende des Raumes.

»Mr. Gray, einen Moment… ich muss erst…«

Vergeblich. Gray hatte bereits die Tür geöffnet und trat ein.

Der Senator lümmelte auf der Ledercouch, die Füße auf dem Couchtisch, den Blick auf den an der Wand montierten Fernseher geheftet.

»Verdammt, Sarah, ich hab doch gesagt, ich will nicht gestört werden«, blaffte er, ohne den Blick vom Bildschirm abzuwenden.

»Sorry, dass ich einfach so reinplatze.« Gray genoss die Verwirrung im Gesicht des Senators, als dieser sich zu ihm umdrehte.

»Gray, w-was zum Henker machen Sie in D.C.?«

»Wir haben ein Problem«, sagte er geradeheraus und schloss die Tür.

»Ein Problem?« Mendez fing sich rasch und sprang auf. »Sind Sie verrückt, einfach so hierherzukommen?«

»Sir, ich würde Sie nicht behelligen, wenn es nicht absolut notwendig wäre – aber…«

»Aber was?« Mendez warf die Fernbedienung auf die Couch und ging um den Kaffeetisch herum. »Was ist so verdammt dringend, dass Sie unbedingt in mein Büro kommen müssen?«

Gray war sich schon in Venezuela bewusst gewesen, dass es

sehr riskant war, nach Washington zu fliegen und dem Senator auf dessen Territorium gegenüberzutreten. Doch es war unumgänglich, sonst hätte er womöglich alles verloren, wofür er und Vega gearbeitet hatten.

»Es geht um Adam Hayes.«

Der Name ließ Mendez wie angewurzelt stehen bleiben, und sein plötzlicher Gesichtsausdruck – die Angst, die für einen Moment in seinen Augen aufflackerte – zerstreute jeden Zweifel, den Gray wegen seines Besuchs gehabt haben mochte.

»Was ist mit ihm?«

»Das Einsatzteam, das wir auf ihn angesetzt haben, ist gescheitert. Es gab mehrere Tote – und Hayes ist entwischt.«

»Herrgott«, murmelte Mendez und blickte zum Fenster.

»Sir, ich muss wissen, wer der Mann wirklich ist. Sie wissen viel mehr über ihn. Diese Informationen brauche ich jetzt, um die Sache zu Ende zu bringen.«

Mendez wandte sich vom Fenster ab, musterte ihn einen langen Moment, und Gray verspürte einen Anflug von Unsicherheit. Du hast ihn in den Seilen, aber noch nicht am Boden, warnte er sich.

»Sir, wie Sie wissen, verfügt Oberst Vega über weitreichende Verbindungen im Geheimdienstgeschäft. Es ist nur eine Frage der Zeit, bis er herausfindet, dass Hayes noch am Leben ist. Wenn das passiert, wird er zu Präsident Díaz gehen, und wir wären in der gleichen Position wie zuvor.«

Gray beobachtete, wie die Entschlossenheit des Senators bröckelte. Sein Blick verriet, dass Gray mit seinem Bluff Erfolg hatte.

»Treadstone«, stieß Mendez hervor. »Adam Hayes war Treadstone-Agent.«

Scheiße.

Wie viele andere in Geheimdienstkreisen hatte auch Gray so manches Gerücht über Treadstone 71 und die Superkiller gehört, die aus diesem Programm hervorgegangen waren. Er hatte jedoch stets angenommen, dass es sich um einen Mythos handelte, eine Legende wie die Erzählungen von UFO-Landungen in der Wüste von Nevada.

Mendez musste die Skepsis in seinem Gesicht bemerkt haben, denn er trat einen Schritt näher.

»Hören Sie, Gray«, sagte er leise, aber eindringlich. »Treadstone ist Realität. Alles, was Sie darüber gehört haben, die Gerüchte, die verrückten Geschichten darüber, was die mit ihren Agenten machen – das ist alles wahr.«

»D-das ist unmöglich.«

»Haben Sie wirklich geglaubt, das SEAL Team 6 hat Präsident Mateo und seine ganze Familie getötet?«

Es ist nicht wichtig, wer Hayes ausgebildet hat, *dachte Gray.* Nicht einmal, ob Black ihn ausschalten kann. Er muss ihn nur lange genug beschäftigen, damit ich die Sache durchziehen kann.

»Wie finden wir ihn?«, fragte Gray.

Die Gulfstream GV brauste die Startbahn hinunter und hob mit einem Satz ab. Ganz hinten schaute Gray aus dem Fenster und sah die Hauptstadt der Vereinigten Staaten nächtlich erleuchtet. Es war ein Panorama, das er schon Hunderte Male aus der Luft betrachtet hatte. Und es rief immer die gleichen Erinnerungen hervor.

Grays Blick schweifte zur 14th Street Bridge, die er überquert hatte, als er vor fünfzehn Jahren zum ersten Mal nach

Washington gekommen war. Er erinnerte sich noch genau daran, wie er auf den Stufen des Lincoln Memorial gesessen hatte. An den Marmorglanz des Washington Monument, das über dem smaragdgrünen Gras der National Mall aufragte. In dem Wissen, dass nicht einmal eine Meile entfernt der mächtigste Mann der Welt im Weißen Haus saß.

Ein besonderer Augenblick für den schwer beeindruckten Jungen aus Iowa.

Als er nun zum letzten Mal auf die Hauptstadt hinunterschaute, wusste Gray, dass der Patriotismus, den die Agency einmal in ihm geweckt hatte, längst verflogen war. Die Arbeit in der CIA hatte ihm einen Blick hinter den Vorhang ermöglicht. Hatte ihm gezeigt, dass die wahre Macht in Washington nicht beim Volk lag, sondern bei Leuten wie Senator Mendez. Bei Männern, die ihr Amt und ihre Geheimnisse nicht nutzten, um dem Land zu dienen, sondern um Reichtum und Macht anzuhäufen.

Gray hatte dieses Wissen eingesetzt, um Mendez in die Ecke zu drängen und ihm seinen Willen aufzuzwingen – und der Senator hatte nachgegeben. Am Ende hatte Mendez ihm alles gegeben, was er verlangt hatte – die Treadstone-Akten, Zugang zu dem Tracking-Programm, mit dessen Hilfe Black schließlich Hayes ausfindig machte. Ja, er hatte sogar ein Einsatzteam an die Westküste geschickt.

Für einen Moment ließ Gray seine Gedanken zu Black schweifen. Der Mann hatte alle Trümpfe in der Hand. Er hatte Hayes' Standort und ein erstklassiges Team, um den Mann zur Strecke zu bringen. Nach menschlichem Ermessen sollte Black keine Mühe haben, Hayes zu eliminieren. Doch wenn auch nur die Hälfte von dem, was Mendez ihm über die Fähigkeiten der Treadstone-Agenten erzählt hatte, der Wahrheit entsprach, war Gray sich nicht mehr so sicher, ob die eingesetzten Mittel reichen würden.

26

KIKET ISLAND, WASHINGTON

Der Wind peitschte durch die offene Tür des Hubschraubers und schlug Hayes und Black entgegen, die wie in einer tödlichen Umarmung verharrten.

Für Hayes war es nichts Neues. Er befand sich nicht zum ersten Mal in einer Situation, in der ihm keine Zeit zum Nachdenken und kaum noch Zeit zum Handeln blieb. Hier gab es kein Time-out, keine Verschnaufpause, nur das Wissen, dass man nur einen winzigen Schritt vom Tod entfernt war.

Sein Gehirn arbeitete im Panik-Modus. Die Neuronen, die normalerweise blitzartig Signale zu den Gliedmaßen schickten, krochen für ihn wie in Zeitlupe dahin. Das Hämmern des Blutes in seinen Ohren und das Kribbeln seiner Gesichtsnerven signalisierten ihm, dass er kurz vor der Bewusstlosigkeit war.

Er hatte keine Angst vor dem Tod, aber wenn es heute so weit sein sollte, würde er noch dafür sorgen, dass er nicht allein ging.

Als Hayes die Glock aus dem Holster zog, war sein Sichtfeld auf die Größe eines Vierteldollars zusammengeschrumpft. Zielen kam nicht mehr infrage – das einzig Mögliche war, die Pistole auf die Lehne des Co-Piloten-Sitzes zu richten und zu feuern, bis die Lichter ausgingen.

Hayes spürte das Zucken der Glock in seiner Hand, sah das Mündungsfeuer aufflammen, doch er hatte keine Ahnung, wo die Kugeln einschlugen. Er hätte nicht einmal sagen können, wie oft er schon abgedrückt hatte. Er wusste nur eins: Er musste schießen, was das Zeug hielt. Und das tat er, bis es um ihn herum dunkel wurde.

Als er zu sich kam, lag der Hubschrauber auf der Seite; der Geruch von austretendem Treibstoff und das Aufblitzen gelber Funken verrieten ihm, dass der Vogel abgestürzt war. Stöhnend setzte er sich auf und folgte mit den Augen dem tropfenden Geräusch zum ramponierten Cockpit.

Die Sitzlehne war von Kugeln durchlöchert, und der tote Co-Pilot war über der Instrumententafel zusammengesackt.

Das hat besser funktioniert, als ich dachte. Unter Schmerzen kroch Hayes aus dem Helikopter und blieb für ein paar Atemzüge auf dem Boden liegen, bevor er sich mühsam aufrappelte.

Er suchte nach irgendeinem markanten Punkt in der Landschaft, bis das Knirschen von Metall auf Stein seine Aufmerksamkeit auf einen Schotterweg und zwei Stiefel lenkte, die aus dem Gebüsch ragten.

Black robbte mühsam zu der Pistole, die auf dem Weg lag. Seine Beine waren allem Anschein nach gebrochen; im Kriechen zog er eine Blutspur über den Boden. Er warf einen Blick über die Schulter zurück, und Hayes sah unter der blutigen Maske seines Gesichts etwas aufblitzen: Angst.

Black stieß einen Fluch aus und strengte sich noch mehr an. Schließlich schnappte er sich die Sig Sauer und drehte sich mit einem gequälten Grunzen auf den Rücken.

»Jetzt hab ich dich«, presste Black hervor. Die Pistole zitterte in seiner Hand.

»Wirklich?«, erwiderte Hayes.

Black grinste und drückte ab. Sein triumphierender Blick schwand, als die Pistole nur ein leeres Klicken hervorbrachte.

»Wow.« Hayes trat zu ihm, stellte den Verbandskasten ab und ging in die Hocke. Er streckte die Hand aus und nahm Black die leere Pistole aus der Hand. »Die Dinger muss man nachladen.« Hayes schleuderte die Waffe in die Dunkelheit.

»Fick dich«, spie Black hervor.

»Ich will ganz ehrlich sein.« Hayes blickte zu dem ramponierten Eurocopter. »Wären wir irgendwo anders in den Vereinigten Staaten, würde so ein abgestürzter Hubschrauber auf einer Wiese nicht unbemerkt bleiben, aber hier draußen …« – er deutete mit einer weit ausholenden Geste auf das offene Gelände – »hier draußen wird es wahrscheinlich eine Weile dauern.«

»Worauf wollen Sie hinaus?«

»Das kann ich Ihnen sagen.« Hayes öffnete den Verbandskasten und zog eine Aderpresse aus Nylon heraus. »Zeit ist etwas, das Sie leider nicht haben.«

Er zog die Aderpresse aus der Klarsichthülle, entrollte das acht Zentimeter breite Nylonband und wickelte es um Blacks Oberschenkel. Hayes ignorierte die Schreie des Mannes, fädelte das Ende durch die Schnalle und zog das Band straff.

Black biss fluchend die Zähne zusammen, während Hayes den Metallgriff drehte, bis die Aderpresse so fest saß, dass der Blutfluss gestoppt war.

»Ich kann ja nicht zulassen, dass Sie mir hier verbluten.« Hayes nahm eine zweite Aderpresse aus Blacks Einsatzweste und wandte sich dem linken Bein zu.

»W-wollen Sie mir das Leben retten oder was?«, stöhnte Black, während ihm der Schweiß übers aschfahle Gesicht lief.

»Himmel, nein, das nun wirklich nicht«, lachte Hayes.

»Was dann?«

»Ich habe noch ein paar Fragen.« Er zog die Achtunddreißiger aus dem Fußholster. »Und die werden Sie mir beantworten.«

»Vergiss es.«

»Wirklich?« Hayes drückte den Lauf der Pistole gegen den Knochen, der aus Blacks Bein ragte.

»Tu, waaaas du w…«, stieß Black hervor, bis ihn die Schmerzen verstummen ließen.

»Wie war das? Ich hab dich nicht verstanden.« Hayes nahm den kurzen Lauf von der Wunde.

»Tu… was du tun musst.« Black verbiss sich den Schmerz. »Aber ich habe die gleiche Ausbildung durchgemacht wie du, mein Freund.«

»Echt, du hast die SERE-Ausbildung absolviert?«, fragte Hayes in gespieltem Erstaunen.

Er sprach von dem speziellen Überlebenstraining (Survival, Evasion, Resistance and Extraction), das Soldaten durchmachten, die für Spezialoperationen herangezogen wurden. Die Schule, in der man lernte, in feindlicher Umgebung und Gefangenschaft zu überleben und sogar einer Folter standzuhalten.

»Ja.«

»Scheiße, Mann. Dann kann ich wohl gleich meine Sachen packen und nach Hause gehen.«

»Wie gesagt. Tu, was du tun musst.«

»Mann, ihr SEALs seid so was von hart«, spottete Hayes.

»Ich …«

Hayes brachte ihn blitzartig zum Schweigen, indem er ihm die Achtunddreißiger ins Gesicht knallte.

»Der Mann, den ihr umgebracht habt, war mein Freund«, zischte er und packte Black an der Kehle. »Er hat die Risiken dieses Geschäfts gekannt, aber seine Frau … sie war Zivilistin. Sie hatte damit nichts zu tun.« Hayes drückte sein Knie gegen das Bein des Mannes.

Black riss den Mund auf, doch Hayes erstickte seinen Schrei, indem er die Finger an seinen Kehlkopf drückte.

»Schau mich an«, zischte Hayes, setzte die Pistole unter Blacks Kinn und drückte es nach oben. »Schau mir in die Augen und sag mir, dass du wirklich glaubst, irgendeine bescheuerte Militärschule, die du in den Neunzigern besucht hast, kann mich daran hindern, die Antworten zu kriegen, die ich haben will.«

Als Black nahe daran war, das Bewusstsein zu verlieren, ließ Hayes ihn los, klappte den Zylinder der Pistole aus und schüttelte die sechs Patronen heraus.

»Was soll das werden?«, fragte Black argwöhnisch.

»Wie ich gesagt habe.« Hayes hob eine Patrone auf, hielt sie kurz in die Höhe und schob sie in den Zylinder. »Ich habe ein paar Fragen.« Er klappte den Zylinder zurück und ließ ihn kreisen. »Und du wirst sie mir beantworten.«

»Kannst du vergessen«, stieß Black hervor.

»Okay, es kann losgehen. Bist du bereit?« Hayes spannte

den Hahn mit dem Daumen. »Warum wolltest du mich töten?« Er unterstrich seine Frage, indem er dem Mann den Pistolenlauf zwischen die Beine drückte.«

»Hey … w-was soll das?«

»Falsche Antwort.« Hayes drückte ab.

Mit einem metallischen Klicken traf der Schlagbolzen auf eine leere Kammer, und Black zuckte zusammen, als hätte ihn eine Kugel getroffen.

»Warum wolltest du mich töten?«, fragte Hayes erneut und spannte den Hahn. »Piep, die Zeit ist um.«

Klick.

»FICK DICH!«, brüllte Black.

Klick.

»Wieder nicht. Bist du sicher, dass du weiterspielen willst?«

Klick.

Hayes sah die Angst in Blacks Augen aufblitzen. Er war nahe dran, aber noch nicht ganz am Ziel. »So viel Glück kann doch keiner haben. Ich frag mich, ob das Ding überhaupt geladen ist«, überlegte Hayes laut.

Hayes öffnete den Zylinder und zeigte ihn Black. »Alles klar, da ist sie ja.« Er ließ den Zylinder einrasten, doch diesmal spannte er den Hahn nicht, sondern holte theatralisch Atem.

»Die nächste ist scharf. Bist du so weit?« Er ließ den Atem entweichen und schob die Pistole langsam zwischen Blacks Beine.

Black konnte das Zittern nicht mehr beherrschen; es begann in den Beinen und breitete sich auf den ganzen Körper aus, bis er aussah, als wäre er an eine Autobatterie angeschlossen. Der Schweiß brach ihm aus allen Poren, durchtränkte sein Hemd und verströmte den Gestank nackter Angst.

»Okay, es geht los.« Hayes legte den Finger um den Abzug. Ganz sachte begann er zu drücken, und beide Männer verfolgten gespannt, wie sich der Hahn in Bewegung setzte. Der Zylinder begann, sich zu drehen, und schob die Patrone zum Lauf.

»Tu … tu's nicht …«, flehte Black.

Der Hahn verharrte kurz vor dem Ende. Noch ein Quäntchen mehr Druck, und er würde nach vorne schnellen.

»Haben meine Freunde etwa um ihr Leben gefleht?«, fragte Hayes mit einer Stimme so kalt wie Eis.

»Ich sag alles!«, schrie Black. »Der Mann heißt Jefferson Gray … er hat angeordnet, euch zu eliminieren … dich und Ford.«

»Okay, ein bisschen Zeit hast du noch. Wer zum Teufel ist Jefferson Gray?«

»Er ist bei der CIA … leitet irgendein Programm für Spezialoperationen – mehr weiß ich auch nicht.«

»Wie finde ich ihn?«

»Er hat sein Satellitentelefon immer bei sich.« Black ratterte die Nummer herunter.

»Mann, das war echt knapp. Du hast Eier aus Stahl, das muss ich dir lassen. Bist echt ans Limit gegangen.« Er nahm die Pistole weg. »Also, warum seid ihr hinter mir her?«

»Die E-Mail, die Ford abgeschickt hat … ich hab nur Befehle befolgt.«

Hayes sammelte die Patronen ein und richtete sich auf. »Du hast nur Befehle befolgt, was?« Er schob die Patronen in den Zylinder des Revolvers und spannte den Hahn.

»Ich bin Soldat«, flehte Black. »So wie du.«

»Nein, bist du nicht.« Hayes richtete den Lauf auf Blacks Stirn. »Soldaten töten keine Unschuldigen.«

27

SEATTLE, WASHINGTON

Es fühlte sich an wie eine Ewigkeit, bis der Schuss endlich in der Nacht verhallte. Als Hayes die Pistole senkte, war Black tot. Für einen Moment meldete sich sein Instinkt, und er begann zu überlegen, wie er die Spuren am Tatort verwischen sollte.

Wie er sichergehen konnte, dass sich nichts davon zu ihm zurückverfolgen ließ.

Doch dann erinnerte er sich daran, wer Black auf ihn angesetzt hatte.

Scheiß-CIA. Sein Blick schweifte zu dem Schrotthaufen, der einmal ein Helikopter gewesen war. *Sollen die ihren Dreck doch selbst wegmachen*.

Hayes schob die Pistole ins Fußholster und schaute sich um. Sein dringendstes Problem war herauszufinden, wo er sich hier befand. Er versuchte, sich an die letzten Sekunden zu erinnern, bevor der Helikopter abgestürzt war.

Wir sind ostwärts übers Wasser geflogen. Das heißt, wir müssen über der Similk Bay gewesen sein.

Hayes wusste, dass es nur eine Möglichkeit gab, es herauszufinden, und stapfte Richtung Osten, bis er zu einer Reihe von *Tombolos* kam – niedrigen Dünenstreifen, die die Insel mit dem Festland verbanden. Er folgte einem der Übergänge und gelangte zu einem Parkplatz auf der anderen Seite. Ein Schild hieß ihn im Reservat des Swinomish-Stammes willkommen. Gar nicht weit von hier hatte er letztes Jahr eine Zeit lang gearbeitet.

Da er nun wusste, wo er war, beschäftigte er sich mit der Frage, wie er von hier wegkam.

Das Reservat war dicht bewaldet und ließ erkennen, wie die ganze Gegend einmal ausgesehen haben musste, bevor die Bauunternehmer anfingen, Land aufzukaufen und großzügige Anwesen am See zu errichten. Es war eine ruhige, ländliche Gegend, und Hayes stapfte eine halbe Meile die Straße entlang, ohne ein einziges Auto zu sehen.

Ihm war jedoch bewusst, dass irgendjemand den Hubschrauberabsturz mitbekommen haben musste. Somit war es nur eine Frage der Zeit, bis die Cops auf der Bildfläche erscheinen würden. Seine einzige Chance waren die Ferienhütten, die er letzten Herbst instand gesetzt hatte. Er verließ die Straße und näherte sich durch den Wald, in der Hoffnung, dass die Besitzer ihr Vorhaben wahr gemacht hatten, die Hütten den Sommer über zu vermieten.

Als er aus dem Wald kam und die Autos in der Kiesauffahrt sah, stieß er einen erleichterten Seufzer aus. Er suchte sich das älteste Fahrzeug aus, einen Chevy Pick-up, und schlich sich zur Fahrertür.

Sie war unverschlossen. Hayes öffnete die Tür und fragte sich, wie er den Wagen ohne Werkzeug in Gang setzen sollte, als er den Schlüssel im Zündschloss stecken sah.

Vier Stunden später war Hayes noch zwanzig Meilen von Seattle entfernt, und die Lichter der entgegenkommenden Fahrzeuge verursachten ihm Kopfschmerzen. *Lichtüberemp-*

findlichkeit – eine weitere Nebenwirkung, die Treadstone nicht erwähnt hatte.

Die Kopfschmerzen waren jedoch sein geringstes Problem. Hayes hatte Mühe, sich auf die Situation und die bevorstehende Aufgabe zu konzentrieren. Er wusste, dass es einen Grund gab, warum er in diesem Auto saß – doch im Augenblick konnte er sich nicht einmal mehr erinnern, wohin er fuhr, geschweige denn, warum.

Hayes fragte sich, ob die Bewusstseinstrübung vom Absturz herrührte oder ob es eher daran lag, dass er seit zweiunddreißig Stunden das Medikament nicht mehr genommen hatte. Sosehr er auch versuchte, sich zu konzentrieren – seine Gedanken drifteten immer wieder in die Vergangenheit ab.

»Denk nach, verdammt.« Frustriert schlug er mit der Hand aufs Lenkrad. »Was hat Black gesagt?« Hayes ließ das Fenster einen Spalt herunter, in der Hoffnung, dass die frische Luft ihm wieder zu einem klaren Kopf verhelfen würde.

Black hatte gesagt, dass er Ford getötet habe und der Befehl von einem Mann gekommen sei, der … *Scheiße, wie heißt er noch mal?*

Plötzlich sah Hayes sich nicht mehr auf der Straße, sondern im Büro der Psychologin. Er lag auf ihrer Zweitausend-Dollar-Ledercouch und berichtete ihr von den Nebenwirkungen des Oxycodon-Präparats, das sie ihm verschrieben hatte.

»Was passiert, wenn ich mal vergesse, es zu nehmen?«

»Die häufigsten Nebenwirkungen sind Erinnerungs- und Konzentrationsstörungen, Unruhe, Angstzustände, Aggression, Paranoia …«

»Klingt beschissen.«

»Tritt aber nur ein, wenn Sie vergessen, das Medikament einzunehmen.« Sie lächelte.

Hayes hatte das Zeug eigentlich nicht nehmen wollen. Er hasste das Gefühl, von etwas abhängig zu sein. Sein Leben von einer kleinen gelben Pille beherrschen zu lassen.

»Was ist, wenn ich mehr als eine Dosis verpasse? Wenn ich das Zeug nicht mag und ganz damit aufhöre?«

»Haben Sie schon mal jemanden gesehen, der drogenabhängig war und versucht hat, davon loszukommen?«

Das hatte Hayes in der Tat. Deshalb waren ihm die Pillen auch so unheimlich.

»Ein Mal, nach einer Operation. Ich hatte eine gebrochene Wirbelsäule, nachdem ich bei der Arbeit von einem Gerüst gestürzt war.« Es war eine Halbwahrheit, die ihm leicht von den Lippen ging. Es war tatsächlich bei der Arbeit passiert, aber nicht bei Bauarbeiten, wie er ihr in der ersten Sitzung erzählt hatte. Der Vorfall hatte sich beim Hotel des Bergues in der Schweiz ereignet, und er war nicht von einem Gerüst gestürzt, sondern aus einem Fenster im vierten Stock, zusammen mit Peter Ernst, dem deutschen Doppelagenten, den er zu eliminieren hatte.

Ernst hatte ein Messer im Hals stecken und war bereits tot, als sie beide unten landeten. Hayes musste mit angebrochener Wirbelsäule und ausgekugelter Schulter durch die dunkle Gasse humpeln.

Bis dahin hatte sein einziger Kontakt mit der medizinischen Abteilung in der vierteljährlichen psychologischen Untersuchung und der Blutabnahme bestanden, die jedem Agenten vorgeschrieben waren. Nach der Operation hatte Hayes jedoch über ständige Schmerzen geklagt, worauf sie ihn zur Schmerztherapie in eine Treadstone-Klinik schickten. Erst damals war ihm klar geworden, dass es eine unerwartete Vielzahl von Leuten geben musste, die in irgendeiner Weise für Treadstone tätig waren.

»Ich kann nicht schlafen, Doc. Die Schmerzen hören einfach nicht auf.«

»Kein Problem«, meinte der Arzt und gab ihm ein Fläschchen mit weißen Tabletten.

»Was ist das?«, wollte Hayes wissen.

»Ranger Candy«, erklärte der Mann lächelnd.

Ranger Candy? *In seiner Zeit bei der Army war Ranger Candy der Name für die 800-Milligramm-Ibuprofen-Tabletten gewesen, die die Sanitäter austeilten. »Nichts für ungut, Doc, aber ich glaube, ich brauche etwas Stärkeres.«*

»Kriegen Sie auch. Wir nennen das Zeug nur deshalb so, weil wir es verteilen wie an Halloween. Das hier ist nicht Ibuprofen, sondern Oxycodon.«

»Okay, wie viele soll ich davon nehmen?«

»So viele, wie Sie brauchen«, meinte der Arzt achselzuckend. »Das sollte jedenfalls für sechs Monate reichen. Sagen Sie Bescheid, wenn Sie Nachschub brauchen.«

Es war das erste Mal, dass Hayes zu etwas Stärkerem als Ibuprofen griff. Zunächst nahm er das Mittel nur, wenn er Schmerzen hatte. Es ging ihm gut damit. Die Pillen ließen ihn tief und fest schlafen, wenn er sie vor dem Zubettgehen zusammen mit ein bisschen Alkohol einnahm.

Aus einer Pille wurden vier schon am Vormittag. Wenn sie am Abend ins Restaurant gingen, sah Annabelle ihn besorgt an.

»Fühlst du dich nicht wohl?«

»Doch, warum?«

»Du schwitzt.«

»Es ist ziemlich heiß hier.«

»Nein, Adam, finde ich gar nicht.« Sie sah, wie seine Hand zur Hosentasche wanderte. »Du kannst nicht ewig so weitermachen. Mit diesen Mitteln.«

»Warum nicht?«

»Weil ich schwanger bin. Du wirst Vater.«

Das Neonschild eines Fernfahrerlokals auf der Hügelkuppe rief ihm in Erinnerung, warum er unterwegs war. *Jefferson Gray… Telefonanruf… Shaw.*

Er bog zur Tankstelle ab und fuhr nach hinten zum Münzfernsprecher. Ohne den Motor abzustellen, stieg er aus, warf zwei Vierteldollar in den Schlitz, wählte und drehte sich um, damit er die Straße im Auge behalten konnte.

Es klingelte zweimal, dann forderte eine Stimme vom Band ihn auf, nach dem Signalton eine Nachricht zu hinterlassen. Es war eine analoge Anlage – für heutige Begriffe völlig veraltet, doch sie erfüllte ihren Zweck.

Hayes las die Telefonnummer von dem ausgebleichten Zettel ab, der am Münzfernsprecher klebte, um durchzugeben, wo er zu erreichen war.

Es gab drei Notfallcodes, mit denen ein Treadstone-Agent von einem Feldeinsatz Kontakt aufnehmen konnte. Er wählte dreimal die 9 – den Code für einen aufgeflogenen Agenten – und hängte ein.

Das sollte irgendjemand mitkriegen.

Seine Hand in der Hosentasche war noch nicht einmal warm, als das Telefon klingelte.

Hayes nahm den Hörer ab, sagte jedoch nichts.

»Wer ist da?«, fragte Levi.

»Jemand in der CIA hat ein Killerkommando auf mich angesetzt. Was wissen Sie davon?«, fragte er.

»Hayes … Adam Hayes, sind das Sie?«

»Ich weiß, wie lange es dauert, einen Anruf zurückzuverfolgen, also lassen Sie den Scheiß und beantworten Sie meine Frage, Levi.«

»Washington. Die Schießerei auf der Fähre – waren das Sie?«

»Ja. Aber wenig später ist mir das Gleiche noch einmal passiert. Wie Sie sehen, war das zweite Killerkommando auch nicht erfolgreicher.«

»Ich rede darüber nicht gern am Telefon.«

Kann ich mir denken.

»Wir müssen uns treffen. Sagen Sie mir, wo Sie sind – ich schicke Ihnen ein Flugzeug.«

28

MCLEAN, VIRGINIA

Levi Shaw fuhr auf den Beltway auf, doch statt zu seinem Haus in Alexandria zu fahren, um sich das Ende des Spiels seiner Mets anzusehen, fuhr er auf dem Dolley Madison Boulevard in Richtung Westen.

Der Verkehr war so schwach, dass er schon zehn Minuten später sein Ziel erreichte. Ein für den Beltway typisches Ensemble von nichtssagenden Betonklötzen, umgeben von unansehnlichen Hecken und Rasenflächen.

Doch genau darum ging es.

Das erste Anzeichen der eigentlichen Bedeutung des Gebäudes war zu erkennen, als Shaw auf den Tysons McLean Drive einbog und zu dem Sicherheitstor fuhr, an dem zwei Männer in schwarzen Uniformen mit geschulterten Automatikgewehren ihn zum Anhalten aufforderten.

Shaw gab dem ersten Sicherheitsmann seinen Ausweis, während der zweite den Unterboden des schwarzen Lincoln Navigator mit einem Spiegel checkte.

»Alles klar, Sie können fahren«, sagte der Mann.

Shaw folgte der asphaltierten Straße zur Westseite, parkte vor dem Haupteingang und ging zur Tür.

Das National Counterterrorism Center (NCTC) war im Zuge des 9/11-Anschlags gegründet worden, mit dem Ziel,

»den nationalen Kampf gegen den Terror anzuführen und zu koordinieren«. Die Antiterror-Zentrale rief Shaw immer wieder in Erinnerung, dass er selbst in der Welt der Geheimdienste keine Rolle mehr spielte. Noch vor drei Jahren hatte ihm sein Status als Direktor von Treadstone ein großzügiges Büro im zweiten Stock des NCTC gesichert, mit ausreichend Personal und Verbindungsleuten zu anderen Geheimdiensten.

Doch diese Zeiten waren endgültig vorbei. Heute musste Shaw froh sein, dass ihm sein Ausweis noch den Zutritt zur Operationszentrale ermöglichte.

Shaw suchte ein Büro auf der Rückseite des Gebäudes auf, schloss die Tür und loggte sich in den Computer ein. *Was zum Teufel hast du dort gemacht, Ford?*, fragte er sich und tippte den Namen des Mannes in die Datenbank ein.

```
>>>> TREADSTONE Remote Portal
Login: Shaw, L.
_Zugang gewährt
>>>> Verbindung hergestellt_
Status: Online
Suchanfrage: Ford, Nicholas - VENEZUELA
```

Die Verbindungsgeschwindigkeit im NCTC ließ das, was er im Boneyard gewohnt war, ziemlich alt aussehen. Kaum hatte er die Enter-Taste gedrückt, erschien bereits das Suchergebnis.

```
Mission Log: Ford, N
Venezuela - Operation Mongoose
Ziel - Mateo, Diego
```

In seiner Zeit als Direktor hatte Shaw Tausende Operationen autorisiert. Angesichts der enormen Ausmaße, die der Kampf gegen den Terror angenommen hatte, konnte er sich an einen großen Teil der Operationen kaum noch erinnern. Aus diesem Grund wurde jede Treadstone-Operation, die mit der Eliminierung eines Ziels endete, genau dokumentiert.

Shaw brauchte jedoch keine Aufzeichnungen, um sich an »Mongoose« zu erinnern. Bis an sein Lebensende würde er diese Operation nicht vergessen.

»Scheiße«, murmelte er, während die Bilder jener Nacht in aller Klarheit in ihm auflebten.

Shaw wartete auf weitere Ergebnisse, lehnte sich in seinem Stuhl zurück und betrachtete die frisch gestrichene Wand und den nagelneuen Teppich. Ein klein wenig nagte es immer noch an ihm, wenn er dieses großzügige, leere Büro mit der Besenkammer verglich, in der er seiner täglichen Arbeit nachging; im Grunde aber war er einfach nur froh, wieder mittendrin im Geschäft zu sein.

Shaw wartete immer noch auf zusätzliche Informationen, als sein Handy ihm den Empfang einer Nachricht meldete. Als er die Nummer sah, vergaß er alles andere, was sich an diesem Tag zugetragen hatte.

9-9-9.

Er glaubte nicht an Zufälle. Es war kaum vorstellbar, dass jemand versehentlich diese Nummer gewählt hatte.

Wer in aller Welt kann das sein?

Es gab nur eine Möglichkeit, es herauszufinden.

Shaw wählte die Nummer des Anrufers. Die Verbindung wurde hergestellt, doch er hörte nur das Rauschen von Autoverkehr im Hintergrund.

»Wer ist da?«

»Jemand in der CIA hat ein Killerkommando auf mich angesetzt. Was wissen Sie davon?«

Die Stimme jagte ihm einen eisigen Schauer über den Rücken. Es gab keinen Zweifel, wer der Mann am anderen Ende war.

Hayes.

Als Shaw einen kurzen Blick in Hayes' Dienstakte geworfen hatte, war ihm sofort klar gewesen, dass der Mann für den Job wie geschaffen war. Doch er brauchte absolute Gewissheit, deshalb setzte er sich in ein Flugzeug nach Afghanistan, zog ein paar Strippen und ließ den Mann mit dem Helikopter nach Bagram fliegen, angeblich für eine Routinesitzung mit einem »Psychologen« – der jedoch niemand anderer als Shaw war.

»Laut Ihrer Akte haben Sie Ihren ersten Einsatz bei der 82. Luftlandedivision in Ramadi absolviert«, begann Shaw. »Danach kamen Sie zur First Special Forces Group in Washington. Es folgten sechs weitere Einsätze. Hier steht, Sie haben mehr Zeit im Ausland verbracht als zu Hause. 2005 wurde Ihnen für besondere Tapferkeit das Distinguished Service Cross verliehen, 2007 der Silver Star. Das Gleiche noch einmal 2009, diesmal mit dem Purple Heart«, las er und nickte anerkennend. »Das klingt, als hätten Sie schon einiges durchgemacht.«

»Da bin ich sicher nicht der Einzige«, erwiderte Hayes.

Shaw hatte lange genug Männer für Treadstone rekrutiert, um die schweren Fälle sofort zu erkennen. Er brauchte keine psychologische Ausbildung, um zu sehen, dass der Tod von Hayes' Kameraden und die extremen Belastungen des Kampfs gegen den Terror ihre Spuren hinterlassen hatten.

Hayes' Blick und seine Haltung verrieten ihm, dass der Mann sich hinter einer Mauer verschanzte und ihn, Shaw, eingehend musterte. Es würde nicht leicht sein, an ihn heranzukommen.

»Captain Hayes, ich glaube, ich verstehe Sie recht gut. Sie haben Freunde und Kameraden im Einsatz verloren, und jetzt warten Sie nur noch darauf, dass es Sie selbst erwischt.«

»Sie sind der Psychologe, also wissen Sie es sicher besser als ich«, wich Hayes aus.

»Hier steht, dass Ihr Team am zwölften März auf einer Routinepatrouille unter Beschuss geriet. Dabei haben Sie einen Mann verloren.«

»Wir sind hier in einem Krieg«, hielt Hayes dagegen. »Wir haben alle schon Leute verloren. Ich bin da keine Ausnahme.«

»Zwei Tage später ist Ihr Sanitäter gefallen, Staff Sergeant Deets …«

Als er den Namen seines Freundes hörte, sprang Hayes auf. »Es reicht«, fauchte er und ging zur Tür.

Ich habe ihn.

»Sie können durch diese Tür rausgehen, wenn Sie wollen, aber ich verspreche Ihnen, Sie werden zurückkommen.«

Hayes ließ die Schultern sinken und setzte sich wieder hin.

»Was zum Teufel wollen Sie von mir?«

»Als Sie Ihre Männer verloren haben – wie war Ihnen da zumute?«

»Zum Feiern«, erwiderte Hayes, ohne eine Miene zu verziehen.

»Haben Sie deshalb angefangen, die Vorschriften zu ignorieren – oder, wie Ihr Bataillonskommandant es ausgedrückt hat: ›Nach dem Hinterhalt am zwölften März hatte Captain Hayes

wiederholt Wutausbrüche und hat sich immer wieder unnötig in Gefahr begeben.‹?«

»Wir waren mitten im Kriegsgebiet – ich habe nur meinen Job gemacht.«

»Aber Sie waren wütend, oder?«

»Ja.« Hayes nickte. »Ich war richtig angepisst.«

»Sie wollten sich an den Leuten rächen, die Ihren Freund getötet hatten.«

Wieder nickte Hayes.

»Aber Ihre Vorgesetzten haben Sie zurückgepfiffen, oder? Die Einsatzregeln und so weiter.«

»Hören Sie, Mann«, sagte Hayes. »Ich habe keine Ahnung, für wen Sie arbeiten, aber wir wissen beide, dass Sie kein Arzt oder Psychologe sind. Ich weiß nur, dass wir seit 2001 im Krieg sind, und daran hat sich bis heute nichts geändert. Die Leute glauben …« Er stockte einen Moment. »Ach, scheiß drauf. Wenn Sie mich aus dem Verkehr ziehen wollen – bitte, ich halte Sie nicht auf.«

»Sie aus dem Verkehr ziehen … das sehen Sie völlig falsch, Junge.« Shaw lächelte. »Ich habe nichts dergleichen vor.«

»Warum sind Sie dann hier?«

»Ich bin hier, um Ihnen einen Job anzubieten.«

»Sagen Sie mir, wo Sie sind – ich schicke Ihnen ein Flugzeug«, sagte Shaw und griff nach einem Stift.

29

AUBURN, WASHINGTON

Hayes fuhr in westlicher Richtung zum Flugplatz und parkte vor dem Hangar, über dessen Tor ein ausgebleichtes Schild hing. »AIR POTOMAC« lautete die Aufschrift.

»Air Potomac« war eine von mehreren Strohfirmen, hinter denen die CIA stand. Seit den Zeiten des Vietnamkriegs hatte die Agency diese Methode perfektioniert. Als Sitz für diese Firmen bevorzugte sie die Karibik. Vor allem die Cayman-Inseln waren ideal für diese Zwecke, weil man dort binnen drei Tagen eine Firma gründen konnte, wenn die Papiere in Ordnung waren und man wusste, wo man mit einer Finanzspritze nachhelfen musste.

Da diese Strohfirmen durchaus legal waren, konnte die CIA sie für alle Arten von Transporten benutzen.

Die Stewardess erwartete ihn bereits auf dem Rollfeld. »Guten Tag, Sir«, begrüßte sie ihn. »Mein Name ist Emily. Kann ich Ihnen Ihr Gepäck abnehmen?«

»Danke, nicht nötig.« Hayes stieg die Treppe hinauf und ging an Bord.

Der Pilot, ein braun gebrannter blonder Mann mit geblümtem Hemd, erwartete ihn in der Tür. »Adam Hayes, ich glaub's ja nicht. Bist du's wirklich?«, fragte der Mann.

»Dick Waters«, sagte Hayes lächelnd. »Ich dachte, du

wärst ausgestiegen nach der kleinen Auseinandersetzung in El Salvador.«

»Hatte ich auch vor.« Der Pilot verzog das Gesicht.

»Was ist dazwischengekommen?«

»Als ich von einem Einsatz früher als geplant nach Hause kam, hat meine Frau den Poolboy gevögelt.«

»Den Poolboy? Das ist jetzt ein Scherz, oder?«

»Ehrlich. Es war so wie in diesem Countrysong. Sie hat alles gekriegt – Haus, Auto, sogar den Hund.«

»Verdammt, das ist… unfair.« Hayes wusste nicht so recht, was er sagen sollte.

»Sie war sowieso ein Miststück – aber hey, der Boss sagt, das alte Team tritt wieder in Aktion.«

Hayes verdrehte die Augen. *Der verdammte Levi.*

»Apropos – wo ist der Alte?«, fragte Hayes.

»Wenn Sie mir folgen möchten, Sir«, sagte Emily.

Er trat mit ihr hinter den Vorhang und sah Levi Shaw in einem bequemen Ledersessel sitzen. Der Mann hatte ein Funkeln in den Augen, das Hayes zu seiner Pistole greifen ließ, doch der Lauf, den er plötzlich im Rücken spürte, hielt ihn davon ab, die Waffe zu ziehen.

»Das ist keine gute Idee«, warnte Levi Shaw. »Emily hat noch ganz andere Vorzüge als ein hübsches Gesicht.«

»Wir wollen das ganz zivilisiert machen, Mr. Hayes.« Emily stupste ihn auffordernd mit der Pistole an. »Ich nehme Ihnen sicherheitshalber die Waffe ab. Falls Sie Widerstand leisten, werde ich abdrücken, das dürfen Sie mir glauben.«

»Verdammt, was wird das hier?«, stieß Hayes hervor und hob die Hände.

Emily trat neben ihn, die Sig 229 ruhig in der Hand haltend, und griff nach seiner Pistole. In diesem Augenblick schoss Hayes' linke Hand zum Schlitten ihrer Sig und schob ihn ein paar Millimeter zurück – genug, um das metallische Glitzern in der Kammer zu sehen. Emily drückte instinktiv ab. Ihre Augen weiteten sich, als sich kein Schuss löste.

»Ist wohl die Batterie alle«, zischte Hayes, entwand ihr die Pistole, zog den Schlitten zurück und ließ ihn wieder vorschnappen. Mit einer geschmeidigen Bewegung setzte er ihr den Lauf unters Kinn und drehte sich so, dass sie die Waffe nicht hätte greifen können.

»Nicht schießen«, flüsterte Emily mit unübersehbarer Angst in den Augen.

»Ich hatte einen echt beschissenen Tag – also entscheiden Sie«, sagte er, zu Shaw gewandt.

»Sie müssen verstehen, ich wollte einfach sichergehen, dass Sie es noch draufhaben.«

Hayes gab Emily die Pistole zurück. »Sorry, war nicht so gemeint.«

»Arschloch«, zischte die Frau und funkelte Shaw wütend an, während sie die Waffe ins Holster schob.

»Immer noch so beliebt bei den Ladys?«, sagte Hayes und ließ sich in einen Sitz fallen.

»Wir sind nicht hier, um über mich zu reden. Man hört ja so allerhand über Sie – dass Sie Ärger hatten.«

»Das nenn ich mal eine Untertreibung.« Hayes zog sein Messer hervor, klappte die Klinge auf und kratzte sich etwas eingetrocknetes Blut vom Unterarm.

»Sie müssen doch nicht immer so ein verdammt harter Bursche sein«, seufzte Shaw.

»Ich hatte halt einen guten Lehrer.« Hayes sah von seinem Messer auf. »Soweit ich mich erinnere, war bei mir alles in Ordnung, bis Sie in Afghanistan aufgekreuzt sind und mich zurück in die Staaten geschleppt haben, damit Treadstone mich in die Mangel nehmen konnte.«

»Sie brechen mir das Herz.« Shaw schloss seinen Gurt. »Ich kann mich nicht erinnern, dass ich Sie mit Gewalt in den Flieger geschleift hätte. Hören Sie, wir hatten vielleicht unsere Meinungsverschiedenheiten, aber mein Motto war immer schon ›Leben und leben lassen‹. Verdammt, ich kann mich gar nicht mehr erinnern, wer damals zuerst zugeschlagen hat.«

»Ich schon.« Hayes dachte an ihre letzte Begegnung zurück.

»Ich will raus.«

»Raus? Sie haben eine Operation hinter sich, die nicht gut verlaufen ist. So was haben wir alle schon erlebt, aber deswegen muss man doch nicht gleich … Also wirklich, Hayes.«

»Diese letzte Mission war ein einziges Desaster …«, begann Hayes, überlegte es sich dann aber anders. Er wollte nicht mehr daran denken und zog das Fläschchen mit den Oxycodon-Tabletten hervor, das er sich zuvor besorgt hatte.

»Ich habe gedacht, Sie hätten mit dem Zeug aufgehört.«

»Lassen Sie den Scheiß.«

»Hey, es ist Ihr Leben – Sie können jederzeit aussteigen, wenn Sie unbedingt wollen. Wir sind ja hier nicht bei der Mafia, aber …«

»Aber was, Levi? Wie wollen Sie mich daran hindern auszusteigen?«

»Das hätten Sie nicht tun sollen«, meinte Hayes.

»Es ist noch nicht zu spät – der Flieger rollt noch nicht.« Shaw tippte mit dem Finger ans Fenster. »Sie haben immer noch die Möglichkeit zu tun, was Sie sowieso am besten können.«

»Und das wäre?«

»Weglaufen«, brummte Shaw.

Hayes spürte das Adrenalin heiß in den Adern pulsieren, wie jedes Mal vor einem Kampf. Es war ein Augenblick vollkommener Klarheit. In einem Sekundenbruchteil analysierte er die Situation bis ins kleinste Detail.

Aus dem Augenwinkel sah er Emily etwas weiter vorne stehen und wusste, dass er Shaw das Messer in den Hals rammen konnte, bevor sie auch nur mitbekam, was los war.

Nein… er will dich doch nur testen, mahnte die Stimme in seinem Kopf.

»Ich bin nicht so weit gefahren, um Ihre Spielchen mitzumachen, Levi. Also, wenn Sie mir nicht verraten wollen, warum die CIA ein Killerkommando auf mich angesetzt hat, gehe ich wieder. Ich habe noch ein paar Leute zu erledigen.«

»Ford ist tot«, sagte Shaw.

Woher weiß er das?

»Da erzählen Sie mir nichts Neues«, entgegnete Hayes.

»Er hat für die DEA gearbeitet.«

30

IM FLUGZEUG

»Ford war als freier Mitarbeiter für die DEA tätig.« Shaw nahm eine Aktenmappe mit dem Stempel »VERTRAULICH« und reichte sie Hayes.

Es war eine typische Personalakte einer US-Bundesbehörde. An den Umschlag auf der Vorderseite war ein Foto geheftet, das einen Mann mit kurz geschnittenen braunen Haaren und grauen Augen zeigte. *Special Agent Cole Boggs*. Laut Akte hatte Boggs fünf Jahre bei den Marines gedient und war danach zur Drogenvollzugsbehörde DEA gewechselt. Drei Jahre war er mit der Überwachung der mexikanischen Grenze beschäftigt gewesen, danach hatte man ihn ins DEA-Büro in Dallas versetzt. Er war ein guter Agent, doch sein Privatleben war ein einziges Desaster.

Zwei Ex-Frauen, ein Kind. Die erste Ehe hatte er schon in seiner Zeit beim Marine Corps geschlossen, doch sie sollte nicht einmal seinen ersten Einsatz überdauern. Die zweite hätte vielleicht funktioniert, hätte er einen einigermaßen normalen Job gehabt. Als Cole jedoch mit Undercover-Einsätzen begann, war auch diese Beziehung zum Scheitern verurteilt.

Was ist mit dem Kind?

»Was hat er mit Ford zu tun?«, wollte Hayes wissen.

»Special Agent Cole Boggs hat streng geheime Operationen gegen das Drogenkartell durchgeführt, in einem eigenen *Cartel Exploitation Team*.«

»Nie gehört«, musste Hayes zugeben.

»Ging mir genauso. In den Datenbanken findet man auch kaum etwas, also habe ich mich an Boggs' Führungsoffizier gewandt, dem ich mal einen Gefallen getan hatte. Er hat mir immerhin verraten, dass dieses CET eine streng geheime Sache ist, die von der DEA in Südamerika veranstaltet wird.«

»Sie haben gesagt, Boggs *hat* solche Operationen durchgeführt. Haben sie ihn gefeuert?«, hakte Hayes nach.

»Nicht direkt. Laut diesem Führungsoffizier hat das CET hauptsächlich aus erfahrenen Special Agents bestanden – Männern, die bewiesen hatten, dass sie imstande waren, über einen längeren Zeitraum selbstständig zu agieren.«

»Ergibt Sinn«, nickte Hayes. »Wenn man undercover agiert, kann man ja wohl nicht ständig in Kontakt mit seinem Boss sein.«

»Exakt. Irgendwann in den letzten drei Jahren hat Mr. Boggs angefangen, sich für Oberst Carlos Vega zu interessieren, den Chef des venezolanischen Geheimdienstes.«

»Was hat der SEBIN damit zu tun?«, wollte Hayes wissen.

»Wenn Sie die aktuelle Situation in Venezuela verstehen wollen«, holte Shaw aus und lehnte sich in seinem Sitz zurück, »dann müssen Sie ein paar Jahre zurückgehen, zur Ermordung von Präsident Mateo.«

Mateo.

Den Namen hatte Hayes seit seiner Treadstone-Zeit nicht mehr gehört. Er hatte ihn in den tiefsten Tiefen seiner Erinnerung vergraben und sich geschworen, ihn zu vergessen.

Dass er den Namen des ehemaligen Präsidenten von Venezuela nun von Shaw zu hören bekam, traf ihn völlig unvorbereitet. Es war, als würde in seinem Kopf eine Blendgranate explodieren.

Scheiße, nicht jetzt. Nicht schon wieder, flehte Hayes im Stillen. Er fasste sich an den Kopf, versuchte, die Bilder zu verdrängen, die in ihm hochkamen, doch es war zu spät. Die Erinnerungen brachen wie eine Flutwelle über ihn herein und katapultierten ihn zurück nach Venezuela. In das Haus mit den weißen Säulen.

Die Lichter waren aus, als er das Schloss knackte und die Alarmanlage außer Gefecht setzte. Die Nachtsichtoptik ließ das Innere des Hauses in gedämpftem Grün erscheinen. Hayes trat durch die Tür, stieg lautlos die Treppe hoch und sah einen Wachmann auf dem Treppenabsatz in einem Stuhl schlafen. Es war ein Junge, nicht einmal alt genug, um sich zu rasieren, und viel zu jung für die Kalaschnikow, die er an die Wand gelehnt hatte.

Niemand darf überleben – *so lautete sein Befehl. Er war nur das Werkzeug – ein Mann, der darauf trainiert war zu töten, ohne mit der Wimper zu zucken.*

Hayes drückte ihm den Schalldämpfer an die Stelle unterhalb des Ohrs, hielt den Daumen am Schlitten, um die Zweiundzwanziger zu stabilisieren, und drückte ab.

Der Schuss war nur ein gedämpftes Husten – kaum zu hören, weil am Ende des Flurs ein Fernseher lief. Hayes zog den Schlitten zurück, und die Patronenhülse flog heraus.

Er fing sie mit der linken Hand auf und steckte sie ein.

Dann folgte er dem Stimmengemurmel am Ende des Flurs.

Er warf einen kurzen Blick durch die Tür und sah eine Frau mit dem Rücken zu ihm auf einer Couch sitzen. Die Stimmen stammten von den Darstellern der Telenovela, der die Frau ihre volle Aufmerksamkeit widmete.

Hayes pirschte sich an und wartete einen Moment, um sie seine Anwesenheit spüren zu lassen.

Sie hielt ihr leeres Glas hoch, ohne sich vom Fernseher abzuwenden, und er wartete geduldig auf den richtigen Moment.

»Diego, was…«

Die Frau drehte den Kopf, und Hayes schoss ihr eine Kugel ins Auge.

Einer noch.

Er schlich den Flur entlang zu der geschlossenen Tür, hinter der er eine Stimme hörte. »Es ist mir egal, wie aufwendig es ist – bringen Sie mich aus dem Land!«, rief Präsident Mateo ungehalten.

Er saß mit dem Rücken zur Tür an seinem Schreibtisch, den Telefonhörer am Ohr.

Hayes richtete die Pistole auf den Hinterkopf des Mannes, wartete einen Moment, bis Mateo seine Anwesenheit spürte und sich umdrehte.

»Sie…«

Die Pistole zuckte in seiner Hand, die Kugel traf den Präsidenten im Gesicht und warf ihn aus dem Sessel.

»Adam, Adam!«, rief Shaw.

Hayes' Übergang von den Schrecken der Vergangenheit in die Stille der Gegenwart wurde vom maschinengewehrartigen Hämmern seines Herzens und einem kalten Schweißausbruch begleitet. Blinzelnd tauchte er aus dem Flashback auf und starrte in Shaws Gesicht, das Besorgnis und Entsetzen ausdrückte.

»Die Ärzte haben mir gesagt, dass die Medikamente auf keinen Fall abgesetzt werden dürfen«, begann er. »Sie sind Teil der Sicherheitsvorkehrungen – für den Fall, dass einer von euch zu einer Gefahr für sich selbst und andere werden sollte.«

»Oder anders gesagt: für den Fall, dass eines eurer wissenschaftlichen Experimente nach außen dringt, richtig?«, fragte Hayes.

»Die Ärzte meinen, es könnte einen völligen Zusammenbruch zur Folge haben, die Mittel abzusetzen.«

»Das kann ich nicht beurteilen – ich weiß nur, dass ich es niemandem empfehlen würde.«

»Was wollen Sie damit sagen? Dass Sie ein Wrack sind?«, fragte Shaw.

»Tja, ich bin, was Sie aus mir gemacht haben«, gab Hayes achselzuckend zurück.

»Okay, Sie Klugscheißer, was ich vorhin sagen wollte: Oberst Vega hat einflussreiche Freunde. Eine Taskforce von Verteidigungsministerium und CIA ließ Boggs' Führungsoffizier eine unmissverständliche Warnung zukommen: ›Lasst die Finger von Vega.‹«

»Die CIA hat echt Nerven, der DEA vorzuschreiben, wie sie ihre Operationen durchführen soll. Welchen Grund hatten sie für die Einmischung?«

»Antiterror-Maßnahmen haben für das Weiße Haus und das Außenministerium absolute Priorität. Also haben die CIA und das Joint Special Operations Command der DEA zu verstehen gegeben, dass sie sich vom Acker machen soll«, erklärte Shaw. »Sie behaupten, es gebe handfeste Hinweise auf eine Terrorzelle in der Region. Das nimmt man ihnen ab, zumal es kein Geheimnis ist, dass die Hisbollah in Südamerika aktiv ist und Drogen verkauft, um ihren Krieg gegen den Westen zu finanzieren.«

»Trotzdem würde mich jetzt langsam interessieren, was das alles mit Ford zu tun hat.«

»Boggs hat Ford dafür angeheuert, ein Team zusammenzustellen, um Vega aus dem Verkehr zu ziehen. Hat wohl nicht geklappt.«

Die Bilder.

»Ford hat seiner E-Mail das hier beigelegt.« Hayes zog die ausgedruckten Fotos aus der Gesäßtasche und reichte sie Shaw. »Das letzte Bild – die zwei Männer im Hangar.«

»Vega.« Shaw deutete auf den Mann in Uniform.

»Und der andere?«

»Den habe ich noch nie gesehen.«

»Levi, schauen Sie ihn sich genau an.« Hayes deutete auf das Foto. »Sind Sie absolut sicher, dass Sie ihn noch nie gesehen haben?«

»Ja, Adam«, betonte Shaw. »Hundertprozentig sicher.«

»Scheiße. Ich habe gehofft, Sie könnten mir weiterhelfen.«

»Tut mir leid, dass ich Sie enttäuschen muss.«

»Was ist mit diesem Boggs? Können Sie mich wenigstens mit ihm in Kontakt bringen?«, drängte Hayes.

»Sein Führungsmann sagt, Boggs sei ziemlich verschroben, seit die Warnung von der CIA gekommen ist.«

»Verschroben?« Hayes warf die Arme in die Luft. »Himmelherrgott, Levi, ich will ja nicht mit dem Typ ausgehen oder was. Ich will bloß mit ihm reden. Können Sie mich mit ihm in Kontakt bringen oder nicht?«

»Er ist untergetaucht, und da bei dieser Operation die Zeit drängt, hielte ich es für besser, wenn Sie ...«

»Moment mal ... die Zeit drängt, sagen Sie? Haben Sie heute noch einen wichtigen Termin oder was?«

»Nein, es ist nur ...«

»Spucken Sie's schon aus, Levi.«

»Sagen wir so: Mit Treadstone steht es nicht zum Besten. Das Geld reicht gerade noch bis Monatsende«, erklärte Shaw.

»Was passiert dann?«

»Dann machen sie den Laden dicht. Aus. Ende. Finito.«

Hayes sah auf die Submariner-Uhr an seinem Handgelenk. Laut Datumsanzeige war heute der Dreißigste. Er warf den Kopf zurück und lachte laut auf. »Levi ... das ist jetzt ein Scherz, oder?«

»Ich bin nicht zum Scherzen aufgelegt.«

»Wenn ich es mache, dann so, wie ich es für richtig halte«, stellte Hayes klar.

»Okay, was brauchen Sie?«

»Ein Team, einen Koffer voll Geld und Waffen. Vor allem Waffen.«

31

CÚCUTA, KOLUMBIEN

Es regnete in Cúcuta. Cole Boggs saß auf dem Bett und beobachtete, wie ein greller Blitz die halb leere Flasche Wild Turkey beleuchtete, die auf einem Regal an der Wand gegenüber stand. Der Anblick der Flasche und die Hoffnung, dass ihr bernsteinfarbener Inhalt ihm ein wenig Frieden schenken würde, ließen ihn die Beine aus dem Bett schwingen und aufstehen.

Er tappte durchs Zimmer, die Fliesen warm unter seinen nackten Füßen, und nahm die Flasche vom Regal. Vorsichtig setzte er sich aufs Bett, um die neben ihm schlafende Frau nicht zu stören. Das Quietschen der Matratze vereitelte sein Vorhaben.

»Kannst du nicht schlafen?«, murmelte sie mit halb geschlossenen Augen.

»Schlaf weiter, Mädchen«, antwortete Boggs auf Spanisch, nahm die Flasche in die linke Hand und strich ihr mit der rechten über den Rücken.

Die Frau schnurrte und vergrub den Kopf im Kissen, während Boggs sich in Ruhe seiner Flasche widmete.

Der Wind, der durch die offene Balkontür wehte, trug einen erdigen Geruch nach Regen ins Zimmer, der ihn an seine Kindheit im Iberia Parish in Louisiana erinnerte. Der

Gedanke an seine Heimat weckte das Verlangen nach einer Zigarette. Er stellte die Flasche auf den Nachttisch und tauschte den Whiskey gegen eine Packung Camel. Boggs schob sich eine Zigarette in den Mundwinkel, zündete sie mit dem blauen Feuerzeug an und blies den Rauch zur Decke.

Weit fort hat es uns verschlagen, was?

Wieder zuckte ein Blitz am Himmel, und Boggs zählte mit, wie seine Mama es ihm einst beigebracht hatte. *Ein Mississippi, zwei Mississippi, drei Mississippi ...* Bevor Boggs zu vier kam, hörte er das ferne Donnern, das ihm verriet, dass das Gewitter dreieinhalb Meilen entfernt war.

Ich hätte ihn nicht hinschicken dürfen, um diese Aufnahmen zu machen, warf er sich selbst vor.

Zehn Jahre hatte Boggs für die DEA gearbeitet. Davor hatte er bei den Marines zwei Einsätze im Irak absolviert. Er hatte mehr als genug Tote gesehen, aber wie sein Freund da in der Badewanne gelegen hatte – halb drinnen, halb draußen, mit einer klaffenden Austrittswunde am Hinterkopf und dem Schädelinhalt auf den Fliesen –, das hatte ihn extrem mitgenommen.

Dieser Dreckskerl Vega. Ihn einfach so abzuknallen wie einen Hund.

Es war ein Fehler gewesen, Ford auf Vega und diesen Scheißkerl Jefferson Gray anzusetzen. Heute war ihm das klar, doch in der damaligen Situation war es ihm sinnvoll erschienen. Die DEA war seit den Zeiten von Pablo Escobar in Kolumbien aktiv gewesen und hatte bei der Bekämpfung des Medellín-Kartells ganze Arbeit geleistet.

Zunächst hatten sie sich auf die Felder und Produktionsstätten konzentriert, in denen aus den Kokablättern zuerst Kokapaste gewonnen wurde, die in einem weiteren Schritt zur Kokainbase verarbeitet wurde. Es war ein vergeblicher Kampf; für jede Kokain-Fabrik, die sie aus dem Verkehr zogen, wurden woanders drei neue eröffnet.

Aufgrund der leicht entzündlichen Stoffe, die bei der Verarbeitung eingesetzt wurden, sowie der Tatsache, dass die Kartelle anfingen, Kämpfer der FARC, der ältesten revolutionären Guerillabewegung Kolumbiens, zur Bewachung ihrer Anlagen anzuheuern, beschloss die DEA, ihre Strategie zu ändern. Damals lernte Boggs Nick Ford kennen.

Die DEA war gut darin, die Geldflüsse zu verfolgen und Angriffe auf Drogenhäuser und Lager in der Stadt zu organisieren, doch auf dem Land sah es anders aus. Hier, im Territorium der FARC, war die DEA zahlenmäßig unterlegen und auf verlorenem Posten.

Es war Boggs' Idee gewesen, Leute von auswärts anzuheuern. Ehemalige Soldaten der Sondereinsatzkräfte, die wussten, wie man im Dschungel operierte und auf feindlichem Territorium vorgehen musste. Einer der Ersten, die er für den Kampf gewinnen konnte, war Nick Ford.

Ford war eine herausragende Führungspersönlichkeit. In sechs Monaten stürmte sein Team mehr Flugplätze, Treibstofflager und Hangars als alle anderen Einheiten zusammen. Ab sofort spielte es keine Rolle mehr, wie viel Kokain die Kartelle produzierten. Wenn es den Narcos nicht mehr gelang, das Zeug außer Landes zu schaffen, verloren sie eine Menge Geld.

Dann kam Präsident Díaz in Venezuela an die Macht, und die Situation änderte sich grundlegend.

»Die sind gleich auf der anderen Seite der Grenze«, sagte Ford. »Ihr braucht mir nur grünes Licht zu geben.«

»Dass wir überhaupt hier arbeiten können, verdanken wir dem Gastland, das ist dir doch klar, oder? Kolumbien und die USA sind Verbündete.«

»Und?«

»Hörst du keine Nachrichten?«, fuhr Boggs fort. »Wir sind dort drüben nicht gerade willkommen.«

Doch Ford ließ nicht locker, bis Boggs sich schließlich bereit erklärte, den Vorschlag an seine Vorgesetzten weiterzugeben. Er erwartete ein klares Nein und war umso überraschter, als er vom Hauptquartier die Anweisung erhielt, den Einsatz durchzuführen.

»Ich brauche zuallererst handfeste Informationen«, schärfte er Ford ein, als sie sich das nächste Mal trafen. »Namen, Orte, Fotos und Pläne der Flugplätze. Wir müssen das Schritt für Schritt angehen, so wie wir's gelernt haben.«

»Kein Problem.«

Boggs hatte keine Ahnung, wie der Mann es angestellt hatte, aber schon eine Woche später war Ford zurück in Bogotá, mit jeder Menge Informationen.

»Diese Gegend ist der Wilde Westen«, berichtete er und deutete auf die Karte. »Das Kartell schafft das Zeug über den Fluss und verlädt es dann in Flugzeuge.«

»Wem gehören die Flugplätze?«

»Das ist der Witz an der Sache. Die ganze Gegend ist flaches Buschland. Jemand macht einen Anruf, dann kommt ein Typ mit einem Pick-up und zieht schwere Fässer über den Boden. So planieren sie das Gelände – und fertig ist die Landebahn.«

»Wer leitet die Operation?«

»Oberst Carlos Vega.«

»Vom SEBIN?«

»Ich sag dir, das ist eine ganz andere Welt. Dort hast du nicht ein paar Kartelle, die sich gegenseitig und die Regierung bekämpfen, sondern die Regierung selbst ist das Kartell. Dieses ›Cártel de los Soles‹, wie sie es nennen, besteht aus Offizieren der Bolivarischen Nationalgarde.«

Das Kartell der Sonnen.

Boggs hatte die Gerüchte gehört, jeder in der DEA kannte sie, aber es war absolut irre, nun handfeste Beweise zu haben, dass die Bolivarische Nationalgarde, also die Armee Venezuelas, als staatlich finanziertes Kartell agierte.

Zwei Wochen später erhielt Ford grünes Licht, und Operation Mongoose konnte beginnen.

Und jetzt ist Ford tot. Bin ich an seinem Tod schuld?

32

AUBURN, WASHINGTON

Präsident Diego Mateo – an diesen Namen hatte Hayes nicht mehr gedacht, seit er vor Jahren aus Treadstone ausgestiegen war und alle Erinnerungen tief in den Katakomben seines Bewusstseins vergraben hatte.

Shaw hatte den Namen nur ganz beiläufig erwähnt, doch Hayes war völlig von den Socken gewesen.

Oder war es ein Köder, den er mir hingeworfen hat? Ein Test?

»Wohin geht die Reise?«, unterbrach Waters ihn in seinen Gedanken.

»Der erste Stopp ist Chicago. Wir müssen ein paar Freunde abholen«, erklärte Hayes von seinem Sitz im Gulfstream-Jet.

»Chicago? Ich bin doch kein Uber-Taxi«, protestierte Waters.

Hayes zog die Pistole aus dem Holster und sah Waters über seine Sonnenbrille hinweg an. »Weißt du noch, als du dich für den Job gemeldet hast – da habe ich erwähnt, dass ich auch den Pilotenschein habe.«

»Ja. Und?«

»Das heißt, ich brauche eigentlich keinen Piloten. Also entweder hörst du auf mit dem Geseiere, oder du kannst aus meinem Flieger aussteigen.«

Waters wandte sich rasch seinen Instrumenten zu und tippte etwas ins GPS ein. »Flugzeit nach Chicago: zwei Stunden«, sagte er und wischte sich den Schweiß von der Stirn.

»Schon besser.« Lächelnd stand Hayes auf und zog sich in die Kabine zurück, wo er auf einem Tisch einen Laptop stehen hatte.

Er loggte sich in Skype ein, tippte aus dem Gedächtnis eine Nummer ein und wartete, bis die Verbindung hergestellt war. Als der Bildschirm zum Leben erwachte, sah er einen blonden Mann mit grünen Augen in einem protzigen Büro sitzen.

»Hey, ist das nicht mein alter Kumpel Hayes?«, rief der Mann aus.

»JT, wie geht's dir, Mann?«

»Wie's einem halt so geht in der Tretmühle der Privatwirtschaft. Kein Honigschlecken, kann ich dir sagen.«

»Hast du Lust auf ein bisschen Action?«, fragte Hayes.

»Einen Moment.« JT erhob sich von seinem Bürosessel und verschwand aus dem Bild.

Hayes hörte die Schuhe des Mannes über den Teppich huschen, dann das Klicken einer Tür, die geschlossen wurde. Im nächsten Augenblick war JT wieder im Bild, mit einem leisen Lächeln auf den Lippen.

»Worum geht's?« Er beugte sich zur Kamera.

»Um eine Operation in Venezuela. Ich brauche jemanden, der mit einer Waffe umgehen kann und der weiß, wie man Leute findet, die nicht gefunden werden wollen.«

»Klingt nach einem Job für mich. Wann soll's losgehen?«

»Flughafen Chicago Executive, in … äh« – Hayes schaute

auf seine Uhr – »zwei Stunden.« Er zuckte mit den Schultern.

»Ist gebongt. Sonst noch was?«

»Bring deine Jagdausrüstung mit«, sagte Hayes und beendete das Gespräch.

Während des Fluges nach Illinois sorgte der Jetstream dafür, dass sie zehn Minuten früher als geplant in Chicago landeten. Waters rollte die Maschine zu den Hangars auf der Ostseite des Rollfelds.

»Da ist er ja.« Hayes deutete auf den Mann mit der schwarzen Baseballkappe, der einen schwarzen Pelican-Schutzkoffer neben sich stehen hatte.

Hayes und JT hatten sich im Irak kennengelernt, wo Hayes der Taskforce 121 angehört hatte und JT für die Informationsbeschaffung zuständig gewesen war. JT war schon damals keiner Gefahr aus dem Weg gegangen – und das hatte sich offenbar nicht geändert.

»Also, womit haben wir's zu tun?«, fragte er, nachdem sie ins Flugzeug gestiegen waren.

»Du musst einen Kerl finden – eigentlich zwei«, begann Hayes und erklärte ihm die Situation.

»Sag mir nur, wen ich mir zuerst vornehmen soll.« JT holte seinen Computer aus dem Koffer.

»Als Erstes müssen wir Cole Boggs finden.«

»Und wie gehen wir vor?«

»Das fragst du mich?« Hayes musterte ihn stirnrunzelnd.

»Ja. Warum?«

»Wenn ich wüsste, wie ich ihn finden kann, hätte ich keinen dreistündigen Umweg eingelegt, um einen selbst ernannten IT-Oberfuzzi abzuholen.«

Jede Zielperson, hinter der Hayes je her gewesen war, hatte irgendeinen Mittelpunkt. So war der Mensch nun einmal. Jeder, vom kleinen Ganoven bis zum skrupellosesten Terroristen, hatte irgendeinen Ort, der für ihn das Zentrum seines Universums war.

Für Hayes war es seine Familie – das brachte ihn auf eine Idee.

»JT, du hast doch Kinder, stimmt's?«, fragte Hayes.

Es war, als ginge in den Augen des Mannes eine Mauer hoch. Seine Lippen kniffen sich zusammen, seine Finger ballten sich zur Faust. Eine Abwehrhaltung. Kleine Anzeichen, an denen sich erkennen ließ, dass für ihn eine rote Linie erreicht war.

Es war genau die Reaktion, auf die er gehofft hatte.

Nach einem Moment des Zögerns fragte JT: »Was hat das mit irgendwas zu tun?«

Hayes hatte ihm eine harmlose Frage gestellt. Wenn man einen Zivilisten fragte, ob er Kinder hatte, bekam man eine klare Antwort. Ein Ja oder Nein. Fragte man jedoch einen Cop oder einen Soldaten – Männer, die hinter die Fassade der sogenannten zivilisierten Welt geschaut hatten –, so erhielt man eine ganz andere Antwort.

»Würdest du es aushalten, zwei Jahre nicht mit ihnen zu sprechen?«, fragte Hayes.

»Nein, verdammt.«

»Hab ich mir gedacht. Boggs hat eine Tochter.« Er zog die Akte, die Shaw ihm mitgegeben hatte, aus dem Rucksack und schlug die betreffende Seite auf. »Cassidy Boggs, sechzehn Jahre alt, besucht die Highland Park High School.«

»Das ist ein guter Anfang«, meinte JT.

»Brauchst du ihre Sozialversicherungsnummer?«, fragte Hayes.

»Mann, sie ist sechzehn – was nützt mir ihre Sozialversicherungsnummer? Hast du ihre Telefonnummer?«

»Was hast du vor?«, fragte Hayes, nachdem er ihm die Nummer aus der Akte vorgelesen hatte.

»Das Leben der Kids heutzutage dreht sich um ihr Handy. Schau dir bloß diese Unmengen von SMS an.« JT deutete auf den Bildschirm.

Sie gingen die Absender durch, konnten jedoch keine Nummern außerhalb von Highland Park 469 finden.

Nichts.

»Dass er sie nicht anruft, heißt noch lange nicht, dass er keinen Kontakt mit ihr hat«, meinte JT. »Schon mal was von Instagram gehört?«

»Ist das so was wie Echelon?« Hayes meinte das Spionagenetz, mit dem die NSA Telefongespräche abhörte und Internet-Daten sammelte und auswertete. Das Überwachungsprogramm war durch Edward Snowden bekannt geworden, der streng geheime Informationen darüber an die Öffentlichkeit gebracht hatte.

»Nein, Mann, das ist ein Onlinedienst für Fotos und Videos.« JT verdrehte die Augen. »Du hast aber schon vom Internet gehört, oder?«

»Sehr witzig.«

»Die Kids telefonieren heute nicht mehr. Sie simsen bloß noch, und dann werden sie Teenager, und du hast plötzlich das Gefühl, sie arbeiten für die CIA. Totale Geheimniskrämerei. Ich zeig dir mal die Instagram-Seite meiner Tochter.« Er loggte sich in die App ein und tippte »@kielyBunny02«

ein. Auf dem Bildschirm erschienen Selfies eines hübschen blonden Mädchens mit einem kleinen Hund.

»Echt nett.«

»Genau das meine ich – die kleine Kiely spielt mit ihrem Hündchen und alles. Ich hätte mir auch nichts dabei gedacht, bis sie fünfzehn wurde und auf einmal diese ganzen Typen ihre Seite besuchen …«

»Alles okay?«, fragte Hayes, als er sah, wie das Gesicht des Mannes rot anlief.

»Diese Strolche. Ich sag dir, sobald Jungs auf der Bildfläche erscheinen, ändert sich alles. Also hat meine Frau ihr gesagt, dass wir Zugang zu ihrem Account wollen.«

»Klingt vernünftig«, meinte Hayes.

»Für Kiely war es, als hätten wir von ihr verlangt, ihr Tagebuch auf CNN zu veröffentlichen. Sie ist total ausgerastet. Also haben wir ihr den Computer ganz abgedreht. Sie war wie ein Junkie in der Methadon-Klinik. Eines Tages kommt sie zu meiner Frau und sagt: ›Da hast du meine Passwörter.‹«

»Ist doch gut, oder?«

»Prinzipiell schon, aber meine Frau hat irgendwie gerochen, dass da was nicht stimmt, also stöbert sie herum und findet das hier.« Er klickte ein Bild an, das einen Kapuzenpulli der New Mexico State University zeigte.

»@NMhoodieFinsta«, las Hayes. »Was ist das für eine Scheiße?«, fragte er.

»Das ist der Finstagram-Account meiner Tochter. Ihr *Fake*-Account …«

»Glaubst du, Cassidy hat auch so einen?«

»Das werden wir gleich sehen.« Er tippte »Cassidy Boggs« in die Suchleiste ein.

»Das ist sie«, sagte Hayes.

»Bist du sicher?«

»Ja.« Hayes hielt das Foto von Cole Boggs hoch, das er der Akte entnommen hatte. »Sie hat die Nase und das Kinn von ihrem alten Herrn.«

»Okay, dann wollen wir mal sehen, was wir finden«, sagte JT zu sich selbst und ließ seine Finger über die Tastatur rattern wie ein Maschinengewehr.

Neben ihm verfolgte Hayes, wie die Ziffern eines Codes auf dem Bildschirm erschienen. »Jetzt knacken wir diese kleine Firewall und… *zack*, da sind wir schon.« JT deutete auf einen Namen: »@CowboyCounty1«. Ganz oben auf der Liste fand sich folgende Nachricht: »Daddy, wann kommst du aus Kolumbien zurück?«

Wir haben ihn.

33

CÚCUTA, KOLUMBIEN

Als Cole Boggs erwachte, war die Frau fort; er war allein mit sich und einem ausgewachsenen Kater. Langsam setzte er sich im Bett auf. Der Geschmack in seinem Mund erinnerte an einen drei Tage nicht geleerten Aschenbecher. Als das Zimmer endlich aufhörte, sich zu drehen, schwang er sich mit einem gequälten Grunzen aus dem Bett.

»Scheißzeug.« Er verfluchte die leere Flasche Wild Turkey auf dem Nachttisch.

Boggs taumelte ins Badezimmer, doch sein aufgewühlter Magen ließ ihn einen Zwischenstopp auf der Toilette einlegen, wo er sich übergab, bis nur noch Galle kam.

»Mutter Gottes«, stöhnte er und wischte sich mit dem Handrücken über den Mund.

»Na, bist du stolz auf dich?«, fragte eine weibliche Stimme.

Boggs spülte das Erbrochene hinunter und richtete seine blutunterlaufenen Augen auf die Frau in der Badezimmertür.

Rein äußerlich entsprach Isabel Vargas dem Typ Frau, der ihm in Kolumbien oft begegnet war: bildschön mit ihrem grauen Tanktop und der verwaschenen Jeans, ihrer cremeweißen Haut und den schwarzen Haaren. Doch ein Blick in ihre Mandelaugen, mit denen sie ihn über den Rand ihrer

Kaffeetasse hinweg beäugte, machte ihm klar, dass er von ihr kein Mitgefühl erwarten konnte.

»Tu mir einen Gefallen«, krächzte er, richtete sich auf und ging zum Waschbecken.

»Welchen?«, fragte sie.

»Zieh deine Pistole.« Er deutete mit einem Nicken auf die Glock in ihrem Holster, gleich neben der Dienstmarke, die sie als Polizeibeamtin auswies. »Und jag mir eine Kugel in den Kopf.«

»Fangen wir mit einer Dusche an«, erwiderte sie. »Ich mache uns Frühstück.«

Boggs stieg in die Dusche, drehte das heiße Wasser voll auf, richtete den Wasserstrahl auf die Wand und setzte sich auf die Holzbank. Den Kopf in die Hände gestützt, ließ er den Wasserdampf auf seinen Körper einwirken.

Boggs hatte keine Frau gesucht, als er vor sechs Monaten nach Cúcuta gekommen war. Ja, er hatte in Kolumbien überhaupt nichts gesucht. Das, worauf er es abgesehen hatte, befand sich östlich des Río Táchira im venezolanischen Bundesstaat Apure. Und die Francisco-de-Paula-Santander-Brücke war weit und breit der einzige Weg über den Fluss.

Als Erstes musste er ein sicheres Haus finden. Boggs brauchte eine Operationsbasis mit direktem Blick auf die Brücke, von wo er die Narcos beobachten konnte, die nach Kolumbien übersetzten.

Die Wohnungen im Viertel Prados del Este boten alles, was er brauchte. Sie lagen nur einen Gewehrschuss von der Brücke entfernt, sodass er vom Balkon seiner Wohnung im zweiten Stock aus nicht nur die Brücke, sondern auch die Stadt Ureña auf der anderen Seite des Flusses im Blick hatte.

Dass ihm Isabel Vargas über den Weg lief, war eine unerwartete Draufgabe, doch Boggs war sich nicht sicher, wie lange sie seine Trinkerei noch tolerierte.

Nach dem Duschen nahm er ein paar Aspirin, zog sich an und ging nach unten.

In der Küche saß Isabel bereits bei Tisch. Sie hatte einen Teller mit Speck und Eiern für ihn vorbereitet. »Tut mir leid«, sagte Boggs auf Spanisch.

»M-hm«, summte sie kauend.

Boggs ging zur Kaffeekanne, goss sich eine Tasse ein und betrachtete sie einen Moment lang. Früher hatte er sich eingebildet zu wissen, wie Frauen tickten – schließlich war er einmal verheiratet gewesen. Dass das ein Irrtum war, wurde ihm schnell klar, als er Izzy kennenlernte. Mit einer Amerikanerin verheiratet zu sein, hatte ihn in keiner Weise auf eine Beziehung mit einer Kolumbianerin vorbereitet. Bei südamerikanischen Frauen war allein die Mimik eine Wissenschaft für sich, die man zu erlernen hatte, wenn man eine Frau verstehen wollte. Seit sie zusammengezogen waren, hatte er reichlich Gelegenheit, sich mit den feinen Nuancen in ihrem Mienenspiel vertraut zu machen, die Zorn und Abneigung ebenso subtil ausdrücken konnten wie etwas Schelmisches oder Neckisches. In diesem Moment sah er ihr an, dass sie angewidert war.

Isabel spülte den Bissen mit einem Schluck Kaffee hinunter.

»Du hast schon wieder von Ford geträumt«, sagte sie. »Einmal hast du sogar seinen Namen gerufen.«

Boggs beobachtete, wie ihre Hand zu dem silbernen Medaillon ging, das sie am Hals trug, und wusste sofort, worauf sie hinauswollte. Das Medaillon war ihr besonders wichtig. Boggs wusste, dass sich darin das letzte Foto ihrer Familie befand, bevor Oberst Vega sie hatte ermorden lassen.

»Er …«, begann sie mit Tränen in den Augen. »Es ist … meine Schuld, dass er nicht mehr lebt.«

»Izzy, hör auf.« Boggs nahm ihre Hand in seine. »Dass Ford tot ist, hat nichts mit dir zu tun«, log er.

Boggs war nicht immer ein Lügner gewesen. In seiner Ausbildung in der DEA Training Academy in Quantico war es auch um die ethischen Aspekte der Tätigkeit gegangen. Ein wichtiges Thema war *Aufrichtigkeit* – und Boggs erinnerte sich noch gut daran, was die Ausbilderin damals zu den angehenden Agentinnen und Agenten gesagt hatte: »Sobald ihr die Ausbildung hinter euch habt und Special Agents seid, gibt es nur noch eins, was zählt. Kann mir jemand sagen, was das ist?«

»Gute Ermittlungsarbeit«, meinte eine junge Frau in der ersten Reihe.

»Nein«, erwiderte die Ausbilderin und nickte auffordernd.

»Der richtige Umgang mit Beweismitteln«, schlug ein Mann in der zweiten Reihe vor.

»Nein. Strengt euch ein bisschen an, Leute. Das ist etwas, das man eigentlich am ersten Tag lernt.«

»Die Wahrheit«, meldete sich Boggs zu Wort.

»So ist es.« Sie lächelte. »Die Wahrheit. Egal, wie gut eure Arbeit war oder welche Beweise ihr zusammengetragen habt – eine Lüge lässt einen Fall im Handumdrehen in sich zusammenbrechen. Dann war die ganze Arbeit umsonst.«

Es war eine Lektion, die sich mit dem deckte, was Boggs

im Marine Corps gelernt hatte – denn dort waren Ehre und Loyalität alles. Ganz anders verhielt es sich jedoch mit der Undercover-Arbeit. In dieser Welt, in der Boggs sich nun schon seit Jahren bewegte, konnte einem die Wahrheit schnell zum Verhängnis werden. Er hatte sich schnell angepasst – eine Lüge ging ihm heute ganz leicht über die Lippen. Er hatte die Undercover-Arbeit eigentlich aufgeben wollen, doch dann ging seine Tochter Cassidy nach Florida, um auf dem Seminole College zu studieren. Das einzige Problem dabei: Boggs wäre mit normaler Arbeit nie in der Lage gewesen, ihre Studiengebühren zu bezahlen, und wenn er noch so viele Überstunden gemacht hätte.

Die Drogeneinheit bot ganz andere Möglichkeiten. Auf Auslandseinsätzen bekam er Reise- und Gefahrenzulagen und musste sein Gehalt nicht einmal versteuern, weil er es nicht in den USA verdiente.

»Ich fühle mich verantwortlich«, ließ Izzy nicht locker, »und ich will es wiedergutmachen. Ich will dir helfen.«

»Das tust du doch schon«, versicherte Boggs, bemüht, das Thema zu wechseln. Er drückte aufmunternd ihre Hand und deutete mit dem Kopf auf die Akte, die sie vor sich liegen hatte. »Woran arbeitest du da?«

»Die Narcos haben gestern an der Grenze einen unserer Leute getötet. Mein Chef will, dass ich der Sache nachgehe.«

Genauso wie für Boggs war es auch für Isabel Vargas die Grenzbrücke, die sie nach Cúcuta geführt hatte. Ihre Abteilung in der Policía Nacional de Colombia hatte eine vorrangige Aufgabe: zu verhindern, dass sich die Gewalt von der venezolanischen Seite des Flusses nach Kolumbien ausbreitete.

»Ich tue, was ich kann«, sagte Boggs.

»Ich weiß, dass du heute rübergehst«, erwiderte sie und deutete mit einer Kopfbewegung nach Osten. »Lass mich mitkommen.«

»Nein, Izzy.«

»Warum nicht? Warum lässt du mich nicht helfen?«

»Erstens fällt es nicht in deine Zuständigkeit. Zweitens ist es gefährlich, und drittens – das Allerwichtigste –, wenn Oberst Vega dich in Venezuela antrifft, wird er dich töten.«

»Wie du meinst.« Sie sprang auf, nahm seinen Teller vom Tisch und trug ihn zur Spüle.

Boggs sah ihr nach und wusste genau, dass sie wütend war. Und daran würde nichts etwas ändern, außer dass er nachgab.

»Ich glaube, ich bin fertig«, sagte er und stand auf.

Er ging nach oben, steckte seine Pistole ins Holster und hörte unten eine Tür knallen. Boggs schnappte sich seinen Rucksack und ging zum Schrank. *Frauen*, dachte er, nahm einen der Schlangenlederstiefel vom Regal und zog eine Flasche Jack Daniels heraus. Er öffnete sie, nahm einen kräftigen Schluck und verstaute die Flasche im Rucksack. Dann ging er nach unten, schloss die Tür ab, setzte sich ans Steuer des alten Jeeps und fuhr ostwärts zum Fluss.

Abgesehen von der wachsenden Zeltstadt am Stadtrand war Cúcuta von Kriminalität und Gewalt noch weitgehend verschont. Doch in der venezolanischen Stadt Ureña auf der anderen Seite der Brücke herrschten ganz andere Zustände.

Ureña war einmal eine Arbeiterstadt mit sauberen Straßen und guten sanitären Anlagen gewesen, in der die Polizei über Recht und Ordnung wachte.

Die Stadt hatte zwar nie zu dem Teil von Venezuela gehört, der in den Reisezeitschriften besprochen wurde, aber es war ein Ort, an dem Familien sich sicher fühlen konnten.

Seit der Ermordung von Präsident Diego Mateo hatte sich die Situation dramatisch verschlechtert.

Heute war Ureña eine Stadt im Kriegszustand, die nicht von einer ausländischen Armee besetzt war, sondern von eigenen Landsleuten. An jeder Straßenecke standen Männer in T-Shirts und abgeschnittenen Shorts mit geschulterten AK-47-Gewehren. Auf den Dächern waren Männer mit Ferngläsern und Handys postiert, um notfalls die Narco-Miliz zu rufen, die in den Außenbezirken der Stadt in Bereitschaft war.

Die Straßen waren mit Fahrzeugen verstopft, der Wind wehte den Müll durch Straßen und Gassen. Boggs fühlte sich an seine Zeit im Irak erinnert. Leer stehende Geschäftslokale waren mit Graffiti und Einschusslöchern übersät. Auch die Autos zeigten Spuren von Schusswechseln. Manche Hausmauern waren allem Anschein nach von raketengetriebenen Granaten getroffen worden.

Dennoch empfand Boggs bei dem Anblick keine Angst, sondern aus irgendeinem absurden Grund sogar einen gewissen Trost. *Fast wie zu Hause.*

Dass Boggs den Gedanken nicht sofort verwarf, sondern begrüßte, nährte seinen Verdacht, dass er vielleicht schon zu lange im Untergrund lebte.

Vielleicht ist es Zeit auszusteigen, dachte er. *Zeit, ein normales Leben zu führen.*

Eine Reihe zum Stehen gekommener Fahrzeuge verriet ihm, dass am Ende der Straße eine Kontrolle durchgeführt wurde. Boggs griff in die Mittelkonsole nach einem der gelben, mit Geld gefüllten Umschläge, die er für solche Zwecke bereithielt. Ein dumpfes Geräusch, gefolgt von einem scharfen Atemzug, lenkte seine Aufmerksamkeit auf den Rücksitz.

Da ist jemand, dachte er mit einem raschen Blick in den Innenspiegel.

Seine Hand wanderte zur Pistole an seiner Hüfte, dann richtete er sich auf, um die Rückbank überblicken zu können. Er konnte nichts erkennen, doch er wusste, dass er sich nicht verhört hatte, und lenkte scharf nach rechts zu einer dichtgemachten Werkstatt.

Boggs beschleunigte und ließ den Jeep über den Bordstein holpern. Als die Räder wieder den Boden berührten, stöhnte jemand vor Schmerz auf. Er blieb auf dem Gas, bis er die Rückseite der Werkstatt erreichte, wo er von der Straße aus nicht zu sehen war. Dann trat er abrupt auf die Bremse, und der Wagen kam mit quietschenden Reifen zum Stehen.

Blitzschnell sprang Boggs aus dem Jeep und warf mit der Glock in der Hand einen Blick in den Wagen. Vor dem Rücksitz lag eine Decke.

Wie konnte ich die bloß übersehen?, fragte er sich. Der Grund war ihm augenblicklich klar: *Weil ich wieder mal zu viel gesoffen habe.*

»Sie haben drei Sekunden Zeit, um mit erhobenen Händen rauszukommen, sonst schieße ich«, rief er auf Spanisch. Die Glock zitterte in seiner Hand.

Kaum hatte er die Drohung ausgesprochen, riss eine Hand die Decke zur Seite, und ein Gesicht kam zum Vorschein.

»Himmelherrgott, Izzy«, zischte er, und seine Schultern sackten erleichtert nach unten.

»Tut mir leid«, heuchelte sie.

»Was wäre, wenn ich auf dich geschossen hätte?« Boggs schob die Glock ins Holster und hielt ihr die Hand hin. »Hast du eine Ahnung, was passiert wäre, wenn die Narcos dich beim Checkpoint entdeckt hätten?«

»Haben sie aber nicht.«

»Okay, steig wieder ein«, forderte er sie auf und setzte sich ans Lenkrad. »Ich bringe dich zurück.«

»Nein.« Izzy verschränkte trotzig die Arme vor der Brust.

Boggs wollte etwas erwidern, als vor ihm auf dem Autoboden ein elektronischer Klingelton losging. Da lag sein Handy – es musste ihm aus der Tasche gerutscht sein, als er aus dem Jeep gesprungen war. Er bückte sich und hob es auf. Bevor er Izzy klarmachen konnte, dass sie auf jeden Fall umkehren musste, sah er, dass er eine Instagram-Nachricht erhalten hatte.

»Steig schon ein«, sagte Boggs nicht mehr ganz so streng. Der Gedanke an seine Tochter hatte ihn milder gestimmt. Er öffnete die App mit einem leisen Lächeln in den Mundwinkeln. Das Lächeln verging ihm, als er die Nachricht las.

Wir müssen uns treffen.

»Was ist?«, fragte Izzy, als sie seinen veränderten Gesichtsausdruck bemerkte.

»Es ist von meiner Tochter, aber…«

Bevor er den Satz beenden konnte, klingelte das Handy erneut. Auf dem Display erschien eine Luftaufnahme von seinem Jeep hinter der verlassenen Werkstatt.

34

PENDARE, VENEZUELA

Das Gewitter braute sich über dem Atlantik zusammen, mit dichten schwarzen Wolken, die langsam übers Meer hinwegglitten. Es nahm an Stärke zu, geriet in den Wirkungsbereich der Passatwinde und rollte drei Stunden später über die Küste von Guyana hinweg. Doch anstatt sich zu entladen, zog die Gewitterfront weiter, über die Berge der Sierra de Pacaraima im Osten Venezuelas hinweg und weiter über das Bergland von Guyana, bis es über dem Amazonasbecken an Schwung verlor und sich in sturzbachartigem Regen über Pendare entlud.

Oberst Carlos Vega stand im Tor des Hangars und kaute auf der Zigarre in seinem Mundwinkel herum. Seine dunklen Augen schweiften über die gelben Planierraupen, die unter Tarnnetzen verborgen waren, während der Regen auf die Landebahn trommelte, die seine Männer soeben angelegt hatten.

Als das Dröhnen der Maschine im hintersten Winkel des Hangars verstummte, wurde er auf zornige Stimmen aufmerksam. Vega drehte sich um und sah seinen Adjutanten, Hauptmann Ramón Javier, im Disput mit einem Arbeiter.

»Was soll das?«, ereiferte sich Rosa, ein Mann im fleckigen Overall, in der Werkstatt, die im hinteren Bereich des

Hangars eingerichtet worden war. »Wir liegen sowieso schon hinter dem Zeitplan zurück – und Sie schalten einfach ab?«

»Der Oberst hat es befohlen«, erklärte Javier kurz angebunden.

»Das ist doch absurd«, protestierte Rosa. »So können wir den Zeitplan nie einhalten. Ich will sofort den Oberst sprechen!«

»Sie haben mir etwas zu sagen?«, zischte Vega und trat auf den Mann zu. Er konnte sich ein Lächeln nicht verkneifen, als er die Angst spürte, die sich unter den peruanischen Fälschern ausbreitete.

Die Gabe der Angst.

Es entbehrte nicht einer gewissen Ironie, dass er diese Lektion ausgerechnet von Grays Regierung gelernt hatte. Immerhin hatte sie ihn dadurch in die Lage versetzt, den Geheimdienst zu übernehmen.

Als Vega seine militärische Laufbahn begonnen hatte, befand sich Präsident Rafael Caldera in seiner zweiten Amtszeit, und die USA und Venezuela arbeiteten eng zusammen. Vega hatte gerade erst begonnen, für den SEBIN zu arbeiten, den Geheimdienst, der direkt dem Präsidenten unterstellt war. Er gehörte zu einer Gruppe vielversprechender junger Offiziere, die auserwählt wurden, die School of the Americas, kurz SOA, zu besuchen.

Die SOA, in Fort Benning, Georgia, beheimatet, war 1946 gegründet worden. Ihr vorrangiges Ziel war es, die Beziehungen zwischen den USA und ihren lateinamerikanischen Verbündeten zu stärken, indem sie fähige junge Offiziere mit den Grundsätzen einer zivilen demokratischen Kontrolle der Streitkräfte vertraut machte.

Zu der Zeit, als Vega mit der Ausbildung begann, war die SOA in Lateinamerika unter einem anderen Namen bekannt: *Escuela de Asesinos* – Schule der Mörder. Zu dem wenig schmeichelhaften Beinamen war die Schule aufgrund der Taten gelangt, die ehemalige Absolventen nach ihrer Rückkehr in ihre Heimatländer verübten. Was sie von den Ausbildern der CIA und der Special Forces gelernt hatten, nutzten sie nicht selten zur Bildung von Todesschwadronen, zu gezielter Folter und zum Umsturz rechtmäßig gewählter Regierungen. Auf diese Weise hatte Vega gelernt, wie man seine Gegner mittels psychologischer Kriegführung und Entführung unschädlich machte.

»V-verzeihung, Oberst, aber Sie haben doch gesagt, Sie wollen die Arbeit in drei Tagen erledigt haben. Und nun sagen Sie uns, wir sollen sie unterbrechen.«

»Das ist richtig.« Vega baute sich vor dem Mann auf.

»Der Regen hat uns schon einige Zeit gekostet. Wir waren gerade dabei, den Rückstand aufzuholen – jetzt sollen wir wieder anhalten. Warum?«

»Der Amerikaner ist unterwegs und …«, begann Vega.

»Der Amerikaner?« Rosas Gesicht rötete sich vor Zorn. »Soll das heißen …«

Bevor er seinen Satz beenden konnte, schnellte Vegas rechter Arm hoch – die Ohrfeige, die er dem Mann versetzte, hallte durch den stillen Hangar. Der Peruaner stolperte zur Seite, und Vega packte ihn an der Kehle.

»Sie können meinetwegen der beste Fälscher der Welt sein, aber wenn Sie mich noch einmal unterbrechen, reiße ich Ihnen die Zunge mit einer Pinzette heraus«, drohte Vega. »Haben Sie mich verstanden?«

»J-ja«, krächzte Rosa.

»Jetzt gehen Sie und sorgen Sie dafür, dass die Maschinen bereit sind«, befahl er und schubste ihn zurück zu seiner Werkstatt.

»Herr Oberst, kann ich Sie kurz sprechen?«, warf Hauptmann Javier ein, sobald Rosa außer Hörweite war.

»Was gibt's, Hauptmann?«, fragte Vega, nun wieder ganz ruhig.

»Ich… ich will nicht respektlos sein«, begann er und senkte den Blick zu Boden.

»Sprechen Sie ganz offen«, forderte Vega ihn auf und ging zurück zum Tor des Hangars.

»Es ist wegen des Amerikaners. Der Mann hat keine Ehre. Er hat sein Land und seine Freunde verraten. Wie können Sie sicher sein, dass er wirklich kommen wird?«

Die Antwort kam nicht von Vega, sondern vom fernen Brummen eines Turbopropflugzeugs, das sich im Regen näherte. Wenig später senkte sich eine dunkelblaue Havilland DHC-3 aus den Wolken herab. Der Pilot kreiste einmal über dem Rollfeld und setzte dann zur Landung an.

»Angst ist ein mächtiger Antrieb.« Vega beobachtete, wie der Pilot gegen den Seitenwind ankämpfte, bevor das Fahrwerk der Havilland auf der Landebahn aufsetzte und Schlamm aufspritzen ließ.

Augenblicke später rollte die einmotorige Maschine vor dem Hangar aus. Nachdem der Pilot das Triebwerk abgestellt hatte, stieg Jefferson Gray aus, einen Metallkoffer mit einer Kette am Handgelenk befestigt.

»Toller Tag für einen Flug, Oberst«, sagte er.

»Manche hatten schon Zweifel, dass Sie kommen würden«, erwiderte Vega und ging zu den Tischen, die bei der Druckmaschine aufgereiht waren.

»Diese Leute haben wohl Senator Mendez nicht im Fernsehen gehört, gestern Abend auf Fox News.« Gray löste die Kette von seinem Handgelenk und stellte den Koffer neben einen Stapel frisch gedruckter Zwanzig-Dollar-Scheine.

Die Erwähnung des Interviews ließ Vegas Gedanken zu dem Anruf schweifen, den er gestern Abend von Präsident Díaz bekommen hatte.

»Schalten Sie mal Fox News ein«, forderte sein Chef ihn auf.

Vega schwang sich aus dem Bett und knipste den Fernseher mit der Fernbedienung an. Der Bildschirm erwachte zum Leben und zeigte Senator Patrick Mendez.

»Die Regierung Díaz ist in Wahrheit nur noch ein Haufen räudiger Hunde. Ein korruptes Regime mit engen Beziehungen zum Iran, zu Kuba und den Drogenkartellen. Ich finde, es ist höchste Zeit, dass die Vereinigten Staaten aktiv werden und Präsident Díaz klarmachen, dass wir seine Politik nicht länger tolerieren werden.«

»Was schwebt Ihnen da vor, Senator?«, fragte der Reporter.

»Lassen Sie es mich so ausdrücken«, setzte Mendez an und schaute in die Kamera. »Präsident Eduardo Díaz, unser Sicherheitsrat tritt in drei Tagen zusammen.« Er hielt drei Finger hoch. »Wenn ich bis dahin keine zufriedenstellende Reaktion von Ihrer Regierung sehe, dann wird es für Sie und Ihre Freunde in Venezuela sehr ungemütlich.«

»Ist der Mann verrückt geworden?«, rief Díaz außer sich. »Für wen hält er mich – für einen Hund, dem er übers Fernsehen drohen kann? Wir haben eine Vereinbarung. Einen Deal,

Carlos, und jetzt will dieser hijo de puta *auf einmal mehr Geld? Woher soll ich so viel Geld nehmen?«*

»Hauptmann«, sagte Vega, an seinen Adjutanten gewandt, »sehen Sie doch mal nach, ob Rosa schon aufgehört hat zu schmollen.« Er wartete einen Moment, bis der Mann außer Hörweite war, ehe er sich wieder Gray zuwandte. Der Amerikaner nahm einen Zwanzig-Dollar-Schein vom Stapel und begutachtete ihn im Licht.

»Sehen Sie mich gefälligst an«, zischte Vega.

»Gibt's ein Problem, Carlos?«

»Wann wollten Sie mir eigentlich verraten, dass Hayes immer noch am Leben ist?« Vega erwartete, Angst in den Augen des Amerikaners aufflackern zu sehen, doch da war nichts als kalte Entschlossenheit.

»Überlassen Sie Hayes mir«, erwiderte Gray. »Mich interessiert vor allem, ob Díaz vorhat, Senator Mendez' Geldforderungen zu erfüllen.«

»Das kann er nicht«, sagte Vega.

»Hab ich mir fast gedacht.«

»Das ändert aber nichts an unserer Vereinbarung.« Vega deutete mit einem Kopfnicken auf den drei Meter langen Frachtcontainer in der Ecke. »Da drin ist genug Papier, um fünf Millionen Dollar zu drucken.«

»Ich muss Sie was fragen, Carlos. Was genau wollen Sie eigentlich?«

»Wie meinen Sie das?«, fragte Vega ein wenig verwirrt.

»Sie sagen, da drin ist genug Papier, um fünf Millionen Dollar zu drucken. Mit den fünf Millionen, die wir bereits verladen haben, macht das zehn Millionen. Letzten Monat hat mir das vielleicht genügt, aber die Situation hat sich geändert.«

»Wollen Sie etwa aus unserer Vereinbarung aussteigen?« Vegas Hand ging zur Pistole an seiner Hüfte.

»Nein, Carlos. Ich sage nur, vor einem Monat ist alles nach Plan gelaufen, und ich habe nicht mehr als fünf Millionen benötigt.« Gray nahm seinen Koffer zur Hand. »In sechsunddreißig Stunden wird Mendez wissen, dass ich nicht zurückkomme. Und dann werden wir deutlich mehr als fünf Millionen brauchen, um am Leben zu bleiben.«

»Sprechen Sie weiter«, forderte Vega ihn auf.

»Meine Frage ist – wollen Sie weiter für den Präsidenten von Venezuela arbeiten?« Gray stellte die Kombination am Zahlenschloss des Koffers ein und klappte den Deckel auf. »Oder wollen Sie selbst Präsident von Venezuela sein?«

35

PUERTO RICO

»Ich verstehe immer noch nicht, wie man auf die Schnapsidee kommen kann, die Gulfstream loszuwerden«, beklagte sich Waters.

»Hör auf, in der Vergangenheit zu leben.«

»Warum fliegen wir nicht direkt nach Venezuela?«

Hayes schüttelte den Kopf mit einem leisen Lächeln auf den Lippen. »Mit einem Flugzeug der CIA in eine geheime Operation zu gehen, halte ich für keine besonders schlaue Vorgehensweise.«

»Genau dafür haben sie *Air Potomac* gegründet«, wandte Waters ein.

»Ich glaube, du warst ein bisschen zu viel mit Levi zusammen.« Hayes schulterte seinen Rucksack und stieg die Treppe hinunter. Er deutete zum Heck der Maschine. »JT, fällt dir was auf?«

»Nur, dass man wieder mal das Kennzeichen wechseln sollte.«

»Genau. Darum ist es höchste Zeit, dass wir uns nach einem neuen Taxi umsehen.«

Der CASA-Airbus C-212 flog in einer Höhe von 5000 Metern, ein silberner Funke in der blassblauen Weite des Himmels. In der Kabine drehte sich Hayes vom Fenster weg und schaute zu JT.

»Erinnerst du dich an unsere Zeit im Irak?«, fragte er.

»Wir waren sechs Monate dort – geht es vielleicht ein bisschen präziser?«, erwiderte JT, ohne den Blick vom Bildschirm abzuwenden.

»Ich meine die tolle Idee, die du damals in Mossul hattest …«

»Okay, ich will nur eins klarstellen.« JT hob abwehrend die Hand. »Falls du willst, dass ich irgendwas Illegales tue, dann sag es bitte direkt. Du brauchst nicht erst mit Mossul anzufangen.«

Hayes grinste, doch bevor er antworten konnte, ertönte Waters' Stimme über die Bordsprechanlage.

»Was war in Mossul?«, wollte er wissen.

»Hey, Fliegerjunge, die Erwachsenen wollen sich unterhalten«, schnauzte JT und stand von seinem Sitz auf. »Kümmere du dich darum, uns sicher ans Ziel zu bringen.«

»Arschloch«, grummelte Waters, bevor JT die Bordsprechanlage ausschaltete.

»Ob er sich seine Neugier irgendwann mal abgewöhnt?«, sinnierte JT.

»Sieht nicht danach aus.« Hayes lächelte. »Aber im Ernst, du schuldest mir noch was, und jetzt hast du mal Gelegenheit, mir einen Gefallen zu tun.«

JT hob überrascht die Augenbraue. »Wenn du mit Mossul ankommst, muss es eine große Sache sein. Schieß los.«

»In Washington wollte mich ein Typ ausknipsen, was ihm nicht gut bekommen ist. Jedenfalls hat er mir noch verraten, dass sein Auftraggeber Jefferson Gray heißt.«

»Lass mich raten – du hast keine Sozialversicherungsnummer und willst den Kerl trotzdem finden, stimmt's?«

»Genau. Aber ich fürchte, es wird nicht einfach.«

»Okay – Herausforderung angenommen«, sagte JT.

»Dieser Gray ist bei der CIA.« Hayes verzog das Gesicht.

»Kein Problem. Ich habe schon eine Hintertür zu ihrem Zentralrechner vorbereitet.«

»Echt jetzt?«

»Ja, schau selbst.« JT drehte sein Toughbook so, dass Hayes den Bildschirm sehen konnte.

Hayes verfolgte, wie JT die Bezeichnung »*Applied Technical Concepts*« in die Adressleiste eingab. Im nächsten Augenblick erschien die Website der Firma auf dem Display. Sie zeigte die Glasfassade eines Gebäudes in Tysons Corner, Virginia, gefolgt von den Logos der Fortune-500-Unternehmen, die zu den Auftraggebern der Firma zählten.

»Die Jungs sind echt ein Brüller«, meinte JT und deutete auf die Logos der Unternehmen. »Die Firma macht Milliardenumsätze und leistet sich diese erbärmliche Website.«

»Und wie hilft uns das jetzt, Gray zu finden?«, wollte Hayes wissen.

»Du kannst es dir so vorstellen: Wenn du eine Bank ausrauben willst, gehst du ja auch nicht durch die Vordertür rein, oder?«

»Nur, wenn ich Lust auf Urlaub im Knast hätte.«

»Das Gleiche gilt fürs Internet. Wenn du in den Zentralrechner der CIA reinwillst, nimmst du auch nicht den Vordereingang und sagst mit vorgehaltener Pistole, sie sollen geheime Dokumente rausrücken.«

»Aber wie kannst du die CIA überlisten?«, hakte Hayes nach.

»Du benutzt den Dienstboteneingang – und damit wären wir wieder bei ATC; diese Firma besorgt nämlich die Organisation der Datenpakete für die CIA-Großrechner. Ich gebe einfach nur diesen kleinen Code hier ein – und voilà.«

```
>>>> CIA Remote Portal
_Zugang gewährt
>>>> Verbindung hergestellt_
Status: Online
Suchanfrage: Gray, Jefferson
Zugang verweigert
```

»Okay, das war wohl nichts.« Hayes klopfte JT auf die Schulter und lehnte sich in seinem Sitz zurück. »Ich glaube, ich mach kurz mal die Augen zu. Weck mich bitte, wenn du was hast, ja?«

Statt einer Antwort murmelte JT etwas vor sich hin, während seine Finger schon wieder über die Tasten flogen. »Das ergibt einfach keinen Sinn. Warum verweigern die mir den Zugang – es sei denn ...«

Hayes war fast in den Schlaf abgedriftet, als JT mit der Handfläche auf den Tisch schlug. »Hayes, du alte Arschgeige!«

»Hey, Mann, ich war grad am Einschlafen.« Hayes richtete sich auf und bemühte sich, ein verwirrtes Gesicht aufzusetzen.

»Solche Spielchen mag ich nicht – schreib dir das hinter die Ohren«, fauchte JT.

»Ich hab keine Ahnung, wovon du redest.«

»Wovon ich rede? Dass du mich reinreiten willst – aber das kannst du vergessen.« JT drehte den Bildschirm wieder zu Hayes. »Siehst du das?« Er zeigte auf das Display. »Weißt du, was das ist? Das sind zehn Jahre Knast. Minimum.«

Hayes beugte sich zum Bildschirm vor und las.

```
SAP/Directory/Operations - Gray, Jefferson
Critical Actions Program
Operationen:
Silver-Lake. Emerald-Serpent. Syphon-Filter.
Treadstone 71
```

»Ich gehe nicht in den Knast, weder für dich noch für sonst jemanden«, stellte JT klar.

Doch Hayes hörte gar nicht mehr zu; seine Aufmerksamkeit galt allein der Information auf dem Bildschirm. Er hatte noch nie von den Operationen gehört, die unter Grays Namen aufgelistet waren, doch er wusste, dass das Verteidigungsministerium die Codenamen für Geheimoperationen vom Generator erstellen ließ und diese Bezeichnungen keinen Bezug zu realen Orten oder Ereignissen hatten.

»Hast du eine Ahnung, warum die CIA ein Special-Access-Programm in Venezuela am Laufen hat?«, fragte er laut.

Die Regierungsbehörden benutzten Special-Access-Programme, um ihre dunkelsten Geheimnisse zu schützen. Oft ging es dabei um schwarze Projekte – um Initiativen wie Treadstone, die die meisten Amerikaner zutiefst beunruhigen würden, wenn sie von ihrer Existenz wüssten.

»Keine Ahnung, aber ich bin mir ziemlich sicher, dass ich es gar nicht wissen will«, stellte JT klar. »Wie gesagt, ich habe keine Lust, deswegen in den Knast zu gehen.«

»Wirst du auch nicht. Und jetzt halt die Klappe und sieh zu, was du über dieses Critical-Actions-Programm herausfinden kannst.«

JT murrte zwar, machte sich aber an die Arbeit. Kaum hatte er ein paar Tasten gedrückt, erschien ein neues Fenster auf dem Bildschirm. »Wie es aussieht, ist dieses Critical-Actions-Programm eine gemeinsame Einheit von CIA und Verteidigungsministerium, und zwar für ganz spezielle Missionen. Dein Jefferson Gray ist anscheinend für die Umsetzung verantwortlich. Und direkt über ihm steht Senator Patrick Mendez, der ...«

»Der den Aktionsausschuss im Senat leitet«, beendete Hayes den Satz für ihn.

»Du kennst ihn?«, fragte JT.

»Nicht persönlich, aber ich habe einiges über ihn gehört.« Er wandte seine Aufmerksamkeit wieder dem Fenster zu.

Der Aktionsausschuss war ins Leben gerufen worden, nachdem der Kampf gegen den Terror auf den Irak ausgeweitet worden war. Etwa zu der Zeit, als die CIA damit begonnen hatte, in Ländern wie Jemen, Pakistan und Sudan Drohnen gegen Terroristen einzusetzen. Die Agency sprach in diesem Fall von »gezielten Tötungen«, doch für den Rest der Welt handelte es sich um Auftragsmorde.

Seltsamerweise bemühte sich die CIA gar nicht, ihre Aktivitäten zu verbergen. Bald wurden die Drohneneinsätze auch in den täglichen Geheimdienstberichten an das Weiße Haus erwähnt. Erst als die Medien die jahrzehntealte Executive

Order 12333 erwähnten und sich eine Kontroverse darüber entwickelte, ob solche »gezielten Tötungen« mit dem Gesetz in Einklang stünden, begann der Präsident, sich wegen möglicher Konsequenzen Gedanken zu machen.

In diesem Erlass, den Präsident Reagan seinerzeit unterzeichnet hatte, waren die Rahmenbedingungen für die nationale Geheimdienstarbeit festgelegt. Den Rechtsberatern des Präsidenten bereitete vor allem Paragraf 2.11 Kopfzerbrechen, insbesondere der Satz: »Keine Person, die im Dienst der Vereinigten Staaten steht oder in deren Namen agiert, soll sich an irgendeiner Form der politischen Tötung beteiligen.«

Um eventuelle rechtliche oder politische Konsequenzen für das Weiße Haus zu vermeiden, bildete der Präsident einen speziellen Senatsausschuss, der die schwarzen Programme der Agency überwachen sollte. Senator Patrick Mendez wurde zum Leiter des Ausschusses ernannt und damit vom Präsidenten persönlich mit der Oberaufsicht über die schwarzen Projekte der CIA betraut. Programme wie Treadstone.

Hayes erkannte augenblicklich, dass er die Antworten auf Fragen gefunden hatte, die ihn seit dem Angriff in La Conner beschäftigten. *So haben die mich also gefunden*, dachte er.

Das ist kein Zufall, warnte die innere Stimme.

36

LA ESTACADA, VENEZUELA

Waters hatte offenbar nicht den Wetterbericht gehört. Die CASA sackte so abrupt ab, dass Hayes aus dem Schlaf gerissen wurde und durch den Frachtraum flog.

»Waaaaters«, brüllte er, nachdem er gegen die Bordwand geprallt war, »was soll das, verdammt?«

»Nur 'ne klitzekleine Turbulenz«, beschwichtigte Waters aus dem Cockpit.

Hayes rappelte sich auf und konnte das Gleichgewicht lange genug halten, um einen Blick aus dem Backbordfenster zu werfen. Der Himmel war pechschwarz, grelle Blitze zuckten über den Horizont. Im nächsten Augenblick wurde das Flugzeug erneut durchgeschüttelt.

»Okay, vielleicht wär's doch besser, wenn du die Leine einklinkst«, fügte Waters ungewohnt kleinlaut hinzu. »Am besten sofort.«

Großer Gott, bitte lass mich lange genug leben, damit ich den Kerl noch umbringen kann, dachte Hayes, stolperte Richtung Heck und klinkte die Aufziehleine seines Fallschirms ein.

»Ich fliege mitten durch«, rief Waters und ging mit der CASA in einen steilen Sinkflug.

Die Wolken rollten in den Frachtraum, die schwere Luft

roch nach Regen und feuchter Erde. Hayes war praktisch blind und wurde hin und her geschüttelt wie eine Erbse in einer Dose. Er war so beschäftigt damit, auf den Beinen zu bleiben, dass er nicht einmal mehr Zeit fand, den Piloten zu verfluchen.

Augenblicke später hatten sie es hinter sich, der Himmel war wieder klar und glatt wie eine Glasfläche.

Unter ihnen erstreckte sich dichter Dschungel, ein endloses Meer aus sattem Grün, durchbrochen nur vom Schwarz und Kaffeebraun des Arauca-Flusses, der sich südostwärts in Richtung Kolumbien schlängelte.

»Absprung in einer Minute!«, rief Waters.

Hayes schob den Rucksack mit den Waffen an den Rand der Rampe und befestigte dessen Aufziehleine neben seiner eigenen. Dann zog er seinen Kinnriemen stramm und richtete den Blick auf das bernsteinfarbene Lichtsignal.

Da er von der Rampe sprang, konnte er die Landezone nicht überblicken – das bedeutete, er musste sich ganz auf den Piloten verlassen. Waters war nicht nur dafür verantwortlich, das Flugzeug stabil zu halten und eine sichere Absprunggeschwindigkeit beizubehalten – Hayes musste außerdem darauf vertrauen, dass der Pilot ihm im richtigen Moment das Signal zum Absprung gab.

Sprang er zu früh, würde er die vorgesehene Landezone nicht erreichen. Zu spät, und er würde darüber hinwegsegeln. Hayes wollte gerade einen Blick ins Cockpit werfen, um sich zu vergewissern, ob Waters aufmerksam war, als das Licht von Rot auf Grün sprang. Mit dem Fuß beförderte Hayes den Waffensack von der Rampe, wartete, bis die Leine sich straffte – dann sprang er selbst ab.

Er drückte das Kinn an die Brust, presste Füße und Knie zusammen, ehe ihn der Luftschwall des Propellers im Gesicht traf. Die heißen Abgase brannten auf seiner Haut und saugten ihm die Luft aus der Lunge.

Der Luftschraubenstrahl riss ihm die Beine hoch, und Hayes bemühte sich, seinen Körper unter Kontrolle zu halten, während er im Fallen die Sekunden zählte.

Eintausend, zweitausend …

Augenblicke später straffte sich die Aufziehleine und zog den Fallschirm aus der Hülle. Doch statt den erwarteten Ruck zu spüren, mit dem der Schirm sich öffnete, fiel Hayes ungebremst in die Tiefe.

Er blickte nach oben und erkannte das Problem: Die Fangleinen, die das Gurtzeug mit dem Schirm verbanden, hatten sich ineinander verdreht und verhinderten, dass der Schirm sich öffnete. Hayes schlug mit den Beinen um sich, um die Leinen zu entwirren. Ungebremst fiel er viel zu schnell.

Öffne den Reserveschirm.

Seine Hände gingen zur Brust, und er wollte schon die Reißleine ziehen, als der Fallschirm über ihm doch noch aufging und die Leinen sich strafften – so abrupt, dass sein Kinnriemen riss.

Für gewöhnlich genoss Hayes den Rest der Reise in stiller Nachdenklichkeit, dankte den Göttern der Lüfte dafür, dass er noch lebte und nicht hilflos am Boden zerschellte, doch als er den Schirm in den Wind drehte und einen ersten Blick nach unten auf die Landezone warf, war ihm klar, dass schon das nächste Problem auf ihn wartete.

Auf dem Satellitenbild hatte die Lichtung riesig ausgesehen, doch wie er nun aus der Luft darauf zuflog, war sie nur ein Punkt in einem grünen Meer. Dabei war es weniger die Größe der Landezone, die ihm Sorgen bereitete, sondern mehr noch die Tatsache, dass der Fallschirm seiner Ausrüstung unter ihm direkt auf die Bäume zuflog.

Ein jäher Windstoß packte seinen Schirm und riss ihn hart nach rechts. Hayes fasste die linke Steuerleine mit beiden Händen und zog daran, um den Fallschirm zur Lichtung zu lenken.

Knapp daneben.

Hayes hob beide Hände über den Kopf und faltete die Finger ineinander, um sein Gesicht mit den Unterarmen zu schützen. Im nächsten Augenblick war er in den Bäumen.

Ohne den Luftwiderstand, der den Schirm offen hielt, fiel er in sich zusammen, und Hayes schoss wie ein Pfeil durch die Baumkronen. Durch den Spalt zwischen seinen Unterarmen sah er Baumstämme und Blätter braun und grün aufblitzen. Er schaute nach unten, von wo ihm der Waldboden entgegenflog, und bereitete sich innerlich schon auf einen Beinbruch oder eine gebrochene Wirbelsäule vor – da blieb der Schirm an einem Ast hängen und ließ ihn gegen den Stamm eines Kakaobaumes schwingen.

Der Aufprall trieb ihm die Luft aus der Lunge und füllte seinen Mund mit metallischem Blutgeschmack. Hayes schüttelte den Kopf und blinzelte die Tränen aus den Augen. Das Erste, was er sah, waren zwei Brüllaffen, die ihn von einem benachbarten Ast aus angrinsten.

»Was gibt's da zu glotzen?«, fragte er.

Die Affen sprangen davon, und Hayes versuchte, seine Situation einzuschätzen. Er hing etwa sechs Meter über dem Waldboden. Zu hoch, um zu springen. Seine einzige Option war, den Reserveschirm zu öffnen und daran nach unten zu klettern.

Hayes zog mit dem Metallgriff den Verschlusspin des Reservecontainers, worauf der unter dem Druck einer Feder stehende Reserveschirm heraussprang und zu Boden sackte.

Sorgfältig darauf bedacht, die Balance zu halten, löste er die Gurte und griff nach dem Reserveschirm. Er wusste, dass eine falsche Bewegung genügte, um ihn abstürzen zu lassen. Hayes schlang die rechte Hand um den Fallschirmstoff und zog ihn zwischen seine Beine. Langsam schob er sein Gewicht aus den Gurten und verlagerte es auf den Fallschirm. Dann schwang er sich vom Baum weg. Im Gegensatz zu einem Seil bot der seidige Stoff keinen festen Halt, deshalb glitt er nach unten wie ein Feuerwehrmann an einer Rutschstange.

Mit einem tiefen Stöhnen und einem gedämpften Fluch prallte er am Boden auf.

Das war nicht so toll.

Hayes rollte sich zur Seite, um zu prüfen, ob etwas gebrochen war, und wollte sich schon aufsetzen, als ein bärtiger Mann zwischen den Bäumen hervorkam, mit einem ausgeblichenen braunen Campesino-Hemd, schmutzigen Jeans und einem alten Strohhut bekleidet.

»Cole Boggs«, sagte der Mann, hob eine Flasche Wild Turkey an die Lippen und nahm einen kräftigen Schluck. »Willkommen in der Hölle.«

37

LA ESTACADA, VENEZUELA

Hayes wusste nicht, was er von dem Mann halten sollte, der da vor ihm stand. Shaw hatte ihn als »verschroben« bezeichnet. Doch als Hayes ihn in den alten Klamotten sah, mit dem AK-47-Gewehr vor der Brust und einem Patronengurt um die Taille, war *verschroben* nicht unbedingt das Wort, das sich ihm aufdrängte.

Der Kerl ist völlig durchgeknallt.

»Adam Hayes«, stellte er sich vor, rappelte sich auf und klopfte sich Baumrinde und Dreck von den Kleidern.

»Ich wollte Ihnen für den Sprung schon eine Neun geben.« Boggs legte seine freie Hand an die Machete, die an seinem Gürtel hing, und deutete mit der Whiskeyflasche auf den vom Baum herabhängenden Fallschirm. »Aber dann haben Sie die Landung total vergurkt.«

»Hübsches Outfit.« Hayes drückte sich den Stöpsel seines Funkgeräts ins Ohr. »Mir hat niemand was gesagt, sonst hätte ich mich auch in Schale geworfen.«

»Sie meinen meine *ropas*?« Boggs blickte an sich hinunter. »Was gibt's daran auszusetzen?«

»Sie sehen aus wie eine Mischung aus Pancho Villa und Sancho Pansa.«

»Mag sein, aber nach dem Höllenlärm, mit dem Sie da

durch die Bäume gerauscht sind, werden wir eine kleine Armee brauchen, um lebend hier rauszukommen.«

Der Typ hat echt Humor.

»Überlassen Sie das mir, Sancho.« Hayes schaltete das Funkgerät ein und drückte die Sprechtaste. »Covey, hier Grinder.«

»Krieg ich auch so einen schönen Rufnamen?«, fragte Boggs.

Augenblicke später tönte Waters' Stimme aus dem Funkgerät. »Wie sieht's bei dir aus?«

»Bin auf dem Boden und habe Kontakt mit Zielperson aufgenommen, Codename *Sancho*«, meldete er lächelnd.

»Äh, roger. Ich muss dich warnen – ihr kriegt Besuch von Westen. Zwei Trucks kommen von einem Lager am Fluss.«

»Alles klar.«

»Das hier ist Vegas Territorium. Ich würde sagen – *vámonos*«, drängte Boggs.

»Darf ich mal …?« Hayes streckte die Hand nach der Whiskeyflasche aus.

»Klar«, sagte Boggs.

»Ich weiß, dass Sie Ihre eigenen Methoden haben.« Hayes nahm die Flasche entgegen. »Nur damit Sie's wissen – ich respektiere das.«

»Das ist gut. Ehrlich gesagt, habe ich mir ein bisschen Sorgen gemacht … Hey, verdammt, was soll das?«, rief Boggs, als Hayes den Whiskey auf den Boden schüttete.

»Eins möchte ich klarstellen, Sancho. Ich bin nicht aus einem funktionstüchtigen Flugzeug gesprungen, um mich hier in diesem Scheißdschungel zu betrinken. Das ist kein Picknick. Sie tun, was ich Ihnen sage. *Comprende*?«

»Jetzt hören Sie mal zu, *padna*«, konterte Boggs. Der Ärger brachte bei der Aussprache von »Partner« seinen Cajun-Südstaatenakzent hervor. »Ich bin nicht hier rausgekommen, um mir eine gute Zeit zu machen. Ford hat für mich gearbeitet, als das passiert ist.«

»Und jetzt ist er tot.«

»Was wollen Sie damit sagen, verdammt?«, forderte Boggs ihn heraus und machte einen Schritt auf ihn zu. »Ich hab den Mann geliebt wie einen Bruder.«

»Immer langsam, Sancho, ich sage nur, wie es ist. So wie ich es sehe, gibt es zwei Möglichkeiten, wie wir's machen können.«

»Okay, schießen Sie los, *Boss*.«

»Sie können sich verkrümeln und sich mit einer neuen Flasche die Birne zuknallen.« Hayes warf die leere Flasche in die Büsche.

»Oder?«

»Oder Sie kommen mit mir und helfen mir, es den Leuten heimzuzahlen, die Ford auf dem Gewissen haben.« Hayes drehte sich um und ging in die Richtung, in der er den Rucksack mit den Waffen zum letzten Mal gesehen hatte.

»Man hat mir gesagt, Sie wären ein Arschloch. Das war nicht gelogen!«, rief ihm Boggs hinterher.

Wenn du wüsstest, Kumpel.

So richtig lernte Hayes die Bedeutung von Regeln erst verstehen, als er zur 82. Luftlandedivision versetzt wurde. Er hatte seinem neuen Zug erst wenige Wochen angehört, als er eines Tages auf dem Übungsplatz beobachtete, wie ein Gruppenfüh-

rer einen Soldaten schikanierte, der gegen irgendeine Regel verstoßen hatte.

Sergeant Mills ließ den Jungen Liegestütze, Beinscheren und Sprints machen, bis Hayes glaubte, der Junge würde jeden Moment zusammenbrechen und nicht mehr aufstehen. Um sich als guter Truppenführer zu zeigen, den die Männer respektierten und mochten, schritt der frischgebackene First Lieutenant Hayes ein und meinte, es sei genug und Sergeant Mills habe dem Jungen seine Lektion verpasst.

Nie würde Hayes den angewiderten Blick vergessen, mit dem der Sergeant ihn bedachte.

Am nächsten Tag während des Lauftrainings schloss sich ihm Sergeant First Class Jones an.

»Sir, Sergeant Mills hat mir erzählt, was auf dem Übungsplatz vorgefallen ist.«

Als junger Lieutenant war für Hayes jeder Tag in der Einheit eine neue Erfahrung. Den Vorfall auf dem Übungsplatz hatte er längst vergessen.

»Ich weiß nicht, was Sie meinen, Sarge.«

»Sergeant Mills hat Private Andrews wegen eines Verstoßes diszipliniert, und Sie sind hingegangen und haben ihm gesagt, er soll aufhören.«

»Ja. Ich hatte den Eindruck, dass der Junge seine Lektion gelernt hatte.«

Der Sergeant sah ihn mit dem gleichen abfälligen Gesichtsausdruck an wie Sergeant Mills zuvor, und Hayes wusste instinktiv, dass er einen Fehler gemacht hatte.

»Ich hab was falsch gemacht, oder?«

»Sir, so ein Platoon ist wie eine Familie. Als Lieutenant sind Sie sozusagen der gütige Vater. Sie beschaffen uns alles,

was wir brauchen, ob Munition oder Lebensmittel, und halten uns die Oberen vom Leib – und dafür lieben und respektieren wir Sie.«

»Okay.«

»Die Unteroffiziere, die Sergeants«, fuhr er fort, deutete auf sich selbst und die anderen Gruppenführer, »wir sind alle zusammen die Mutter der Familie.«

»Okay, alles klar.«

»Die Privates, die einfachen Soldaten, sind die Kinder. Können Sie mir so weit folgen, Sir?«

»Ich denke schon.«

»Okay, als Eltern tun wir alles, um den Kindern die bestmöglichen Bedingungen zu bieten. Ein Dach überm Kopf und alles, was sie sonst noch brauchen. Dazu gehören aber auch die Regeln, an denen wir uns orientieren. Ist das so weit verständlich, Sir?«

»Mom, Dad, ein Dach überm Kopf und unsere Regeln.«

Sergeant First Class Jones nickte zustimmend.

»Okay, wo ist das Problem?«

»Das Problem sind die Kids, Sir.«

»Die Kids?«

»Die einfachen Soldaten, die Kinder in unserer Familie – sie sind ein Haufen ungezogener Rotznasen.«

»Herrgott, Sergeant«, sagte Hayes, überrascht von der Überzeugung, mit der der Mann sprach.

»Sie sagen es, Sir. Die brauchen den Herrgott. Wenn man sie nämlich sich selbst überlässt, brennen sie uns das Haus nieder, während Mom und Dad friedlich im Bett liegen.«

»Das ... das ist jetzt aber starker Tobak, Sergeant.«

»Mag sein, und doch ist es so. Vergessen Sie nie, mit gutem

Beispiel voranzugehen und auf die Einhaltung der Regeln zu pochen. Alles andere ergibt sich von allein.«

Es war eine Lektion, die Hayes nie vergessen sollte. Deshalb überraschte es ihn auch nicht, dass Boggs ihm durchs Unterholz folgte.

»Ihre Ausrüstung ist dort drüben«, sagte Boggs, als er zu Hayes aufschloss. »Aber im Ernst – wir müssen machen, dass wir von hier verschwinden.«

Zwanzig Meter weiter vorn sah Hayes zwischen den Bäumen die Lichtung, die er angepeilt hatte. Als sie dort waren, lief ihm bereits der Schweiß über den Rücken. *Verdammte Luftfeuchtigkeit.*

Die Bedingungen hier im Dschungel waren etwas ganz anderes als die dünne, trockene Luft, die er aus Washington gewohnt war. Unter den Bäumen war die Luft so schwer, dass man sie mit Händen greifen konnte. Er fragte sich, wie Boggs in dieser Schweinehitze Whiskey vertrug. Im nächsten Augenblick sah er den Waffensack am Rande der Lichtung.

»Da ist er.« Er lief los. »Haben Sie ein Fahrzeug in der Nähe?«

»Ja, gleich da drüben … oh, Scheiße«, murmelte Boggs.

Hayes blieb stehen und blickte sich suchend um. Er wollte schon fragen, wo das Problem lag, als er einen grünen Pick-up zwischen den Bäumen hervorbrechen sah, die Ladefläche voller bewaffneter Kämpfer.

»Wer zum Henker sind diese Clowns?«

»Narcos«, erklärte Boggs und nahm das Gewehr zur Hand. »Höchste Zeit, dass wir uns vom Acker machen.«

38

LA ESTACADA, VENEZUELA

Der Wind hatte aufgefrischt und schob bleigraue Wolken über den salzwasserblauen Himmel, als Hayes den Rucksack mit der Ausrüstung erreichte. Er zog das Messer aus der Scheide und durchschnitt die Fallschirmgurte.

»Grinder, hier Covey«, tönte Waters' Stimme in seinem Ohr.

Hayes hatte keine Zeit zum Plaudern, deshalb drückte er, statt sich zu melden, zweimal die Sendetaste. Er wusste, dass Waters im Flugzeug nur ein Rauschen hören und verstehen würde, was los war.

»Grinder, ich bin fünf Kilometer östlich von dir. Da ist eine Schlechtwetterfront im Anmarsch. Die Sicht ist praktisch null. Ich muss hier weg.«

»Scheiße«, murmelte Hayes, während er den Rucksack schulterte. Er wusste, dass das Flugzeug unbewaffnet war und ihnen im Falle eines Kampfes nicht helfen konnte. Doch die Maschine in der Nähe zu wissen, gab ihm wenigstens das Gefühl, einen gewissen Handlungsspielraum zu haben.

»Was ist?«, fragte Boggs.

»Wir sind auf uns allein gestellt. Wo ist Ihr Wagen?«

»Geradeaus, auf dem Pfad.« Boggs ging voraus. »Im Wagen wartet jemand auf uns.«

Hayes bemühte sich, mit Boggs Schritt zu halten, doch das Gewicht der Ausrüstung und die feuchte Luft lasteten schwer auf ihm.

Ein zweiter Pick-up tauchte neben dem ersten auf. Hayes hörte die Motoren dröhnen, als die Fahrer aufs Gas traten, um die beiden Männer einzuholen.

»Mach schon, Mann«, drängte Boggs von der Hügelkuppe aus.

Du meinst, ich soll da einfach so raufrennen? Hayes' Beine brannten, als er sich den Hügel hinaufquälte. »Bin gleich da«, keuchte er und beobachtete, wie Boggs zu dem dreckbespritzten Jeep lief, der bei den Bäumen geparkt war. Eine Frau saß auf dem Beifahrersitz.

Die Luftfeuchtigkeit macht mich fertig, dachte er, stützte die Hände auf die Knie und schaute zu den Trucks zurück, die hinter ihm her waren. Sie waren nicht viel mehr als hundert Meter entfernt und kamen rasch näher. Er sah bereits die ersten Mündungsblitze aufflammen, als der eine oder andere Narco versuchte, einen Glückstreffer zu landen. Die Entfernung war für ihre AK-47-Gewehre jedoch noch zu groß.

»Mach schon, Mann!«, drängte Boggs und schlug mit der Hand gegen den Jeep. »Willst du ausgerechnet jetzt eine Pause einlegen?«

Hayes richtete sich auf, wischte sich den Schweiß von der Stirn und funkelte den DEA-Agenten wütend an, der sicher hinter dem Lenkrad saß. Eine Kugel pfiff über seinen Kopf hinweg.

Er stellte den mit Kevlar verstärkten Rucksack ab und öffnete ihn. Ohne die wütenden Rufe aus den beiden Pick-ups zu beachten, nahm er etwas heraus, das wie eine grüne Plakatrolle aussah.

»Verdammt, was hast du vor?«, rief Boggs.

»Ich komm gleich nach, Sancho.« Hayes zog den Stift aus der M72-Panzerabwehrwaffe, zog die beiden Rohre auseinander und ließ sie einrasten.

Die erstmals 1963 gebaute Light Anti-Tank Weapon, kurz LAW, feuerte eine 66-Millimeter-Granate ab, die nach heutigen Maßstäben eine eher geringe Durchschlagskraft besaß. Hayes benutzte die Waffe jedoch immer noch gern, weil sie klein, leicht und vielseitig einsetzbar war.

»Mal sehen, ob wir dieser Posaune einen Ton entlocken können.« Er klappte die Visiere aus und stützte das Startrohr auf die Schulter.

Einer der Pick-ups beschleunigte und raste voraus, und Hayes visierte den Wagen an, als ein Narco auf der Ladefläche eine Salve losließ.

»Weit daneben, Arschloch«, murmelte Hayes.

Ein zweiter Schütze eröffnete das Feuer, und die Kugeln wirbelten Dreck und Steine auf, als sie in den Boden einschlugen.

»Gute Nacht, Ladys«, sagte Hayes.

Er drückte den Knopf nach unten, und die Granate jagte aus dem Startrohr hervor. Mit ihrer Geschwindigkeit von über 500 km/h war das Geschoss in Sekundenbruchteilen beim Ziel angelangt.

Die Granate durchschlug den Kühlergrill, krachte in den Motorblock und detonierte. Der Überdruck bohrte die Frontpartie des Fahrzeugs in den Boden, riss den Motor aus der Verankerung und donnerte ihn durchs Armaturenbrett.

Eine Feuerwand breitete sich nach hinten zur Ladefläche aus und versengte die Männer, ehe sie den Benzintank erreichte. Im nächsten Augenblick war es vorbei.

»Da heben sie ab wie ein Düsenjet«, murmelte Hayes und nahm das HK416 aus dem Rucksack. Er zog ein Magazin aus seinem Gürtel, rammte es ins Gewehr und lud die Waffe durch.

Als der Fahrer des zweiten Fahrzeugs den Führungswagen in einem Feuerball aufgehen sah, trat er auf die Bremse und gab Hayes so die nötige Zeit, um das Sturmgewehr anzulegen, sich auf ein Knie niederzulassen und sich hinter das Trijicon-Zielfernrohr der Waffe zu klemmen.

Er zielte auf das Kinn des Fahrers, entsicherte die Waffe und drückte zweimal kurz hintereinander ab. Der Schalldämpfer spuckte zweimal, und Hayes spähte lange genug durchs Zielfernrohr, um den Kopf des Fahrers explodieren zu sehen. Dann richtete er sich ganz ruhig auf, schulterte den Rucksack und stieg den Hügel hinauf.

»Was ist mit ihm?«, fragte Boggs und deutete auf einen Narco, der fluchtartig das Weite suchte.

Hayes lächelte und ging zum Jeep. »Die kleinen Fische lass ich schwimmen.«

39

LA ESTACADA, VENEZUELA

Der Horizont war trüb und grau, als der Jeep den Wald hinter sich ließ und auf die Erdstraße holperte. In der Ferne zuckten Blitze über den grünen Hügeln, wie Hayes vom Beifahrersitz beobachtete.

»Ich kann's nicht glauben, dass du ihn hast laufen lassen«, sagte Boggs. »Der Kerl läuft geradewegs zu Vega.«

»Vega ist selbst nur ein kleiner Fisch.«

»Ein kleiner Fisch? Ist das dein Ernst? Oberst Vega ist ein verdammter Psycho – aber das brauche ich dir ja nicht zu erklären. Ihr habt ihn ja ausgebildet.«

»Wen meinst du mit ›ihr‹?«

»Na, Spione, Agenten – wie immer ihr CIA-Typen euch heute nennt.«

»Ich bin kein Spion.«

»Ach, erzähl mir doch nichts, Mann. Ich bin zwar in der Nacht geboren – aber das heißt noch lange nicht, dass ich unterbelichtet bin. Ich sehe es dir an. Außerdem bist du gerade aus einem Flugzeug gesprungen.«

»Wovon redest du?«, fragte Izzy auf Spanisch und beugte sich vom Rücksitz nach vorn.

»Er hält mich für einen Spion«, sagte Hayes und drehte sich zu der Frau um.

Er hatte die Dienstmarke und die Waffe an ihrem Gürtel gesehen und wusste, dass sie Polizistin war. Allerdings trug ihre Marke die kolumbianische Flagge, nicht die venezolanische. Hayes fragte sich, warum sie Boggs begleitete.

»Außerdem spricht er mehrere Sprachen.« Boggs zuckte mit den Schultern und zog ein zerknittertes Päckchen Camel aus der Brusttasche seines Hemds. »Glaub mir, Baby, er ist ein Spion.«

»Ein Spion, ist das wahr?«, hakte Izzy nach.

»Nein, ich …«

»Was sind Sie dann?«

»Das ist ein bisschen kompliziert.«

»Sind Sie verheiratet?«, fragte sie.

»Was wird das hier?«, fragte Hayes, an Boggs gewandt. »Eine Quizshow oder was?«

»Man wird doch noch plaudern dürfen«, erwiderte der Mann achselzuckend.

»Okay, wenn das so ist, hätte ich auch ein paar Fragen«, hielt Hayes dagegen. »Zum Beispiel, was du dir dabei denkst, eine Zivilistin mitzunehmen.«

»Das ist eine lange Geschichte.« Boggs warf ihm einen Blick zu, mit dem er ihm zu verstehen gab, dass er es ihm später erzählen würde.

»Okay.« Hayes nickte. »Wie wär's, wenn du mir wenigstens verrätst, wo wir hinfahren?«

»In eine kleine Stadt westlich von hier. El Nula heißt sie.«

»Warum nach Westen?«, hakte Hayes nach. »Du hast gesagt, das sichere Haus sei in La Macanilla – und das liegt im Osten.«

»Ich muss noch einen blinden Passagier absetzen.« Boggs deutete mit einem Kopfnicken zu der Frau auf dem Rücksitz.

»Das wirst du nicht tun«, wandte Izzy energisch ein.

»*Doch*«, blieb Boggs unbeirrt.

»Hey, können wir vielleicht…«, warf Hayes ein, um zur Frage zurückzukehren, warum sie nach Westen fuhren statt nach Osten – doch sie ignorierten ihn und kabbelten sich wie ein altes Ehepaar.

»Das werden wir *nicht* tun!«, rief Izzy ungehalten.

Als er ein zweites Mal vergeblich versuchte, ihre Aufmerksamkeit zu gewinnen, war Hayes mit seiner Geduld am Ende. *Jetzt langt's*, sagte er sich und griff ins Lenkrad.

»Hey, was …?«, setzte Boggs an, doch bevor er die Frage zu Ende bringen konnte, riss Hayes das Lenkrad nach rechts.

Der Jeep scherte zur Seite aus und holperte von der Straße in die angrenzende Wiese. Boggs versuchte, die Kontrolle über das Fahrzeug zurückzuerlangen, doch Hayes ließ nicht locker und zwang den DEA-Agenten, auf die Bremse zu treten.

»Was zum …?«, begann Boggs, als der Jeep zum Stehen kam.

»Halt die Klappe, verdammt noch mal«, fauchte Hayes und drehte den Zündschlüssel um.

Als der Motor verstummte, war es einen Moment lang still ringsum. Dann drehte Hayes sich so, dass er sowohl Izzy als auch Boggs ansprechen konnte.

»Jetzt ist Schluss mit dem Quatsch, habt ihr mich verstanden?« Er wartete einen Moment, bis beide nickten, ehe er fortfuhr. »Okay, versuchen wir's noch mal. Ich hab mir fast den Hals gebrochen, als ich aus dem Flugzeug gesprungen bin. Wollt ihr wissen, warum ich es getan habe?«

Boggs blickte zur Seite, doch Hayes war fest entschlossen, die Sache ein für alle Mal zu klären.

»Schau mich an, Arschgeige.« Er packte Boggs am Hemd. »Ich bin abgesprungen, weil du mir gesagt hast, dass es ein sicheres Haus in La Macanilla gibt. Und jetzt erzählst du mir, dass es in El Nula liegt. Dass ich mir fast den Hals gebrochen habe und um ein Haar von den Narcos erschossen worden wäre, war also völlig umsonst. Ich hätte einfach nur über die Brücke fahren müssen. Also hör bitte auf mit dem Blödsinn und sag mir endlich, was hier läuft.«

Boggs riss sich aus Hayes' Griff los und nahm einen zornigen Zug von seiner Zigarette. »Mann, hast du es immer noch nicht geschnallt?«, blaffte er und blies eine Rauchwolke aus.

»*Was* geschnallt?«

»Dass es in der CIA eine undichte Stelle gibt.«

Hayes verdrehte die Augen. »Würde ich jedes Mal fünf Cent kriegen, wenn mir jemand diesen Scheiß erzählt, wäre ich schon ein reicher Mann.«

»Ich weiß schon, du hältst mich für einen abgehalfterten Undercover-Fuzzi, der schon so lange Verstecken spielt, dass er nicht mehr weiß, wo oben und unten ist.«

»Wenn man dich so ansieht, könnte man auf diese Idee kommen.«

»Sehr witzig. Als die DEA diese Operation mit den Kartellen gestartet hat, waren wir zu viert in Kolumbien im Einsatz. Wir haben alles streng nach dem Regelbuch gemacht, haben brav unsere Berichte abgeliefert, gemeldet, wo die sicheren Häuser liegen – und es gab nie ein Problem. Dann kamen wir über die Grenze, und jetzt bin ich auf mich allein gestellt.«

»Nette Geschichte«, meinte Hayes. »Beweist aber noch lange nicht, dass in der CIA jemand Informationen weitergibt.«

»Wenn du es sagst, Kumpel.« Boggs ließ den Motor an und fuhr los. »Ich weiß nur, dass die DEA sicher nicht Fords Standort an die Leute verraten hat, die sein Team ausgelöscht haben.«

»Wie kannst du dir so sicher sein?«, fragte Hayes, während Boggs den Jeep auf die Straße zurücklenkte.

»Weil ich seinen Standort nicht an die DEA durchgegeben habe.«

»Moment … wie war das?«, fragte Hayes.

Boggs lächelte. »Da gehen dir die Ohren auf, was?«

»Ja, und jetzt würde ich gerne eine Erklärung hören.«

»Ganz einfach. Die DEA hatte den Standort von Fords Team nicht, weil ich prinzipiell nix in die Staaten schicke. Keine Berichte, keine Memos, keine Glückwunschkarten, nichts. Null.«

Das kann nicht sein, oder?

»Angenommen, ich kaufe dir deine kleine Theorie ab. Warum sollte sich die CIA dafür interessieren, was ihr hier unten am Laufen habt?«

»Weil ich hinter Vega her bin«, erklärte Boggs.

Als der Name des venezolanischen Offiziers fiel, stieß die Frau auf dem Rücksitz einen gepressten Fluch aus – mit einer solchen Wut, dass Hayes sich zu ihr umdrehte.

»Ich glaube, sie ist auch kein Fan von dem Mann«, meinte er.

»Ihr Vater war Justizminister unter Mateo«, erklärte Boggs. »Er wollte Vega anklagen, und …«

»Und dieser Dreckskerl hat meine Familie exekutieren lassen!«, platzte es aus ihr heraus.

Na toll, ein Säufer und eine Frau auf Rachefeldzug. Das wird ja immer besser, dachte Hayes und lehnte sich zurück, um sich zu beruhigen.

Er dachte schweigend über die Situation nach, vor allem über das, was Boggs ihm über eine mögliche undichte Stelle in der CIA gesagt hatte, bis der Jeep schließlich eine Hügelkuppe erreichte. Auf der rechten Seite sah Hayes die weiß schimmernden Gebäude einer Stadt.

40

CARACAS, VENEZUELA

In die grünen Hügel von El Ávila eingebettet, war die Hazienda *Bella Vista* eine Welt für sich. Das weitläufige Anwesen hatte, wie viele andere in der Region, einmal einem Angehörigen von Hugo Chávez' innerstem Zirkel gehört – Juan Carlos Osuna, dem Finanzminister in Chávez' Regierung. Der Mann hatte die Aufgabe, die Arbeitslosigkeit und Obdachlosigkeit zu bekämpfen, die in den späten Neunzigerjahren in Venezuela grassierten.

Doch während seine Landsleute in den Straßen hungerten, zweigte Juan Carlos viele Millionen Dollar an Staatsgeldern ab, um damit venezianisches Glas zu importieren, das den Boden seines Swimmingpools zierte, und die Übungsanlage zu errichten, auf der Oberst Vega gerade seiner Tochter zusah, wie sie den fuchsfarbenen Selle-Français-Wallach ritt, den er ihr zum fünfzehnten Geburtstag geschenkt hatte.

»Augen hoch, Catalina«, mahnte er, als sie das Pferd wendete und auf die erste Sprungkombination zulenkte. »Ja, gut, ausgezeichnete Position«, lobte er händeklatschend.

»Danke, Papa«, sagte sie.

»Ich hab dir ja gesagt, sie wird das Pferd lieben, María«, sagte er lächelnd zu seiner Frau.

»Du verwöhnst sie zu sehr, Carlos«, erwiderte sie. »Du

erfüllst dem Mädchen jeden Wunsch. Ich fürchte, sie wird einmal unausstehlich werden.«

»María«, tat Vega schockiert. »Du sprichst von deiner eigenen Tochter.«

»Ich habe recht, das weißt du genauso gut wie ich.«

»Mag ja sein, dass ich sie verwöhne«, gab er achselzuckend zu. »Aber es gibt Schlimmeres, was ein Vater tun kann.« Er drehte sich zur Steinmauer auf der Südseite des weitläufigen Anwesens.

Es war eine Aussicht, die er und seine Frau immer wieder genossen, wenn auch aus unterschiedlichen Gründen. Seiner Frau rief der Anblick in Erinnerung, wie weit sie es gebracht hatten, seit sie in einer kleinen Wohnung im Osten der Stadt gehaust hatten. Für Vega war es eine Warnung, wo er enden würde, wenn sein Plan schiefging.

Er ließ den Blick über seine Geburtsstadt schweifen, bis er die Bauruine des *Centro Financiero Confinanzas* erblickte.

Als der Bau im Jahr 1990 gestartet worden war, hatte sich Venezuela in einem Bankenboom befunden. Der fünfundvierzig Stockwerke hohe Wolkenkratzer sollte die spektakuläre Zentrale der Confinanzas-Gruppe werden. Doch als der Hauptinvestor mit fünfundfünfzig Jahren überraschend starb, kam der Bau zum Stillstand, woran sich aufgrund des nachfolgenden wirtschaftlichen Niedergangs auch nichts mehr ändern sollte. Bald war das 192 Meter hohe Gebäude als *Torre de David* – Turm des David – bekannt, dessen leer stehende Etagen nach und nach von Bewohnern der Armenviertel, später auch von Angehörigen der Mittelschicht bevölkert wurden.

Hier war Carlos Vega aufgewachsen, im Erdgeschoss des

höchsten Slums der Welt. Hier hatte er davon geträumt, eines Tages in einem noblen Viertel zu leben und auf die Stadt hinunterzuschauen, die ihn und seine Familie in der Gosse dahinvegetieren ließ.

Als er die zwei Tiuna-Militärfahrzeuge den steilen Hang zum Haupttor hochfahren sah, kehrte er aus seinen Gedanken ins Hier und Jetzt zurück. Auf dem mit Steinplatten bepflasterten Weg ging er zur Vorderseite des Hauses, vorbei an dem steinernen Brunnen, den eine Statue von Simón Bolívar mit dem berühmten Schwert zierte.

Vega betrat das Gästehaus, ging geradewegs zum Schreibtisch und nahm sich eine Cohiba Robusto aus dem Humidor. Mit einem goldenen Zigarrenschneider schnitt er die Spitze ab.

Wo zum Henker steckt Gray bloß?, fragte er sich, riss ein Streichholz an der Unterseite der Schreibtischplatte an und hielt die Flamme ans Ende der Zigarre.

»Herr Oberst«, sagte sein Adjutant und klopfte an die Tür.

»Führen Sie ihn herein«, befahl Vega und löschte das Streichholz mit einer kurzen Handbewegung.

Zwei stämmige Sergeanten erschienen in der Tür und schleiften einen völlig durchnässten Mann herein. Sein Gesicht war mit blauen Flecken übersät, ein Auge zugeschwollen, das andere von Angst geweitet, als er den Metallstuhl auf einer rechteckigen Plastikfolie sah.

»Nein … nein … nein«, flehte der Mann.

»Sei still«, befahl einer der Sergeanten, drückte den Mann grob auf den Stuhl und stellte sich hinter ihn.

Vega nahm einen langen Zug von seiner Zigarre und blies den Rauch in die Richtung des Mannes.

»Möchtest du etwas trinken?«, fragte er und ging zu der Anrichte. »Einen Whiskey vielleicht?«

Vega wartete nicht auf eine Antwort, zog den Stöpsel aus der Karaffe und schenkte zwei Fingerbreit Johnnie Walker Black in ein Glas ein.

»Wie heißt du?«, fragte er, trat mit dem Glas zu dem Mann und reichte es ihm.

»Alejandro, *señor*«, antwortete der Mann und kippte die Hälfte des Whiskeys hinunter.

»Weißt du, wer ich bin, Alejandro?«

»J-ja, *señor*«, sagte der Mann und nickte.

»Sehr gut.« Vega ging um den Schreibtisch herum. »Ich habe gehört, du arbeitest in Apure für uns.«

Alejandro nickte eifrig, und Vega sah sofort, dass der Mann bereit war zu kooperieren.

»Was genau machst du da?«

»Ich arbeite für den Sergeanten«, begann er und drehte sich zu einem der Wächter um.

»Augen geradeaus«, befahl der Unteroffizier und schlug dem Mann auf den Hinterkopf. »Der Oberst hat dich was gefragt, du Schwein.«

»Ich bewache den Flugplatz.«

»Gut, dann erzähl mir, was geschehen ist.«

»Ich habe ein Flugzeug gehört, das tief über den Bäumen herangeflogen ist. Es sah so aus, als wollte es landen, aber da wir heute keine Lieferung erwarten, wollte ich über Funk den Chef verständigen.«

»Mit ›Chef‹ meinst du …«

»Sergeant Gustavo.« Er deutete mit einem Kopfnicken auf den Mann, der ihn geschlagen hatte.

»Und hast du Sergeant Gustavo erreicht?«

»Nein, *señor*, er war …«, setzte Alejandro an, überlegte es sich aber im letzten Moment anders. »Er war b-beschäftigt.«

»Beschäftigt … hmm.« Vega nickte und blickte kurz zum angesprochenen Unteroffizier. *Womit warst du wohl beschäftigt?*, fragte er sich, beschloss jedoch, sich die Frage für später aufzuheben.

»Wie ging es weiter?«, fragte Vega.

»Ein Mann ist aus dem Flugzeug gesprungen, mit einem *paracaídas.*« Der Mann stockte einen Moment.

»Soso, mit einem Fallschirm. Und dann?«

»Wir waren zu zehnt, und sie nur zu zweit, also …« Alejandro zuckte mit den Schultern; Vega vermutete, dass der Mann ausdrücken wollte, das Zahlenverhältnis spreche für sich. »Aber … aber …«

»Spuck's aus, Mann«, befahl der Unteroffizier.

»Das war kein normaler Mann – er lief nicht weg wie die anderen.«

»Da waren noch mehr?«, hakte Vega nach.

»Ein Mann und eine Frau.«

»Dieser andere Mann, der weggelaufen ist – hast du sein Gesicht gesehen?«

Alejandro kippte den Rest des Whiskeys hinunter und zögerte einen Moment, ehe er nickte.

Vega ging zu seinem Schreibtisch, öffnete die mittlere Schublade und nahm ein Foto heraus. Er legte die Zigarre in den Marmoraschenbecher und ging zurück zu Alejandro.

»Ist das der Mann?« Er hielt ihm ein Foto von Cole Boggs hin.

»*Sí*, Herr Oberst. Dieses Gesicht werde ich nie vergessen.«

»Du kennst ihn?«

Statt zu antworten, senkte Alejandro den Blick und schaute auf seine verdreckten Schuhe hinunter.

Vega ließ das Foto vor die Füße des Mannes fallen, griff nach hinten und zog seine vergoldete Fünfundvierziger. Beim Anblick der Pistole traten die beiden Soldaten einen Schritt zur Seite, um aus der Schusslinie zu gehen.

»Dieser Mann ist ein amerikanischer Agent – ein *sapo.*« Vega setzte Alejandro den Lauf an die Stirn und drückte seinen Kopf nach hinten, um den Mann zu zwingen, ihm in die Augen zu schauen. »Arbeitest du mit den Gringos zusammen, Alejandro? Ist das der Grund, warum sie dich am Leben gelassen haben?«

»N-nein, Herr Oberst. Ich schwöre es bei meinem Leben. Nein.«

»Hast du mir vielleicht etwas zu beichten?« Vega beugte sich zu ihm. »Du kannst es mir ins Ohr flüstern, wie in der Kirche.«

Für einen Moment war nur das leise Zischen des Mannes zu hören. So schwach, dass Vega sich anstrengen musste, um ihn zu verstehen.

»Sehr gut, Alejandro, sehr gut.« Er nickte zufrieden und hob das Bild auf.

Dann ging er zurück zu seinem Schreibtisch, legte das Foto in die Schublade und nahm ein Bündel Hundert-Dollar-Scheine heraus.

Vega warf das Geld Alejandro in den Schoß und wandte sich an seinen Adjutanten. »Sie sind nach El Nula gefahren.«

»Alles klar, Herr Oberst.«

»Helft ihm auf.« Vega griff nach seiner Zigarre und nahm einen Zug.

»Jawohl, Herr Oberst.« Die zwei Unteroffiziere beeilten sich, den Befehl auszuführen.

»Es gibt fünfzigtausend Dollar Belohnung für den Mann, der den Gringo tötet. Haben Sie mich verstanden, Sergeant Gustavo? Wir belohnen diejenigen, die uns treu dienen.« Er blies eine Rauchwolke in die Richtung der beiden Soldaten.

»J-jawohl, Herr Oberst.« Der Sergeant hustete und schloss die Augen gegen den beißenden Rauch, der ihm ins Gesicht wehte.

»Und wir bestrafen diejenigen, die das nicht tun.« Vega trat durch die Rauchwolke, hob die Colt 1911 an Gustavos Kopf und drückte ab.

41

EL NULA, VENEZUELA

Mit seinen niedrigen weißen Häusern war El Nula eine Stadt, wie Hayes sie des Öfteren in Süd- und Mittelamerika gesehen hatte. Im Zentrum stand eine stattliche weiße Kathedrale an einer offenen, von Gras gesäumten Plaza.

Boggs bog von der Hauptstraße ab, und Hayes beobachtete, wie die freundlichen Häuser zunehmend vom Grau und verwitterten Braun eines Industrieviertels abgelöst wurden. Vor einem nichtssagenden zweistöckigen Gebäude hielt Boggs schließlich an.

»Da wären wir.« Er parkte den Jeep am Straßenrand.

Hayes' erster Gedanke, als er das Haus sah, war, dass Boggs keinen schlechteren Platz für einen Unterschlupf hätte wählen können. Dass die betreffende Wohnung im ersten Stock lag, hätte ein taktischer Vorteil sein können, doch ein Blick in die Umgebung zeigte, dass das Haus von deutlich höheren Gebäuden umgeben war.

Boggs ging voraus, sodass Hayes die schwere Ausrüstung allein die Treppe hochschleppen musste. *Wenigstens hat er mir die Tür offen gelassen*, dachte Hayes, als er den Rucksack an der Küche vorbei ins Wohnzimmer trug.

»Ich mache uns etwas zu essen«, schlug Izzy vor und ging in die Küche.

Hayes stellte das Gepäck bei der Balkontür ab und nahm das Reinigungswerkzeug heraus. Seine Pistole war verdreckt vom Sprung aus dem Flugzeug, und Hayes wollte sie säubern, bevor der Schmutz eingetrocknet war.

Er setzte sich auf die abgewetzte Couch und breitete ein ölgetränktes Tuch auf dem Tisch aus. Dann nahm er das Magazin aus der Waffe und entfernte auch die Kugel aus der Kammer. Nachdem er die Glock auseinandergenommen hatte, begann er, den Dreck mit einer Bürste abzuschrubben.

»Was hat Izzy mit der Sache zu tun?«, fragte Hayes, ohne von seiner Pistole aufzublicken.

»Ihr Vater war Justizminister unter Präsident Mateo und einer der letzten ehrlichen Männer in diesem Land.«

»Nach dem, was du vorhin im Jeep gesagt hast, dürfte ihm genau das zum Verhängnis geworden sein. Was ist passiert?«

»Mateos Leute haben das Land geplündert, während Izzys Vater sich bemühte, gegen die Korruption anzukämpfen. Er hat damit beim Militär begonnen, wollte die Generäle absetzen, die es zuließen, dass die kolumbianischen Narcos Drogen über die Grenze schleusten. Die Generäle sind zu Vega gegangen und haben ihn dafür bezahlt, dass er die Situation regelt. Und Vega …«

»Hat ihren Vater eliminiert«, brachte Hayes den Satz zu Ende.

»Nicht nur ihn. Er hat Izzys Familie regelrecht ausgelöscht«, zischte Boggs. »Sie hat sich als Einzige retten können. Und jetzt lebt dieser Dreckskerl in ihrem Haus – das muss man sich mal vorstellen.«

»Im Ernst?«

»Ja. Das Blut auf den Fußböden war noch nicht mal trocken, da ist er schon eingezogen. Vermutlich wollte er damit ein Zeichen setzen.«

Hayes wandte seine Aufmerksamkeit wieder der Pistole zu. Er blies noch etwas Dreck vom Schlitten und blickte dann auf.

»Sie kann trotzdem nicht hierbleiben, das ist dir doch klar, oder?«

»Ja.« Boggs nickte und schaute auf seine Uhr. »Jetzt ist es zu spät, um noch zu versuchen, über die Grenze zu kommen, aber …«

»Okay, dann morgen früh.« Mit der dünnen Nadelspitze des Fläschchens verteilte Hayes etwas Waffenöl auf den Schienen des Schlittens.

»Ist mir recht.«

Hayes schaute zum Balkon, während seine Hände schon wieder mit dem Zusammensetzen der Waffe beschäftigt waren. Er fühlte Boggs' Blick auf sich ruhen.

»Mann, du hast es aber wirklich mit den Waffen.«

»Was?« Hayes rammte das Magazin in die Pistole und zog den Schlitten zurück.

»Also ehrlich, so ganz geheuer bist du mir nicht.«

»Bleib locker, Mann. Ich will bloß bereit sein für den Fall, dass es Ärger gibt.«

Boggs nickte nachdenklich. »Okay, das kann ich nachvollziehen. Was mich interessieren würde – hast du irgendeinen Plan, wie die Sache laufen soll?«

»Wo war Ford, als sie ihn erwischt haben?«, wollte Hayes wissen.

»Irgendwo südlich des Orinoco, glaube ich.«

»*Glaubst* du? Er war *dein* Agent – das heißt, du hast die verdammte Verantwortung für ihn getragen, Boggs.«

»Hör mal, ich hab dein Gekeife langsam satt«, fauchte Boggs. »Du kommst daher mit deinem ganzen Spionagescheiß und bildest dir ein zu wissen, wie die Dinge hier laufen. Aber du hast ja keine Ahnung.«

Langsam, warnte die Stimme. *Der Kerl mag ein abgehalfterter Agent sein – trotzdem brauchst du seine Informationen. Du wirst nichts erreichen, wenn du ihn dir zum Feind machst.*

»Okay, es war ein langer Tag«, sagte Hayes beschwichtigend. »Und ich weiß es zu schätzen, dass du mir hilfst. Dann erklär mir doch erst mal, wie du deinen Job hier gemacht hast.«

Boggs schien besänftigt und nickte. »Ich weiß nicht, wie viel Erfahrung du mit Undercover-Arbeit hast, aber eins kann ich dir sagen: Mit einer Leine um den Hals ist es schwer, irgendwas zustande zu bringen. Ich war den größten Teil meiner Laufbahn undercover aktiv – ich weiß, wovon ich rede. In diesem Job kannst du nicht auf Knopfdruck Berichte abliefern. Ford und ich haben die Regeln großzügig ausgelegt – anders kannst du in diesem Geschäft nicht überleben. Ich habe gewusst, dass er unterwegs ist und sein Ding macht. Und dass er sich melden würde, sobald er Gelegenheit dazu hat.«

»Okay, klingt einleuchtend.« Hayes nickte. »Wann hat er sich zum letzten Mal gemeldet?«

»Zwei Tage, bevor er getötet wurde. Ford hat mich angerufen und berichtet, dass laut einem seiner Informanten eine große Lieferung aus dem Süden kommen sollte.«

»Wie groß?«

»So groß, dass sie für den Transport eine Antonow An-12 eingesetzt haben.«

»Ein Flugzeug von dieser Größe fällt zwangsläufig auf«, meinte Hayes.

»Tja, nicht unbedingt.«

»Wie meinst du das?«, fragte Hayes.

»Es kommt drauf an, wem das Flugzeug gehört«, sagte Boggs augenzwinkernd.

»Vega kann es ja wohl kaum gehören«, erwiderte Hayes. »Sonst hätte die CIA euch doch nicht aufgefordert, ihn in Ruhe zu lassen.«

»Vega hat so viel Dreck am Stecken – das stinkt zum Himmel. Trotzdem wollte mir niemand helfen, weil der Kerl mit der CIA gemeinsame Sache macht.«

»Schon wieder diese Geschichte.«

»Es ist die Wahrheit, Mann.« Boggs ging zu seinem Rucksack und holte eine Kamera hervor. Er schaltete sie ein und hielt sie Hayes hin. »Schau dir das an. Der Typ rechts.« Er deutete auf eines der Fotos. »Der ist ein waschechter Amerikaner und hat hier überall seine Finger mit drin.«

Hayes griff in seinen Rucksack und holte die vom Feuer angeschwärzten Fotos heraus, die Deano daheim in den Staaten für ihn ausgedruckt hatte. Er verglich die Aufnahmen miteinander. Es war derselbe Mann.

Hayes erinnerte sich an das Gespräch mit Shaw im Flugzeug.

»Das letzte Bild – die zwei Männer im Hangar.«

»Vega.« Shaw deutete auf den Mann in Uniform.

»Und der andere?«

»Den habe ich noch nie gesehen.«

»Levi, schauen Sie ihn sich genau an.« Hayes deutete auf das Foto. »Sind Sie absolut sicher, dass Sie ihn noch nie gesehen haben?«

»Ja, Adam«, betonte Shaw. »Hundertprozentig sicher.«

Es gab nur einen Weg, mehr zu erfahren. Hayes nahm einen zylindrischen Behälter aus schwarzem Nylon aus seinem Rucksack und ging damit hinaus auf den Balkon. Er öffnete den Behälter, nahm den Inhalt vorsichtig heraus und setzte die Teile zusammen, bis er etwas in der Hand hielt, das wie ein Regenschirmrahmen aussah.

»Kein Spion, was?«, sagte Boggs, als Izzy mit Kaffee und zwei voll beladenen Tellern hereinkam.

»Was ist das?«, fragte sie auf Spanisch.

»Eine hochempfindliche Satellitenantenne«, erklärte Hayes. »Die einzige Möglichkeit einer sicheren Kommunikation in dieser Gegend.« Er ging in die Hocke und richtete die Antenne zum Himmel.

Als er die richtige Position gefunden hatte, schloss er ein Koaxialkabel an die Antenne an. Dann ging er zurück ins Zimmer, holte das Toughbook heraus, das JT ihm mitgegeben hatte, und steckte das Datenkabel in den Anschluss. Als der Computer hochgefahren und die sichere Verbindung hergestellt war, loggte er sich in seinen E-Mail-Account ein und rief die Bilder auf, die Deano für ihn entschlüsselt hatte.

»Das sind die Fotos, die Ford mir geschickt hat.« Hayes klickte das Foto an, das Vega und den geheimnisvollen Unbekannten im Hangar zeigte. »Und hier sind die Koordinaten des Ortes, an dem die Fotos aufgenommen wurden.«

»Alles klar.«

»Gut.« Hayes öffnete einen Webbrowser und gab die Koordinaten in die Suchleiste von Google Earth ein.

»Pendare«, sagte Boggs und nickte wissend.

»Du kennst es?«

»Ja. Ich frage mich nur, warum Ford dort war.«

»Ich hatte gehofft, du könntest *mir* das sagen«, erwiderte Hayes.

»Bist du sicher, dass du die richtigen Koordinaten eingegeben hast?« Boggs kratzte sich nachdenklich am Kopf.

»Du hast mir ja zugesehen.« Hayes klickte zurück zu den Fotos und wiederholte die Übertragung der Koordinaten. »Siehst du? Dasselbe Ergebnis.«

»Das ergibt irgendwie keinen Sinn.«

»Inwiefern?«

»Erstens haben sich in dieser Gegend noch nie irgendwelche Narcos herumgetrieben.«

»Bist du sicher?«, hakte Hayes nach.

»Ganz sicher. Ich bin der zuständige Agent der Drogenbehörde. Pendare ist ein Dschungeldorf – da gibt es nichts außer ein paar Lehmhütten und eine interessante Tierwelt.«

Mit einem Fluch auf den Lippen knallte Hayes den Computer zu, stand auf und ging zum Fenster. Frustriert schaute er auf die verschlafene Stadt hinunter. *Du musst immer einen Plan B haben*. Auch eine Lektion, die er bei Treadstone gelernt hatte. Er hatte so viel Zeit und Energie aufgewendet, um hierherzukommen und den Kontaktmann zu finden, dass er sich keine Gedanken darüber gemacht hatte, was er tun würde, wenn der Mann ihm nicht die nötigen Informationen liefern konnte.

»Willst du ein Bier?«, fragte Boggs aus der Küche.

»Verdammt, ja, warum eigentlich nicht?« Hayes rieb sich mit der Hand übers Gesicht und ging zurück zur Couch.

Boggs kam mit zwei Flaschen La Polar ins Wohnzimmer und gab Hayes eine, dann setzte er sich ihm gegenüber auf einen Stuhl.

Hayes nahm einen Schluck und schaute sich um. Irgendwas an der Wohnung kam ihm seltsam vor, doch er hätte nicht sagen können, was.

»Ihr Spione habt doch immer einen Notfallplan zur Hand – also, wie sieht dein Plan B aus?«

»Nimm's mir nicht krumm, Boggs, aber ich glaube nicht, dass du für Plan B bereit bist.«

»Du glaubst, ich hab's nicht mehr drauf? Nur damit du's weißt, ich war bei den Marines, bevor ich bei der DEA angeheuert habe. Ich war zweimal im Irak.«

»Na dann, *semper fi*, alter Hundesohn. Immer treu, was?« Hayes hob seine Flasche, um ihm zuzuprosten.

»Das kannst du laut sagen.« Boggs nahm einen kräftigen Schluck von seinem Bier. »Weißt du, Ford hat sogar mal von dir erzählt. Ihr habt zusammen in Afghanistan gedient, oder?«

»Wir waren gemeinsam bei den Special Forces«, stimmte Hayes zu. »Nicky war ein verdammt guter Soldat. Zwischen den Einsätzen war er manchmal eine Nervensäge, aber wenn es losging, hättest du dir keinen Besseren im Team wünschen können.«

»Stimmt, so war er«, nickte Boggs. »Ich hab mal zu ihm gesagt, dass er der toughste Hundesohn ist, der mir je übern Weg gelaufen ist. Weißt du, was er darauf gesagt hat?«

»Nein, was?«

»Dass ich das nur sagen kann, weil ich *dich* noch nicht gesehen habe.«

»Ach, ich weiß nicht«, sagte Hayes.

»Ford wird schon gewusst haben, wovon er spricht. Weißt du, er war auch mein Freund. Mann, wir hatten echt gute Zeiten. Haben oft in dieser Wohnung beisammengehockt.« Er stockte einen Moment und nahm einen Schluck. »Also, egal, was für krumme Ideen in deinem Kopf rumschwirren – ich bin dabei.«

»Eins muss ich allerdings ganz offen sagen«, begann Hayes. »Du kennst sicher diesen Rolling-Stones-Song, wo er singt, dass er die Zeit auf seiner Seite hat?«

»Ja, und?«

»Okay, für unsere Operation haben sie den Song eindeutig nicht geschrieben. Wir haben nur ein sehr kleines Zeitfenster, in dem das Ganze über die Bühne gehen muss.«

»Wie klein?«, fragte Boggs.

»Ungefähr zweiunddreißig Stunden«, sagte Hayes nach einem kurzen Blick auf seine Uhr.

»Kein Scheiß?«

»Nee. Also, bevor du anheuerst, muss ich dich warnen: Plan B ist mehr Holzhammer als feine Klinge.«

»Verstehe. Ich bin trotzdem dabei«, lächelte Boggs. »Also, schieß los.«

»Morgen früh packe ich an Munition in deinen Jeep, was reingeht«, begann Hayes und sah das Lächeln aus Boggs' Gesicht schwinden. »Dann fahre ich nach Pendare, schnappe mir ein paar von diesen *cholos* und prügle so lange auf sie ein, bis sie mir alles sagen, was wir wissen wollen.«

»Wir zwei *allein*?«, fragte Boggs ungläubig.

»Nur du und ich, *padna*.«

»Mit diesen Typen ist nicht zu spaßen, Hayes.«

»Eben hast du noch so große Töne gespuckt.«

»Da habe ich noch gedacht, du hast einen *Plan*, verstehst du? Eine Idee, wie es funktionieren könnte.«

»Ich hab was Besseres als einen Plan.«

»Und das wäre?«

»Einen Sack voll Waffen.«

42

EL NULA, VENEZUELA

Es war zehn Uhr abends – Hayes war gerade dabei, die Route nach Pendare zu planen –, als Boggs aus dem Schlafzimmer kam.

»Sie ist nicht glücklich mit deiner Entscheidung«, sagte der DEA-Agent auf dem Weg zur Küche. »Aber ich habe ihr klargemacht, dass sie nicht mitkommen kann.«

Hayes hörte das Zischen, mit dem Boggs sich ein frisches Bier aufmachte, und verbiss sich seinen Ärger.

»Es ist das Beste für sie«, stellte er klar.

Boggs kam herein, nahm einen kräftigen Schluck und ließ sich auf der Couch nieder.

»Hab ich dir schon erzählt, wie ich einmal mit Ford ...«

»Hör zu, Mann«, fiel ihm Hayes ins Wort. »Ich bin nicht deine Mutter, aber du hast doch hoffentlich nicht vergessen, dass wir um vier Uhr früh starten?« Er sah von der Karte auf, die er auf dem Couchtisch ausgebreitet hatte.

»Weiß ich. Und?«

»Wie soll ich es ausdrücken, dass du es auch verstehst?« Hayes schaute zur Decke. »Okay, versuchen wir's mal so. Hat La Polar vielleicht nach irgendeinem Geheimrezept ein Bier gebraut, das deine taktischen Fähigkeiten steigert, wenn du es literweise in dich reinschüttest?«

»Nicht dass ich wüsste.« Boggs betrachtete stirnrunzelnd die Flasche in seiner Hand.

»Dann wird es uns nicht wirklich helfen zu überleben, wenn du den ganzen Kasten allein leer machst.«

»Ähmm …«

»Ich will aber morgen nicht sterben – also, wie wär's, wenn du deinen Arsch ins Bett schwingst?«

»Okay, okay, ich hab's verstanden. Nur dieses eine …«

»*Sofort*!«, blaffte Hayes.

Die Stille, nachdem Boggs sich ins Schlafzimmer zurückgezogen hatte, breitete sich im Zimmer aus wie ein kühler Lufthauch in der Wüste. »Schon besser«, seufzte Hayes, legte den Stift auf die Karte und stand auf.

Er würde noch ein, zwei Stunden brauchen, um die bevorstehende Operation zu planen, dann würde er sich ebenfalls aufs Ohr hauen. Zuvor musste er aber noch überprüfen, ob dieses Haus sicher genug war, wenn er die Nacht hier verbringen wollte. Hayes kramte in seinem Rucksack, holte einen Kanister Tränengas, eine Phosphorgranate und ein Stück galvanisierten Draht hervor und packte alles in einen kleineren Rucksack.

Er ging in die Küche, nahm den Schlüssel des Jeeps vom Abtropfbrett und ein Geschirrtuch von der Spüle. Mit einem kurzen Blick durch den Türspion vergewisserte er sich, dass die Luft rein war, dann ging er hinaus.

Er schloss die Tür von außen, befeuchtete seine Finger mit Spucke, nahm das Geschirrtuch zur Hand und wandte sich der Lampe zu. Durch das Tuch hindurch spürte er die Hitze der Glühbirne, doch es gelang ihm, sie herauszudrehen, ohne sich die Finger zu verbrennen.

Er wickelte die Glühbirne in das Geschirrtuch und legte sie neben die Tür, dann stieg er die Treppe hinunter und setzte sich in den Jeep.

Es hatte ihm von Anfang an missfallen, dass Boggs ein Haus in einer so ungünstigen Lage gewählt und den Jeep auch noch direkt davor geparkt hatte. Deswegen war er jetzt noch einmal hinausgegangen, statt sich mit der Planung des morgigen Angriffs zu beschäftigen.

Hayes fuhr mit ausgeschalteten Scheinwerfern bis ans Ende des Blocks, bog rechts ab und hielt Ausschau nach der Gasse, die er vom Balkon aus gesehen hatte. Als er sie entdeckte, lenkte er nach links, legte den Rückwärtsgang ein und setzte den Jeep zurück, bis sich der Rücksitz genau unter dem Balkon der Wohnung befand. Er zog die Handbremse an und stellte den Motor ab.

Nachdem er den Jeep in die vorgesehene Position gebracht hatte, musste er noch sicherstellen, dass niemand sich an dem Fahrzeug zu schaffen machte, während er oben war.

Im Gegensatz zur runden M67 Splittergranate, die zum Werfen vorgesehen war, wurden die dosenförmigen Phosphor- und Tränengasgranaten am Einsatzort platziert. Weißer Phosphor, im Militärjargon »Willie Pete« genannt, war eine Allzweckwaffe, deren Vielseitigkeit nach Hayes' Ansicht nur durch die menschliche Fantasie begrenzt war.

Phosphor verbrannte Haut, Kleidung, Metall, Treibstoff und Munition, außerdem ließ sich damit bei Bedarf ein Buschbrand legen oder eine Nebelwand erzeugen. Hayes schätzte »Willie Pete« jedoch vor allem dafür, dass es andere Waffen so gut ergänzte.

In seinen Einsätzen im Irak und in Afghanistan hatte Hayes es nicht selten mit feindlichen Stellungen zu tun gehabt, die von den Verteidigern selbst unter stärkstem Beschuss mit aller Entschlossenheit gehalten wurden. Doch der Einsatz von Sprengstoff und Phosphor hatte auch den stärksten Widerstand gebrochen.

Da Hayes den Jeep nicht zerstören wollte, entschied er sich in diesem Fall für Tränengas. Anderthalb Meter vom Wagen entfernt befestigte er den Kanister an dem Maschendrahtzaun. Danach fädelte er den Draht durch den Metallring, zog ihn quer über die Gasse und ging wieder nach oben.

Das Ganze hatte nicht mehr als fünf Minuten in Anspruch genommen. Vor der Haustür nahm er das Tuch mit der abgekühlten Glühbirne, ging damit an den Rand der Treppe und zertrat das Glas mit dem Stiefel. Vorsichtig, um sich nicht an den Scherben im Tuch zu schneiden, ging Hayes damit zur Tür und verteilte die Glassplitter auf dem Beton.

»Das sollte reichen«, sagte er sich und ging ins Haus.

Er schob den Riegel vor und setzte sich wieder an den Couchtisch. Mit einem Griff ans Trackpad erweckte er das Toughbook zum Leben, dann klickte er das Icon von Falcon-View an. Während das Programm lud, wandte Hayes sich der Karte auf dem Tisch zu.

Karten hatten ihn immer schon fasziniert, seit er in der fünften Klasse das Naturwissenschaftliche Museum besucht hatte. Die Ausstellung war dem Zeitalter der großen Entdeckungen gewidmet gewesen, und der Lehrer hatte die Klasse zu einer Karte von Afrika aus dem achtzehnten Jahrhundert geführt.

»Warum ist da in der Mitte ein leerer Fleck?«, hatte Adam gefragt.

»Damals waren einige Teile der Welt noch unerforscht. Dort war noch niemand gewesen, also ließen die Kartenzeichner diese Stellen leer.«

Unerforscht. Bei einem zehnjährigen Jungen, der in einer Kleinstadt mit einer einzigen Verkehrsampel lebte, konnte die Vorstellung, dass es irgendwo da draußen unbekannte Welten gab – dunkle, geheimnisvolle Wälder, die noch nie ein Mensch betreten hatte –, eine ungeheure Neugier wecken. Stundenlang hatte er in der örtlichen Bibliothek gesessen, hatte in Atlanten geblättert und in alten Ausgaben des *National Geographic* gelesen.

Als er auf seiner Karte nun die schwarzen Buchstaben auf dem grünen Meer las, das sich über den Süden von Venezuela erstreckte, hatte er erneut den Eindruck, es mit unerforschten Gebieten zu tun zu haben.

Der Amazonas-Regenwald war tatsächlich eines der letzten großen Geheimnisse der Erde. Dreihundert Meilen südwestlich von Hayes' gegenwärtiger Position markierte tief inmitten der achtzehn Millionen Hektar großen Waldfläche ein X die Position von Pendare.

Die Karte lieferte ihm jedoch nicht die Details, die er für seine Operation benötigte, deshalb wandte er seine Aufmerksamkeit wieder dem Computer zu.

Hayes tippte die Koordinaten von Fords Aufnahmen in die Suchleiste ein, worauf auf dem Bildschirm Satellitenbilder der Region erschienen. Für den durchschnittlichen User unterschied sich FalconView kaum von einer Software wie Google Earth. Beide lieferten Satelliten- und Luftbilder, doch FalconView hatte für Leute wie Hayes den großen Vorteil, dass es unter anderem für die Planung von Gefechtseinsätzen konzipiert war.

Hayes hatte diese Funktion erstmals in Afghanistan genutzt, als sein Team eine Gefechtsoperation in den Tora-Bora-Bergen plante. Normalerweise hätten sie ein Aufklärungsteam vorausgeschickt, doch das hätte den Einsatz eines Helikopters nötig gemacht, womit sie dem Feind ihre Absichten verraten hätten. Die nächstbeste Option war die 3-D-Darstellung von FalconView, die ihm und seinem Team einen realitätsnahen Eindruck vom Gelände verschaffte, ohne dass sie es mit eigenen Augen sehen mussten.

Nun musste Hayes erneut auf unbekanntes feindliches Territorium vordringen, und er hoffte, dass FalconView ihm auch diesmal den Zugang erleichtern würde. Als er den Ort heranzoomte, den Fords letzte bekannte Koordinaten bezeichneten, war ihm jedoch klar, dass ihm keine Technologie der Welt zeigen konnte, was sich unter dem dichten Baumkronendach des Dschungels verbarg.

Sicher wusste Hayes nur eines: Der Feind wollte verhindern, dass irgendjemand herausfand, was in Pendare vor sich ging.

Zehn Minuten besah er sich die Gegend aus allen möglichen Perspektiven, dann gab er es auf.

Es liegt wie unter einem dicken Flauschteppich, dachte er, klappte das Toughbook zu und steckte es in den Rucksack. *Besser, ich schlafe noch ein paar Stunden, bevor es losgeht.*

Er stellte den gepackten Rucksack zur Balkontür und überlegte einen Moment. Falls in der Nacht jemand in die Wohnung eindrang, würde er mehr brauchen als seine

Glock. Er kramte in seiner Ausrüstung und nahm eine Plate-Carrier-Einsatzweste heraus, in deren Magazintaschen er zwei Extra-Pistolenmagazine schob. Ebenso wichtig war eine gute Nachtsicht, die ihm seine AN/PSQ-36-*Fusion*-Brille ermöglichte.

Abgesehen vom Vierzigtausend-Dollar-Preisunterschied zwischen dieser Brille und einem herkömmlichen Nachtsichtgerät, war ihr wesentliches Merkmal der Wärmebildsensor, der den Restlichtverstärker der gewohnten bierflaschengrünen Nachtsichtoptik ergänzte.

Nachdem Hayes sich vergewissert hatte, dass die Nachtsichtbrille funktionstüchtig war, schob er sie zurück in die Hülle und legte die Einsatzweste neben die Couch. Außer der Glock wollte er auch ein Gewehr zur Hand haben und dachte zuerst an die kurzläufige Knights Armament PDW, entschied sich dann aber doch für die Benelli-M4-Kampfschrotflinte. Wenn es eng wurde, war es nun mal entscheidend, einen Angreifer nachhaltig außer Gefecht zu setzen.

Hayes lud die Flinte mit Kaliber-12-Munition, schob eine Schachtel davon als Reserve in eine Tasche der Einsatzweste und schloss dann den Waffensack. Nachdem er sich vergewissert hatte, dass alles gepackt war, sodass er jederzeit aufbrechen konnte, drehte er das Licht ab und legte sich auf die Couch.

Obwohl er erschöpft war, starrte er, statt einzuschlafen, an die Decke. Irgendetwas ließ ihm keine Ruhe – ein Gefühl, als wäre er sich nicht sicher, ob er den Herd abgedreht hatte.

In Gedanken ging er noch einmal seine Checkliste durch, um zu überprüfen, ob er auch wirklich an alles gedacht hatte.

Ich habe das Haus gesichert, den Einsatz vorbereitet, mein Zeug gepackt. Das war's.

Als er sicher war, dass er nichts vergessen hatte, schloss er die Augen und driftete wenig später in den Schlaf.

In den ersten Minuten arbeitete sein Gehirn den Stress des vergangenen Tages auf – er durchlebte im Traum noch einmal die letzten Momente vor dem Absprung aus dem Flugzeug, spürte den heißen Luftschwall des Propellers, ehe es im freien Fall in die Tiefe ging, bis sich der Fallschirm endlich öffnete.

Irgendwann kam sein Gehirn endlich zur Ruhe, und Hayes sank in einen tiefen Schlaf. Im Traum befand er sich in dieser Wohnung und hörte Boggs zu, wie er von Ford erzählte.

»Ich hab mal zu ihm gesagt, dass er der toughste Hundesohn ist, der mir je übern Weg gelaufen ist. Weißt du, was er darauf gesagt hat?«

»Nein, was?«

»Dass ich das nur sagen kann, weil ich dich *noch nicht gesehen habe.«*

»Ach, ich weiß nicht«, sagte Hayes.

»Ford wird schon gewusst haben, wovon er spricht. Weißt du, er war auch mein Freund. Mann, wir hatten echt gute Zeiten. Haben oft in dieser Wohnung beisammengehockt.«

Hayes schlug die Augen auf und war sofort hellwach, während die letzten Worte aus dem Traum noch in seinen Gedanken widerhallten.

»Wir haben oft in dieser Wohnung beisammengehockt.« Wenn sie dieses Haus schon früher als Basis benutzt hatten, konnte es leicht sein, dass es nicht mehr sicher war. Dass der Feind davon wusste.

Hayes setzte sich auf und sah auf die Uhr. Es war Mitternacht – oder »Geisterstunde«, wie es im Irak genannt wurde. Der beste Zeitpunkt, um ein Haus anzugreifen.

Sie kommen, warnte die Stimme in seinem Kopf.

Hayes zog die Einsatzweste über den Kopf und straffte die Riemen um die Taille. Dann setzte er die Nachtsichtoptik auf, nahm die Glock vom Couchtisch und steckte sie in den Hosenbund. Als er nach der Schrotflinte griff, hörte er das leise Knirschen von Glasscherben unter einem Stiefel.

Da sind sie.

Hayes eilte zur Haustür und warf einen Blick durch den Spion. Sie waren zu dritt – alle in Kampfanzügen und mit schallgedämpften AK-47 bewaffnet.

Ein Killerkommando.

Der Führungsmann war bereits vor der Haustür, hob den linken Arm, die Faust geschlossen. Das Signal für die beiden anderen, stehen zu bleiben. Er schaute nach unten, um zu sehen, auf was er getreten war, während der zweite Mann das Gewehr auf die Tür richtete.

Diese Jungs wissen, was sie tun, dachte Hayes und entsicherte die Flinte. Dann fiel ihm Boggs ein. *Verdammt.*

Hayes entfernte sich lautlos von der Tür und eilte ins Schlafzimmer.

»Boggs, Izzy, wacht auf«, zischte er.

Izzy setzte sich augenblicklich auf, ihre Hand verschwand unter dem Kopfkissen und kam mit einer Pistole zurück.

»Was ist?«, fragte sie auf Spanisch.

»Wir müssen weg hier. *Sofort.*« Hayes packte Boggs an der Schulter und schüttelte ihn. »Boggs, verdammt, wach auf.«

»N-noch fünf Min…«, murmelte der Mann mit whiskeygeschwängertem Atem.

Verdammt, was…?

Hayes ließ kurz das Licht am Ende der Schrotflinte aufflammen und sah die dreiviertelvolle Flasche Wild Turkey auf dem Nachttisch. Die Frage, ob es eine alte oder neue Flasche war, war geklärt, als er das Verschlusssiegel auf dem Boden liegen sah.

Izzy war schon auf den Beinen und schlüpfte rasch in ihre Hose. Als sie den Whiskey auf dem Nachttisch sah, stieß sie einen Fluch aus, beugte sich übers Bett und schlug Boggs auf den Hinterkopf. »Wach auf, du versoffenes Aas.«

Lass ihn hier, befahl die Stimme im Kopf.

Doch dann sah Hayes die dünne Schaumstoffmatratze, auf der Boggs lag, und hatte eine bessere Idee.

»Ich kümmere mich um ihn. Behalt du die Tür im Auge«, sagte er zu Izzy und ging hinaus.

Beim Balkon schulterte er das Gewehr und öffnete seinen Rucksack.

»Wenn er glaubt, dass ich seinen Arsch hier raustrage…«, murmelte er und holte einen schwarzen Abseilstrick und einen Karabinerhaken aus dem Rucksack, »dann hat er sich getäuscht.«

Zurück im Zimmer, entrollte Hayes das Seil, beugte sich übers Bett, fasste die Matratze am anderen Ende und faltete sie zusammen, sodass der weggetretene DEA-Agent darin eingewickelt war.

Beeil dich, drängte die Stimme.

»Ach nee«, murmelte Hayes und beugte sich über das Matratzenbündel.

Mit seinem Gewicht hielt er die Enden der Matratze zusammen, während er das Seil viermal um die Mitte schlang. Er vergewisserte sich kurz, dass Boggs nicht herausfallen konnte, dann verknotete er das Seil.

Ein Würstchen im Schlafrock, dachte er grinsend, während er den Karabiner am Seil befestigte und zum Balkon ging. Er klinkte den Haken in den Tragegriff des Rucksacks ein, beugte sich über die niedrige Brüstung und warf ihn auf den Rücksitz des Jeeps.

»Schau«, sagte Izzy und deutete auf die Gasse hinunter.

Hayes folgte ihrem Blick und sah am Ende der Gasse Scheinwerfer leuchten. »Runter«, befahl er und zog sie hinter die Brüstung. Im nächsten Augenblick kam ein weißer Kastenwagen in Sicht. Die Schiebetür ging auf, und ein zweites Team sprang heraus.

Scheiße.

»Izzy, hör mir gut zu.« Hayes warf einen Blick über den Rand der Brüstung. Ihm war klar, dass sie nur noch wenig Zeit hatten. Er fasste das Seil und zog Izzy zu sich. »Kannst du runterklettern?«

»Ja, aber …«

Sie hatte Angst. Er sah es in ihren Augen, hörte es im Zittern ihrer Stimme.

»Okay, wir machen es so.« Er zog sie auf die Füße hoch. »Ich lasse dich jetzt zum Jeep runter. Du musst zur Straße laufen … um Boggs kümmere ich mich. Wir treffen uns am Hauptplatz, hast du verstanden?«

Izzys Hände zitterten am Seil, doch sie nickte zum Zeichen, dass alles klar war.

Hayes half ihr über die Brüstung und ließ sie am Seil

zum Jeep hinunter. »Los!«, zischte er ihr zu und deutete zur Straße.

Er wartete, bis sie außer Sichtweite war, dann wandte er seine Aufmerksamkeit wieder der Gasse zu. Der zweite Kastenwagen erklärte, warum das erste Team noch nicht das Haus gestürmt hatte. Für Hayes bedeutete es aber auch, dass er schwerere Geschütze auffahren musste.

Er öffnete den Rucksack mit der Ausrüstung, holte den M79 Granatwerfer und eine 40-Millimeter-Granate vom Typ M381 heraus. »In einem solchen Fall«, murmelte er, »gibt es kein überzeugenderes Argument als eine scharfe Granate.«

43

EL NULA, VENEZUELA

Hayes nahm die Schrotflinte von der Schulter und lehnte sie an die Brüstung. Er nahm den Granatwerfer in die rechte Hand und die 40-Millimeter-Granate in die linke.

Die M381 hatte einen unmittelbaren Wirkungsradius von fünf Metern. Sie war für den Einsatz im Freien ausgelegt, vor allem gegen Truppen in befestigten Stellungen – nicht dafür, sie auf eine drei Meter entfernte Tür abzufeuern.

Es war einer dieser unheilvollen Momente, wo man im Alltag zu einem Kumpel sagte: »Halt mal mein Bier«, bevor man sich anschickte, etwas Verrücktes zu tun. Nach Hayes' Erfahrung endeten solche Situationen fast immer im Krankenhaus.

Scheiß drauf, sagte er sich und schob die Granate in den Werfer. Dann schloss er die Augen und wartete.

Hayes drückte sich mit dem Rücken an die Wand, nahm einen tiefen Atemzug und konzentrierte sich ganz auf die Situation. Die selbst auferlegte Dunkelheit trieb seine übrigen Sinne in einen Zustand höchster Schärfe, um den momentanen Verlust des Sehsinns zu kompensieren. Als Hayes die Männer auf die Scherben treten hörte, die er vor der Tür ausgestreut hatte, wusste er, dass sie bereit waren, ins Haus einzudringen.

Er schlug die Augen auf und konzentrierte sich auf den schmalen Lichtstreifen unter der Tür. Ein durchschnittlicher Beobachter hätte den flüchtigen Schatten kaum bemerkt – und selbst wenn, hätte er ihn als bedeutungslos abgetan.

Nicht Hayes.

Er beobachtete die Türschwelle, wie ein alter Seemann das Meer studierte, wenn ein Sturm aufkam. Jede noch so kleine Veränderung in seiner Umgebung war von Bedeutung. Jedes Zucken, jedes Knistern war ein Vorbote des Höllensturms, der sich draußen vor der Tür zusammenbraute.

Der Schatten im Türspalt verriet ihm, dass sie nicht vorhatten, mit allem, was sie hatten, die Wohnung zu stürmen – eine Taktik, die die israelischen Streitkräfte perfektioniert hatten und bei der es darum ging, möglichst schnell mit möglichst vielen Bewaffneten einzudringen. Stattdessen schickte der Teamführer einen Mann voraus, um die anderen möglichst lautlos nachrücken zu lassen.

Dass sie nicht geschlossen agierten, bedeutete, dass sie keinen Sprengstoff einsetzen, sondern ganz unspektakulär das Schloss knacken würden.

Ein Windhauch wehte gedämpftes Rauschen aus der Gasse herein, gefolgt von einer Stimme, die auf Spanisch sagte: »Wir sind so weit und warten auf das Kommando.«

Hayes beobachtete, wie der Türknauf sich ganz leicht bewegte, hörte das Kratzen eines Schlagschlüssels, gefolgt vom Klicken des Schlossriegels. Er richtete den Granatwerfer auf die Tür, und das Hämmern in seiner Brust nahm ohrenbetäubende Ausmaße an.

In dem verdunkelten Zimmer meinte er zu erkennen, wie

der Türknauf gedreht wurde, und sein Finger ging instinktiv zum Abzug.

Nein, noch nicht… es muss der richtige Moment sein.

Die Sekunden dehnten sich zu Stunden, bis es sich anfühlte, als wäre die Zeit zum Stillstand gekommen. Dann schwang die Tür nach innen auf, das Kreischen der rostigen Scharniere so laut wie eine Haubitze in der Enge des Raumes.

Hayes hob den Granatwerfer und richtete die Mündung mitten auf die offene Tür. *Ganz ruhig jetzt. Gleich ist es so weit*. Er sah die schwarzen Umrisse eines Gewehrlaufs, dann ein Stück Haut, grün schimmernd in der Nachtsichtoptik. Hayes kniff das linke Auge zu und hielt den Granatwerfer ganz ruhig in der rechten Hand.

Er wartete, bis der erste Angreifer die Schwelle übertrat, dann drückte er den Abzug.

Der dumpfe Knall des Granatwerfers kam für den Eindringling völlig überraschend. Wie ein Reh im Scheinwerferlicht blieb er wie gelähmt stehen. Der Mann hinter ihm rückte bereits nach und stieß gegen den Kameraden, der im selben Augenblick frontal von dem tödlichen Geschoss getroffen wurde.

Die Explosion der 40-Millimeter-Granate schleuderte die Männer durch die Tür hinaus. Noch bevor sie auf dem Boden aufprallten, hatte Hayes bereits die Schrotflinte angelegt und zielte auf eine Stelle rechts vom Türrahmen. Sein Finger zuckte am Abzug, und er feuerte drei Schüsse in einem Wimpernschlag ab; jeder hinterließ ein faustgroßes Loch in der Wand.

Das dumpfe Geräusch eines Körpers, der auf dem Beton

aufschlug, sagte ihm, dass ein Schuss ins Ziel getroffen hatte. Unten in der Gasse hörte er einen Ruf, gefolgt von Stiefelgeklapper auf dem Beton.

Okay, nichts wie weg.

Hayes verstaute den Granatwerfer im Rucksack und warf ihn über den Balkon. Er schulterte das Gewehr, schnappte sich das Seil und schwang ein Bein über die Brüstung.

»Hey, Boggs, es ist Zeit zu verschwinden«, rief er, hielt das Seil fest und sprang.

Es waren vielleicht drei Meter vom Balkon zum Jeep – nicht hoch genug, um sich das Genick zu brechen, aber ausreichend, um sich zu verletzen, wenn man unglücklich landete. Zum Glück half ihm Boggs' Gewicht hinter der Brüstung, den Sprung gut zu überstehen.

Hayes band das Seil am Überrollbügel des Jeeps fest, sprang hinters Lenkrad und ließ den Motor an. Er hatte gehofft, Boggs vom Balkon abseilen zu können, doch die Gewehrschüsse in der Gasse hatten ihn zur Überzeugung kommen lassen, dass höchste Eile geboten war.

Der Jeep erwachte brummend zum Leben, und Hayes setzte die Nachtsichtoptik auf. Mehrere Pistolenschüsse hinter ihm machten ihm klar, dass es höchste Zeit war zu verschwinden. Er trat aufs Gas und verabschiedete sich endgültig von dem Gedanken, Boggs doch noch auf die sanfte Tour vom Balkon herunterzuholen.

Sorry, Kumpel, aber wenn dir Saufen wichtiger ist als Überleben, dann musst du auch was einstecken können, dachte Hayes und drückte das Gaspedal durch.

Der Jeep setzte sich in Bewegung und straffte das Seil. Hayes schaltete hoch, beschleunigte und schaute in den Innenspiegel. Die Matratze kam in Sicht und landete auf der Straße; beim Aufprall wirbelten Staub und Schaumstoff aus der Matratze in die Luft.

Hayes warf einen Blick in den Außenspiegel. Zuckende Mündungsblitze verrieten ihm, dass die Angreifer zu Fuß die Verfolgung aufnahmen.

»Kommt nur, ihr Knalltüten«, murmelte er und näherte sich bereits dem Ende der Gasse.

Er riss das Lenkrad hart nach rechts, und der Jeep bog in die Straße ein – im selben Moment, als einer der Angreifer sein Abschiedsgeschenk fand und die Willie-Pete-Granate mit einem grellen Blitz explodierte.

Hayes brauchte das Ergebnis nicht abzuwarten, um zu wissen, dass er den Burschen den Tag gründlich versaut hatte. Nun ging es nur noch darum, Izzy zu finden und die Stadt auf dem schnellsten Weg zu verlassen. Er schaute sich an der Straße um, konnte die Frau jedoch nirgends entdecken.

Nach einer halben Meile bog Hayes nach links ab. Die Matratze folgte in weitem Bogen, knallte gegen den Bordstein und räumte zwei Mülltonnen ab wie Bowlingkegel. Im Innenspiegel beobachtete Hayes, wie der Müll sich auf der Straße verteilte. Er wusste, dass er Boggs aus der Matratze holen musste, bevor von dem Mann nichts mehr übrig war.

Er drückte die Kupplung durch, nahm den Gang heraus und trat gleichzeitig auf die Bremse. Die Reifen kamen mit dem Gestank von verbranntem Gummi zum Stehen, und Hayes zog die Handbremse und sprang aus dem Wagen.

Als er zur hinteren Stoßstange kam, rollte ihm die Matratze vor die Füße. Sie sah ziemlich ramponiert aus, der einst weiße Bezug war schwarz und zerrissen, doch Hayes konnte kein Blut erkennen, als er sie aufhob und in den Jeep warf.

»Lebst du noch, Kumpel?«, fragte er vom Fahrersitz aus.

»Wo ist Izzy?«, kam Boggs' gedämpfte Antwort.

»In Sicherheit«, log Hayes, beugte sich nach hinten und wollte den DEA-Agenten aus der Matratze befreien, als plötzlich zwei Ducati-Motorräder am Ende der Straße auftauchten. Einer der Fahrer deutete auf den Jeep.

»Ich glaube, du musst noch eine Weile durchhalten.« Hayes ließ die Matratze auf dem Rücksitz liegen und klemmte sich ans Steuer.

44

EL NULA, VENEZUELA

»Wer zum Teufel sind *diese* Typen?« Hayes löste die Handbremse, knallte den Gang rein und drückte das Gaspedal bis zum Anschlag durch.

Als beide Motorräder in die Straße einbogen und die Verfolgung aufnahmen, war Hayes bereits eine Viertelmeile weiter. Doch seine Hoffnungen, die Verfolger mit dem zwanzig Jahre alten Jeep abschütteln zu können, verflogen rasch, als die Bikes aufdrehten und den Abstand verkürzten.

Setz ein, was du hast.

Hayes riss das Lenkrad nach rechts, in der Hoffnung, durch den abrupten Richtungswechsel seinen Vorsprung vergrößern zu können. Doch der Jeep war weder schnell noch wendig. Er war ein Geländefahrzeug und nahm die Kurve wie ein Lastkahn mit defektem Ruder.

Er schaltete hinunter und ließ den Jeep um die Kurve driften. Die schweren Reifen quietschten über den Asphalt, und die Federn kreischten protestierend. Hayes spürte, dass das Heck ausbrach und der Jeep ins Schleudern geriet, doch er kämpfte mit dem Lenkrad und schaffte es, das Fahrzeug auf der Straße zu halten.

Er schaltete in den zweiten Gang und drückte das Gaspedal durch, doch verglichen mit den beweglichen Motorrädern beschleunigte der Jeep wie ein dicker Junge beim Staffellauf. Die Tachonadel kletterte gerade mal auf fünfzig Stundenkilometer, als einer der lederbewehrten Biker eine Skorpion-Maschinenpistole aus der Tasche zog, die er vor der Brust hängen hatte, und das Feuer auf den Jeep eröffnete.

Hayes sah die grellen Mündungsblitze, dann schlugen die Kugeln ins Heck des Jeeps ein.

So wird das nix.

Hayes riss das Lenkrad nach rechts, ließ den Jeep über den Bordstein holpern und donnerte durch den Maschendrahtzaun, der ein verlassenes Grundstück umgab. Die Reifen gruben sich in den weichen Boden und schleuderten Erdklumpen gegen die Radkästen.

Das Geräusch brachte Hayes auf eine Idee. Er nahm den Fuß vom Gas, schaltete die Lichter aus und zog sich die Nachtsichtoptik über die Augen. Dann begann er, das Lenkrad mit kurzen, abrupten Bewegungen zu drehen, wieder und wieder, sodass die Reifen sich immer tiefer in den Schlamm gruben. Als er das Gefühl hatte, dass er tief genug eingesunken war, trat er aufs Gaspedal.

Die jähe Beschleunigung brachte das Heck ins Schleudern und wirbelte eine Kaskade von Gras und Erdklumpen auf, die die beiden Biker wie ein Geschosshagel traf. Hayes jagte die Motordrehzahl hoch und zog eine tiefe Furche über die sumpfige Wiese, bis er schließlich einen Schotterstreifen erreichte.

Die Verfolger konnten den Jeep durch die improvisierte Nebelwand kaum noch erkennen – trotzdem feuerte einer eine wilde Salve ab. Hayes war bereits nach rechts abgebogen, bretterte durch den Zaun und fuhr wieder auf die Straße auf.

Er raste über die Kreuzung und suchte nach der nächsten Straße Richtung Norden, um zum Hauptplatz der Stadt zu gelangen. In diesem Augenblick hörte er aus dieser Richtung eine Pistole krachen.

Izzy, ging es ihm durch den Kopf.

Hinter ihm bogen die Motorräder in die Straße ein, ihre Scheinwerfer blitzten in seinem Außenspiegel auf.

Ein rascher Blick über die Schulter zurück verriet ihm, dass ein Fahrer nach Westen abbog, während der zweite die Verfolgung fortsetzte.

Hayes hatte zwei Möglichkeiten. Er konnte Richtung Osten abbiegen, bis ans Ende des Blocks fahren und von dort zur Hauptstraße zurückkehren. Oder er nahm den Weg durch die schmale Gasse am Ende der Straße. Er hörte zwei weitere Pistolenschüsse, dann eine Frauenstimme schreien – das gab für ihn den Ausschlag, und er hielt auf die Gasse zu.

Hayes beschleunigte und sah aus der Nähe, dass die Gasse noch enger war, als er gedacht hatte – doch jetzt gab es kein Zurück mehr.

Die Stoßstange krachte gegen eine Mauerkante, und Hayes knallte mit dem Kopf gegen das Lenkrad. Der Aufprall rammte ihm die Nachtsichtbrille in den halb verheilten Nasenrücken.

»Scheiße.« Mit dem Geschmack von Blut im Mund versuchte er, den Wagen durch die Gasse zu manövrieren.

Als Erstes verlor er den Außenspiegel auf der Beifahrerseite, und als er nach links lenkte, flogen ihm Glassplitter vom anderen Spiegel ins Gesicht.

Vor sich sah er bereits das Ende der Gasse. Gleich hatte er es geschafft – doch dann erkannte er, warum der andere Verfolger nach Westen abgebogen war. Sie würden ihn in die Zange nehmen und ihm den Weg zur Hauptstraße abschneiden.

Es sei denn …

Er nahm den Fuß vom Gas und schrammte mit der Stoßstange an der Mauer entlang, ehe der Jeep zum Stehen kam. Hayes richtete sich auf und blickte sich um.

Der Jeep war drei Meter vom Ende der Gasse entfernt, außerhalb der Reichweite des Motorradscheinwerfers. Hayes schaltete seine Brille von Nachtsicht auf Wärmebild um und schnappte sich die Schrotflinte vom Beifahrersitz. Dann drehte er sich nach hinten und stützte den Lauf der Waffe auf den Überrollbügel am Heck des Jeeps. Nun blieb ihm nur noch, zu warten und auf das anschwellende Brummen der Ducati zu horchen.

Der Mann ging jedoch extrem vorsichtig vor. Statt in vollem Tempo durch die Gasse zu jagen, wurde er plötzlich langsamer und brachte das Bike an einer Hausecke zum Stehen. Er stellte beide Füße auf den Boden und schaute sich in der dunklen Gasse um.

Hayes hielt den Atem an und zielte auf die Brust des Mannes. Sein Ziel war in Reichweite, und er war sich sicher zu treffen. Was er jedoch nicht wusste, war, ob der Mann nicht vielleicht eine Schutzweste trug. Das Problem war, dass es in diesem Fall nicht genügte, den Verfolger vorübergehend außer Gefecht zu setzen. Um ihn wirklich abzuschütteln, musste er ihn töten. Und das war nur möglich, wenn der Mann sich entschloss, die Initiative zu ergreifen.

Komm schon, verdammt… beiß an.

Endlich gab der Biker Gas, beugte sich über den Lenker und fuhr los.

Wie Hayes angenommen hatte, war der Motorradscheinwerfer nicht stark genug, um die Gasse bis zum Ende auszuleuchten. Das Helmvisier schränkte die Sicht des Fahrers zusätzlich ein, sodass er fälschlicherweise annahm, dass die Gasse leer war.

Als er seinen Irrtum bemerkte und der Jeep im Licht seines Scheinwerfers auftauchte, war es bereits zu spät.

»Bitte lächeln, Hundesohn«, knurrte Hayes.

Und drückte ab.

Die Schrotflinte bombardierte den Fahrer mit neun Stahlgeschossen, ein jedes von der Größe einer Achtunddreißiger-Kugel. Der Einschuss durchlöcherte die Brust des Mannes und fegte ihn vom Motorrad.

Noch bevor die Patronenhülse zu Boden fiel, sprang Hayes aus dem Jeep und eilte zu dem Getroffenen.

»Nimm's nicht persönlich«, murmelte er, setzte den Lauf ans Helmvisier und drückte ab.

Dann lud er nach, sprang in den Jeep und lenkte ihn ans Ende der Gasse. Als er den Hauptplatz erreichte, konnte er niemanden erkennen.

Wo ist sie? Hayes blickte zu der zweispurigen Straße, die von dem Platz wegführte.

Soweit er erkennen konnte, zweigte hier nirgends eine Gasse ab. Auf der Ostseite sah er ein zertrümmertes Schaufenster, und auf dem Boden schimmerte etwas Metallisches im Scheinwerferlicht.

Hayes hielt den Jeep bei dem Geschäft an und sprang

aus dem Wagen. »Izzy!«, rief er, dann meinte er das dumpfe Geräusch einer Autotür zu hören, die zugeknallt wurde. *Scheiße*. Er hob eine leere Patronenhülse auf – Kaliber neun Millimeter, wie von Izzys Glock.

Das beweist nicht, dass sie sie abgefeuert hat, dachte er. *Neun Millimeter ist ein weitverbreitetes Kaliber*.

Doch dann sah er das silberne Medaillon auf dem Bürgersteig liegen. Er hob es auf, sah, dass die Kette zerrissen war, und wusste, dass sie fort war.

Da ist noch ein Typ hinter dir her, warnte die Stimme im Kopf. Die zweite Ducati.

Hayes sprang in den Jeep und sah vierhundert Meter voraus die dunklen Umrisse der Hauptstraße. *Das ist es. Unser Weg ins Freie*.

Hayes hätte am liebsten das Gaspedal durchgedrückt. Sollte der zweite Verfolger doch versuchen, ihn einzuholen. Doch er durfte jetzt nicht leichtsinnig werden und einfach losfahren, solange der Verfolger ihm noch im Nacken saß.

Nein, sagte er sich. *Ich komme hier nur lebend raus, wenn ich dafür sorge, dass hinter mir keiner überlebt*.

Doch dafür musste er den zweiten Verfolger erst einmal finden. Der Kerl musste hier irgendwo sein und auf seine Chance lauern. »Aber wo?«, fragte er sich laut.

Dann sah er in seiner Optik ein schwaches oranges Leuchten – die Hitze des Motors der Ducati, die sich von Westen her näherte. Er war es – der zweite Verfolger. Hayes wusste instinktiv, dass der Mann auf den massiven steinernen Brunnen in der Mitte des Kreisverkehrs zuhalten würde.

So würde ich es an seiner Stelle machen.

Er lenkte den Jeep auf die Gegenfahrbahn und nutzte den

Brunnen als Deckung. Kurz vor dem Kreisverkehr hielt er an und wartete. »Warum braucht der Kerl so lange?«, fragte er sich und warf einen Blick auf die andere Seite des Brunnens.

Schließlich kam das Motorrad in Sicht. Tief über den Lenker gebeugt, jagte der Fahrer heran. Hayes konnte nicht wissen, auf welcher Seite er den Brunnen umkurven würde, und wartete, bis der Fahrer sich in die Kurve legte, dem Kreisverkehr folgte und beschleunigte.

Dann setzte er den Jeep in Bewegung, schaltete blitzartig hoch und wartete bis zum letzten Moment, ehe er die Scheinwerfer aufdrehte. Der Biker konnte nur noch die linke Hand hochreißen, um die Augen vor dem grellen Licht abzuschirmen, dann war es vorbei.

Der Zusammenstoß war heftig und verlief sehr einseitig.

Die Frontpartie des Jeeps prallte frontal gegen die Ducati, die Stoßstange zerquetschte den Vorderreifen, der Fahrer wurde in die Luft katapultiert und flog über den Jeep hinweg.

Hayes hörte den Helm auf dem Boden aufprallen, dann legte er den Rückwärtsgang ein, zog das ramponierte Motorrad mit sich und überfuhr den Fahrer. Er wollte gerade in den ersten Gang schalten, als er ein gequältes Stöhnen vom Rücksitz hörte.

»W-was … is'n los?«, ächzte Boggs.

»Psst«, flüsterte Hayes und knallte den ersten Gang rein. »Du hast nur schlecht geträumt.«

Er riss das Lenkrad nach rechts, um dem Motorradwrack auszuweichen. Dreißig Sekunden später war er auf der Straße nach Pendare.

45

PENDARE, VENEZUELA

Hayes fuhr die ganze Nacht, folgte dem eintönigen Grau der Straße, die sich im Licht der Scheinwerfer nach Osten schlängelte. Boggs war wieder weggetreten, und so verlief die Fahrt in aller Stille, begleitet nur von den monotonen Fahrgeräuschen und dem erdigen Geruch des Río Arauca, der im Süden vorüberzog.

Hayes fuhr, bis der Horizont sich blassrosa färbte und die Dunkelheit sich aufzulösen begann. Zehn Meilen vor Pica Pico fuhr Hayes von der Straße ab und lenkte den Jeep in einen Graben. Die trockene Erde knisterte unter den Reifen und wirbelte feinen Staub auf, der sich auf die Windschutzscheibe legte, als er zum Stehen kam.

Er stieg aus, nahm die Einsatzweste ab und legte sie auf den Sitz. Dann dehnte er die Schultern, um die Verspannungen im Rücken zu lösen, schloss die Augen und genoss die frische Luft, die sein schweißgetränktes Hemd umfächelte.

Einen Moment lang wünschte er sich, er könnte ewig hier stehen und vergessen, was ihn in Pendare erwartete. Nicht mehr an Treadstone denken, an Gray und Vega, sondern alles hinter sich lassen und verschwinden.

Genau das hast du versucht, meldete sich die innere Stimme und holte ihn in die Realität zurück.

»Ja, ich weiß.« Hayes rief sich in Erinnerung, warum er hier war und nicht zu Hause bei Jack und Annabelle.

Wenn du willst, dass das aufhört, musst du etwas dafür tun.

Bevor Hayes seiner inneren Stimme antworten konnte, hörte er Boggs' gedämpfte Rufe vom Rücksitz des Jeeps. Er hatte ganz vergessen, dass der Mann noch in der Matratze steckte. Als er seine Stimme hörte, stieg die Wut auf den Kerl wieder in ihm hoch.

»Dieser Vollpfosten«, knurrte er.

Hayes stapfte zum Heck des Jeeps, und sein Zorn wuchs mit jedem Schritt. Als er sich in den Wagen beugte und nach dem Strick griff, sah er nur noch rot.

Mit einem kräftigen Ruck zog er die Matratze vom Rücksitz und ließ sie auf den Boden knallen. Die Folge waren eine Staubwolke und ein wüster Fluch.

»Hey, Mann, hast du sie noch alle?«

Boggs wäre vielleicht glimpflich davongekommen, hätte er bloß die Klappe gehalten, doch so kam es anders. Hayes zog das Messer aus der Scheide in seinem Rücken, drückte ein Knie auf das sich windende Bündel und begann, wütend den Strick zu bearbeiten. Als die letzte Faser durchtrennt war, konnte Boggs sich befreien, das schmutzige Gesicht zorngerötet.

»Was zum Kuckuck ist bloß los mit …«, polterte er.

Bevor er weiterfluchen konnte, packte Hayes ihn am Hals und riss ihn auf die Füße hoch.

Bring ihn um, dann bist du ihn los.

»Ist dir schon aufgefallen, dass jemand fehlt, du versoffenes Aas?«, knurrte Hayes.

»W-was?«, brachte Boggs hervor, und seine hervortretenden Augen blickten vom Messer in Hayes' Hand zum Jeep. »Izzy, wo ist …?«

»Sie ist fort, weil du dir lieber die Birne zugeknallt hast, statt an deine Freundin zu denken«, zischte Hayes. »Also nenn mir einen Grund, warum ich dich nicht im Straßengraben liegen lassen soll.«

»Weil du … nicht … so bist«, krächzte Boggs erstickt.

»Da täuschst du dich gewaltig«, zischte Hayes. »Genau so bin ich. So haben die mich gemacht.«

»I-ich …«, stammelte Boggs.

»Ja? Was?«, drängte Hayes. »Willst du jetzt sagen, dass es dir leidtut, oder was?«

»Ich … ich hatte Angst«, keuchte Boggs.

Hayes sah, wie das Gesicht des Mannes blau anlief und seine Augen sich nach hinten drehten.

Bring es zu Ende und fahr weiter, drängte die innere Stimme.

»Nein«, widersprach Hayes, löste den Griff und ließ Boggs zu Boden sacken. *Ich bin vielleicht ein Killer, aber kein Mörder*.

Er schob das Messer in die Scheide, rannte am Jeep vorbei und den Hang des Grabens hinauf. Ihm war bewusst, dass er Boggs um ein Haar umgebracht hätte, und er hatte Angst, dass die Wut wiederkommen und er vollends die Beherrschung verlieren würde.

»H-Hayes«, krächzte Boggs. »E-es tut mir l-leid.«

Keuchend blieb Hayes stehen, sein Herz raste, und er ballte die Hände zu Fäusten.

Ihr werdet alle zwei umkommen, wenn du so inkonsequent bist, warnte die Stimme.

»Lass mich in Ruhe!«, fauchte Hayes, sank auf die Knie und hämmerte mit den Fäusten auf den Boden, bis seine Wut verraucht war und sein Kopf auf die Brust sackte.

Er kniete immer noch da, als er Boggs' zögernde Schritte hinter sich hörte.

»H-Hayes, ich bin …«

»Was bist du? Ein abgehalfterter Agentenfuzzi? Ein elender Saufkopf? Ist dir klar, dass wir alle umkommen werden, wenn du so weitermachst?«, erwiderte Hayes, ohne sich umzudrehen.

»Stimmt … ich bin ein alter Säufer«, gab Boggs zu und hockte sich neben ihn. »Außerdem ein mieser Vater und Ehemann. Aber ein Feigling bin ich nicht.«

»Hast du gewusst, dass Fords Vater ein Cherokee-Indianer war?«, fragte Hayes.

Der abrupte Themenwechsel ließ Boggs verwirrt die Stirn runzeln. »Nein, äh … das hab ich nicht gewusst.«

»Ja, er war dreimal in Vietnam, hat in einer Aufklärungseinheit gedient. Als wir nach dem ersten Einsatz nach Hause kamen, hat Fords Mom einen Haufen Leute zu einem Fest in ihrem Haus geladen. Zuerst war alles bestens, aber ich hab vielleicht zu viel getrunken – jedenfalls habe ich auf einmal die Wände auf mich zukommen sehen und keine Luft mehr gekriegt.« Hayes stockte einen Moment. »Ich weiß gar nicht, warum ich dir diesen Scheiß erzähle.«

»Red weiter, Mann. Was ist dann passiert?«

»Ich hab geglaubt, ich krieg einen Herzinfarkt oder was – jedenfalls bin ich rausgerannt und mitten im Garten umgekippt. Als ich wieder zu mir kam, hat Fords Dad neben mir gehockt.«

»Was hat er gesagt?«

»Dass ihm genau das Gleiche passierte, als er aus Vietnam zurückgekommen war. Alle hätten ihm gesagt, das sei ganz normal und werde vorbeigehen. Aber das ist ein Haufen Bockmist, hat er gemeint.«

»Bockmist?«

»Ja.« Hayes drehte den Kopf und sah Boggs an. »Er hat gesagt, in jedem von uns kämpfen zwei Wölfe. Der eine ist gut und will das Richtige tun. Der andere will nur zerstören, will dich innerlich zerreißen, bis du es irgendwann nicht mehr aushältst und dir eine Kugel in den Kopf jagst.« Hayes verstummte und blickte auf das flache Buschland hinaus. Er erinnerte sich an den Tag, als wäre es gestern gewesen.

»Wie ging's weiter?«, wollte Boggs wissen.

»Ich habe ihn gefragt, welcher Wolf den Kampf gewinnt.« Hayes stand auf und klopfte sich den Staub von der Hose.

»Was hat er gesagt?«

Hayes musterte ihn einen Moment lang, sah die roten Abdrücke seiner Finger auf Boggs' Hals. Die Augen des Mannes ließen erkennen, dass er sich schämte. *Als würde ich in einen Spiegel schauen*, dachte er und hielt ihm die Hand hin.

»Er hat gesagt, es gewinnt der Wolf, den du fütterst.« Hayes half dem Mann auf die Füße.

»Ich hab Mist gebaut… das tut mir echt leid«, sagte Boggs.

Hayes wollte etwas erwidern, als er plötzlich das ferne Brummen eines Turboprop-Flugzeugs hörte. »Still«, befahl er und hob die Hand.

»Was ist?«, fragte Boggs.

»Klingt nach einem Flugzeug. Eine schwere Maschine.« Er schaute suchend zum Himmel.

»Wo ...?«

Hayes deutete auf ein viermotoriges Transportflugzeug am östlichen Himmel. »Eine Antonow An-12. Eine solche Maschine hatte Ford im Visier. Wetten, die fliegt nach Pendare?«

46

PENDARE, VENEZUELA

Es war gegen dreizehn Uhr, als sie endlich in Pendare eintrafen. Hayes war sich nicht sicher gewesen, wie er sich diese Bergbaustadt im Amazonasgebiet vorstellen sollte. Seine Erwartungen beruhten auf dem, was er in Filmen gesehen hatte – hauptsächlich Barackensiedlungen, in denen es am Allernötigsten fehlte.

Pendare entsprach seinen Erwartungen. Die Stadt sah aus, als wäre sie aus zusammengesammelten Trümmern aufgebaut worden. Das einzige stabile Gebäude war ein alter Ziegelbau, auf dessen Mauern in abgeblätterten Buchstaben »AMAZONIA MINING LTD« stand.

»Also, ich hab ja schon einige Drecklöcher gesehen, aber das hier …«, murmelte Hayes.

»Wo willst du anfangen?«

»Sehen wir uns das Haus an, das nicht aus Trümmern besteht.« Hayes parkte den Jeep vor dem Amazonia-Mining-Firmenschild.

»Wie willst du vorgehen?«, fragte Boggs, während er aus dem Jeep ausstieg.

Statt einer Antwort zog Hayes seine Glock und steckte sie in den Rucksack.

»Wie bitte? Du willst ohne Waffe da reingehen?«

»Boggs, ohne Waffe geh ich nicht mal aufs Klo.« Hayes tauschte die Glock gegen ein großes Lederholster mit einem dicken Revolver.

»Das ist keine Pistole – das ist eine verdammte Kanone.«

»Überlass das Reden mir«, sagte Hayes und schnallte sich das Holster an den Gürtel. Er trat zur Tür, an der ein handgeschriebener Zettel verriet, dass der Inhaber gerade Siesta hielt.

»Was nun?«, fragte Boggs.

»Da drüben scheint offen zu sein.« Hayes deutete auf ein rotes Gebäude mit einem geschotterten Parkplatz, auf dem mehrere dreckbespritzte Pick-ups standen. Ein Schild zeigte ein Bier trinkendes Schwein.

Hayes las die Aufschrift. »Cochiloco.«

»*Verrücktes Schwein*? Was zum Kuckuck soll das sein?«, fragte Boggs.

»Also, das wundert mich jetzt, dass du eine Kneipe nicht erkennst.« Hayes deutete auf einen Stapel rostiger Bierfässer vor der Wand.

Die Kneipe zeigte den Erfindungsreichtum, mit dem die Leute sich beholfen hatten. Das Holz der Fassade stammte von alten Transportkisten, die man rot bemalt hatte.

Egal, womit Hayes es zu tun hatte – er betrat ein Haus immer auf die gleiche Weise. Er fasste den Türgriff mit der linken Hand, umschloss den Griff des Revolvers mit der rechten und zog die Tür auf.

Achtzig Prozent des Raumes hatte er bereits überblickt, noch bevor er die Schwelle übertrat. Hayes hatte schon so manche Kneipe erlebt, aber erst in seiner Zeit bei Treadstone, als er Zielpersonen in allen Winkeln der Erde gejagt hatte, sah er Kaschemmen, die man mit Fug und Recht als »Dreckloch« bezeichnen konnte.

Doch das *Cochiloco* schlug sie alle.

Das Wort »Dreckloch« wurde diesem Lokal nicht ansatzweise gerecht. Es bestand im Wesentlichen aus zwei Frachtcontainern mit Sperrholzboden. Ein rechteckiger Holzklotz bildete den Tresen, vier leere Kabeltrommeln dienten als Tische. Nachdem er sich vergewissert hatte, dass die linke Hälfte des Raums leer war, deutete er mit dem Kopf in diese Richtung und signalisierte Boggs damit, dass er in der Ecke in Position gehen solle.

In der rechten Hälfte befanden sich zwei Männer: ein Einheimischer, der auf dem Boden seinen Rausch ausschlief, und – mit dem Rücken zur Wand sitzend – ein stiernackiger Kerl, der so aussah, als sei mit ihm nicht zu spaßen.

»Behalte den Kerl im Auge«, raunte Hayes, als er beobachtete, wie die Hand des Mannes unter dem Tisch verschwand.

»Alles klar«, nickte Boggs und ging nach links.

»Macht die Bar so früh auf oder überhaupt nie zu?«, fragte er und ging zum Tresen.

Der Barmann hatte den müden, überdrüssigen Ausdruck eines Mannes, der sein Leben damit zugebracht hatte, sich die Probleme anderer Leute anzuhören. Die Narben auf seiner Faust zeigten, was passierte, wenn er das Zuhören satthatte.

Hayes erkannte in seinem Blick, dass der Mann lange genug im Geschäft war, um zu wissen, wann Ärger drohte. Als der Barmann die Pistole an seiner Hüfte sah, griff er unter den Tresen.

»*Tranquilo* – immer mit der Ruhe.« Hayes hob die Hände mit den Handflächen nach außen. »Wir wollen keinen Ärger. Ich habe nur ein paar Fragen – dann verschwinden wir wieder.«

Erst jetzt bemerkte er den dritten Mann in einem dunklen Winkel. Im Gegensatz zu den anderen sah er nicht abgehalftert aus – im Gegenteil. Seine Kleidung war sauber, Arme und Gesicht braun gebrannt. Die Fältchen um die Augen verrieten, dass er oft mit zusammengekniffenen Augen in die Sonne schaute.

Der Pilot.

»Haben Sie die Antonow geflogen?«, fragte Hayes und trat auf den Mann zu.

»Geht Sie das was an?«, erwiderte der Mann.

»Entschuldigen Sie – wo sind bloß meine Manieren? Kann ich Sie auf einen Drink einladen?«

»Hab schon einen.« Der Mann deutete mit dem Kopf auf den fast vollen Bierkrug auf dem Tisch.

»Verstehe.« Hayes nahm den Krug und schüttete das Bier auf den Boden. »Problem gelöst.« Er zuckte mit den Schultern. »Also, wie wär's jetzt mit einem Bier? Und wenn wir schon am Plaudern sind – mich würden auch die Koordinaten des Flugplatzes interessieren, auf dem Sie gelandet sind.«

»Haaayes!«, warnte Boggs.

»Ich sehe ihn.« Dass der Muskelmann aufgestanden war, hatte ihm bereits das Geräusch verraten, mit dem sein Stuhl über den Sperrholzboden geschrammt war.

»Hat Sie jemand gerufen?«, fragte Hayes, ohne den Blick vom Piloten zu wenden.

»Amerikaner kriegen hier nichts zu trinken.«

»Was ist mit ihm?«

»Ich hab gesagt: *Verpiss dich.*«

»Sie sind ganz schön ungehobelt. Kennen Sie den Mann?«, fragte er den Piloten.

»J-ja. Mr. Vega hat ihn angeheuert, damit er ...«

»Es reicht«, polterte der Muskelprotz. »Und du scher dich raus, bevor ich ungemütlich werde.«

»Kenne ich Sie von irgendwoher?« Hayes drehte sich zu dem Mann um, der ihn um einen ganzen Kopf überragte.

»Ich hab gesagt, du sollst dich verpissen.«

»Es muss in irgendeinem Dreckloch gewesen sein. Sie waren in einem Sicherheitsteam. Wo war das noch mal? Verdammt, es liegt mir auf der Zunge.«

Dann fiel es ihm ein.

»Sie haben für dieses Arschloch Kaplan in Belgrad gearbeitet.« Hayes schnippte mit den Fingern. »Sie hatten so einen Hundenamen – Rex oder Champ oder ...«

»Ich hab dich noch nie gesehen.«

»Brutus, das war's«, sagte Hayes triumphierend. »Stimmt doch, oder?«, fragte Hayes den Piloten, der zustimmend nickte. »Sie erinnern sich nicht an mich? An die Nacht in diesem Konvoi? Sie haben sich verirrt und ...«

»Ich sag's jetzt zum letzten Mal«, warnte Brutus, während seine Hand zur Pistole ging.

»Wenn Sie diese Pistole ziehen«, sagte Hayes mit eisiger Stimme, »dann sollten Sie verdammt entschlossen sein, mich zu töten.«

Jeder verriet sich durch kleine Zeichen, wenn er nervös wurde. Während Hayes den Mann provozierte, ließ er sein Gesicht nicht aus den Augen, achtete auf jede noch so kleine Regung und wusste deshalb genau, wann der Mann zur Waffe greifen würde.

Brutus war schnell, aber nicht schnell genug.

Hayes reagierte, noch bevor die Pistole aus dem Holster war. Mit der Linken packte er den Mann am Handgelenk, als der Lauf der Sig Sauer noch nach unten zeigte. Mit einem schnellen Schritt nach vorne rammte er dem Mann den rechten Ellbogen ins Gesicht und spürte Blut auf seinen Arm spritzen.

Der Mann taumelte, und Hayes griff mit der rechten Hand nach hinten und zog sein Messer. In seinem Geschäft war zwar die Pistole sein wichtigster Helfer, doch er war in einer Gegend aufgewachsen, in der viele Kämpfe mit Messern und Fäusten ausgetragen wurden. Heute feuerte er lieber eine Kugel ab, um sein Ziel zu erreichen, doch das Messer blieb ihm ein zuverlässiger Begleiter.

Bevor sein Gegner das Gleichgewicht wiedererlangte, riss Hayes ihn am rechten Arm zu Boden. Reflexartig drückte Brutus zweimal ab. Die Kugeln schlugen in den Fußboden ein und ließen das Holz splittern.

Während Hayes das Messer mit einem leisen Zischen von Stahl auf Leder aus der Scheide zog und nach vorne schwang, sah er aus dem Augenwinkel, wie der Barmann etwas unter dem Tresen hervorholte.

Du bist in einer Scheißposition, warnte Hayes' innere Stimme.

Hayes versuchte, Brutus als Schutzschild vor sich zu ziehen, doch als er dem Mann das Messer zwischen die Rippen stieß und sah, dass der Barmann ein FAL-Schnellfeuergewehr anlegte, wusste er, dass er keine Chance hatte.

Vier Schüsse krachten.

Hayes zuckte zusammen, wartete auf das Brennen der tödlichen Kugeln, dann sah er den Blutfleck auf der Brust des Barmanns, während Boggs' Glock rauchte.

»Ich schulde dir was«, sagte er, zog das Messer aus Brutus' Körper, wartete einen Moment, bis die Pistole klappernd zu Boden fiel, ehe er den Mann losließ.

»Gern geschehen«, sagte Boggs und schob die Pistole ins Holster.

Hayes wischte die Klinge am Hemd des Mannes ab und schob sie in die Scheide.

»Hast du den Kerl wirklich gekannt?«, fragte Boggs.

»Ja. Die Welt ist klein, was?« Hayes wandte sich an den Piloten. »Ich glaube kaum, dass irgendjemand diesen Scheißkerl vermissen wird, aber Sie scheinen mir ein ganz netter Typ zu sein. Also, wie sieht's aus? Ich will nichts von Ihnen – nur ein paar Informationen.«

47

PENDARE, VENEZUELA

Laut dem Piloten gab es nur zwei Möglichkeiten, zum Flugplatz zu gelangen: auf dem Luftweg oder durch das Haupttor.

»Okay, hier ist der Flugplatz.« Hayes markierte die Position mit einem *X* auf seiner Karte. »Wo ist die Straße?«

»Hier.« Der Pilot zog eine Linie vom *X* zur Stadt Pendare. »Aber wenn Sie nicht mit einer Armee anrücken, würde ich mir das aus dem Kopf schlagen.«

»Das überlassen Sie ruhig mir«, erwiderte Hayes.

Zwanzig Minuten später lenkte er den Jeep in ein trockenes Bachbett, zwei Meilen von der Straße entfernt, die der Pilot auf der Karte eingezeichnet hatte. Er schaute in das Gewirr aus Weinreben und stämmigen Kautschukbäumen, die sie wie ein undurchdringlicher Vorhang umgaben.

»Endstation.« Hayes stellte den Motor ab und sprang aus dem Wagen.

»Willst du nicht näher ranfahren?«, wunderte sich Boggs nach einem Blick auf die Karte.

»Das können wir nicht riskieren – vor allem nicht, wenn sie Izzy haben.« Hayes holte einen Tiegel mit olivgrüner Schminke aus dem Rucksack und nahm den Deckel ab. Der Tiegel war in vier Viertel unterteilt, die verschiedene Farben auf Ölbasis enthielten.

Als Erstes trug Hayes eine Schicht Grün auf Gesicht und Hals auf. Mit unregelmäßigen Streifen und Tupfen in Grau und Braun erzeugte er natürliche Kontraste und Schattierungen. Auf Schwarz verzichtete er, da diese Farbe in der Natur kaum vorkam. Als er fertig war, trug er noch ein Insektenabwehrmittel auf und streifte Handschuhe über.

»Was glaubst du, wie Ford reingekommen ist?«, fragte Boggs.

Diese Frage stellte Hayes sich selbst schon, seit der Pilot ihnen die Koordinaten des Flugplatzes verraten hatte. Es gab nur eine mögliche Antwort.

»Genauso wie ich es vorhabe. Zu Fuß.«

»Einfach so?«, hakte Boggs nach.

Augen zu und durch – das war immer deine Devise, dachte Hayes und griff nach der Karte.

»Habt ihr im Marine Corps viel Landnavigation gemacht?«

»In Parris Island, aber danach nicht sehr oft. Wir haben eigentlich immer GPS benutzt.«

»Tja, es ist eine aussterbende Kunst«, meinte Hayes. »Und der Krieg in der Wüste hat den Trend noch verstärkt. Dort hat man immer ein Signal.« Hayes zog das GPS-Gerät aus der Tasche und hielt es hoch. »Aber hier unter dem Blätterteppich sieht die Sache anders aus.«

Nichts, dachte er, als er auf das leere Display blickte.

»Wie es aussieht, werden wir es auf die altmodische Art machen müssen.« Er breitete die Karte auf der Motorhaube aus. »Wir sind hier.« Er deutete auf das X, mit dem er ihren Standort markiert hatte. »Der Pilot sagt, dieser geheimnisvolle Flugplatz liegt zwei Meilen nördlich von hier.«

»Dort hat Ford auch diese Fotos geschossen«, sagte Boggs.

»Genau. Und wenn wir der Sache auf den Grund gehen wollen, bleibt uns nur eine Möglichkeit.«

Hayes faltete die Karte zusammen, steckte sie in einen Plastikbeutel und ging zum Heck des Jeeps. Er öffnete den großen Rucksack mit der Ausrüstung und nahm einen länglichen Behälter heraus.

»Auch so ein Spionagekram?«, fragte Boggs grinsend.

»Nee. Wir machen es wie die Ureinwohner.« Hayes nahm den Deckel des Behälters ab und zog einen Compoundbogen heraus.«

»Ist das dein Ernst?«, fragte Boggs ungläubig.

»Der Dschungel ist wie die Wüste. Geräusche und Gerüche haben eine viel größere Reichweite, als du denkst. Die Pistole setze ich ein, wenn es sein muss, aber damit kann ich zuschlagen, ohne mich zu verraten.«

»Echt jetzt – ein Bogen?« Boggs zog einen Pfeil aus dem Köcher. »Und das hier sieht nicht mal wie eine Pfeilspitze aus.« Er deutete auf das umgekehrte Y der Jagdspitze.

»Das würde ich an deiner Stelle nicht tun«, warnte Hayes, als er sah, dass Boggs den Metallring an der Spitze berühren wollte.

»Die Spitze ist doch nicht vergiftet, oder?«

»Nein, Blödmann.« Hayes nahm ihm den Carbonpfeil aus der Hand. »Das ist eine spezielle Jagdspitze – eine Rage Hypodermic. Ich habe dir gerade einen Finger gerettet.«

Er zog sein Spyderco-Klappmesser hervor und öffnete die Klinge. »Dieser Ring hält die extrem scharfen Klingen zusammen.« Hayes deutete auf die gezackten Klingen zu beiden Seiten der Spitze. »Wenn der Pfeil ins Ziel trifft …« Er drückte mit der Messerspitze gegen den Ring und zog die Hand zurück, bevor die Klingen wie Schnappmesser aufklappten.

»Also, ganz koscher bist du mir wirklich nicht«, stöhnte Boggs.

»Wie du meinst, aber im Moment bin ich so ziemlich alles, was du hast. Also halt dich an den Plan, dann kommen wir vielleicht lebend hier raus.«

»Alles klar, ich werde meinen Arsch hier platzieren«, imitierte er Hayes' Ausdrucksweise. »Ich lass das Funkgerät eingeschaltet und halt die Augen offen.«

»Und?«, hakte Hayes nach.

»Falls sie dich erwischen, mache ich, dass ich wegkomme.«

»Ich mein's ernst, Boggs. Kein Cowboy-Scheiß.«

»Hayes, du kannst dich auf mich verlassen.«

»Ich weiß.« Hayes schulterte seinen Rucksack und schlängelte sich durch den grünen Vorhang.

Er hatte einen großen Teil seines Lebens im Süden verbracht, wo eine hohe Luftfeuchtigkeit etwas ganz Normales war. Nichts davon hatte ihn jedoch auf das vorbereitet, was ihn erwartete, als er vom Weg abwich und tiefer in den Dschungel eindrang.

Es war so feuchtheiß und drückend wie in einem Treibhaus. Nach einer Viertelmeile schwitzte er aus allen Poren, sodass die Tarnschminke auf seinem Gesicht zu zerfließen begann.

Das Gelände war ein Albtraum. Er quälte sich einen Abhang hoch, stolperte über Wurzeln und musste Baumstämme umgehen, die so breit waren wie ein Buick. Am meisten aber hasste Hayes die dornigen Schlingpflanzen, in denen er sich ständig verfing. Die kleinen Spitzen bohrten sich in die Haut; wenn man sie nicht vorsichtig herauszog, sondern sich loszureißen versuchte, verursachten sie schmerzhafte und blutige Risse.

Hayes gab sich alle Mühe, den tückischen Gewächsen auszuweichen, doch die blutigen Einstiche ließen sich nicht vermeiden.

Scheiße. Ich hätte eine Machete mitnehmen sollen.

Er wischte sich mit der Rückseite seines Handschuhs übers Gesicht, und der scharfe Geruch des Insektenschutzmittels brannte ihm in der Nase.

Langsam, aber gleichmäßig kämpfte er sich weiter, blieb alle zwanzig Meter stehen, horchte auf verdächtige Geräusche und schaute sich nach möglichen Anzeichen einer Bedrohung um. Im Gehen zählte er die Schritte des linken Fußes, wie er es in der Army gelernt hatte, und wusste deshalb, dass dreiundsechzig Schritte etwa hundert Metern entsprachen.

Über ihm protestierte eine Gruppe von Brüllaffen gegen den sanften Wind, der von Osten hereinwehte. Hayes blickte an den Tieren vorbei und suchte nach einer Lücke im Blätterdach. Was er sah, bestätigte seine größte Befürchtung: Bedrohliche graue Wolken rollten unaufhaltsam heran und überzogen den kristallklaren blauen Himmel wie mit einer Bleischicht.

Hayes war noch eine Meile vom Ziel entfernt, als er sich auf ein Knie niederließ, einen Blick auf die Karte warf und dann die Sprechtaste seines Funkgeräts drückte. »Ich bin jetzt bei Wegpunkt eins«, keuchte er.

»Verstanden – Wegpunkt eins. Du klingst nicht so, als hättest du viel Spaß.«

»Die Hitze«, gab Hayes zu. »Nicht lustig.«

»Ein Gewitter ist im Anmarsch«, warnte Boggs über Funk. »Sieht ziemlich düster aus.«

Hayes war zu weit gekommen, um umzukehren. Er warf erneut einen Blick auf die Karte und sah, dass der Flugplatz noch eine knappe Meile entfernt war. Er befand sich in Indianerland, nahe der Stelle, an der Fords Team angegriffen worden war. Nein, er würde nicht umkehren.

»Ich gehe jetzt weiter. Sag Bescheid, wenn es richtig schlimm wird.«

»Roger.«

Hayes richtete sich auf und schaute sich nach verdächtigen Spuren um – abgebrochenen Zweigen, verbogenen Stängeln und Fußspuren auf Blättern oder in der weichen Erde. Auch wenn es in einem Regenwald naturgemäß viel regnete, erreichte aufgrund des dichten Blätterdachs nur ein begrenzter Teil des Wassers den Boden, sodass es schwer war, irgendwelche Spuren zu entdecken.

Umso wichtiger war es, kleine Pfützen oder schlammige Stellen zu finden, die ihm verraten konnten, ob hier jemand vorbeigekommen war.

Es dauerte nicht lange, bis er unter einer Lücke im Blätterdach auf eine Schlammpfütze stieß. Die feuchte Erde war mit Affenspuren übersät, doch am Rand entdeckte Hayes einen Teil eines Stiefelabdrucks. Tief geduckt schaute er sich um und suchte nach weiteren Spuren.

Vom nächsten Fußabdruck war nur eine kleine Schramme im Boden zu erkennen, daneben ein Schlammspritzer an einem Baum. Er zog einen Handschuh aus, kratzte ein Schlammklümpchen von der Rinde und zerdrückte es zwischen den Fingern, um den Feuchtigkeitsgrad zu prüfen. Dass der Schlamm nicht krümelte, verriet ihm, dass die Spur noch frisch war.

Er streifte den Handschuh wieder über und machte einen zögernden Schritt vorwärts.

In solchem Gelände eine Spur zu verfolgen, war eine Kunst für sich, die unendliche Sorgfalt und Geduld erforderte. Auch wenn seine Zeit noch so knapp war – er wusste, wenn er die Spur verlor, würde er wieder von vorne anfangen müssen.

Nach fünf Minuten minutiöser Suche stieß er hinter einem umgestürzten Baumstamm auf den nächsten Abdruck. Er untersuchte das Moos auf der Baumrinde und stellte fest, dass es eingedrückt war. Dann wandte er sich der Rückseite des Stammes zu und suchte nach der Fußspur, die hier irgendwo sein musste.

Er fand sie, doch es war kein vollständiger Stiefelabdruck, sodass sich unmöglich sagen ließ, wessen Spur er hier folgte. Die Grundregel des Fährtenlesens war, einen Abdruck zu finden, der sich von allen anderen unterschied. Verschiedenen Spuren zu folgen war, wie eine Schar Katzen zu hüten – reine Zeitverschwendung. Hayes hatte früh gelernt, dass man nur Erfolg hatte, wenn man einen deutlichen Abdruck fand und diesem folgte.

Nach einer Weile entdeckte er endlich eine vielversprechende Spur. Diesmal war es der komplette Stiefelabdruck, einschließlich des Logos in der Mitte: VIBRAM.

Die Marke, die Ford bevorzugt hat. Das war er.

Hayes ging weiter, ignorierte das Donnergrollen, das durch die Bäume zu ihm drang. Ein kühler Lufthauch wehte durchs Blätterdach und trug den Geruch von Regen mit sich.

Er trat buchstäblich in Fords Fußstapfen. Im Gehen versuchte Hayes, sich vorzustellen, was in seinem Freund vorgegangen sein mochte. War er müde, zornig? Wusste er, dass sie hinter ihm her waren?

Normalerweise wäre eine Keilformation ratsam gewesen, weil man dadurch Männer an beiden Flanken hatte. Doch in diesem dicht bewachsenen Gelände war das kaum möglich.

Sie werden sich in einer Reihe bewegt haben, dachte Hayes. *Ein Mann etwa hundert Meter voraus, für den Fall, dass es Ärger gibt*.

Hayes kämpfte sich weiter durchs Dickicht, nach dem kleinsten Anzeichen Ausschau haltend, dass sich jemand näherte. Ein Stiefelabdruck führte zum nächsten, und bald fand Hayes die Spuren des gesamten Teams. Sie waren tatsächlich in einer Kolonne vorgerückt, wie er vermutet hatte.

Ford hatte sich von Osten dem Ziel genähert – das wusste er, ohne auf die Karte zu schauen. Hayes hatte die Gegend eingehend studiert und kannte die wichtigsten Merkmale des Geländes.

Ford hat den Flussweg benutzt. So ist er in die Gegend gekommen.

Es wurde immer düsterer unter den Bäumen; er wusste, dass das Gewitter über ihm war. Die Wolken ließen kaum noch Sonnenlicht durch. Dennoch ging er unbeirrt weiter, in dem Wissen, dass er dem Ziel nahe war.

Die ersten Tropfen fanden ihren Weg zum Waldboden.

Dann öffneten sich die Schleusen, und der Regen schlug auf das Blätterdach wie ein Hammer auf den Amboss. Die zusätzliche Feuchtigkeit erzeugte einen Nebel, der schwarze und blaue Schatten auf den Waldboden warf.

Kehr um, es ist sinnlos, warnte seine innere Stimme.

»Nein, verdammt«, fauchte Hayes und zog den Kopf ein, während der Regen auf ihn einprasselte. Der Bogen wurde schlüpfrig in seiner Hand.

Dann hörte er von weiter vorn ein eindringliches Summen. *Fliegen*. Als er näher herankam, schlug ihm Verwesungsgeruch entgegen. Auf dem Boden sah er etwas Metallisches schimmern, außerdem Blätter, die von eingetrocknetem Blut bedeckt waren, und geschwärzte Stellen, wo eine Granate explodiert war.

Schließlich sah er weiße Haut aus der Erde ragen – die Stelle, an der Fords Männer ihre letzte Ruhe gefunden hatten.

Hayes neigte respektvoll den Kopf und schwor sich, die Männer zu rächen, während er sich weiter durch den Regen kämpfte, die letzten hundert Meter zu der erhöhten Stelle, von der er das Gelände überblicken würde. Er legte sich flach auf den Boden und robbte die letzten Meter zur Kuppe hinauf. Oben angekommen, zog er das Beobachtungsfernrohr aus dem Rucksack und deckte die Linse mit dem olivfarbenen Tarnnetz ab, damit der Feind keine Reflexionen erkennen konnte, falls plötzlich die Sonne hervorkam. Dann hob er das Fernrohr ans Auge.

48

PENDARE, VENEZUELA

In der düsteren Stimmung des Gewitters lagen der Flugplatz und seine Verteidigungsanlagen vor Hayes wie ein teilweise ausgegrabenes Skelett. Jemand hatte eine Lichtung in den Wald geschlagen, auf einem Gelände, auf dem sich allem Anschein nach einmal ein Armeestützpunkt befunden hatte.

Von der alten Verteidigungsanlage war kaum noch etwas übrig. Der verrostete Zaun war von Gras überwuchert, und um den nächstgelegenen Wachturm rankten sich Schlingpflanzen, die bis zu hundert Meter lang werden konnten. Am anderen Ende des Geländes flackerte ein Feuer in einem Ölfass. Im Regen zischend, beleuchteten die Flammen ein paar heruntergekommene Gebäude.

Abgesehen von dem Feuer, wirkte der Ort verlassen, doch bei genauerer Betrachtung erkannte Hayes die Spuren von Arbeiten, die erst kürzlich verrichtet worden waren. Je länger er das Gelände studierte, umso einleuchtender erschien ihm der abgelegene Standort im Dschungel.

Auf den ersten Blick erschien die Landebahn zu kurz und zu schmal für ein großes Transportflugzeug. An einem Ende war Erde zu einer Rampe aufgeschichtet worden.

Auf der Ostseite sah er die Wracks von Flugzeugen, die über die Landebahn hinausgeschossen waren, doch die

Antonow An-12, die unter einem riesigen Tarnnetz stand, das vor dem heruntergekommenen Hangar aufgespannt war, bewies, dass es hier möglich war, auch ein so großes Flugzeug sicher zu landen.

Hayes hatte keine Ahnung, wie der Pilot es geschafft hatte, die riesige Turboprop-Maschine in die enge Landebahn zu quetschen – aber da stand sie unversehrt vor dem Hangar. Mehrere Männer waren damit beschäftigt, in Zellophan gehüllte Paletten die Rampe hochzutragen. Wahrscheinlich die Fracht, mit der das Flugzeug schon bald wieder von hier verschwinden würde.

Was ist auf den Paletten?, fragte sich Hayes. *Drogen vielleicht*?

Geduldig stellte er das Fernglas scharf und erkannte nun, dass es sich bei den dicken Bündeln auf den Paletten nicht um Drogen handelte, sondern um Geldscheine.

Plötzlich ergab das alles einen Sinn. Dass diese Leute Ford getötet und auch ihn hatten beseitigen wollen, hatte nichts mit Drogen zu tun. Nein, hier war Geld die Ware.

Die Wut, die in ihm hochstieg, war wie eine heiße Glut im strömenden Regen. Er schwenkte das Fernglas über das Gelände, überschaute die Verteidigungsanlage und die Wachposten und kam zu dem Schluss, dass er die Sache hier und jetzt beenden konnte.

Hayes wich von der Kante des Abhangs zurück und drückte mit dem Daumen die Sprechtaste.

»Boggs«, sprach er ins Funkgerät.

Es kam nur Rauschen.

»Boggs, kannst du mich hören?«

Komm schon, verdammt, melde dich.

Er versuchte es noch einmal, mit dem gleichen Ergebnis.

Hayes wusste, dass die Funkverbindung durch verschiedene Faktoren gestört werden konnte. In diesem Fall konnte es an den dichten Bäumen oder an der Wolkenbank liegen, die über ihm hing. Ihm war klar, dass er einen höheren Standort benötigte, um Boggs zu erreichen.

Er blickte nach links und erinnerte sich an die kleine Landzunge, die er auf der Karte gesehen hatte. Allzu weit konnte sie nicht entfernt sein. Wenn er es dorthin schaffte, konnte er Boggs nachrücken lassen und zusammen mit ihm die Sache zu Ende bringen.

Hayes packte das Beobachtungsfernrohr ein, schulterte den Rucksack und nahm den Bogen zur Hand. Er legte einen Pfeil an die Sehne, wohl wissend, dass die Gefahr, entdeckt zu werden, wuchs, je länger er sich hier aufhielt. Dann schlich er den Weg zurück, auf dem er gekommen war.

Zum Glück verlief sein Weg nun größtenteils bergab und war somit weit weniger beschwerlich als der Hinweg. Er näherte sich bereits der Stelle, an der er erneut versuchen würde, mit Boggs Funkkontakt aufzunehmen, als er plötzlich Stimmen hörte.

Lass sie vorbeigehen.

Es war die richtige Entscheidung, doch als die Narcos fast schon vorbei waren, kam plötzlich ein Zischen aus seinem Funkgerät.

»Hayes, wir haben …«, hörte er Boggs' Stimme krächzen.

Scheiße.

Hayes warf sich auf den Boden, fand den Knopf und drehte das Gerät ab, doch es war bereits zu spät.

»Hast du das gehört?«, fragte eine Stimme auf Spanisch.

Hayes hob den Kopf, um einen kurzen Blick zu riskieren. Sie waren zu viert.

Verdammt.

»Der Oberst ist schon unterwegs, also was soll's?«, meinte einer der Männer.

»Nein, da ist jemand«, widersprach ein anderer.

Hayes hörte Zweige knacken und wusste, dass der Mann näher kam.

Wenn er feuert, bist du erledigt. Töte ihn, solange du kannst, und verschwinde von hier.

Hayes atmete tief durch, spreizte die Beine auf Schulterbreite und drehte sich zur Seite. Mit einer fließenden Bewegung spannte er den Bogen. Hinter Bäumen und Büschen verborgen, zielte Hayes auf die Brust des Mannes, atmete ein und ließ den Pfeil los.

Das Geschoss schnellte lautlos vom Bogen und bohrte sich mit einer Geschwindigkeit von 400 km/h in die Brust des Mannes. Beim Einschlag klappte die Jagdspitze auf, und die rasiermesserscharfen Klingen durchtrennten das Herz.

Hayes setzte nach, noch bevor der Mann zu Boden sackte. Ihm war klar, dass er sie alle töten musste, und das schnell.

»Ramón, he, Ramón, was ist los?«, rief einer der Soldaten und machte einen Schritt nach vorne.

Hayes wich nach links aus und legte einen zweiten Pfeil in die Sehne. Er hatte sein Ziel seitlich vor sich und zielte auf die Armbeuge. Er hatte einmal gesehen, wie ein zweihundert Kilo schwerer Elch mit Pfeil und Bogen erlegt wurde und wusste, dass die Waffe genug Durchschlagskraft besaß, um durch den Arm hindurch zum Herz vorzudringen.

Er schoss den Pfeil ab, sprang sofort nach rechts und hielt

nach den übrigen Männern Ausschau. Es ging nicht nur darum, sein Ziel im Blick zu haben, er brauchte zudem eine freie Schusslinie. Im Gegensatz zu einer Kugel war ein Pfeil nicht schnell genug, um sich seinen Weg durchs Unterholz zu bahnen. Der kleinste Zweig konnte ihn ablenken.

Genau das passierte beim dritten Schuss.

Die letzten beiden Soldaten waren etwa fünf Schritte von ihren toten Kameraden entfernt und bewegten sich in die entgegengesetzte Richtung. Hayes wusste, wenn sie so weitergingen, konnte er sie beide erwischen. Er wartete nur noch auf die ideale Schusslinie – da trat er auf einen trockenen Zweig.

Knack.

Als der Zweig brach, krachte es wie ein Gewehrschuss zwischen den Bäumen. Der erste der beiden Soldaten fuhr herum und sah Hayes vor sich.

»He!«, rief der Mann im selben Moment, als Hayes den Pfeil abschoss.

Er wusste sofort, dass er sein Ziel verfehlt hatte. Der Pfeil schoss zwischen den Bäumen hindurch und verschwand im Dickicht. Kurz entschlossen ließ Hayes den Bogen fallen, zog den Revolver aus dem Holster und drückte ab.

Die Waffe vom Kaliber .357 krachte wie eine Granate, und ein Feuerstrahl schoss aus der Mündung hervor. Im Gegensatz zu einem Pfeil bahnte sich die großkalibrige Kugel mühelos ihren Weg durchs Gehölz, ehe sie den Mann von den Beinen riss.

»Feindkontakt!«, rief der letzte Soldat und feuerte eine Salve mit seiner Automatikwaffe ab.

Hayes drückte zweimal ab, bevor er vor dem Kugelhagel

in Deckung gehen musste. Seine linke Hand ging zum Funkgerät und drehte den Knopf.

»Boggs, ich bin aufgeflogen! Mach, dass du verschwindest«, rief er.

Ohne auf eine Antwort zu warten, schob Hayes den Revolver ins Holster, zog die Schrotflinte von der Schulter und entsicherte sie. Sein Atem ging kurz und stoßweise. *Beruhige dich, so was hast du oft genug erlebt*.

Der Schütze feuerte blindlings in seine Richtung. Hayes wartete, bis der Mann sich nach links wandte, und schlich seinerseits nach rechts. Sobald er zwischen den Blättern die Tarnuniform erkennen konnte, feuerte er und nahm den Finger nicht mehr vom Abzug, bis der Mann zu Boden sackte.

Das verschaffte ihm jedoch nur eine kurze Atempause. Schon hörte er Sirenengeheul vom Flugplatz her. Augenblicke später stürmten Männer mit Hunden durchs Unterholz.

»Dort drüben ist er!«

Ein Narco tauchte zwischen den Bäumen auf und feuerte mit seiner Kalaschnikow. Die Kugeln pfiffen über Hayes hinweg, was ihm Gelegenheit gab, eine Splittergranate hervorzuholen. Er zog den Stift und schleuderte die Granate in die Richtung seines Verfolgers.

Dann rannte er um sein Leben.

49

PENDARE, VENEZUELA

»Er ist da!«, meldete eine aufgeregte Stimme über Funk, gefolgt vom Knattern eines automatischen Gewehrs.

»Verdammt, Gray«, blaffte Oberst Vega, packte Izzy an den Haaren, schob sie zu einem Sergeanten und deutete auf seinen Adjutanten. »Javier, Sie übernehmen das Kommando. Nehmt die Hunde und treibt ihn nach Süden.«

»Was ist mit der Gefangenen?«, fragte der Sergeant.

»Bringt sie ins Flugzeug!«, befahl Vega und deutete auf die Antonow.

Dann fuhr er herum und sprintete zu dem Huey-Kampfhubschrauber, der auf dem Flugplatz bereitstand. Er schirmte sein Gesicht gegen den Staub und die Steine ab, die der Rotorabwind aufwirbelte, und duckte sich unter den Rotorblättern hindurch. Die Hitze der Turbinen brannte auf seinem Hals.

Dieser verdammte Gray, knurrte er, stieg an dem Bordschützen vorbei, der am Maschinengewehr Kaliber .50 stand, und schnappte sich ein Headset.

»*Vámonos*«, befahl er über Funk.

Der Pilot gab Gas und hob den Vogel über die Baumwipfel hinweg. Hinten in der Kabine nahm Vega Funkverbindung mit dem Bodenteam auf.

»Javier, ich bin in der Luft – wo ist er?« Vega beugte sich vor, sodass er die von Insekten übersäte Cockpitscheibe sehen konnte.

»Wir treiben ihn nach Süden«, meldete der Adjutant. Seine Stimme ging im Kreischen einer raketengetriebenen Granate unter.

Vega hob ein verschrammtes Fernglas an die Augen und spähte über das grüne Blätterdach hinweg, das jedoch zu dicht war, als dass sich erkennen ließ, was darunter verborgen war.

»Hunde – wir brauchen Hunde!«, rief er über Funk.

»Wir haben schon zwei K9-Teams im Einsatz – ein drittes ist unterwegs«, berichtete Javier.

»Da!«, rief der Pilot und deutete auf den orangen Blitz einer explodierenden Granate. »Ziele auf zwei Uhr.«

»Ich sehe sie«, bestätigte Vega. »Gehen Sie in Position.«

Der Pilot drehte nach Norden ab und zog einen Fettstift aus dem Ärmel seiner Fliegerkombi. Dann senkte er die Nase des Helikopters und drückte auf den roten Knopf am Steuerknüppel.

Ein Feuerblitz flammte aus dem Startbehälter an der Seite des Huey hervor, und die 70-Millimeter-Rakete schoss auf den Boden zu.

Der Pilot prägte sich den Haltepunkt ein. Als die Rakete explodierte, nahm er die notwendigen Korrekturen vor und malte mit dem Fettstift einen Kreis auf die Glasscheibe.

»Ich gehe jetzt hoch«, meldete der Pilot.

Vega umfasste das Halteseil, das von der Decke hing.

Der Pilot zog den Huey der Sonne entgegen, deren grelle Strahlen Vega für einen Moment blendeten. Seine übrigen

Sinne nahmen sofort an Schärfe zu, um den Sehverlust zu kompensieren. Er spürte, wie der Helikopter durchgeschüttelt wurde und an Geschwindigkeit verlor. In seinem Kopfhörer tönte das *Biep-biep-biep* aus dem Cockpit – die Warnung an den Piloten, dass ein Strömungsabriss drohte.

Einen Moment lang hingen sie schwerelos in der Luft, und Vega spürte die Sonne heiß auf dem Gesicht.

Das Brennen schob sich zur Wange, im nächsten Moment war es weg. Sie wendeten, und der Helikopter beschleunigte.

Vega öffnete blinzelnd die Augen. Durch die Cockpitscheibe sah er auf den Boden hinunter, wo seine Männer Hayes Richtung Süden trieben.

Im Cockpit schaltete der Pilot von Einzel- auf Dauerfeuer und richtete den Fettstiftkreis auf das Ziel unter ihnen aus.

Er drückte den Knopf am Steuerknüppel, worauf eine Salve von zwölf 2,75-Zoll-Raketen abgefeuert wurde. Noch bevor die Geschosse den Boden erreicht hatten, fing er den Helikopter ab und manövrierte ihn aus der Kampfzone.

Vega drehte sich zur offenen Mannschaftstür auf der linken Seite und beobachtete einen Moment lang die Eruption von Flammen, Baumtrümmern und Erde. Der Pilot legte die Maschine in eine enge Kurve, und die Fliehkräfte drückten Vega in den Sitz.

Der Pilot richtete den Helikopter so aus, dass der Bordschütze das Feuer eröffnen konnte.

Und das schwere Maschinengewehr donnerte los.

50

PENDARE, VENEZUELA

Hayes sprintete durchs dichte Gehölz, und die Kugeln pfiffen über ihn hinweg, während er zwischen Bäumen und Schlingpflanzen hindurchtauchte. Er sprang über einen umgestürzten Baumstamm, der quer auf dem Weg lag, ging dahinter in Deckung und feuerte.

Die Männer in Tarnuniformen, die hinter ihm her waren, kümmerten sich nicht um Taktik – sie hatten sich zu einer Schützenlinie formiert und überzogen das Gelände mit wütendem Gewehr- und MG-Feuer.

Hayes hatte keine Zeit, um zu zielen, was bei so vielen Verfolgern auch sinnlos gewesen wäre. Er feuerte, bis die Schrotflinte leer war, dann sprang er auf und rannte.

Erneut zog er das Funkgerät hervor, um Bescheid zu geben, für den Fall, dass Boggs die Schüsse nicht hörte.

»Die sind hinter mir her!«, rief er in den donnernden Kugelhagel. »Mach, dass du wegkommst!« Dann verließ er den Pfad und schlug sich ins Unterholz.

Im Laufen lud Hayes seine letzten Patronen in die Schrotflinte – plötzlich hörte er über den Bäumen das Knattern des Hubschraubers. Er schaute nach oben und sah durch eine Lücke im Blätterdach den Huey herabstoßen. Das wiederholte Aufblitzen verriet, dass der Pilot Raketen abfeuerte.

»Scheiße!« Im nächsten Augenblick explodierte die erste Rakete in den Baumkronen.

Die zweite schlug hinter ihm in den Boden ein. Die Explosion riss ihn von den Beinen und katapultierte ihn durch ein Gewirr von Schlingpflanzen in eine Schlucht. Die Flinte wurde ihm aus der Hand gerissen, während er den Abhang hinunterrollte.

Mit dem Kopf voran landete er in fauligem Wasser. Seine Ohren dröhnten, Schweiß und Blut rannen ihm übers Gesicht.

Über ihm zog der Huey enge Kreise in der Luft, und die Kugeln des Bordschützen zerfetzten das Blätterdach, zersplitterten Äste und Zweige und wirbelten Staub und Erde auf, wenn sie in den Boden einschlugen.

Steh auf und lauf verdammt noch mal weiter!, schrie die Stimme in seinem Kopf.

Hayes rappelte sich auf und folgte der Schneise, die sich rechts von ihm auftat. Er zog den Kompass hervor, nahm sich einen Moment, um sich zu orientieren, dann sprang er den Hang auf der anderen Seite hoch. Zweige zerkratzten ihm das Gesicht und trieben ihm Tränen in die Augen.

Hayes ignorierte die Schmerzen – es ging nur noch um das nackte Überleben. Er nahm seine allerletzte Granate zur Hand, zog den Stift und warf sie über die Schulter nach hinten. Oben am Rand der Böschung sah er eine Schneise zwischen den Bäumen. Seine Beine brannten, er atmete schwer, und seine Verfolger kamen näher.

Er hatte etwa die Hälfte des Hangs zurückgelegt, als der Jeep in Sicht kam und anhielt. Neue Hoffnung flammte in ihm auf; er hatte eine Chance zu entkommen, wenn er es bis nach oben schaffte.

»Cole!«, rief Hayes im Laufen, ignorierte das Brennen in der Brust und die dunklen Flecken, die seine Sicht zu trüben begannen.

Die Granate detonierte hinter ihm, gefolgt von den Schreien der Männer, die der Explosion zum Opfer fielen.

Hayes konnte den Jeep nun deutlich erkennen. Boggs stand hinter dem Lenkrad und hielt nach den Schützen Ausschau, die hinter Hayes her waren.

»Die SAW… wirf… mir… die SAW… runter«, keuchte Hayes und zog den Kopf ein, während die Kugeln seiner Verfolger Blätter und Zweige zerfetzten. »Schnell…«, krächzte er und sprang zwischen den Bäumen hervor.

»Sie ist gesichert und geladen!«, rief Boggs ihm zu.

Die M249 Squad Automatic Weapon wog sieben Kilo, doch durch das Adrenalin in Hayes' Adern erschien sie ihm federleicht, als er sie auffing und sich seinen Verfolgern zuwandte.

Er stemmte den Kolben des Maschinengewehrs an die Schulter und entsicherte es, als die ersten Verfolger auch schon zwischen den Bäumen auftauchten. Laut Handbuch betrug die maximale Schussfolge tausend Schuss pro Minute, bevor der Lauf zu schmelzen anfing. Hayes war nie gezwungen gewesen, an dieses Limit zu gehen – er konnte nur hoffen, dass die Waffe der Belastungsprobe standhielt, als er den Abzug durchdrückte und nicht mehr losließ.

Die SAW ratterte los, der Rückstoß ließ seinen Körper vibrieren und zwang ihn, dem MG sein ganzes Gewicht entgegenzustemmen, um es unter Kontrolle zu halten. Hayes hielt den Abzug gedrückt und schwenkte den Lauf hin und her wie einen Gartenschlauch.

Er spürte die Hitze, die der Lauf abstrahlte, durch den Handschutz, doch er ließ nicht locker und blieb am Abzug, obwohl er durch den Rauch seine Ziele gar nicht mehr sehen konnte.

Als das Magazin leer war und das MG verstummte, war der Lauf glühend rot. Hayes ließ die Waffe fallen und sprang hinten in den Jeep.

»*Fahr los! Schnell!*«

»Is' wohl nix mehr mit Tarnung?«, meinte Boggs.

»Halt die Klappe und gib Gas.« Hayes zog den spürbar leichteren Waffensack zu sich und nahm sich frische Munition und mehrere Granaten.

Das einzige Gewehr, das sie noch übrig hatten, war ein älteres AK-47. Hayes lud die Waffe durch und stieg nach vorne auf den Beifahrersitz.

»Was hast du gesehen?«, rief Boggs in den Wind, der durch den offenen Jeep fegte.

»Geld. Ein verdammtes Lagerhaus voll Hundert-Dollar-Scheinen«, berichtete Hayes, öffnete eine Trinkflasche mit Wasser und leerte sie in einem Zug.

»Im Ernst?« Boggs bremste, als sie sich einer scharfen Biegung in der Straße näherten.

»Ich …«, wollte Hayes antworten, doch als sie aus der Kurve kamen, sah er zwei dreckbespritzte Pick-ups quer über der Straße stehen. Die PKM-Maschinengewehre auf den Ladeflächen waren direkt auf den Jeep gerichtet.

Hayes hatte gerade noch Zeit, das Sturmgewehr hochzureißen und den Finger um den Abzug zu krümmen, als die MG-Schützen das Feuer eröffneten und die Windschutzscheibe nach innen explodierte.

Der DEA-Agent stieß einen Schmerzensschrei aus, riss die Hand an die Brust, und Hayes spürte, wie ihm Blut ins Gesicht spritzte.

»Boggs!«, rief er und sah aus dem Augenwinkel, wie der Mann mit dem Gesicht voran auf das Lenkrad sackte. Er erwartete, dass der Jeep langsamer würde – stattdessen beschleunigte der Wagen. Boggs' Fuß drückte das Gaspedal durch.

Hayes ließ das Gewehr los, griff ans Lenkrad und versuchte, die Straßensperre zu durchbrechen. Es gelang ihm, den Jeep auf der Straße zu halten, und er bereitete sich auf den unvermeidlichen Aufprall vor, als ein feindlicher Kämpfer in einem weiten T-Shirt auf die Straße trat, die untere Hälfte des Gesichts mit einem schwarzen Tuch verhüllt. In der rechten Hand hielt er einen dunkelgrünen runden Gegenstand.

Hayes war im ersten Moment verwirrt – der Kämpfer war von zwergenhafter Statur. Doch dann war ihm alles klar.

Ein Kind.

Die Splittergranate in der Hand des Jungen hatte jedoch nichts Kindliches an sich.

Der Jeep raste auf den kleinen Soldaten zu.

Fahr ihn über den Haufen.

In seinem verzweifelten Überlebenskampf hätte Hayes auch einen Priester überfahren, wenn er mit einer Splittergranate auf der Straße gestanden hätte. Aber ein Kind konnte er nicht töten, auch wenn der Preis noch so hoch sein mochte. Er riss das Lenkrad zur Seite, dann warf der Junge die Granate.

51

PENDARE, VENEZUELA

Die Splittergranate landete auf der Motorhaube, rollte zu den Scheibenwischern und kam zum Stehen. Vom Adrenalin befeuert, riss Hayes das Lenkrad nach links, in der Hoffnung, dass die Granate herunterfallen würde.

Der Jeep schoss in die Büsche und schlug eine Schneise ins Unterholz. Die Bäume flogen an ihnen vorbei, während das Fahrzeug beschleunigte.

Hayes warf einen Blick auf den Tacho – die Nadel kletterte auf siebzig Stundenkilometer.

Als er aufblickte und einen stämmigen Kautschukbaum vor sich sah, konnte er das Lenkrad gerade noch herumreißen.

Der Wagen prallte seitlich gegen den Baum und geriet ins Schlingern. Hayes versuchte nach Kräften, den Jeep unter Kontrolle zu bekommen – bis ihm buchstäblich das Lenkrad aus den Händen gerissen wurde.

Er knallte mit dem Kopf gegen den Rahmen des Jeeps und sah einen Moment lang nichts mehr.

Das Heck krachte gegen einen anderen Baum, und noch mehr Glas ging zu Bruch, doch Hayes packte das Lenkrad unbeirrt mit der linken Hand und versuchte, das Gefühl in der kribbelnden Rechten zurückzugewinnen – dann umklammerte er das Steuer mit beiden Händen, kämpfte einige bange Augenblicke mit dem Fahrzeug, bis er spürte, dass die Reifen wieder Bodenhaftung hatten. Schließlich gelang es ihm, den Jeep unter Kontrolle zu bringen, als er vor sich den Rand einer Schlucht auftauchen sah.

Instinktiv griff Hayes nach der Handbremse, und als der Wagen zwischen den Bäumen hindurch auf freies Gelände schoss, riss er den Hebel nach oben. Die Räder blockierten, das Heck brach aus, doch der Jeep war zu schnell und zu schwer, um sich dadurch zum Stehen bringen zu lassen.

Hayes sah den Abgrund auf sich zukommen und wusste, dass er machtlos war.

Die Vorderräder holperten über die Kante, die Frontpartie kippte nach unten, dann waren sie in der Luft.

»Festhalten!«, rief er Boggs zu.

Der Jeep prallte so heftig auf, dass der Kühlerschutzbügel in den Motorraum gedonnert wurde. Der Kühler explodierte. Hayes krachte mit dem Kopf gegen das Lenkrad, vor seinen Augen explodierten grelle Blitze. Er schmeckte Blut im Mund, dann wurde es schwarz um ihn herum.

Hayes öffnete blinzelnd die Augen. Blut lief ihm übers Gesicht, sodass er alles verschwommen sah. Es roch nach Benzin, brennendem Öl und Kunststoff. Als er den Arm zu heben versuchte, stellte er fest, dass er mit dem Kopf nach unten festsaß. Er war in dem brennenden Fahrzeug gefangen.

Mühsam drehte er den Kopf und schaute zu seinem Begleiter. Glasscherben schnitten sich in seine Kopfhaut. Boggs war hinter dem Lenkrad zusammengesunken, wahrscheinlich tot.

»He, Kumpel, kannst du mich hören?«, keuchte Hayes.

»Scheiße«, murmelte der DEA-Agent. »Ich… ich spüre die Beine nicht mehr.«

Die Stimmen kamen näher.

»Da ist er!«, rief einer.

»Der Oberst will sie lebend«, erwiderte ein anderer.

Kannst du vergessen.

Hayes roch das Benzin und wusste, dass er sich schnell aus dem Jeep befreien musste. Er trat mit dem Fuß gegen die Windschutzscheibe, bis das Loch groß genug war, um durchzuschlüpfen.

Neben ihm stöhnte Boggs vor Schmerz.

Hayes drehte sich zu ihm. »Wir müssen weg hier, Mann. Ich geh voraus und zieh dich raus.«

Er zwängte sich durch das Loch in der Scheibe. Irgendetwas bohrte sich in seine Haut, doch er riss sich los, kroch aus dem Wrack und rappelte sich auf die Beine. Während er sich noch bemühte, das Gleichgewicht zu halten, sah er hinter dem Pick-up, der ihnen gefolgt war, einen Kopf auftauchen.

Der Narco sprang hinter dem Wagen hervor und rannte los, eine abgesägte Schrotflinte in der rechten Hand.

Im nächsten Augenblick standen sie sich gegenüber, so nahe, dass Hayes die überrascht aufgerissenen Augen des Mannes erkennen konnte. Der Narco erstarrte für einen Moment.

Hayes nicht.

Die Medikamente, die er regelmäßig genommen hatte, waren nun endgültig aus seinem Körper gespült und wirkungslos, sodass die Treadstone-Ausbildung voll zur Geltung kommen konnte. Er reagierte, ohne zu zögern, ohne jede Gefühlsregung, ohne nachzudenken. Er wurde zur Maschine, die nur auf eines programmiert war: zu töten.

Blitzschnell rammte er dem Narco eine linke Gerade gegen das Brustbein. Im selben Atemzug riss er mit der rechten Hand die Glock aus dem Holster und drückte zweimal ab.

»Will noch jemand?«, rief er auf Spanisch und hielt die Glock mit beiden Händen im Anschlag.

Augenblicklich brach vom Truck her wütendes Gewehrfeuer los. Schon schlugen die ersten Kugeln in den Jeep ein. Hayes packte Boggs und achtete darauf, seinen Hals gerade zu halten, für den Fall, dass die Wirbelsäule verletzt war, dann zog er ihn vorsichtig aus dem Wrack.

Hayes war völlig erschöpft, seine Arme kraftlos, die Beine kaum noch imstande, ihn aufrecht zu halten. Dennoch schleppte er Boggs um das Heck des Wagens herum und lehnte ihn an einen Baum.

»Da, nimm die.« Er zog Boggs' Glock aus dem Holster und drückte sie ihm in die Hand, dann riss er das Hemd des Mannes auf.

»G-geh …«, keuchte Boggs.

Ein kurzer Blick auf die Wunde und die gequälte Atmung des Mannes verrieten Hayes, dass Boggs einen Pneumothorax erlitten hatte. Er musste eine Druckentlastung vornehmen, sonst würde der Mann sterben.

Der Verbandskasten im Jeep.

»Einen Moment – ich bin gleich wieder da.«

»G-geh«, flüsterte Boggs.

»Halt durch, Kumpel, ich bring dich hier raus.« Hayes kroch in den Jeep, sein Kopf dröhnte, als würde ihn jemand mit Hammer und Meißel bearbeiten. Er kroch unter dem Überrollbügel hindurch und schnappte sich den Verbandskasten.

Hayes zuckte zusammen, als eine Kugel in den Beifahrersitz einschlug. Mit dem Kasten in der Hand kämpfte er sich aus dem Wrack, schlug sich das Schienbein an, doch das Adrenalin in seinen Adern half ihm, den Schmerz zu ignorieren.

»Wir müssen ihn ausräuchern!«, rief jemand auf Spanisch.

Hayes ließ den Verbandskasten los und zog den Revolver.

»Wo ist er?«, rief einer der Männer. »Hast du ihn erwischt?«

»Hier bin ich.« Hayes trat vor, richtete den Revolver auf das nächststehende Ziel, einen stämmigen Mann mit schwarzen Haaren.

»Nein, nein, nein!«, rief der Angreifer und wollte sein Gewehr fallen lassen, doch es war zu spät.

Der Smith & Wesson brüllte auf, streckte den Mann nieder, und Hayes nahm sich den nächsten vor und drückte zweimal ab. Doch es kamen immer mehr nach, und Hayes wusste, dass ihm die Zeit davonlief. Als er die letzte Patrone verfeuert hatte, schob er den Revolver ins Holster und wandte sich wieder Boggs zu. In diesem Augenblick sprang ein Narco vor und riss die Kalaschnikow hoch. Instinktiv senkte Hayes den Kopf und rammte ihn.

Er spürte, wie es dem Mann die Luft aus der Lunge presste, als er rücklings zu Boden stürzte. Hayes setzte mit einem Ellbogenstoß ins Gesicht nach, dann riss er dem Mann das Gewehr aus der Hand und brach ihm dabei mehrere Finger. Nun kam es auf jede Sekunde an – er musste den Kampf so schnell wie möglich beenden.

Mit einem Handkantenschlag traf er den Mann am Kehlkopf und zerquetschte ihm die Luftröhre. Verzweifelt rang der Narco nach Luft, doch Sekunden später rührte er sich nicht mehr.

Hayes rappelte sich auf. Einen Moment lang sah er alles verschwommen. Er gab sich einen Ruck, eilte zu Boggs zurück und stellte den Verbandskasten ab. Die Schüsse kamen immer näher. Hayes hörte Stimmen, als die Waffen verstummten, dann das Hämmern von Stiefeln auf dem Boden.

Mit zitternden Händen riss er ein Verbandspäckchen auf, drückte den Mull auf die Schusswunde und legte dem Mann einen Brustverband an.

Die Narcos formierten sich zum nächsten Angriff, doch diesmal begann das Gewehrfeuer langsam und kontrolliert. Die Schüsse dröhnten, als würde jemand Steine gegen eine Blechhütte werfen. Die Kugeln, die den Jeep verfehlten, summten wie zornige Hornissen darüber hinweg.

Hayes ignorierte das Gewehrfeuer und konzentrierte sich darauf, Boggs das Leben zu retten, auch wenn ihm klar war, dass kaum Hoffnung bestand. Er erinnerte sich an das Satellitentelefon in seinem Rucksack und kroch zum Heck des Jeeps zurück. Der Rucksack war nicht mehr da.

Wahrscheinlich war er beim Absturz aus dem Wagen gefallen. Hayes warf einen Blick nach oben, wo ein Schützenteam ein PKM-Maschinengewehr in Stellung brachte.

Er sah zwei Optionen: Er konnte seine Verfolger angreifen, bevor das MG bereit war, oder abwarten und zusehen, wie Boggs starb. Die Entscheidung lag auf der Hand.

Kurz entschlossen sprang er den Hang hoch, schnappte sich das Sturmgewehr eines toten Angreifers und feuerte auf die Männer beim Maschinengewehr. Mit einem Glückstreffer erwischte er den MG-Schützen, bevor dieser seine Waffe in Betrieb nehmen konnte. Hayes hob die Waffe des Toten auf, und die Männer auf der Straße suchten das Weite.

Aus dem Gürtel des Toten nahm er eine Splittergranate, zog den Stift, machte zwei Schritte und ließ den Sicherheitsbügel los.

Er zählte im Kopf mit, ging in Position und schleuderte die Granate nach den Flüchtenden.

Die Splittergranate detonierte über ihren Köpfen und bombardierte die Männer mit tödlichen Geschossen. Die Metallsplitter flogen bis zu Hayes zurück.

Dann wurde es still ringsum.

Hayes ließ das leer gefeuerte Gewehr fallen und stolperte zu seinem Rucksack, griff hinein und zog das Satellitentelefon heraus. Sofort lief er zurück zum Jeep. Cole Boggs war tot.

Hayes schulterte den Rucksack, schnappte sich das Funkgerät eines toten Verfolgers und die Pistole eines anderen.

Dann rannte er los, um im dichten Dschungel unterzutauchen.

52

PENDARE, VENEZUELA

Lauf, Idiot.

Hayes sprintete auf die Baumlinie zu und ignorierte die Bleigewichte in seinen Beinen.

Aus dem Funkgerät in seiner Hand tönte die aufgeregte Stimme eines Verfolgers. »Pedro, er ist hier. Bringt die Hunde her.«

»Air One, wir haben einen Flüchtigen.«

Hayes zog den Kopf ein und kämpfte sich durchs dichte Unterholz. Ein dicker Ast schlug ihm hart ins Gesicht. Er wollte den Wald Richtung Osten durchqueren, doch im Dickicht der dornigen Sträucher und Schlingpflanzen kam er viel zu langsam voran.

Immer wieder musste er Hindernissen ausweichen und Umwege einschlagen. Um zu überleben, musste er es irgendwie schaffen, die Hunde in die Irre zu führen, die ihm bald auf den Fersen sein würden.

Der wirkungsvollste Weg dazu war, den Hundeführer außer Gefecht zu setzen, doch das war leichter gesagt als getan. Er hatte nur noch die Pistole und konnte nicht warten, bis die Hunde seine Spur aufgenommen hatten. Im Moment konnte er nur versuchen, seinen Vorsprung zu nutzen. Das Problem war, dass er völlig ausgepumpt war und nicht wusste, wie lange er sich noch auf den Beinen halten konnte.

Denk nicht nach – lauf weiter.

Hayes wusste nicht, ob es einen Trick gab, mit dem sich der Geruchssinn eines Belgischen Schäferhunds in die Irre führen ließ. Die Drogenkartelle hatten sich einiges einfallen lassen, hatten Kaffee, Öl und Bremsenreiniger benutzt, um den Geruch ihres Kokains zu überdecken. Aber was sie auch versuchten – die Nase eines Hundes ließ sich nicht überlisten.

Jemand hatte es ihm einmal mit einem Vergleich erklärt. Ein Mensch konnte einen frisch gebratenen Hamburger riechen, aber ein guter Spürhund roch sogar noch das Mehl, aus dem das Brötchen gebacken war, und den Kunststoff der Ketchupflasche.

Hayes wusste aus Erfahrung, dass der Hundehalter und seine Tiere hoch motiviert waren. Die Hunde würden keine Mühe haben, die frische Spur zu finden, sie würden die Mischung aus Blut und Schweiß aufnehmen und ihr bis zu ihm folgen. Wenn Hayes Glück hatte, würde der Hundeführer seinen Tieren freien Lauf lassen und es zulassen, dass sie sich verausgabten.

Den Hund zu täuschen, war unmöglich. Die Schwachstelle war der Hundeführer.

In der Army hatte Hayes die Strategie kennengelernt, den Hundeführer glauben zu lassen, dass sein Tier die Fährte verloren hatte.

Es war zwar keine ideale Situation, um es mit dieser Taktik zu versuchen, doch im Moment griff Hayes nach jedem Strohhalm, der sich ihm bot.

Er wandte sich nach Norden und zählte seine Schritte. Nach etwa fünfzig Metern warf er sich auf den Boden und wälzte sich ein paarmal hin und her. Als er seinen Geruch auf dem Waldboden hinterlassen hatte, sprang er auf und lief im Zickzack zum Ausgangspunkt zurück.

Dann wandte er sich nach Westen, zog ein paar enge Kreise, ehe er nach Süden lief und das Ganze wiederholte.

Dreimal wiederholte er diese Prozedur, bis er schweißgebadet, dreckverschmiert und völlig ausgepumpt war. Sein Körper lechzte nach Ruhe, doch er zwang sich weiterzulaufen, um die verlorene Zeit gutzumachen.

Das Gelände vor ihm stieg nun an, und das Bergauflaufen ließ seine Beine vor Übersäuerung brennen. Mit zunehmender Höhe wurde die Luft kälter – es war, als würde er Feuer einatmen. Die Vegetation wurde dünner, die Abstände zwischen den Bäumen immer größer.

Hayes schaltete das bewusste Denken aus und ließ sich von seinen Automatismen leiten. Er wandelte Schmerz in inneren Treibstoff um.

Vornübergebeugt kämpfte er sich zum Gipfel der Erhebung hinauf, über spärliches Gras und Granitblöcke hinweg. Sein Körper konnte viel einstecken, doch es gab auch für ihn irgendwo eine Grenze. Neben einem knorrigen Kautschukbaum machte er schließlich halt.

Er versuchte, sich aufrecht zu halten, doch seine zitternden Muskeln weigerten sich, sein Gewicht noch länger zu tragen. Als sein Arm nachgab, taumelte er gegen den Baum, dann knickten seine Beine unter ihm weg. Schweißgebadet lag er da, jeder Zentimeter Haut, der nicht von Kleidung bedeckt war, von Zweigen aufgeschunden.

Hayes schaute zum Himmel. In den letzten Jahren hatte er eine Mauer um die Person aufgebaut, die er einmal gewesen war. Er hatte alles getan, um sich von Treadstone zu befreien. Und er hatte daran geglaubt, dass er seine alten Fähigkeiten nie wieder brauchen würde; dass seine Feinde den Mann, der er einst gewesen war, vergessen würden.

Er hatte sich selbst belogen, war verweichlicht und schwach geworden.

Plötzlich sah er Bewegung in der Richtung, aus der er gekommen war. Etwas schimmerte schwarz im Grün der Bäume. Dann hörte er Zweige knacken und das Heulen der Spürhunde, und zum ersten Mal in seinem Leben hatte Hayes Angst.

Irgendwie gelang es ihm, sich aufzurappeln. Er wollte sich von dem Baum abstoßen und …

Halt.

Da war doch was, oder?

Er lauschte angestrengt, konnte aber nichts mehr hören. Nicht die Verfolger, nicht die Hunde, nicht einmal den Hubschrauber in der Luft. Nur das Hämmern seines Herzens in den Ohren.

Eine Kugel pfiff über ihn hinweg, und das Krachen des Gewehrs hallte ihm in den Ohren. Tief geduckt stieg Hayes zum Gipfel hoch.

Ein zweiter Schuss zerriss die Luft, die Kugel schlug in einen Felsbrocken ein; Granitsplitter explodierten und ritzten seine Haut. Plötzlich kam das Gewehrfeuer von allen Seiten, und die Kugeln zischten ihm um die Ohren.

Hast du vielleicht gedacht, sie werden dich festnehmen und dir deine Rechte vorlesen?

Zur Linken sah er eine Lichtung, und er lief darauf zu. Nach und nach wurde das Dröhnen des Bluts in seinen Ohren von Wasserrauschen verdrängt.

»Er sitzt in der Falle!«, rief eine Stimme auf Spanisch.

Hayes sprintete zwischen den Bäumen hervor, dann schlitterten seine Stiefel über nassen Granit auf die Kante eines Felsvorsprungs zu. Im nächsten Moment war er im freien Fall und stürzte dem Fluss entgegen, der sechs Meter tiefer vorbeirauschte. Es war ein reißendes Gewässer, das wild aufschäumend gegen die schroffen Felsen schlug, die da und dort aus dem Wasser ragten.

Sein Instinkt drängte ihn, nach irgendetwas zu greifen, sich festzuhalten, um nicht im Fluss zu landen.

Kämpf nicht dagegen an.

Das Eintauchen ins kalte Wasser nahm ihm den Atem. Der Fluss zog ihn in einem wilden Taumel nach unten, er wurde herumgewirbelt wie in einer gigantischen Waschmaschine. Endlich gelang es ihm, sich die Jacke herunterzureißen und sich von seinen Stiefeln zu befreien, und er tauchte mit kräftigen Stößen nach oben.

Sein Kopf brach aus dem Wasser hervor, er nahm einen schnellen Atemzug, dann zog ihn die Strömung wieder unter Wasser. Es war ein einseitiger Kampf. Der Mensch gegen die Elemente. Eine Erfahrung, die einem die Grenzen aufzeigte. Doch Hayes war nicht bereit zu sterben. Dass er dem Tod so nah war, verlieh ihm für einen Moment übermenschliche Kräfte. Er kämpfte sich aus dem eisigen Griff der Strömung und schaffte es erneut, den Kopf über Wasser zu bekommen.

Doch auf Dauer konnte er nicht gewinnen.

Der Fluss riss ihn mit sich, donnerte ihn gegen Felsen und Wurzeln. Hayes versuchte, sich an einem Felsen festzuhalten, doch der überwucherte Stein war zu glitschig und seine Finger betäubt von der Kälte.

Als er wieder unterzugehen drohte, packte ihn jemand an den Haaren. Ein schmerzhafter Ruck, und sein Kopf tauchte aus dem Wasser auf.

»Jetzt hab ich dich am Arsch«, rief eine raue Stimme.

Die Sonne stach ihm direkt in die Augen, sodass Hayes das Gesicht des Mannes nicht erkennen konnte, der da vor ihm stand. Der Fremde packte ihn am Gürtel und zog ihn auf die Beine.

Hayes pfiff bereits auf dem letzten Loch und hatte nicht mehr die Kraft, um dem brutalen Faustschlag in die Magengrube auszuweichen. Sein Tank war endgültig leer. Seine Knie gaben nach, und als der Mann seine Haare losließ, sackte Hayes zu Boden. Ein Fußtritt in die Rippen rollte ihn auf den Rücken.

Der Mann ragte über ihm auf, verdeckte die Sonne.

Hayes blinzelte, und als er wieder etwas sehen konnte, schaute er in den Lauf einer Fünfundvierziger.

»Wenn du auch nur einen Mucks machst«, knurrte der Mann und drückte ihm die Pistole gegen die Stirn, »dann puste ich dir das Hirn aus dem Schädel.«

Wieder einmal sah er sich einer Schusswaffe gegenüber. Doch es war nicht der kalte Stahl auf der Haut, der ihm das Blut in den Adern gefrieren ließ. Es war das Gesicht, das ihn über die Waffe hinweg anstarrte.

Gray.

Hinter sich hörte er Zweige knacken, als sich Schritte

näherten. Hayes drehte sich um und sah nur noch, wie ihm jemand eine Pistole über den Schädel zog. Dann wurde es finster um ihn.

53

PENDARE, VENEZUELA

Hayes blinzelte, als sie ihm die Kapuze abnahmen.

Der Geruch von Bleichmittel und abgestandenem Wasser stieg ihm in die Nase. *Fast wie in der Umkleide eines Fitnessstudios*, ging es ihm durch den Kopf. Die Betonziegelwände waren grauweiß gestrichen. In der Mitte stand ein weißer Tisch mit zwei Klappstühlen.

Die Wächter trugen Tarnuniformen, doch Hayes sah ihnen an, dass sie keine Soldaten waren.

»Zieh das an«, befahl der ältere Wachmann auf Spanisch und warf einen orangen Overall auf den Tisch.

Hayes setzte sich auf einen Stuhl und schaute sich im Raum um.

Der jüngere Wächter stand mit einer Schrotflinte bei der Tür. Der andere war ein, zwei Meter hinter dem Tisch postiert, die Hand am Griff seiner Pistole.

»Das zieh ich nicht an.«

Der Wächter zuckte mit den Schultern.

Hayes war nicht in der Position, einen Angriff zu versuchen. Und da er nicht wusste, wohin sie ihn bringen würden, beschloss er, nicht nackt zu gehen.

Er streifte den Overall über.

»Setz dich hin«, befahl der Mann auf Spanisch.

Einer der Männer brachte einen Plastikeimer und stellte ihn auf den Tisch.

»Was soll ich damit?«

»Leg deine Sachen rein und halt die Klappe«, befahl der andere Wachmann.

Hayes nahm seine Uhr ab. Er war sich ziemlich sicher, dass er sie nicht wiedersehen würde, legte sie aber in den Eimer, ohne zu protestieren.

Die Tür wurde geöffnet, und ein dünner Mann im Labormantel trat zögernd an den Tisch. Er zog eine Stablampe aus der Tasche. Hayes schätzte ihn auf Ende zwanzig. Der Mann hatte einen Anflug von Schnurrbart auf der Oberlippe und schwitzte auffällig. Die Stablampe zitterte in seiner Hand.

Hayes fragte sich, was man diesen Leuten über ihn erzählt hatte.

Das Licht schmerzte ihm in den Augen. Sein Kopf dröhnte, als würde jemand sein Gehirn mit einem Presslufthammer bearbeiten.

»Ich glaube, er hat eine Gehirnerschütterung.«

»Dem fehlt nichts«, erwiderte der ältere Wächter.

Sein jüngerer Kollege nickte und legte Hayes Handschellen an. »Hier lang«, sagte er und schubste Hayes durch die Tür. Mit dem Lauf seines Gewehrs trieb er ihn über den Flur.

Es waren nur wenige Meter, doch in Hayes' momentanem Zustand wurden sie zur Qual. Alles begann, sich um ihn zu drehen, und eine Welle der Übelkeit stieg in ihm auf.

Da er nicht vorhatte, lange hierzubleiben, versuchte er, sich den Weg einzuprägen, warf einen Blick in eine Tür, hinter der sich eine Waffenkammer zu befinden schien, bevor ihm der ältere Wächter die Pistole in den Rücken stieß.

»Da rein«, befahl der Mann.

Er drückte Hayes in einen Stuhl und befestigte seine Handschellen an einer Kette, die durch einen Ringbolzen im Betonboden verankert war. Bevor der Wächter den Raum verließ, nutzte er die Gelegenheit und verpasste Hayes einen Schlag auf den Hinterkopf.

Hayes versuchte vergeblich, auf die Beine zu kommen; die Kette war zwar lang genug, um die Arme zu bewegen, aber nicht lang genug, um aufstehen zu können. Er testete den Ringbolzen, doch der war fest im Boden verankert. Je stärker er daran zog, umso tiefer schnitten sich die Handschellen in seine Gelenke.

Schließlich gab er es auf und schaute sich im Raum um.

Wie die Kette war auch der Stuhl am Boden befestigt. Darunter befand sich ein Abfluss, an dessen Rändern eingetrocknetes Blut klebte.

An einer Wand war ein einfacher Wasserhahn installiert, darunter lag ein ordentlich aufgerollter grüner Schlauch.

Hayes wusste, dass der Schlauch nicht zum Trinken da war, sondern dazu, das Blut in den Abfluss zu spülen – dennoch wurde ihm dadurch bewusst, wie durstig er war.

»Ich bin echt ausgetrocknet«, murmelte er.

An der Wand gegenüber hing ein Spiegel. Sein Spiegelbild sah wenig ermutigend aus.

»Hey!«, rief er. »Ich hab Durst! Und wie wär's mit Aspirin für die Kopfschmerzen?«

Nichts.

So habe ich mir den Tag nicht vorgestellt.

Hayes wusste, dass alles davon abhing, wer durch diese Tür hereinkommen würde.

Wie aufs Stichwort schwang die Tür auf.

Okay… Scheiße.

Gray trat ein. In einer Hand hielt er eine Mappe, in der anderen ein Paar schwarze Handschuhe. Er schaute Hayes an und machte ein angewidertes Gesicht.

»Sie wollen einfach nicht sterben, was?«

»Tut mir leid, dass ich Sie enttäusche«, erwiderte Hayes.

»Bevor wir anfangen, muss ich Ihnen etwas verraten. Um ehrlich zu sein, habe ich mir für den heutigen Tag gar keine großen Hoffnungen gemacht. Ich habe Sie für zu schlau gehalten, um in Vegas armselige Falle zu tappen. Aber irgendwie hat es funktioniert und…« Er machte eine theatralische Pause und breitete die Arme aus. »Es ist fast wie Weihnachten.«

»Aber dann hatten Sie doch nicht den Mumm, um abzudrücken.«

»Oh, ich hätte Sie schon umgelegt, aber…«

»Aber was?«

»Ich brauche Sie noch, zumindest für ein paar Minuten.«

»Nur damit Sie's wissen«, sagte Hayes. »Ich werde Sie töten.«

»Das kann ich mir nicht vorstellen«, lächelte Gray.

»Das hat Black auch gesagt.«

»Tja, Black war ein stumpfes Werkzeug, das man einmal benutzt und dann wegwirft.«

»Können wir den Scheiß hinter uns bringen?«, erwiderte Hayes ungeduldig. »Ich meine, töten Sie mich oder foltern Sie mich oder was immer Sie vorhaben, aber halten Sie bitte die Klappe.«

Gray lächelte, doch in seinen Augen flackerte kalte Wut.

Er war zu schnell, als dass Hayes noch die Muskeln hätte anspannen können. Mit voller Wucht rammte Gray ihm die Faust in die Rippen.

»Sie wollen zur Sache kommen – okay, ich habe nichts dagegen.« Gray klatschte die Mappe auf den Tisch. Sie trug das Siegel der CIA, wie Hayes nun sah. Gray klappte sie auf, zog eine Büroklammer von den Unterlagen und legte die einzelnen Blätter nebeneinander.

»Wissen Sie, was das ist?«

»Hoffentlich eine Speisekarte. Ich bin am Verhungern.«

Grays Gesicht zuckte kurz, als versuchten seine Gesichtsmuskeln, sich daran zu erinnern, wie man lächelte. Dann schlug er Hayes ohne Vorwarnung mit dem Handrücken ins Gesicht.

Hayes duckte sich zu spät, und Grays Fingerknöchel knallten gegen seine Nase.

»Was zum Henker habt ihr alle gegen meine Nase?« Hayes blinzelte die Tränen aus den Augen, da packte Gray ihn an den Haaren und knallte ihn mit dem Gesicht voraus auf die Tischplatte.

»Sparen Sie sich Ihre oberschlauen Bemerkungen und hören Sie lieber zu. Nein, das ist keine Speisekarte. Das ist ein Geständnis«, knurrte Gray und ließ ihn los.

»Ich habe trotzdem Hunger«, erwiderte Hayes.

»Okay, ich mache Ihnen einen Vorschlag. Unterschreiben Sie hier unten, dann kriegen Sie was zu essen. Abgemacht?«

Hayes griff über den Tisch; die Ketten rasselten, als er die Dokumente zu sich zog. Bevor er einen Blick darauf warf, schaute er zu Gray auf.

»Wie zum Teufel hat es ein Arschloch wie Sie in die CIA

geschafft? Ich meine, haben die überhaupt keine Mindeststandards?«

»Es liegt wohl daran, dass ich ein bisschen schlauer bin als die anderen.«

»Und warum sind Sie dann in diesem Dreckloch gelandet, statt irgendwas Nützliches zu tun, wie zum Beispiel gegen den Terrorismus zu kämpfen?«

»Der Krieg gegen den Terrorismus – das nennen Sie nützlich?«

»Mann, ich frag ja nur. So wie ich das sehe, ist der Kampf für eine wichtige Sache allemal besser als das, was Sie und Oberst Psycho hier am Laufen haben. Was haben Sie eigentlich mit dem ganzen Geld vor? Wollen Sie sich damit Freunde kaufen?«

»Ich sag Ihnen was.« Gray schaute auf seine Uhr. »Ich gebe Ihnen sechzig Sekunden, sich zu entscheiden, ob Sie das Dokument unterschreiben oder weiterlabern wollen.«

»Was gestehe ich da eigentlich?«, wollte Hayes wissen.

»Dass Sie diese Leute umgebracht haben – Ford, Black…«

»Ist das alles?«

»Und dass Sie ein Arschloch sind.«

»Ein Arschloch? Echt?«

»Noch dreißig Sekunden«, sagte Gray, auf seine Uhr blickend.

»So läuft das also.«

»Genau. Zwanzig Sekunden.«

»Ich hab meine Lesebrille vergessen.« Hayes fegte die Papiere vom Tisch; nebenbei schnappte er sich die Büroklammer.

»Ist mir auch recht.« Gray bückte sich, um die Papiere vom Boden aufzuheben. Er knüllte sie zu einer Kugel zusammen und legte sie auf den Tisch. »Es wird trotzdem Spaß machen.« Lächelnd nahm er die Handschuhe und streifte sie über.

»Schön für Sie«, höhnte Hayes.

»Noch fünf Sekunden.« Gray ging um den Tisch herum. »Haben Sie noch irgendwas zu sagen?«

»Ja, warum gehen Sie nicht …«

»Die Zeit ist um.« Gray drosch ihm die Faust ins Gesicht.

Hayes' Ohren dröhnten, seine Augen füllten sich mit Tränen. Er schmeckte Blut im Mund, sah es auf den Tisch tropfen. Gray wusste genau, wo er hinschlug.

Der nächste Hieb traf Hayes in den Solarplexus. Er klappte zusammen wie ein billiger Klappstuhl. Die Luft wurde mit einem roten Sprühnebel aus seiner Lunge gepresst, der seinen Overall mit Blutflecken übersäte.

Dass der Stuhl noch stand, lag nur daran, dass er mit Bolzen am Boden befestigt war. Hayes wäre von der Sitzfläche gekippt, hätte Gray ihn nicht am Overall gepackt. Mit der anderen Hand versetzte er ihm eine schallende Ohrfeige.

Zum Spiegel gewandt, ließ er einen Jubelschrei los und riss die Arme hoch, wie ein Boxer, der seine Fans anfeuerte. »Es ist ein tolles Gefühl, wieder in Aktion zu sein.«

Gray legte eine Schattenboxeinlage vor dem Spiegel hin. Er war ganz in seinem Element und hatte sichtlich Spaß.

Hayes hingegen wand sich unter Schmerzen.

Sein Herz hämmerte wie ein Maschinengewehr, seine Lunge brannte vom Sauerstoffmangel. Er versuchte einzuatmen, verschluckte sich am Blut in seinem Mund. An den

Rändern seines Sichtfelds flammten grelle Punkte auf; er wusste, dass er drauf und dran war zu hyperventilieren.

Er konnte zwar kaum noch klar denken, dafür übernahm ein Urinstinkt die Führung. Es war, als würde man auf einer DVD den halben Film vorspulen.

»Hey!«, rief Gray und holte ihn ins Hier und Jetzt zurück. »Das war erst die erste Runde. Du wirst doch nicht schon schlappmachen.«

»Scheiß drauf«, krächzte Hayes.

»Wie bitte? Du musst ein bisschen lauter sprechen – ich versteh dich so schlecht.«

Hayes wusste, was er zu tun hatte.

Er beugte sich auf dem Stuhl vor und schürzte die zerschundenen Lippen. Blutiger Schleim lief ihm aus dem Mund und klatschte auf den Boden.

»Ich will einen Deal.« Hayes' Stimme klang resigniert.

Gray ließ seine Fingerknöchel knacken und trat triumphierend einen Schritt näher.

»Einen Deal willst du? Da bin ich aber gespannt.«

Hayes hing angeschlagen auf dem Stuhl. Jeder noch so kleine Atemzug schmerzte.

Mit umwölkten Augen schaute er in den Spiegel. Jeder Kampfgeist war aus seinem Blick gewichen.

»Ich gebe Ihnen noch eine Chance zu verschwinden.«

»Wie bitte?« Gray starrte ihn ungläubig an. »Ich muss wohl härter zugeschlagen haben, als ich dachte. Das ist mehr als nur eine Gehirnerschütterung.« Er war weniger als einen halben Meter entfernt, als er Hayes triumphierend ansah. »Wie war das mit dem Deal?«

»Ich … ich will das nicht …«, keuchte Hayes.

Er konnte kaum sprechen, geschweige denn atmen.

»*Was* willst du nicht?«

»Sie … töten.«

»Das dürfte auch schwierig sein – mit den Handschellen und der Kette«, grinste Gray.

Hayes murmelte etwas Unverständliches.

»Was?« Gray beugte sich zu ihm. »Mach mir jetzt nicht schlapp, Junge.«

»Nicht …«, murmelte Hayes.

»Nicht *was*?«

Gray wollte ihm mit der flachen Hand ins Gesicht schlagen – da blickte Hayes zu ihm auf, und seine Augen waren plötzlich glasklar.

»Nicht gefesselt«, stieß er hervor.

Gray war einen Moment lang perplex. Blitzschnell zuckte Hayes' Hand nach oben, packte Gray zwischen den Beinen und drückte zu. Gray brüllte wie ein Ochse am Spieß.

Mit aufgerissenem Mund klappte er nach vorne. Hayes sprang auf, senkte den Kopf und traf Gray am Kinn.

Der Kopfstoß war so wuchtig, dass Grays Kiefer und mehrere Zähne brachen. Hayes' Hände legten sich um den Kopf des Mannes, er verschränkte die Finger ineinander, richtete sich zu voller Größe auf und hielt einen Moment inne.

Seine Rippen protestierten, der Schmerz durchbohrte ihn wie ein glühender Speer. Hayes spannte die Muskeln an und riss mit aller Kraft nach unten.

Grays Kopf schlug mit solcher Vehemenz auf den Tisch, dass er eine Delle im Metall hinterließ. Hayes ließ ihn los. Wie ein Müllsack kippte der Mann zu Boden. Blut quoll aus der klaffenden Risswunde an der Stirn.

Hayes trat zu ihm und zog die Glock aus Grays Holster.

»Du hättest auf den Deal eingehen sollen.« Er richtete die Waffe auf die Stirn des Mannes und drückte ab.

54

PENDARE, VENEZUELA

Das Verhörzimmer war schalldicht, was Hayes nur recht sein konnte. Draußen hatte bestimmt niemand mitbekommen, dass er soeben Gray erschossen hatte. Er öffnete die Tür einen Spaltbreit und rief auf Spanisch: »Hilf mir mal mit dem Kerl.«

Rasch trat er zurück ins Zimmer und wartete.

Die Tür ging auf, und der Wachmann erschien, der ihm die Kleider abgenommen hatte. »Das ging aber schnell«, meinte der Mann, trat ein und blieb wie angewurzelt stehen, als er Gray tot auf dem Boden liegen sah.

Bevor er sich von seinem Schock erholt hatte, hielt Hayes ihm die Glock an den Hinterkopf und drückte ab.

Die Schmerzen ignorierend, zog er den Overall aus, schlüpfte in die etwas zu kleinen Sachen des Wächters und zwängte seine Füße in die Stiefel des Toten. Hayes trat auf den Flur hinaus. Seine Beine zitterten, Blut rann ihm in die Augen.

Doch er ging weiter – ihm blieb nicht viel Zeit.

Für einen Moment lehnte er sich an die Wand, hielt sich mit purer Willenskraft aufrecht. Vor sich sah er bereits die Waffenkammer. Er warf einen Blick durch die Gittertür und bereitete sich darauf vor, den Soldaten zu töten, den er zuvor hier gesehen hatte. Doch der Mann war fort, die Tür verschlossen.

»Was nun?«

Weitergehen.

Hayes hatte beinahe den Hangar erreicht, als er eine Tür auf der linken Seite sah, die ihm zuvor entgangen war. Er wollte sich vorbeischleichen, als plötzlich ein Wachmann mit einem dampfenden Kaffeebecher herauskam.

»Wer bist …«

Hayes jagte ihm zwei Kugeln in die Brust und zerrte ihn durch die Tür. Drinnen sah er eine kleine Küche mit einer rostigen Spüle, einem alten Herd und einer schmierigen Mikrowelle.

Er schob die Pistole in den Hosenbund und zog den Ofen von der Wand weg. Dann trat er auf das Gasrohr, bis es brach. Mit angehaltenem Atem nahm er eine Patrone aus der Glock, legte sie in die Mikrowelle und drehte voll auf. Nach seiner Schätzung blieben ihm vielleicht sechzig Sekunden, bis die improvisierte Bombe explodierte.

Keuchend taumelte er in den Hangar. Die Antonow stand draußen auf dem Rollfeld, doch es waren etwa dreißig Meter vom Tor des Hangars bis zum Flugzeug. Hayes schaute sich nach irgendetwas um, das ihm helfen konnte, zur Maschine zu gelangen. Das Einzige, was ihm auffiel, war altes Werkzeug und eine Auffangschale mit Öl.

Er wollte schon aufgeben, als sein Blick auf ein Klemmbrett fiel, das auf dem Werkzeugschrank lag.

Ein Mann mit Klemmbrett wirkt nie verdächtig, dachte er sich.

Hayes steckte die Pistole in den Hosenbund, schnappte

sich das Klemmbrett und nahm seine ganze Kraft zusammen, um sich möglichst aufrecht zu halten. Er straffte die Schultern, wischte sich mit dem Hemdsärmel das Blut von der Nase und kam aus dem dunklen Winkel hervor.

Tu einfach so, als würdest du dazugehören, sagte er sich, dann stapfte er quer durch den Hangar und durchs Tor hinaus. Die kurze Strecke zum Flugzeug schien sich endlos hinzuziehen. Hayes musste sich beherrschen, um nicht loszurennen, sondern ganz ruhig weiterzugehen.

Kurz bevor er zur Rampe gelangte, erschien ein Mitglied der Besatzung in der Tür des Frachtraums.

»Wir wollen starten!«, rief der Mann.

»Der Frachtbrief«, rief Hayes zurück.

Der Mann stieß einen Fluch aus und schüttelte den Kopf. »Okay, aber beeil dich, ja?«

Hayes biss die Zähne zusammen und eilte die Rampe hoch, den Kopf gesenkt, um sein schmerzverzerrtes Gesicht zu verbergen. Als er oben war, sah er alles verschwommen und war nahe daran, bewusstlos zusammenzubrechen.

»Alles okay mit dir?«, fragte der Mann.

Hayes nickte stumm und reichte dem Mann das Klemmbrett.

»Das ist eine Dienstakte«, rief der Mann über das Dröhnen der Triebwerke hinweg. »Hast du nicht gesagt, du hättest den Frachtbrief?«

»Mein Fehler«, keuchte Hayes, riss die Pistole aus dem Hosenbund und konnte gerade noch abdrücken, bevor seine Beine nachgaben und er auf eine Palette mit Geldscheinen sank. Der Schuss hallte wie Donner durchs Flugzeug. Als es still wurde, rief jemand seinen Namen.

»Hayes!«, meldete sich die Stimme erneut.

»Izzy?« Als er aufblickte, sah er die Frau herbeieilen.

»O mein Gott, Ihr Gesicht. Was ist passiert?«

»Nicht wichtig«, erwiderte er ungeduldig. »Wir müssen den Frachtraum schließen.«

»Ich weiß nicht, wie …«

»Der rote Knopf auf der rechten Seite. Einfach drücken.« Er rappelte sich auf und hörte, wie sich der hydraulische Schließmechanismus in Bewegung setzte. »Helfen Sie mir zum Cockpit.«

Izzy legte seinen Arm um ihre Schultern und schleppte ihn durch den Frachtraum.

Du hast es fast geschafft.

Hayes griff nach dem Türknopf, öffnete und taumelte ins Cockpit. Der Pilot drehte sich um und erbleichte, als er die Pistole auf seinen Kopf gerichtet sah.

»Ich schon wieder.« Hayes verzog das Gesicht und ließ sich in den leeren Co-Piloten-Sitz sinken.

»W-was wollen Sie?«

»Ich will, dass Sie die Kiste hochbringen.«

55

IM FLUGZEUG

Unterwegs rief Izzy ihren Chef an, und als die An-12 die Grenze überflog, hatte die kolumbianische Luftwaffe bereits zwei A-37 Dragonfly-Maschinen geschickt, um das Transportflugzeug nach Bogotá zu eskortieren.

Von seinem Platz im Cockpit beobachtete Hayes, wie die leichten Kampfflugzeuge zu beiden Seiten in Position gingen. »Schön vorsichtig«, warnte er den Piloten. »Folgen Sie den Burschen, dann haben wir es bald hinter uns.«

Hayes' Gedanken schweiften zum ersten Funkspruch, den er abgesetzt hatte, nachdem der Pilot die Maschine gestartet hatte.

»Gray ist tot«, hatte er gemeldet. »Jetzt brauche ich ein Team, um auch Vega zu erwischen.«

»Nein«, hatte Shaw klargestellt. »Sie sind hier fertig.«

»Fertig? Was soll das heißen? Sie haben doch gesagt, dass Treadstone mit Monatsende eingestellt wird.« Er sah auf seine Uhr. »Das heißt, mir bleiben noch zwölf Stunden.«

»Der Plan hat sich geändert«, erwiderte Shaw.

»Nicht für mich.« Hayes schaute zurück zu Izzy. »Wissen Sie, was Vega mit dem Geld vorhat? Er will damit einen Putsch finanzieren. Ein Teil des Geldes geht an Senator

Mendez. Der soll dafür sorgen, dass die USA nichts gegen Vega unternehmen.«

»Adam«, sagte Shaw mit müder Stimme, »selbst wenn Sie das alles beweisen könnten, wären mir die Hände …«

Es herrschte Schweigen am anderen Ende der Leitung. Hayes wusste, dass Shaw nachdachte, ob es irgendeine Möglichkeit gab, die Situation und gleichzeitig seinen Job zu retten.

»Nein, Sie haben damit nichts mehr zu tun. Es ist Zeit für Sie, nach Hause zu kommen, Ihre Familie wiederzusehen.«

»Und Vega kommt damit durch?«

»Nein!«, zischte Izzy ihm zu und grub ihre Finger in Hayes' Schultern.

»Adam, es gibt nichts mehr zu diskutieren. Sie sind raus. Packen Sie Ihre Sachen – ich schicke Ihnen ein Flugzeug.«

»Das kann ich nicht machen«, erwiderte Hayes und trennte die Verbindung.

»Soll das heißen, Cole ist völlig umsonst gestorben?«, wandte Izzy ein, die Augen rot gerändert von ihren Tränen um den toten DEA-Agenten.

»Nein.« Hayes blickte nach hinten zu den Geldbündeln auf den Paletten. »Aber wir machen es nach meinen Spielregeln. Das heißt, ich muss JT kontaktieren, und Sie bleiben in Bogotá. Haben Sie mich verstanden?«

Izzy nickte und wischte sich eine Träne von der Wange.

Hayes trug nur eine Waffe, die Walther PPK, bei sich, als er zum Bahnhof von Paraguachón humpelte und einen Fahrschein nach Caracas kaufte.

Der Zug, in den er einstieg, hatte sein Ablaufdatum

eigentlich schon überschritten. Obwohl es keine Klimaanlage und nicht einmal funktionierende Toiletten gab, war der Zug normalerweise bis auf den letzten Platz gefüllt. Heute war jedoch statt der üblichen Scharen von fotografierenden Touristen und armen Wanderarbeitern nur eine Handvoll Fahrgäste an Bord.

Hayes dachte nicht an mögliche Konsequenzen – er wollte um jeden Preis verhindern, dass Mendez mit seinen üblen Machenschaften durchkam. Und wenn Shaw ihm nicht helfen wollte, musste er sich eben an jemand anderes wenden.

Izzy.

Als der Zug in der Hauptstadt mit lautem Kreischen zum Stehen kam, hatte Hayes acht Stunden Fahrt hinter sich. Das schweißnasse Hemd klebte an seinem muskulösen Körper. Durch das Fenster schaute er auf den Bahnsteig hinaus, wo sich bereits dichte Menschentrauben gebildet hatten.

Hayes stand auf, nahm sein spärliches Handgepäck und stieg aus. Während er sich durch die Menge schlängelte, sah er aus dem Augenwinkel Polizisten in Kampfanzügen und Soldaten mit automatischen Gewehren, die sich auf dem Bahnsteig umschauten. Er konnte nur hoffen, dass sie nicht nach ihm suchten.

Vor dem Bahnhofsgebäude schaltete Hayes sein Prepaidhandy ein und schickte eine Nachricht an die Nummer, die Izzy ihm gegeben hatte.

Angekommen.

Die Antwort kam Augenblicke später.

Hotel Classico. Viel Glück. Dazu ein Foto, das einen Mitsubishi SUV auf einem Parkplatz zeigte.

Hayes nahm sich ein Taxi und nannte dem Fahrer das Hotel.

Der Mann beäugte ihn einen Moment lang, und Hayes sah blankes Unverständnis in seinem Gesicht.

»Sind Sie sicher? Es gibt viel bessere Hotels als das *Classico.*«

Hayes wusste, was der Mann dachte. Er hielt ihn für einen westlichen Journalisten, der hier war, um über die Zusammenstöße zwischen den Demonstranten und den Truppen von Präsident Díaz in den Straßen von Caracas zu berichten. Ein Land im Aufruhr war für die Medien immer ein brauchbares Thema. Hayes war sich sicher, dass der Taxifahrer eine hübsche Belohnung kassierte, wenn er Fahrgäste mit fetten Spesenkonten zu einem bestimmten Hotel lotste.

»Das *Classico* ist okay für mich«, sagte Hayes lächelnd.

Hätte Hayes wirklich vorgehabt, im *Classico* abzusteigen, hätte er auf das Angebot des Taxifahrers spätestens in dem Moment zurückgegriffen, als sie bei dem Hotel ankamen.

»Ich hab's Ihnen ja gesagt«, meinte der Mann achselzuckend.

»Ach, es ist sicher ganz in Ordnung«, erwiderte Hayes.

»Wie Sie meinen.«

Hayes schulterte seinen Rucksack und trat durch die Tür. Er musste sich nicht einmal am Rezeptionisten vorbeischleichen – der Mann schnarchte friedlich vor sich hin. Nachdem sich dieses Problem von allein gelöst hatte, konzentrierte sich Hayes auf seine Aufgabe. Er schnappte sich eine Zeitung von dem zerschrammten Kaffeetisch in der Mitte der Lobby und folgte dem Schild zur hinteren Treppe.

Als er die Tür zur Parkgarage erreichte, faltete er die Zeitung mehrmals zusammen. Nachdem er sich vergewissert hatte, dass es keine Alarmanlage gab, öffnete er die Tür, trat hindurch und klemmte die Zeitung zwischen Schloss und Türstock. Als er sicher war, dass die Tür nicht ins Schloss fallen würde, tauchte er in die finstere Garage ein und wartete einen Moment, bis seine Augen sich an die Dunkelheit gewöhnt hatten.

Falls jemand wusste, dass er kam, würde derjenige hier unten zuschlagen, wo es keine Zeugen gab. Von seiner Position aus sah Hayes den Mitsubishi SUV in seiner Parkbucht stehen.

Alles, was er benötigte, um Vega und jeden anderen zu töten, der so dumm war, sich ihm in den Weg zu stellen, befand sich in diesem Auto. Hayes war erschöpft und litt immer noch unter den Nachwirkungen der Prügel, die er in Pendare hatte einstecken müssen, doch er zwang sich, kühlen Kopf zu bewahren und abzuwarten, bis er sicher war, dass ihm niemand auflauerte. Dann erst eilte er zu dem Wagen, schnappte sich den Schlüssel vom Hinterreifen, schloss die Tür auf und setzte sich ans Steuer.

Das Hotel *Classico* mochte eine lausige Absteige sein, doch es war immerhin mit Kameras ausgestattet, weshalb Hayes nicht das Risiko einging, seine Fracht zu begutachten.

Du hast so lange gewartet, da kommt es auf eine Stunde nicht mehr an.

Er fuhr zum Bezirk José Félix Ribas östlich von Caracas. Hayes hatte schon öfter Armut zu sehen bekommen, aber nicht in einem so unglaublichen Ausmaß. Izzy hatte ihm erzählt, dass hier auf weniger als einem Quadratkilometer über hundertzwanzigtausend Menschen lebten.

Das Haus, zu dem er unterwegs war, lag mitten in diesem Viertel. Es glich mehr einem bunt gestrichenen Lagerschuppen als einem Wohnhaus, doch es gab eine Garage und fließendes Wasser – und damit war Hayes zufrieden. Er stellte den Wagen in die Garage, verschloss das Tor, dann öffnete er die Heckklappe des SUV. Mit einem Finger griff er unter die Sperrholzabdeckung der Reserveradmulde, drückte nach unten und hörte ein metallisches Klicken. In dem verborgenen Fach befanden sich eine Schutzweste, ein Satellitentelefon, ein GPS-Gerät, eine Glock 19, eine Plate-Carrier-Einsatzweste mit Reservemagazinen und Granaten, außerdem eine HK UMP45 und ein Barrett-Scharfschützengewehr.

Es war jedoch vor allem die Mark-IV-Pistole, die ihm ein grimmiges Lächeln entlockte.

Wie in alten Zeiten.

Hayes ging ins Haus, nahm erst einmal eine Dusche, dann legte er sich aufs Bett, das Telefon neben sich auf einem Beistelltisch.

Er wusste nicht, wie lange es dauern würde, bis es klingelte. Eine Stunde, einen Tag, eine Woche? Eines wusste er jedoch: Wenn es passierte, war Vega so gut wie tot.

Der Anruf kam nach drei Stunden.

Hayes schaute auf seine Uhr und zählte die Klingeltöne. Nach dem dritten Klingeln verstummte das Telefon.

Sein Blick schweifte zum Rucksack, der gepackt neben der Tür stand. Darin war alles, was ihm geblieben war.

Hayes streifte Latexhandschuhe über seine zerschundenen Fingerknöchel und nahm eine Packung Clorox-Tücher aus dem Rucksack. Er brauchte fünf Minuten, um in dem Zimmer alle Spuren seiner Anwesenheit zu beseitigen. Als er fertig war, legte er die Schutzweste an und schob ein frisches Magazin in die Glock. Er schob die Pistole ins Holster, verbarg die Waffe unter einer weiten Jacke und schaute sich ein letztes Mal im Zimmer um. Dann schulterte er den Rucksack und ging hinaus.

56

CARACAS, VENEZUELA

Hayes fuhr mit offenen Fenstern die Küstenstraße zwischen den Hügeln entlang und genoss den salzigen Duft, den der Wind aus der Karibik herüberwehte. Immer wieder hatte er die Beobachtung gemacht, dass gerade arme Länder oft eine bemerkenswerte landschaftliche Schönheit vorzuweisen hatten. Vielleicht wollte Gott diesen Menschen, die so viel zu erdulden hatten, wenigstens eine schöne Aussicht schenken.

Er schaute nach Süden in das Tal, in dem Caracas lag, sah das Schimmern der Häuser in der untergehenden Sonne und dachte sich, dass die Bewohner dieses Landes eine echte Chance hätten, wenn sie von fähigeren, verantwortungsbewussteren Leuten regiert würden.

Unter der Führung von Männern wie Vega würden ihre Leiden nie ein Ende nehmen.

Ich werde jedenfalls meinen Beitrag leisten, dachte Hayes und fuhr mit dem SUV von der Straße ab, als seine Scheinwerfer auf einen grauen Nissan Pick-up fielen. Auf der Heckklappe sah er JT sitzen.

Hayes stellte den Wagen ab und stieg aus. Das Quietschen der rostigen Scharniere hallte durch die Nacht.

»Du suchst dir immer die richtigen Gegner aus«, lächelte JT, und seine weißen Zähne leuchteten aus dem Schwarz seines bemalten Gesichts. »Vega hat das Anwesen zur Festung ausgebaut.«

»Wenn es leicht wäre, könnte es ja jeder machen.« Hayes öffnete die Heckklappe und holte die Ausrüstung heraus.

»Bist du dir wirklich sicher?« JT reichte ihm die neuesten Satellitenbilder des Zielgebiets.

»Ich sehe keine andere Möglichkeit«, sagte Hayes achselzuckend, legte die Einsatzweste an und schob frische Batterien in die Fusions-Nachtsichtbrille. »Oder fällt dir irgendwas ein, wie wir ihn dazu bringen können, zu uns herauszukommen?«

»Pass auf dich auf.« JT schulterte das Scharfschützengewehr und verschwand in der Dunkelheit.

Hayes wusste, dass seine Aussichten, lebend aus der Sache herauszukommen, nicht allzu hoch waren. Eines aber stand für ihn fest: Wenn es ihm schon bestimmt sein sollte, hier und heute zu sterben, dann würde er nicht allein gehen.

Er zog die schwarze Sturmhaube hervor, die Izzy ihm gegeben hatte, und betrachtete einen Moment lang den grauen Totenschädel, der vorne aufgemalt war. Dann zog er sich die Haube über den Kopf, rückte das Earpiece zurecht und testete die Funkverbindung mit JT.

»Ich höre dich klar und deutlich«, meldete JT. »Von mir aus kann's losgehen.«

Okay, dann nichts wie rein in den Schlamassel, dachte Hayes.

Außer der Sturmhaube hatte Izzy ihm einen Plan des Anwesens mitgegeben, den sie aus dem Gedächtnis gezeichnet hatte. Damit ihm diese wertvollen Informationen zugutekamen, musste er jedoch erst einmal die zweieinhalb Meter hohe Mauer überwinden, die von messerscharfen Glasscherben gekrönt war.

Zum Glück wusste Izzy einen Ausweg. »Es gibt einen Tunnel«, hatte sie erklärt und ihm die Stelle auf dem Plan gezeigt. »Zumindest ist es mir wie ein Tunnel vorgekommen, als ich ein Kind war. Eigentlich ist es mehr ein Abflusskanal, der von der Hazienda ins Tal führt.«

Hayes folgte dem Weg, den Izzy ihm auf dem Plan eingezeichnet hatte, bis er den Zugang zum Abflusskanal erreichte, der nicht einmal mit einem Gitter bedeckt war. Er ließ sich auf die Knie nieder, doch statt sich sofort durch die enge Öffnung zu zwängen, atmete er erst einmal tief durch, schloss die Augen und vergaß für einen Moment die Welt um sich herum.

In Gedanken kehrte er an einen sonnigen Strand zurück, sah Jack durch das seichte Wasser laufen, Annabelle neben ihm. Ihre blonden Haare wehten im Wind, als sie den Jungen mit ihren weichen braunen Händen führte. Hayes ließ das Bild noch einen Moment wirken, sah die Welt nicht, wie sie war, sondern wie sie hätte sein können – dann kehrte er ins Hier und Jetzt zurück.

Es tut mir so leid, Kumpel, dachte er und ließ den Schmerz zu, der damit verbunden war, alles zu verlieren, was ihm wichtig war. Und auf den Schmerz folgte die Wut, die glühend heiß in seinen Adern pulsierte. Dann zwängte er sich durch die Öffnung und arbeitete sich durch den engen Kanal. Auf der anderen Seite der Mauer kam er aus dem Tunnel hervor.

Er schaltete die Nachtsichtbrille ein, schulterte die Maschinenpistole und schlich die Mauer entlang.

Hayes war noch keine sechs Stunden in Caracas, doch das hatte genügt, um einen Eindruck von der Armut unten im Tal zu gewinnen. Er hatte Familien gesehen, die kein richtiges Dach überm Kopf hatten, die Warteschlangen vor den leeren Lebensmittelgeschäften, die abgemagerten Hunde auf den Straßen. Ein krasser Gegensatz zu dem, was er hier vor sich sah. Während es in weiten Teilen der Stadt kein fließendes Wasser und keine sanitären Einrichtungen gab, wurden die makellos gepflegten Grünanlagen von Vegas Anwesen mit eingebauten Rasensprengern versorgt. Im Licht der Halogenlampen erstrahlte der Garten in leuchtendem Grün.

Während Hayes sich seinem Ziel näherte, wurde ihm klar, dass Vega sich auf die Konfrontation vorbereitet hatte. Im Umkreis von fünfzig Metern um das Haus gab es keinen Baum und keinen Strauch mehr – nur nacktes Gelände, das nicht die geringste Deckung bot.

Das Kratzen eines Streichholzes und ein kurzes Aufblitzen lenkten seine Aufmerksamkeit auf einen Wachmann, der nur wenige Meter entfernt an einen Bulldozer gelehnt stand. Der Mann hob das Streichholz an die Zigarette und blies eine Rauchwolke in die Luft.

Ich glaube, ich habe meinen Türöffner gefunden, dachte Hayes und drückte die Sendetaste.

»Kannst du loslegen?«, fragte er über Funk.

»Ich warte nur auf die zwei Buchstaben: GO«, gab JT zurück.

»Roger. Gib mir einen Countdown, dann mach ihnen Feuer unterm Arsch.«

»Zehn … neun … acht«, begann JT gleichmäßig wie ein Metronom.

Mit einem leisen Zischen von Stahl auf Leder zog Hayes das Kampfmesser aus der Scheide und schlich auf Zehenspitzen los.

»Sieben … sechs … fünf … vier …«

Hayes näherte sich dem Wächter von hinten, drückte ihm die Hand auf den Mund und riss seinen Kopf nach links. In einer einzigen fließenden Bewegung schnitt er ihm die Kehle durch, und ein Blutschwall ergoss sich über seine Sturmhaube.

Der Körper des Mannes zuckte im Todeskampf. Hayes hielt ihn fest und wartete, bis seine Knie nachgaben, dann ließ er ihn zu Boden sinken wie eine Marionette mit durchschnittenen Fäden.

Hayes stieg auf den Bulldozer, als er vom Hügel her das Krachen des Scharfschützengewehrs hörte.

Er wusste, dass JT das Barrett mit explosiver, panzerbrechender Munition vom Typ MK 211 geladen hatte. Die Geschosse enthielten einen Wolframkern, leicht entzündliches Zirkoniumpulver und eine Composit-A-Sprengladung. Als die Kugel mit über 3000 Stundenkilometern in den Anschlusskasten an der Nordseite des Hauses einschlug, explodierte sie und riss ein riesiges Loch in die Wand.

Die Halogenlichter flackerten, dann wurde es dunkel ringsum, während Hayes den Bulldozer startete und in Bewegung setzte.

Es dauerte jedoch nicht lange, bis die Notscheinwerfer angingen. Hayes war auf halbem Weg zum Haus, als eine Gruppe von Soldaten aus dem Poolhaus kam.

»JT, er hat einen Generator«, gab Hayes durch. »He, Mann, das Licht ist wieder an.«

»Was du nicht sagst!«, rief JT zurück. »Gib mir eine Sekunde.«

Doch Hayes hatte keine Sekunde übrig, denn vor ihm stand ein Soldat mit einem Granatwerfer im Anschlag.

Scheiße. Er sah, wie der Finger des Soldaten zum Abzug ging, doch bevor er abdrücken konnte, krachte JTs Gewehr vom Hügel her, und der Oberkörper des Mannes explodierte in blutrotem Sprühnebel.

»Ich schulde dir was.« Hayes sprang vom fahrenden Bulldozer.

Mit eingezogenem Kopf rollte er sich über die Schulter ab, riss die MP hoch und feuerte aus der Hocke auf das nächststehende Ziel. Dann hob er den blutbespritzten Granatwerfer auf und rannte zur Seite des Hauses.

Noch einmal donnerte JTs Gewehr vom Hügel her, der Generator explodierte, und eine Sekunde später riss der Bulldozer die Nordwand des Hauses nieder.

»Ich bin weg«, meldete JT. »Wir treffen uns am Punkt X. Beeil dich, die Uhr tickt.«

»Roger.« In diesem Augenblick sah Hayes hinter einem Erkerfenster Oberst Vega, von Soldaten umringt, die ihn ins Nebenzimmer ziehen wollten.

Hayes hob sich den Granatwerfer auf die Schulter, ignorierte das Gewehrfeuer zu seiner Linken und drückte den Abzug. Die Granate schoss kreischend aus dem Startrohr und jagte auf ihr Ziel zu, doch bevor sie in die Scheibe einschlug, beobachtete er, wie Vega im Nebenzimmer verschwand.

Die Soldaten folgten ihm, doch einer blieb stehen und deutete aufs Fenster. Im nächsten Augenblick detonierte die

Granate und tauchte das Zimmer in Flammen und schwarzen Rauch.

Hayes sprintete zur Tür. Das dumpfe *Wump-wump-wump* eines herannahenden Helikopters verriet ihm, dass Vega zum Dach hochsteigen würde.

Im Laufen schob Hayes ein frisches Magazin in die Maschinenpistole. Er wusste, ihm lief die Zeit davon.

Du musst aufs Dach. Irgendwie.

Hayes trat die Tür ein und gelangte in den Korridor, den Izzy ihm auf dem Plan eingezeichnet hatte. Es gab zwei Möglichkeiten: Er konnte den Weg durch das Esszimmer und über die Haupttreppe nehmen oder versuchen, an den offenen Türen des Flurs vorbei zur Personaltreppe zu gelangen.

Richte dich nach dem, was du weißt, sagte er sich, aktivierte den Infrarotlaser der MP, schaltete auf Dauerfeuer und schlich über den Flur.

Aus der offenen Tür zur Rechten schob sich ein Gewehrlauf. Hayes hatte nicht genug Zeit, um das Ziel aufzufassen; er schwenkte den Laser zu der Stelle rechts vom Türrahmen, hinter der er den Soldaten vermutete, und drückte ab. Die Maschinenpistole ließ ihr wütendes Bellen los.

Hayes duckte sich durch die Tür, sah einen Mann zur Linken, feuerte und fuhr herum, um auch den Soldaten, den er verwundet hatte, außer Gefecht zu setzen.

»Er ist auf dem Flur!«, rief eine Stimme, während Hayes bereits zur Tür eilte und eine Granate hervorholte. Er zog den Stift und zählte bis drei, ohne den Blick von der Tür gegenüber zu wenden.

Hayes hörte die Männer kommen, doch er konnte es sich

nicht leisten, zu warten, und warf die Granate durch die Tür.

»Da!«, rief ein Soldat, doch bevor er abdrücken konnte, detonierte die Granate mit einem ohrenbetäubenden Knall im Flur.

Jetzt.

Durch die Rauchwolke sprang Hayes über tote und verletzte Soldaten hinweg. Auf der linken Seite sah er die Treppe und hetzte, zwei Stufen auf einmal nehmend, nach oben.

Immer lauter wurde das Knattern des Helikopters, der über dem Dach in den Schwebeflug ging. *Fast geschafft*, dachte er, feuerte im Laufen auf den Wächter oben an der Treppe und sprintete dann nach rechts, um die letzten Stufen zum Dach zu nehmen.

Mit gesenkter Schulter rannte Hayes auf die Tür zu und warf sich mit aller Kraft dagegen. Die Tür flog aus den Angeln und schlitterte aufs Dach hinaus, Hayes nur einen Schritt dahinter.

Er warf sich auf den Boden, rollte sich ab und sah den Helikopter niedergehen, die Kufen nur noch ein, zwei Meter vom Dach entfernt. Vega und seine beiden Soldaten warteten vorne an der Dachkante.

Auf ein Knie gestützt, richtete Hayes den Laser auf das Cockpit. Er wusste, dass die MP nicht über die Durchschlagskraft verfügte, um das dicke Glas zu durchschlagen, doch es war bestimmt möglich, der Scheibe ein paar Sprünge zu verpassen – das würde genügen.

Wenn das klappt, komm ich lebend hier raus, dachte er und drückte den Abzug durch.

Die Kugeln schlugen direkt vor dem Piloten ins Glas ein. Als der Mann die Sprünge sah, die sich wie ein Spinnennetz auf der Scheibe ausbreiteten, riss er den Steuerknüppel nach links und zog den Hubschrauber seitlich vom Haus weg.

»Schießt ihn nieder!«, brüllte Vega seinen Soldaten auf Spanisch zu.

Hayes ließ die leer geschossene MP fallen und zog die Ruger MK IV aus dem Holster. Die Pistole mit integriertem Schalldämpfer war eine Killerwaffe und praktisch lautlos – ganz im Gegensatz zum wütenden Rattern der Kalaschnikows, mit denen die Soldaten ihn aufs Korn nahmen. Der Rückstoß der Pistole fühlte sich vergleichsweise sanft an.

Hayes war lange genug in diesem Geschäft, um zu wissen, dass es bei einem Schusswechsel nicht auf das Kaliber ankam, sondern darauf, seine Munition gezielt einzusetzen. Und dafür nahm sich Hayes einen Moment Zeit.

Er zielte sorgfältig und ignorierte die 7,62-mm-Geschosse, die ihm um die Ohren pfiffen oder in den Boden einschlugen. Mit ruhigem Durchdrücken des Abzugs jagte er jedem der beiden Schützen eine Kugel vom Kaliber .22 ins rechte Auge.

Die Männer sackten zu Boden, und Hayes richtete sich auf, als es auf dem Dach still wurde.

»Jetzt sind wir unter uns.« Hayes richtete die Pistole auf Vegas Brust.

»Egal, was die Ihnen zahlen – von mir kriegen Sie das Doppelte … das *Dreifache*«, bettelte der Oberst und hob beschwörend die Hände.

»Nicht alles kann man kaufen«, erwiderte Hayes und blieb drei Schritte vor Vega stehen.

»Dann bringen Sie mich vor Gericht. Überlassen wir das Urteil dem Richter.«

»Sie haben immer noch nicht kapiert, wie es läuft.« Hayes richtete die Pistole auf Vegas Stirn.

»Sie schießen auf einen unbewaffneten …?«, setzte der Oberst an, dann ließ ihn das dumpfe Husten der Ruger in Hayes' Hand verstummen.

Die Kugel traf Vega mitten in die Stirn und riss seinen Kopf zurück. Er taumelte einen Schritt nach hinten, sein Fuß trat ins Leere, und er stürzte in die Tiefe.

Hayes schob die rauchende Waffe ins Holster, trat an die Dachkante und hörte Vega mit einem dumpfen Geräusch auf dem Beton aufprallen. Er schaute auf den leblosen Körper des Mannes hinunter, um dessen Kopf sich eine Blutpfütze bildete.

»In diesem Fall, ja.« Er drehte sich um und ging zur Tür zurück.

Hayes durchquerte das stille Haus und verließ es durch die Eingangstür.

»Bin auf dem Rückweg«, meldete er über Funk.

»Verstanden.«

Hayes stieg die Stufen vor der Haustür hinunter und ging an Vegas Leiche vorbei. In diesem Moment hörte er in einer Tasche des Toten ein Mobiltelefon klingeln. Er ging in die Hocke, zog das Handy hervor und nahm den Anruf entgegen.

»Wie ist die Lage bei Ihnen?«, fragte ein Mann mit texanischem Akzent.

»Wer spricht?«, wollte Hayes wissen.

»Senator Patrick Mendez – aber wer zum Teufel sind *Sie*?«

»Ihr schlimmster Albtraum.«

»Hayes?«, zischte der Mann. »Kann ich davon ausgehen, dass alle tot sind?«

»Nicht *alle*«, erwiderte Hayes, »aber ich komme Sie bald besuchen.«

»Hayes, warten Sie …«

Doch Hayes hatte das Gespräch schon beendet.

57

CARACAS, VENEZUELA

Hayes zwängte sich durch die Öffnung des Abflusskanals und hielt auf das Licht des Infrarot-Leuchtstabs zu, den JT zurückgelassen hatte, um den Weg zu markieren. Er stieg zwischen den Felsen hinauf und legte die ersten hundert Meter problemlos zurück. Das letzte Stück bis zur Bergkuppe war jedoch von Geröll und Felsblöcken übersät, über die er hinwegklettern musste, um weiterzukommen.

Hayes ließ sich Zeit. Er wusste, dass ein falscher Tritt einen tödlichen Absturz zur Folge haben konnte. Als er oben ankam, war sein Hemd unter der Einsatzweste schweißnass. Er blieb kurz stehen, um Atem zu holen und den kühlen, nach Salz duftenden Wind zu genießen, der ihn umwehte.

Den Blick nach Norden zur tintenschwarzen Masse des Karibischen Meeres gerichtet, stapfte er zu der flachen Landzunge, auf der JT den Landeplatz eingerichtet hatte. Plötzlich hörte er das ferne Donnern von automatischem Gewehrfeuer. Hayes drehte sich um, in der Erwartung, eine Kolonne von Armeefahrzeugen auf das Anwesen zufahren zu sehen, doch *Bella Vista* lag still wie ein Grab in der Landschaft.

»Da unten braut sich was zusammen«, meinte JT, der aus der Dunkelheit hervortrat, ein Nachtsichtglas in der Hand.

Hayes klappte die Nachtsichtbrille hoch und hob das Fernglas an die Augen.

Unten im Tal drängte sich eine Menschenmenge vor einem brennenden Gebäude. Mehrere Gestalten mit Maschinengewehren und Granatwerfern feuerten auf ein Ziel am anderen Ende der Straße.

»Ist das das Waffenlager?«, fragte Hayes mit einem mulmigen Gefühl in der Magengrube.

»Ja«, bestätigte JT, während die Angreifer eine Salve nach der anderen auf die Soldaten abfeuerten, die die Straße blockierten.

Dieser verdammte Vega, dachte Hayes.

»Hey, wir haben unseren Teil getan.« JT klopfte ihm aufmunternd auf die Schulter.

Hayes war sich da nicht so sicher, doch das nahende Knattern des Helikopters sagte ihm, dass keine Zeit mehr war, um darüber nachzudenken.

Waters ging mit dem Mi-17 in den Schwebeflug, und Hayes duckte sich gegen den Rotorabwind und wartete, bis der aufgewirbelte Staub sich gelegt hatte, ehe er zum Hubschrauber eilte. Er folgte JT in die Kabine, und als er die Tür geschlossen und sich hingesetzt hatte, war der russische Helikopter schon wieder in der Luft.

Waters lenkte die Maschine in Richtung Norden. Hayes wartete noch, bis sie über dem Meer waren, dann lehnte er den Kopf an die Bordwand. Das Adrenalin hatte sich längst aus seinen Adern verflüchtigt, und er war nur noch hundemüde.

Er schloss die Augen, und das Vibrieren des Helikopters versetzte ihn in den meditativen Zustand, der ihn stets nach einer abgeschlossenen Operation überkam. Für den Augenblick war es in ihm so still und ruhig wie auf dem weiten schwarzen Ozean unter ihm.

So viel Tod. Deano, Martha, Ford, Cole. Und wofür?

Jemand tippte an sein Bein und riss ihn aus seinen Gedanken. Er öffnete die Augen, und JT beugte sich zu ihm hinunter, ein Funk-Headset in der Hand.

»Shaw«, flüsterte er lautlos.

Na großartig, dachte Hayes, setzte den Kopfhörer auf und drückte die Sendetaste.

»Ja?«

»Können Sie mir verraten, warum Senator Mendez mich mitten in der Nacht anruft und mir die Hölle heißmacht?«, fragte Shaw, seine Stimme noch heiser vom Schlaf.

»Tut mir leid, Sie haben die falsche Nummer gewählt«, erwiderte Hayes. »Hier ist nicht die Telefonseelsorge. Trotzdem danke für Ihren Anruf.«

»Ist Ihnen eigentlich bewusst, welche Konsequenzen es hat, einen US-Senator zu bedrohen?«, knurrte Shaw.

»Haben Sie Angst um Ihren Job, Levi?«

Einen Moment lang herrschte Schweigen am anderen Ende, doch als Shaw schließlich sprach, klang seine Stimme eiskalt. »Okay, wie Sie wollen. Waters hat die Anweisung, Sie nach Antigua zu fliegen, von wo Sie in einem Flugzeug der Agency in die Staaten zurückkehren werden.«

»Sie hatten die Chance, sich als Chef zu beweisen – hier in Caracas«, sagte Hayes. »Wenn ich mich richtig erinnere, haben Sie es vorgezogen, sich wegzuducken.«

»Adam, ich warne Sie, wenn Sie nicht in diesem Flugzeug sitzen …«

Shaws Drohung fiel auf taube Ohren; Hayes hatte den Kopfhörer bereits aus der Buchse gezogen und weggeworfen.

»Worum ging es denn?«, wollte JT wissen.

»Du vertraust mir doch, oder?«, fragte Hayes.

»Ich wäre ja wohl nicht hier, wenn's nicht so wäre.«

Hayes nickte und stand auf. »Nur damit du's weißt – es tut mir leid, aber es geht nicht anders.«

»Was?« JT sah ihn stirnrunzelnd an. »Was tut dir l…«

Bevor er die Frage beenden konnte, nahm Hayes die Pistole aus dem Hosenbund und zog sie ihm über den Kopf.

»Das.« Hayes fing seinen bewusstlosen Freund auf, damit er nicht vom Sitz kippte, schnallte ihn an und ging nach vorne zum Cockpit.

Als Waters merkte, wer hinter ihm stand, war es bereits zu spät.

»Wie ist unsere Position?«, fragte Hayes und bemerkte den nervösen Ausdruck in Waters' Augen.

»Hier.« Waters deutete auf einen Punkt auf der Karte.

»Wir müssen einen kleinen Umweg machen«, verlangte Hayes.

»Du hast mit dem Chef gesprochen«, erwiderte Waters. »Also weißt du genau, dass ich das nicht kann.«

»Ich mache es dir ein bisschen leichter.« Hayes hob die Pistole und zielte auf das Funkgerät.

Er drückte ab – der gedämpfte Knall ging im Heulen der Triebwerke unter. Der einzige Hinweis darauf, dass Hayes einen Schuss abgegeben hatte, war der Rauch, der aus dem Einschussloch im Funkgerät aufstieg.

»Du bist echt verrückt«, protestierte Waters.

»Und du bist ganz schön ungehobelt.« Hayes schaute

durchs Cockpitfenster hinaus und sah ein Leuchten in östlicher Richtung.

»Diese Lichter im Osten – das müsste Curaçao sein.« Er tippte mit der Pistole auf die Karte, die der Pilot auf seinem Oberschenkel befestigt hatte. »Du musst mich nur irgendwo in der Nähe absetzen. Mehr will ich gar nicht.«

»Scheiß drauf«, brummte Waters und lenkte den Helikopter in Richtung Osten.

»Bist ein guter Mann, Charlie Brown.« Hayes steckte die Pistole in den Hosenbund.

Er verließ das Cockpit und ging wieder nach hinten.

»Schön langsam und tief runter«, rief er dem Piloten zu.

Waters zeigte ihm den Mittelfinger, doch er kam der Aufforderung nach, drosselte die Geschwindigkeit und ging mit dem russischen Helikopter tiefer, bis er nur noch die dunkle Wasserfläche sehen konnte.

»Bis dann«, rief Hayes ihm zu.

Und sprang.

Für die US-Regierungsbehörden war es undenkbar, dass Hayes ohne gültigen Reisepass von Curaçao in die Vereinigten Staaten einreisen konnte. Doch Treadstone hatte ihn gut ausgebildet – und so war Hayes zehn Stunden, nachdem er aus dem Wasser gewatet war, wieder auf amerikanischem Boden.

Kurz vor Mittag mietete er in Destin mithilfe von Vegas Falschgeld einen Cadillac CTS. *Wenn schon, dann mit Stil*, dachte er, als er von dem Mann an der Theke den Autoschlüssel entgegennahm.

»Kann ich sonst noch was für Sie tun, Sir?«, fragte der Mann.

»Danke, das wäre alles.« Hayes schob die Papiere in die Gesäßtasche.

Er ging quer durch den Empfangsraum zur Tür auf der Westseite des Gebäudes. Wie in der Nähe des Golfs von Mexiko üblich, waren die Fenster dunkel getönt, sodass man den Eindruck einer verfrühten Abenddämmerung hatte. Doch Hayes ließ sich davon nicht täuschen. Er war oft genug in Florida gewesen, um zu wissen, was ihn draußen erwartete. Er setzte die Sonnenbrille auf und öffnete die Tür.

Die Mittagssonne sprang ihn an wie ein goldgelber Jaguar. Trotz der Sonnenbrille kniff er unwillkürlich die Augen zusammen. Auf der anderen Seite des Parkplatzes schimmerte der mitternachtsblaue Cadillac in der Hitze. Nachdem Hayes die paar Schritte zum Wagen zurückgelegt hatte, war sein Rücken bereits schweißnass.

Der Caddy hatte den ganzen Vormittag in der Sonne gestanden, sodass es sich darin wie in einem Backofen anfühlte. Hayes ließ die Tür offen, startete den Motor und sah, dass sein Vorgänger die Klimaanlage auf höchste Stufe eingestellt hatte. Der Lüfter lief mit einem heißen Luftschwall an, der nach abgestandenem Zigarettenqualm und Sonnenöl roch. Hayes wartete, bis die Kühlung einsetzte, dann schloss er die Tür.

Nachdem er sich angeschnallt hatte, zog er das iPhone hervor, das er in Tallahassee besorgt hatte. Er hielt den Daumen über den Sensor, um das Mobiltelefon zu entsperren, dann aktivierte er die App zur Handyortung, die JT ihm geschickt hatte. Nachdem er Annabelles Nummer eingetippt hatte, musste er nicht lange warten, bis ein blauer Punkt auf der Karte erschien.

Hayes fuhr den Harbor Boulevard entlang, vorbei an T-Shirt-Läden, Kneipen und Wohntürmen. Jetzt, im Sommer, sah man überall Minivans und dicke SUVs von auswärts, deren Inhaber, wie wahrscheinlich jedes Jahr, zur Golfküste gepilgert waren.

Vierzig Minuten später passierte Hayes ein weißes Schild mit marineblauer Aufschrift, die ihn in Seaside, Florida, willkommen hieß. Er ging vom Gas, ließ die Tachonadel auf die vorgeschriebenen fünfzig Stundenkilometer sinken und folgte dem GPS-Punkt zu einem Strandzugang am südlichen Ende der Straße.

Er parkte den Cadillac unter einer Silberpalme und stieg aus. Sein Herzschlag beschleunigte sich, als er den bleigrauen Honda Pilot am vorderen Ende des Parkplatzes stehen sah. Es war Annabelles Wagen, den er einen Monat vor Jacks Geburt gekauft hatte.

Das ist keine gute Idee, warnte die innere Stimme.

Hayes hörte nicht darauf. Er hatte seinen Entschluss gefasst und würde ihn in die Tat umsetzen, komme, was wolle.

Er folgte der hölzernen Rampe zwischen den Sanddünen, vorbei am Ufergras, das sich im Wind wiegte. Die Rampe machte einen Knick zu einer Reihe von Duschen, an denen Kinder sich den Sand von den Füßen spülten. Der Anblick bewog ihn, selbst die Schuhe abzustreifen.

Hayes lächelte einem Kind zu und ging mit den Schuhen in der Hand die letzten Meter durch die Dünen bis zum strahlend weißen Strand. Einen Moment lang stand er da und genoss das Gefühl des warmen Sandes unter den Füßen, das sanfte Rauschen der türkisfarbenen Brandung, dann zog er das Handy aus der Tasche.

Er drehte sich nach links in die Richtung, die der Punkt anzeigte, und checkte die Entfernung zwischen seiner aktuellen Position und dem Ziel. Zwanzig Meter. *Tja, was nun?*

Hayes blickte auf den Strand hinaus, auf die unüberschaubare Masse von sonnengebräunten Körpern.

Dann sah er die beiden. Annabelle saß auf einem Liegestuhl, die blonden Haare zu einem Knoten hochgebunden. Jack saß neben ihr im Sand, sein Haar weiß wie Baumwolle in der grellen Sonne. Hayes ging zum Turm des Rettungsschwimmers und blieb dahinter stehen, obwohl er nichts lieber getan hätte, als über den Strand zu laufen, Annabelle zu küssen und seinen Sohn hoch in die Luft zu heben.

Du weißt, was du damit anrichten würdest, flüsterte die warnende Stimme. *Du bringst sie allein dadurch, dass du hier bist, in Gefahr.*

Hayes schaute auf das Handy hinunter. Wie gern hätte er Annabelle angerufen. Wie gern hätte er ihr gesagt, dass er sie liebte, sie und den Jungen.

Aber wie er ihre lächelnden Gesichter beobachtete, brachte Hayes es nicht über sich, einfach so in ihr Leben hineinzuplatzen und ihre Unbeschwertheit zu zerstören.

Es ist Zeit zu gehen, mahnte die Stimme in seinem Kopf.

»Wir sehen uns bald wieder«, flüsterte Hayes. Dann drehte er sich um und ging den Weg zurück, den er gekommen war, ein zufriedenes Lächeln im Gesicht.

EPILOG

WASHINGTON, D.C.

Die schwarze Lincoln-Limousine bog in die Embassy Row ein, die Reifen zischten über den regennassen Asphalt, der im Licht der Straßenlaternen glitzerte. Auf dem Rücksitz rückte Levi Shaw seine Krawatte zurecht und schaute auf das Blatt Papier hinunter, auf dem er mit wenigen Worten seinen Rücktritt erklärte.

Jetzt ist es vorbei.

Der Fahrer drosselte das Tempo, als sie zu einem Haus aus weißem Stein inmitten eines gepflegten Rasens gelangten, und fuhr die kreisrunde Zufahrt hinauf. Das 1901 gebaute Townsend House stammte aus der Blütezeit der amerikanischen Wirtschaft um die Jahrhundertwende und beherbergte heute den Cosmos Club.

Nur die absolute Elite der Gesellschaft gehörte diesem Club an. Zu seinen Mitgliedern zählten drei ehemalige Präsidenten, zwei Vizepräsidenten, zahlreiche Nobelpreisträger, ein Dutzend Richter des Obersten Gerichtshofs – und Senator Patrick Mendez.

Letzterer war der Grund für Shaws Kommen.

»Es wird nicht lange dauern, George«, sagte Shaw, stieg aus dem Wagen, richtete noch einmal seine Krawatte und trat schließlich durch die Tür.

Alles an dem Haus – von den Marmorfliesen in der Lobby bis zu den vergoldeten Kronleuchtern, deren warmes Licht die Geringschätzung hervorhob, mit der der Mann am Empfangstisch aufblickte, als er Shaw hereinkommen sah –, das alles rief Männern wie Levi in Erinnerung, dass sie nicht hierhergehörten.

»Kann ich Ihnen irgendwie helfen, Sir?«, fragte der Mann.

»Mein Name ist Levi Shaw. Ich komme zu Senator Mendez.«

»Er ist in der Bibliothek. Hier lang, Sir.«

Als Shaw den Raum betrat, ging Mendez vor einem Fenster auf und ab, das Handy ans Ohr gedrückt.

»Das verstehe ich, Sir, und ich verspreche Ihnen, ich werde mich unverzüglich um die Situation kümmern. Nein, Sir, ich habe *nicht* gewusst, was Jefferson Gray …« Mendez hob den Zeigefinger und bedeutete Shaw, auf einem der bequemen ledernen Clubsessel Platz zu nehmen.

Shaw schüttelte den Kopf und sagte mit ruhiger Stimme: »Nicht nötig. Ich werde Sie nicht lange aufhalten.«

Mendez' Blick schweifte zu Shaws Gesicht, dann zu dem Blatt Papier in seiner Hand.

»Mr. Speaker, einen kleinen Moment. Ich rufe Sie in fünf Minuten zurück.« Der Senator beendete das Gespräch. »Wissen Sie, wer das war?«

»Nein.«

»Der Sprecher des Repräsentantenhauses. Also, wenn ich dem drittmächtigsten Mann der Welt sagen kann, dass ich ihn in fünf Minuten zurückrufe, dann darf ich *Sie* wohl auffordern, sich zu setzen.«

»Wie gesagt«, erwiderte Shaw und reichte dem Senator seine Rücktrittserklärung. »Ich bleibe nicht lange.«

Mendez warf einen Blick auf das Papier. »Wie lange sind Sie schon bei der CIA?«

»Fast dreißig Jahre.«

»Dreißig Jahre.« Mendez hob den Blick von dem Blatt und schaute Shaw in die Augen. »Ich kann mir gar nicht vorstellen, mit wie viel Scheiße Sie sich in dreißig Jahren abgeben mussten. Aber gerade deswegen kann ich einen Mann wie Sie gebrauchen«, fügte Mendez hinzu und zerknüllte das Papier.

»Herr Senator …«

»Nein, hören Sie mir kurz zu. Was da in Venezuela gelaufen ist, das war eine üble Geschichte – aber Sie haben die Sache geschaukelt. Sie haben geschafft, was noch keinem gelungen ist – Sie haben Hayes unter Kontrolle gebracht. Dafür haben Sie was gut bei mir. Wenn Sie für mich arbeiten, sorge ich dafür, dass Treadstone mit ausreichenden Mitteln ausgestattet wird.«

»Ich bin raus«, bekräftigte Shaw.

»Ich glaube, Ihnen ist nicht klar, wie die Sache läuft. Ich *frage* Sie nicht, ob Sie es machen wollen.« Mendez steckte ihm die Papierkugel in die Brusttasche. »Ich *sage* Ihnen, was Sie tun werden. Und jetzt machen Sie, dass Sie rauskommen.«

Zwei Blocks entfernt näherte sich Adam Hayes dem Hintereingang eines verlassenen dreigeschossigen Reihenhauses. Er nahm den Rucksack ab, ging in die Hocke, öffnete die Seitentasche, holte eine Kodiak-Bear-Claw-Brechstange heraus und wandte sich damit dem Fenster zu.

Das Werkzeug sah aus wie eine Miniaturversion des Halligan-Tools, einer Spezialbrechstange, die mit Klinge, Dorn und Kuhfuß versehen war und die Feuerwehrleute auf der ganzen Welt einsetzten, um in brennende Häuser zu gelangen. Trotz seiner geringen Größe erfüllte das Werkzeug seinen Zweck. Hayes stieß das Eisen unter das morsche Holz des Fensters und zog am Griff, bis das Schloss nachgab. Nach getaner Arbeit verstaute er die Brechstange im Rucksack, warf ihn nach drinnen und stieg durchs Fenster ein.

Das Erdgeschoss war ein einziges Schlachtfeld. Die meisten Fenster auf der Westseite waren herausgebrochen und mit Sperrholz vernagelt. Im Arbeitszimmer hatte jemand obszöne Schweinereien und Bandensymbole auf den Kamin gesprüht.

Hayes nahm den Rucksack, ging zur Treppe und stieg in den ersten Stock hinauf. In einem Zimmer auf der Nordseite des Hauses hatte jemand eine Zielscheibe an die Wand gesprüht, in der benutzte Spritzen wie Dartpfeile steckten. Der Gestank nach abgestandenem Urin und anderen Substanzen war so penetrant, dass Hayes unwillkürlich würgte, als er eintrat.

Das einzige brauchbare Möbelstück war ein alter Tisch. Hayes zog ihn in die Mitte des Zimmers, direkt gegenüber dem Fenster, stellte den Rucksack darauf und öffnete ihn.

Als erfahrener Profi wusste er längst, dass in Sachen Werkzeug und Waffen nur das Beste gut genug war; billig zu kaufen, kam einen meist teuer zu stehen. Als er beschlossen hatte, sich ein maßgeschneidertes Jagdgewehr anfertigen zu lassen, war er zu Brandon Ward von Mountain Top Gunworks gegangen. Alles an dem Gewehr – vom achthundert

Dollar teuren Klappschaft bis zum Tausend-Dollar-Kompositlauf – erfüllte genau Hayes' Ansprüche: Die Waffe war leicht, präzise und absolut tödlich.

Er hielt das Gewehr in der rechten Hand, zog einen Schalldämpfer aus dem Rucksack und schraubte ihn an den Lauf. Mehrere Monate hatte Hayes nach dem leichtesten Schalldämpfer auf dem Markt gesucht, bis er auf die Texas Silencer Company gestoßen war. Während die meisten Hersteller beim Material immer noch zu Stahl griffen, produzierte Texas Silencer sein Modell *Outrider* aus Titan. Mit einem Gewicht von 340 Gramm war dieser Schalldämpfer nur halb so schwer wie vergleichbare Modelle anderer Firmen.

Mit dem Gewehr und einem kleinen Sandsack stieg Hayes auf den Tisch und vergewisserte sich, dass die Holzplatte sein Gewicht trug. Dann klappte er die Stützen des Zweibeinstativs aus und stellte das Gewehr auf den Tisch.

Hayes schob den Sandsack unter den Kolben und justierte die Höheneinstellung. Als die Waffe stabil war, legte er die Wange an den Kolben und spähte durch das Nightforce NXS 8-32x56-Zielfernrohr.

Er rückte ein Stück zur Seite, bis er die ideale Position gefunden hatte, und richtete die Waffe auf das zwei Blocks entfernte Fenster im ersten Stock.

Die Sicht durch das Zielfernrohr verschwamm, als er die Vergrößerung hochdrehte, doch mit viel Geduld stellte er den Fokussierknopf so ein, dass er einen kristallklaren Blick auf die beiden Männer hatte, die in einem Zimmer des Cosmos Club miteinander sprachen.

Mendez hielt ein Blatt Papier in der Hand, und Hayes

drückte auf den Sandsack unter dem Kolben. Durch den Druck ging der Kolben einen Tick nach oben, und der Lauf senkte sich dementsprechend, sodass Hayes die Schrift auf dem Papier lesen konnte.

Eine Rücktrittserklärung? Was führst du im Schilde, Levi?, fragte er sich.

Im nächsten Augenblick zerknüllte Mendez das Papier zu einer kleinen Kugel. Unter anderen Umständen hätte Hayes über das schockierte Gesicht gelacht, das sein ehemaliger Chef machte.

Aber nicht jetzt.

Hayes stellte fest, dass Shaw zwar gern den Mund voll nahm, aber ziemlich hilflos wirkte, wenn er es mit Männern wie Mendez zu tun bekam.

Dafür weiß ich umso besser, wie man mit solchen Typen umgehen muss, fügte er in Gedanken hinzu.

Während er durch die Optik seines Gewehrs spähte, war Hayes ganz bei sich. Es war Zeit, den Leuten, die seinen Tod wollten, die Rechnung zu präsentieren – davon würde er sich durch nichts und niemanden abbringen lassen. Hayes begann mit einem ebenso vertrauten wie beruhigenden Ritual. Er schob das Magazin in die Waffe, beugte sich vor und drückte sein Gewicht gegen den Kolben.

Das Zweibein rutschte kurz nach vorne und grub sich schließlich in den Tisch. Hayes legte die Wange sanft an den Kolben und drehte am Vergrößerungsknopf, bis das Fadenkreuz klar wurde. *Entfernung zweihundert Meter, kein Wind.*

Als alles zu seiner Zufriedenheit war, drückte sich Hayes den Bluetooth-Stöpsel ins Ohr und wartete darauf, dass das geklonte Handy klingelte.

Wenige Augenblicke später summte es in seinem Ohrhörer.

»Das ging schnell«, sagte er mit einem Bostoner Akzent.

Mendez' Stimme tönte über die Bluetooth-Verbindung. »Mr. Speaker, entschuldigen Sie, dass ich Sie habe warten lassen.«

»Kein Problem.« Hayes lächelte, als der Senator mit dem Handy am Ohr ans Fenster trat. »Sie sind nun mal ein viel beschäftigter Mann.«

»Tja, man tut, was man kann«, erwiderte Mendez.

Hayes nahm eine letzte winzige Korrektur am Zielfernrohr vor, ehe seine rechte Hand zum Kammergriff ging.

Lautlos glitt die Patrone in die Kammer, und Hayes schloss kurz die Augen, nahm einen tiefen Atemzug und zwang seinen Herzschlag, sich zu beruhigen. Dann blickte er wieder durchs Zielfernrohr.

»Sie haben wirklich geglaubt, Sie kommen damit durch, oder?«, sagte Hayes nun ganz ohne Akzent.

Einen Moment lang herrschte Schweigen am anderen Ende. Nur der Gesichtsausdruck des Senators verriet, dass er ihn verstanden hatte.

»Hayes – nein, hören Sie, wir können das in Ruhe klären. Ich … ich biete Ihnen einen Deal …«, stammelte Mendez.

»Den Deal können Sie mit Vega machen, wenn Sie ihm begegnen«, sagte Hayes.

Dann drückte er ab.

Robert Ludlum
Eric van Lustbader
Die Jason Bourne Serie

> Bonusmaterial

HEYNE <

Die Serie

Jason Bourne arbeitete früher als Auftragskiller für die CIA. Nach einem Gedächtnisverlust will er unter seinem bürgerlichen Namen David Webb ein ruhiges Leben führen. Doch seine gewalttätige Vergangenheit holt ihn immer wieder ein.

Die Autoren

Robert Ludlum wird am 25. Mai 1927 in New York City geboren. Mit 14 Jahren verläßt er sein Elternhaus, um zur Bühne zu gehen. Nachdem er von seiner Mutter nach Hause zurückgeholt wird, schafft er drei Jahre später den Absprung und geht zunächst zum Militär. Nach Ende des Zweiten Weltkriegs beginnt er eine Karriere als Schauspieler. Trotz seines Erfolges am Theater und im Fernsehen und auch als Produzent, beschließt er mit vierzig, diese Karriere an den Nagel zu hängen, und studiert Kunstgeschichte. Seine »vierte« Karriere als Schriftsteller beginnt 1971 mit seinem ersten Buch *Das Scarlatti-Erbe*, welches auf Anhieb Platz 1 der Bestsellerlisten erreicht. Zahlreiche weitere Bestseller folgen. Seine Bücher werden in mehr als 30 Sprachen übersetzt, in mehr als 40 Ländern veröffentlicht und erreichen eine Auflage von über 300 Millionen Exemplaren. *Die Bourne Identität* (1980) markiert schließlich die Geburtsstunde seines legendärsten Helden: David Webb, alias Jason Bourne. Robert Ludlum starb am 12. März 2001. Seitdem wird die Serie vom internationalen Bestsellerautor Eric van Lustbader im Geiste ihres Schöpfers fortgeführt.

1. Die Bourne Identität ***(The Bourne Identity, 1980)***

Stell dir vor, du weißt nicht mehr, wer du bist, und das Erste, was du über dich herausfindest, ist, dass du ziemlich gut schießen kannst. Jason Bourne ist ein Mensch ohne Vergangenheit und ohne Zukunft – gejagt von mächtigen Feinden; geliebt von einer schönen Frau, die nicht glauben kann, dass er wirklich das ist, was sich langsam herauskristallisiert: ein Auftragskiller.

Die Geburtsstunde eines legendären Actionhelden: Jason Bourne!

2. Das Bourne Imperium *(The Bourne Supremacy, 1986)*

Im Hinterzimmer eines Hongkonger Nachtlokals werden fünf Leichen gefunden. Einer der Ermordeten ist der Vizepräsident der Volksrepublik China. Alle Spuren deuten auf Jason Bourne. Nur wenige wissen: Ein Unbekannter missbraucht Jason Bournes Identität. Und so stürzt sich der wahre Jason Bourne erneut in eine Welt der Gewalt und des Verbrechens, eine Welt, der er für immer zu entkommen hoffte.

»Schwindelerregend, nervenzerfetzend, rätselhaft, bedrohlich, kurz: ludlumesque.« *Publishers Weekly*

3. Das Bourne Ultimatum ***(The Bourne Ultimatum, 1990)***

David Webb hatte geglaubt, Jason Bourne für immer entkommen zu sein. Doch nun holt ihn die Vergangenheit ein. Der Schakal, sein alter Todfeind, ist ihm und seiner Familie auf den Fersen, doch Webb weigert sich zu fliehen. In der verhassten Identität des Profikillers Jason Bourne stellt er sich dem Kampf und ist bald einer Verschwörung internationalen Ausmaßes auf der Spur.

»Ludlum packt mehr Action in seine Thriller als fünf seiner Kollegen zusammen.« *The New York Times*

4. Das Bourne Vermächtnis ***(The Bourne Legacy, 2004)***

David Webb lebt zurückgezogen in der Nähe von Washington und lehrt als Professor an der Universität von Georgetown. Nichts erinnert mehr an die Gefahren seines früheren Lebens als Profikiller der CIA. Doch die Vergangenheit holt ihn ein, als er plötzlich selbst ins Visier eines Killers gerät. Webb wird wieder zu dem Mann, der er nie sein wollte: Jason Bourne.

»Ludlum beherrscht unangefochten das Feld des klassischen Polit- und Agenten-Thrillers.« *Chicago Tribune*

5. Der Bourne Betrug *(The Bourne Betrayal, 2007)*

Jason Bourne kommt nicht zur Ruhe. Als er erfährt, dass sein Freund, der CIA-Agent Martin Lindros, in Äthiopien vermisst wird, zögert Bourne nicht lange und macht sich sofort auf den Weg nach Afrika, um Lindros zu suchen. Doch kaum angekommen, entgeht er nur knapp einem Attentat. Ist Lindros wirklich der, der er vorgibt zu sein?

»Die explosive Fortsetzung einer unerreichten Traditionsserie.«
Bookreporter.com

6. Das Bourne Attentat *(The Bourne Sanction, 2008)*

Als Jason Bourne Informationen über einen drohenden Terroranschlag auf amerikanischem Boden zugespielt werden, begibt er sich sofort auf die gefährliche Jagd nach den Killern. Doch zu spät erkennt er, wer der eigentliche Drahtzieher des Attentats ist. Bourne gerät selbst ins Visier der Terroristen. Ein tödlicher Wettlauf beginnt.

»Ein Spionage-Thriller, der selbst den erfahrensten Lesern bis zum Ende Rätsel aufgibt. Rasantes Tempo, jede Menge Action – ein Muss!« *Booklist*

7. Die Bourne Intrige *(The Bourne Deception, 2009)*

Nach einem mörderischen Zweikampf mit dem russischen Killer Leonid Arkadin taucht Jason Bourne schwer verletzt auf Bali unter. Er täuscht seinen Tod vor und nimmt eine neue Identität an. Im Geheimen plant er die finale Hetzjagd auf den Killer. Doch Arkadin hat Bournes Manöver längst durchschaut. Ein teuflisches Katz-und-Maus-Spiel nimmt seinen Lauf.

»Der größte Thriller-Autor aller Zeiten.« *The New Yorker*

8. Das Bourne Duell *(The Bourne Objective, 2010)*

Jason Bourne ist auf Bali untergetaucht, wo er in den Besitz eines mysteriösen Rings gelangt. Die Inschrift des Rings verweist auf eine im Geheimen operierende Organisation. Bournes Weg führt nach Marokko, wo er das Machtzentrum der Gruppe vermutet. Hier trifft er auf seinen Todfeind Leonid Arkadin, und ein unerbittlicher Kampf entbrennt. Doch scheinen beide in eine tödliche Falle getappt zu sein.

»Genau das Richtige für Thriller-Fans, die Verschwörungen, Adrenalinrausch und weltumspannende Abenteuer lieben.«
Library Journal

9. **Der Bourne Befehl** *(The Bourne Dominion, 2011)*

Eine mächtige internationale Organisation schickt sich an, der amerikanischen Wirtschaft einen vernichtenden Schlag zu versetzen. Doch zuvor muss der Mann beseitigt werden, der ihr als Einziger gefährlich werden kann: Jason Bourne. Ausgerechnet Bournes russischer Freund Boris Karpow wird auf den amerikanischen Top-Agenten angesetzt. Findet Karpow einen Weg aus der tödlichen Zwickmühle?

»Fans der Bourne-Filme werden dieses Buch verschlingen.«
Booklist

10. Der Bourne Verrat *(The Bourne Imperative, 2012)*

Vor der schwedischen Küste zieht Jason Bourne einen Bewusstlosen aus dem Meer. Als der Mann zu sich kommt, fehlt ihm jede Erinnerung an sein bisheriges Leben – eine unheimliche Parallele zu Bournes eigenem Schicksal. Die Lösung scheint in einem geheimen Mossad-Lager im Libanon zu liegen, in das sich Bourne Wochen zuvor geflüchtet hatte. Was geht dort vor sich? In letzter Minute erkennt Bourne einen zerstörerischen Plan, der nicht nur sein Leben, sondern die Sicherheit der Welt bedrohen könnte.

»Rasant, actiongeladen und voller unvorhersehbarer Wendungen.« *The Daily Reporter*

11. Die Bourne Vergeltung *(The Bourne Retribution, 2013)*

Jason Bourne ist am Boden zerstört, als seine Gefährtin, die Mossad-Agentin Rebekka, bei einem gemeinsamen Einsatz in Mexiko getötet wird. So nimmt er den Auftrag an, für den ihn der Chef des israelischen Geheimdienstes gewinnen will: den chinesischen Minister Ouyang Jidan auszuschalten, der nicht nur für Rebekkas Tod verantwortlich ist, sondern mit seinen dunklen Plänen eine Bedrohung für die gesamte westliche Welt darstellt.

»Beginnen Sie nie mit der Lektüre eines Ludlum-Thrillers, wenn Sie am nächsten Tag arbeiten müssen.« *Chicago Sun-Times*

12. Die Bourne Herrschaft *(The Bourne Ascendancy, 2014)*

Ein politischer Gipfel in Doha wird von einer Gruppe Schwerbewaffneter überfallen. Jason Bourne ist als Doppelgänger eines syrischen Ministers mittendrin und gerät in die Gewalt des berüchtigten Terroristen El Ghadan. Wie sich zeigt, hat der Terrorchef auch Bournes enge Freundin Soraya Moore und deren kleine Tochter entführt. Sein grausames Ultimatum: Binnen einer Woche soll Bourne den Präsidenten der USA töten. Gelingt es ihm nicht, werden Mutter und Kind sterben. Die Uhr tickt …

»Es bleibt dabei: Ludlum ist der perfekte Thriller-Autor.«
Newsweek

13. Das Bourne Enigma *(The Bourne Enigma, 2016)*

In Moskau fällt der russische General Boris Karpow einem Attentat zum Opfer. Jason Bourne ist vor Ort, kann die Täter jedoch nicht stoppen. Karpow hinterlässt ihm eine verschlüsselte Nachricht. War der Mord nur Nebenschauplatz einer weltumspannenden Verschwörung? Die Hinweise führen Bourne nach Ägypten, Syrien und Zypern – und auf die Spur Iwan Borz', eines skrupellosen internationalen Waffenhändlers, der mit Bourne noch eine persönliche Rechnung offen hat …

»Jason Bourne tritt wieder in Aktion, und wie! Ein atemloser Thriller.« *TheRealBookSpy.com*

14. Die Bourne Initiative *(The Bourne Initiative, 2018)*

Jason Bourne ist auf der Flucht. Die NSA glaubt, er leite die Geschicke seines verstorbenen Freundes Boris Karpow, einst Kopf des russischen Geheimdienstes FSB. Vor seinem Tod hat dieser eine Cyberwaffe entwickelt, die in der Lage wäre, Amerika in die Knie zu zwingen. Mit einem Tötungskommando auf den Fersen, ist Bourne gezwungen, einer Einheit seines Erzfeindes Keyre beizutreten – eines somalischen Terroristen, dem er einst das Handwerk legte. Mächtiger als je zuvor, ist Keyre der Einzige, der Bourne Schutz bieten kann. Aber zu welchem Preis?

»Zur Seite 007, Bourne ist zurück!« *Daily Mirror*

Weitere Bände in Vorbereitung.
Mehr Informationen unter heyne.de/ludlum